WARRIOR OF ROME
罗马战士

烈日雄狮
LION OF THE SUN

[英] 哈里·西德博特姆◎著
Harry Sidebottom
张守进◎译

时代文艺出版社

图书在版编目（CIP）数据

罗马战士．烈日雄狮／（英）西德博特姆著；张守进译．—长春：时代文艺出版社，2016.1
书名原文：Warrior of Rome

ISBN 978-7-5387-4903-8

Ⅰ．①罗… Ⅱ．①西… ②张… Ⅲ．①长篇小说—英国—现代 Ⅳ．①I561.45

中国版本图书馆CIP数据核字（2015）第254272号

出品人 陈 琛 杨海峰
产品总监 郭力家
选题策划 吴 迪 方 伟
责任编辑 姜程程
装帧设计 孙 利
排版制作 尹 爽

吉林省版权局著作权合同登记 图字：07-2014-4443号

罗马战士：烈日雄狮

[英] 哈里·西德博特姆 著 张守进 译

出版发行／时代文艺出版社
地址／长春市泰来街1825号 时代文艺出版社 邮编／130011
总编办／0431－86012927 发行部／0431－86012957 北京开发部／010－63108163
网址／www.shidaicn.com
印刷／三河市万龙印装有限公司
开本／880mm × 1230mm 1／32 字数／297千字 印张／12
版次／2016年1月第1版 印次／2016年1月第1次印刷 定价／39.00元

图书如有印装错误 请寄回印厂调换

献给我的妻子丽萨

我再也不相信誓言了，

对于誓言的信任已经无处存放！

我不知道，

你是认为神明再也不掌管这个世界了呢，

还是认为人间已立下了新的律条？

——选自欧里庇得斯《美狄亚》

目　录

序　幕

（公元260年春）

美索不达米亚，卡莱北部

皇帝在迈入白日艳阳之下时眨了眨眼睛。当宫廷官员用拉丁语说出他的所有封号时，他的面部肌肉似乎有点儿抽搐。官员说：“皇帝恺撒普布里乌斯·利奇尼乌斯·瓦勒良努斯奥古斯都，恭顺、蒙神眷顾的国父，伟大的日耳曼征服者，战无不胜的世界重建者。”有人使了个眼色，一匹马被牵上来。马笼头因为镶有金银饰物而闪闪发光，马身上的其他饰物用的都是皇家御用紫色。无须什么暗示，老迈的皇帝走向马匹等待的地方。就像过去几天里无数次所做的一样，他一条腿跪下，接着另一条也跪下了。在这些身体动作之间他似乎有些停顿，这种情况在他这个年龄的人身上可以理解，他最终四肢着地，胳膊肘铺陈在尘土中，就像一个时代过去了一样。马匹移动着，嘴唇吐着气，这些声音在寂静的军营里显得非常喧闹。太阳炽热地晒着皇帝的后背。

另一个人走向马匹的声音打破了寂静。从他的眼角边，皇帝可以看到两只紫色的靴子。这个人故意把左边的靴子抬起，放在被俘虏的皇帝的脖子上。就像以前很多次做过的那样，在说话之前，他要让跪在那里的人感受到靴子的分量。

“这就是事实，这可不是罗马人在他们的雕塑和油画中所描述的那样。”他大声宣布着，脚踩着皇帝的背跨上马匹，他全身的重量都重重地压在跪在地上的皇帝背上。“我就是崇拜马兹达的神圣王者沙普尔，是雅利安人和非雅利安人的诸王之王，是所有神的诸王之王。我是崇拜马兹达的神圣王者阿尔达希尔的儿子，是萨珊王朝的国王帕帕克的孙子；我是雅利安人的帝王。神啊，请看看我的杰作，颤抖吧。”

巴利斯塔，这个来自遥远北方边境的罗马将军，身体全部伏在尘土里，同时暗自观察着这一切。他的这种身体蜷伏姿态或者说是崇拜姿态，是被护卫所逼迫的，也因为害怕被打或者更糟糕的待遇，其他被俘的罗马高级官员跟他一样奴颜婢膝。禁卫军长官苏克西阿努斯、引见官克勒图尼乌斯、第六高卢军团指挥官卡米卢斯——包括每个与罗马军队一起并肩作战的重要人物——他们都在这里。世界已经被搅得天翻地覆，整个宇宙也随之震荡。有史以来第一次，一个罗马帝国的皇帝被野蛮人所俘虏。巴利斯塔能够感觉到他的同僚们的愤怒和恐惧，他们一起亲眼看着瓦勒良——恭顺、蒙神眷顾、战无不胜的罗马皇帝，世界的重建者——遭受耻辱，他此时双膝跪地，身上穿着奴隶的衣装。

瓦勒良是在四天前被俘虏的。他被自己最信任的知己背叛，正是掌管神圣职务的“老瘸子”马克利亚努斯安排好了这一切。他的次子奎伊图斯，引领着年迈的皇帝和他的军队进入了陷阱，然后抛弃了他们。

巴利斯塔，腹部着地，因遭受的耻辱而愤怒。一想起那个令人不齿的年轻人奎伊图斯，现在他已经安全地回到了萨摩沙塔这个罗马城市，他就不断地反复对自己说他以前曾经发过两次毒誓：“总有一天，虽然不是现在，但是总有一天，我会亲手宰了你！”

沙普尔让马匹转了个半身，马蹄往前挪腾跺地，非常危险地接近伏在地上的年迈皇帝。接着，萨珊王朝的诸王之王让马匹沿着他的宫廷大臣、贵族和祭司的行列慢慢走动，然后放声大笑着骑马离开。

被俘的皇帝瓦勒良开始缓慢而又吃力地从地上起身。周围士兵们的长矛也都随意地挥舞了几下，示意命令着被俘的随行人员都慢慢起身。

巴利斯塔一边努力起身，一边打量着萨珊王朝的大臣们，就在那些祭司中间，很显眼地站着一个波斯年轻人，巴利斯塔认出他就是那个名叫巴戈阿斯的男孩儿，当年曾经是他的奴隶。现在命运的天平反转了，这个蓄着黑色胡须的年轻人是不是在向他微笑？

看到巴戈阿斯，巴利斯塔的思绪转向了自己的家人。他以前的奴隶卡尔加库斯、马克西姆斯和德米特里厄斯是否都已安全？他们是否已经安全抵达萨摩沙塔，或者他们已经在去安条克的路上？巴利斯塔的妻子和两个儿子都在安条克等待着他，对所发生的一切毫无所知。一想到自己家人的痛苦，他就几乎无法忍受。他只能在心中默默地向他青少年时期在自己的北方部族信仰的众神之王沃登祈祷。诸神之父、独眼的死神、遮面的神、欲望之主啊，请倾听我这个沃登子民的祷告：我愿意付出一切，做出任何牺牲，但是请让我回到他们身边。不管付出什么代价，只要能让我回到他们母子身边。

第一部

被俘

（东方，公元250年春—夏）

失去自己的祖国是什么感觉？
那是一种令人痛苦难忍的损失吗？

——选自欧里庇得斯《腓尼基的妇女》

第一章

马克西姆斯躺在那里一动不动地注视着波斯人的动向，他们就在他前方的下方位，正朝着一个位于三条路交会中间的、地面突起的小草坪走去。他们的距离不超过四十步远，他能清晰地看到他们：在暗淡的月光下，人和马匹看上去都是连成一片的暗灰色剪影。有二十一个萨珊王朝的骑兵，马克西姆斯已经数了好几遍人数。

萨珊人非常自信，他们已经下马，正在低声交谈着。他们不可避免地挡住了罗马军队前行的去路。马克西姆斯抬起眼睛注视着连续三个晚上呈镰刀形状的月亮的位置。夜晚已经过去了大半。由于北部的美索不达米亚布满了波斯人的巡逻兵，马克西姆斯和其他人必须在黎明之前赶到泽乌玛，才能安全地驻扎在城墙后面。现在已经没有时间重新布置或者四处搜索横贯整个山区地带的东西方向的另一条道路。如果半小时之内波斯人还是没有继续前行，那么罗马人就必须尽力一战，杀出一条血路，但是这种希望不是很大。他们在人数上相差太大，敌我比例是三比一。德米特里厄斯在过去的征战中从来都不是能征善战的人，老迈的卡尔加库斯又负伤了。的确，杀出去的希望根本就不大。

马克西姆斯慢慢移动着，头部稍微挪动了一下，他朝卡尔加库斯的方向看去。这个老迈的喀里多尼亚人正面朝左侧躺着，以免压到他打着绷带的右臂。他的大大的顶部渐秃的头颅跟周围的白色岩石混在一起隐蔽性极佳。马克西姆斯与卡尔加库斯交情不错，他们已经一起征战十九年了，这要从马克西姆斯被巴利斯塔家族买来当侍从护卫开始算起。当然，卡尔加库斯从巴利斯塔在日耳曼尼亚盎格鲁部族的童年时期就伴随在他左右了。卡尔加库斯是个讲道理的人。马克西姆斯挺喜欢他，虽然不会像喜欢一只猎狗那样用心。

马克西姆斯仔细观察着自己的同伴，他的额头上的皱纹纵横交错，深陷的双颊在夜色中像黑色的小水池。说实话，马克西姆斯很担心他。是的，卡尔加库斯非常坚强，但是几乎在二十年前他看上去就已经很衰老了。现在他又负伤了，过去四天肯定让这个老杂种几乎崩溃了。

四天前，他们曾目送着巴利斯塔骑马离开陷入重围的罗马大军，他是跟着皇帝瓦勒良去会见萨珊王朝诸王之王沙普尔的五位倒霉的御前随侍之一。他们已经做了巴利斯塔命令他们去做的一切。随着皇帝与其随从们骑行前往西部，他们越过了山坡的南端边缘地区，迂回折返到山体斜坡的东部后侧。这一小群骑士——马克西姆斯、卡尔加库斯和巴利斯塔的希腊书记官德米特里厄斯，以及八个达尔马提亚骑兵，他们向北走了没多远，就遭遇了一队萨珊大军前哨的巡逻兵。马克西姆斯是这一行人里唯一一个会说波斯语的，他喊出了通关密令“沙普尔必胜”。这个口令是巴利斯塔从奎伊图斯那里发现的，而奎伊图斯就是那个把罗马军队带进陷阱的叛徒。

萨珊王朝的士兵将信将疑，他们被告知只允许一队喊着“沙普尔必胜”口令的罗马骑兵往北通行，而且他们已经放行了一队人马。然而他们还是往后撤，黑色的眼睛凝眉注视，手还是紧紧地抓住兵器。

马克西姆斯和其他人继续向前骑行，他们的骑行速度不是很迅速，目的是使他们看上去不是在逃跑，但也不能太慢，要不然他们看上去像是在炫耀。依靠自我保护的求生本能，他们保持着马匹以中等速度慢跑着。

在他们队伍的后面，有一个骑兵正飞奔而来，他身上宽松的衣服随风飞扬，马匹飞驰过平原的时候在地上激起阵阵尘土。这个骑兵疾驰到波斯巡逻兵面前，一边激动地比画着手势，一边大声喊着。然后他们就看到东方佬们纷纷用皮靴踢打着马肚子，并发出高亢的号叫声。追逐开始了。

马克西姆斯和其他人拼命地驱马前进，奋力疾驰，逃出了伤心之谷。他们没有看到皇帝瓦勒良、巴利斯塔和其他同行的人被强行从马背上拖下来，满身尘土，浑身鲜血，被萨珊士兵们拖去当了俘虏。他们没时间哪怕去瞥一眼东部的罗马野战军残部，他们已经在山上被重重包围，毫无逃生希望。他们身后就有一大群萨珊王朝的轻骑兵，离他们只有两倍弓箭射程的距离。他们奋力朝西北部的山峦疾驰。

黑夜拯救了他们。似乎黑夜永远不会来到，然后突然黑夜就降临了。黑黑的夜色，在新月出现之前的黑夜。卡尔加库斯是巴利斯塔亲选的首领，他命令他们折返回东南方向。走了一段时间，他发现一个可以卧伏的地方。这里的地形多是起伏的山丘，有时候形成连绵的山脉。在一个山体的侧翼有一块空阔且有纵深的小峡谷，可以容纳十一个骑兵。它附近还有一条小溪。马克西姆斯赞成这个喀里多尼亚人的选择，他正用手抚摸着灰马，这是巴利斯塔亲手交给他的一匹马。他努力地抚慰着马匹，不去想这匹阉割公马的主人，巴利斯塔曾经是他的主人，现在是他的庇护者，而他却把自己的朋友抛弃了。

第二天早上，马克西姆斯被山羊铃铛的响声惊醒。尽管自从他被充作奴隶、远离故乡希伯尼亚来到南方地区已经过去很多年了，但是山羊铃铛的声音依然听上去非常具有异国情调。虽然这里的山羊跟他家乡的山羊是不同的，但这些动物通常都很令人心安，叫声温柔软绵，有着永恒的地中海格调。那天早晨，它们不像往常那样，它们在向人群靠近。

马克西姆斯向四周环顾了一下，除老卡尔加库斯之外，其他人都还在睡梦中。这个喀里多尼亚人的身体匍匐在地上，注视着他们藏身的入口处。马克西姆斯爬到他身边，冒着危险快速地朝对面山顶看了看。这是一小群山羊，不超过二十头，都跟在一头领头羊后面。它们是来小溪流这里饮水的。领头羊有意识、有目的地引领那些山羊来到谷地，这让那群山羊刚好能看见这些逃亡者。

当卡尔加库斯示意他到谷地的远端时，马克西姆斯有点儿吃惊。山羊群离他们更近了，它们脖子上系着的铃铛响声很大。当马克西姆斯转身慢慢往回移动的时候，有两三个达尔马提亚人被惊醒了。他示意他们保持安静。到达指定位置后，他又向卡尔加库斯的那个方向看去。

卡尔加库斯不紧不慢地站起来，迈步走向山谷入口处。他一动不动地站在那里，两手空空地垂放在身体两侧。

马克西姆斯也站立起来，目光向着山顶方向凝视着。透过山羊群的腿部间隙，他看到了牧羊人。他是一个留着大胡子的老人，看上去颇有长者之风。他的身体倚靠在一根节杖上，平静地看着卡尔加库斯。这个牧羊人毫不动色的表现说明，又老又丑的喀里多尼亚人或者恶魔经常在他放牧的每个小峡谷里出没。

"日安，老人家。"卡尔加库斯说道。

有好一会儿，牧羊人没有做出任何反应。马克西姆斯开始思索他是不是不会讲希腊语。牧羊人穿着非常宽松的东方风格的裤子，但是其实每个美索不达米亚地区的人都是这么穿着打扮的。

"日安，孩子。"这个本地人最终还是回答了。马克西姆斯觉得有种想要大笑的冲动在心中涌动。

“外面有这么多萨珊人，你这样出来放羊安全吗？”

牧羊人考虑着卡尔加库斯的问题，在心中思量着。“我只在比较高的山坡上放牧，山羊必须得饮水。如果波斯人看到我，也许他们不会杀死我，可你又会怎样做呢？”

这个本地牧羊人几乎完全背对着马克西姆斯，现在他明白了卡尔加库斯为什么吩咐他们保持安静了。他安静地站在那里。卡尔加库斯往他这边瞥了一眼，马克西姆斯的手抓住了剑柄。看到卡尔加库斯的头稍微摇摆了一下，他赶紧停住了手。

“愿神灵佑护你，老人家。”卡尔加库斯说道。

在仔细考虑后，牧羊人先用他长者般风度十足的眼神注视并打量了一番马克西姆斯，然后又转回卡尔加库斯身上。“我觉得他们可能已经在佑护我了。”

他用节杖轻轻敲打了一下领头羊的屁股，然后转身离开。山羊身上的铃铛清脆作响，他回头叫道：“愿神灵佑护你们，孩子们。”

马克西姆斯移步走向卡尔加库斯。“如果他们抓住他的话，那些卑鄙的人会折磨他。没有多少人能在那种酷刑下保守住一个秘密。”

老迈的喀里多尼亚人耸了耸肩，说道：“你又能怎样呢？”

马克西姆斯笑道：“太有道理了，我的孩子，太有道理了。”

“闭上你的鸟嘴，站好下一岗哨。”卡尔加库斯和蔼地说道。

他们在黄昏时已经装好马鞍。真正的夜晚来临，满天繁星，一轮细细的新月升起。马克西姆斯按照他们部族的方式朝着新月许了个愿，这个愿望他可能永远不会泄露，因为如果这么做，就会毁坏他原本的目的。

卡尔加库斯带领部队往西北方向进发。前面有两个骑兵开路，他们很放松地前行。距离幼发拉底河也没有多远了，除非有萨珊人干预，他们在黎明前应该可以赶到萨摩沙塔。

他们走了有好些时间了，正当他们希望高涨的时候，犹如被邪恶的神魔施加了法术，敌人的干预到来了。波斯人发起的挑战，在黑夜里听上去异常嘈杂。有警告的大声怒吼，也有东方口音的叫喊声。卡尔加库斯的手臂合拢成环形，指挥着小小的队伍，每个人都翻身上马。周围到处都是马蹄声和武器装备碰撞发出的声响，在他们身后，还有追赶的咆哮声。

马克西姆斯看到了一支坚固的黑色箭矢从自己的身边掠过，继续加速飞驶，消失在黑夜里。过了一会儿，他又听到了一支箭飞掠而过。有那么一会儿，他在想这支箭是否是自己没看见的或者是第一支箭发出的声响。他迅速地在脑海中扫除了这个有害的想法，并忙着用盾牌护住自己的背部。在他继续疾驰的同时，盾牌由于被箭击中而产生的力量冲击，撞疼了他的脖子和背部。在这么近的距离内，一支箭可能会干净利落地击穿椴树木板，但是盾牌的重量和由此引起的不适让他感觉好多了。

他们继续骑马奔驰，越过苍茫的绵延群山，绕过黑暗的直耸入云的山脉，经过凄凉的葡萄园和果园，穿过烧焦的村落，经过废弃的农场。他们奋力飞越高地上的小溪流。河床坚硬，水很深，几乎淹到了马鞍。

想骑行得比那些因惧怕被捕而急于逃命的人更快是很难的。追赶的嘈杂声已经退回去了，在他们逃生骑行的声响中已经听不到追捕者们的声音了。重新骑行到某一高处的山坡后，卡尔加库斯示意大家停下来。所有的人都从马背上下来，马背上就暂时没有了骑行者们的重量。

马克西姆斯环顾周围，清点人数。在惨淡的月色下人数显得很少，只有七个。四个达尔马提亚骑兵消失了。他们被杀死了吗？他们已经被俘了吗？或者他们选了条不同的路线，要么是出于英雄主义的原因把萨珊人引开了，要么是因为无知和恐惧而跑丢了？无论是马克西姆斯，还是队伍里的其他人都无从知晓。他们在黑夜中消失得无影无踪了。

卡尔加库斯把马缰绳递给了随行的希腊小伙子德米特里厄斯，然后朝山脊方向往回走。马克西姆斯也匆忙跟上。他们尽量压低身子，向着他们来时的路凝视。

萨珊人还是没有放弃，在不到半英里往北的地方，山间火把在间隙不大的距离里蔓延着。

“这些阴魂不散的狗娘养的浑蛋。”马克西姆斯说道。

“是呀，”卡尔加库斯应和道，“他们已经看不到我们了，所以他们就设置封锁线来搜索整个山间。”

两人默默地观察着这些东方佬儿们骑行越过山岭，朝着他们的方向进军。波状起伏的火把看上去像巨蛇一样摇摆盘踞在路上，也像一个巨大而神秘的天龙星座。

“如果敌人想互相保持联系，他们就不得不慢行，”马克西姆斯说道，“这对我们来说是好事。”

“也许吧，”卡尔加库斯说道，“但是如果他们追近我们，我们就试试在阿瑞忒城被围困和追捕之前，巴利斯塔那次所使用的妙计。”

回忆在马克西姆斯的脑海中浮现：在幼发拉底河河畔的枣椰树林中等待，这里充满了泥土的味道。石头散布在四周，在峡谷里可以绝地反击。

“就是罗慕路斯惨死的那次。”卡尔加库斯耐心地提醒着。

马克西姆斯对这个提示表现出感激，虽然这个希伯尼安人自视甚高，但他这回没有急于骄傲地炫耀自己的记忆力。那一次，巴利斯塔在一匹马身上绑了一只灯笼。他的旗手罗慕路斯要带着那匹绑着灯笼的驮马去把波斯人引开，而巴利斯塔则会带领其他人驶离危险。原计划是等走得足够远或者感觉波斯人追得太紧的时候，罗慕路斯会把驮马放开，自己往阿瑞忒城方向逃跑，但是出了点儿差错。他肯定是放开驮马的时间太迟了。安提柯几天后发现了罗慕路斯——不如说是经过了他残破的尸首——身体已经残缺不全，手足被砍。安提柯的下场也同样悲惨——不久后，一个围城投石机投掷出的一块石弹将安提柯的脑袋砸飞了。此刻，马克西姆斯为那些在逃离路上迷路的同伴们感到无比同情。他试图让自己稳定下来。正如他以前有时候会听到巴利斯塔说“有人会在战争中死去，这种事情常会发生”。

剩下的七个骑行者已经往南推进了。他们奋力疾驰，但是并非全速赶路。星星排列成罗盘形状，月亮悬挂在天空之上。此刻无须系灯笼这种危险的计策。渐渐地，萨珊王朝持火把的队伍被远远地甩在后面，再过些时候就看不到了。

卡尔加库斯尽可能地保持队形继续行进，并尽量避开地平线，总是朝着西南方向行军。当玫瑰色的黎明慢慢显现，这个老迈的喀里多尼亚人已经开始寻找一个能卧倒休息的地方了。最终当太阳几乎要升起的时候，他带领队伍进入山体侧翼的一片橄榄树丛中。他们都已经下马，推开蔓延的攀爬植物，走到树丛底下休息。

卡尔加库斯摇醒马克西姆斯，此时透过树丛的斑驳阳光让马克西姆斯的脸感觉到很温暖。这个喀里多尼亚人有点儿多余地把手指放在嘴唇上示意他别出声。马克西姆斯安静地站起身，跟着他走到一块空地，那里的银灰色树干上树瘤很多，树的间隔更宽阔。他们朝谷地的河床俯瞰过去。

在一线灰尘柱后面，一大片厚重密集的尘土飞扬着。一个孤独的骑行者正在被至少三十个骑兵紧追不舍。橄榄树林里没有人说话。在充满恐惧的逃离中，这个被追捕的人朝着他们的方向直接骑行过来。

“克洛诺斯的眼睛在注视着我们。”德米特里厄斯小声地说道，其他人都没说话。随着逃亡者离他们越来越近，他们看清楚他穿着淡蓝色的束腰外衣。

“地下神灵有知，”马克西姆斯说，“这是我们的人。”

当他的坐骑突然跌倒的时候，那个迷路的达尔马提亚骑兵几乎已经处于弓箭的射程之内了。他丢失了马鞍，身体失去了平衡，被甩到马脖子上。为了重新获得身体平衡，马匹往前冲了一下。骑兵被摔到地上。身体的惯性让他又弹起到空中，他的四肢乱舞，然后整个人倒在地上。他挣扎着爬起来，追捕者们涌上来围住了他。

有那么一刹那的静止：那个达尔马提亚人站在那里，萨珊人围着他站成一圈儿。他的马突然向右侧跑去，一个萨珊人跟上去并抓住了它。

慢慢地，几乎是带有歉意地，达尔马提亚骑兵拔出了自己的佩剑。他把剑扔到地上。骑在马上的追捕者们大笑起来，其中一个往前冲了一下。达尔马提亚骑兵突然转身，开始逃跑。一把长长的利剑在阳光中闪耀了一下，接着传来一声尖叫，鲜红的血溅了出来，达尔马提亚人倒下了。萨珊人又恢复了刚才形成的圆形包围圈。受伤的逃亡者又站起来了。另一个追捕者冲进包围圈内，又是利刃一闪。更多的血溅出来了，逃亡者再次倒下了。

马克西姆斯朝卡尔加库斯看去，这个喀里多尼亚人摇了摇头。

经过第三次的尝试，达尔马提亚人趴在了地上，身体蜷曲着，用胳膊抱着自己的头。他们的嬉戏因此而被破坏，萨珊人大骂着侮辱的话，诅咒着。他们的猎物依旧躺在鲜血染红的尘土中。

那个跑到右侧的萨珊人回来了，手里牵着达尔马提亚骑兵的马匹。

围成一圈儿的骑行者中有个人发出了命令，其他人都拉满了弓，一声令下，他们都拉开弓箭，放出箭矢。几乎是同时，所有箭头都重重地射入达尔马提亚人的身体中。

那些在山上观察的人都一动不动。

一个波斯人从马背上滑下来。他把自己的缰绳递给一个同伴，然后走向尸体。他用脚踏在尸体上，并将箭拔出，其中的一支箭折断了，其他的箭他都还给了各自的主人。骑行者们大笑着，互相开着玩笑，调侃着彼此的射箭技术，其中一个人仔细地用一块很亮的东西把自己的长发扎起来。

马克西姆斯这才注意到自己手中还握着剑，他没有想到要拔剑出鞘。他把剑放在背后以免反射阳光。他逼着自己不去看那血腥的场面，目光转向其他人。他们所有的注意力都在山脚下。他们都希望敌人离开。

最终，山上所有观察的人都觉得实在无法忍受下去了，他们宁愿被发现，发生一场不可避免的冲突，也不愿在此痛苦地隐藏着、等待着了。就在这时，一个波斯人发出了命令，那些站在地上的东方佬们都重新上马，然后队伍就沿着他们来时的路奔腾而去。

马克西姆斯听到了周围几个人沉重的呼吸声，他意识到自己也是发出这种声响的其中一个。"狗杂种。"他说道。

卡尔加库斯的眼睛一直就没离开过那些萨珊王朝的兵。"我们的小伙子们还能比这次表现得更好吗？"

马克西姆斯耸了耸肩。

刚刚亲眼看着自己的同伴被冷血地杀死，而且被屠杀的残缺尸体依然清晰可见，在这种情况下入睡是非常困难的事。卡尔加库斯带领他的人马继续往山上移动。这并没有起到多大作用。只要稍微漫不经心地透过绿色树叶一瞥，依旧能看到被血色污染的蓝色束腰外衣。希腊青年德米特里厄斯说他们该去取回他的尸体，给他举行一个得体的葬礼，至少在他的尸体旁边放一个硬币好付钱给冥河的摆渡者。卡尔加库斯否决了这个想法。波斯人可能会卷土重来，看到变化他们会起疑心，但是德米特里厄斯争辩道，其他人可能会陷入眼前的惨象中无法自拔。卡尔加库斯耸了耸肩说："两害相权，取其轻。"

黄昏到来时，他们早已经准备好了动身。卡尔加库斯布置了新的计划。既然神灵们显然并不喜欢他们到达北方萨摩沙塔这个主意，所以他们索性往西前去泽乌玛。他们很快就可以到达一个宽阔平坦的高地，纵横二十英里，然后经过一片连绵的山脉，站在山上就可以看到幼发拉底河了。他们可以在一个晚上完成行程。一旦到了泽乌玛，他们就安全了。他们在骑行外出的时候曾经经过这个城镇。城墙坚固，由第四西徐亚军团领军的四千人把守，还有另外六千名正规军。更为利好的消息是，所有这些人都是听命于前执政官瓦伦斯。他既不是萨珊王朝的朋友，也不是那些卖主求荣的狗杂种们——诸如奎伊图斯、他的哥哥马克利亚努斯二世和他们诡计多端的瘸腿父亲老马克利亚努斯——的朋友。

卡尔加库斯正要下命令出发，突然听到靴子踩在粉末状土壤里发出的声响，德米特里厄斯正穿过树丛跑过来。当他到达后，弯下身子，就像一只在烈日下奔跑过的狗，其中一个长得不错的骑兵帮助他骑上马鞍。

"就放了一个硬币，撒了一把尘土。"德米特里厄斯对卡尔加库斯说，声调里有点儿自我辩护的口吻，"我知道那些畜生回来的时候会发现我们下来过，但是我不得不这么做，我不能让他的灵魂在死后四处游荡。"

卡尔加库斯只是点了点头，发出动身的命令。

他们花费了很长的时间，比喀里多尼亚人所预计的还要长的时间才到达高地平原。当他们到达那个地方，土地似乎一望无际。他们不间断地骑行，天上的繁星像一群取胜的乌合之众的眼神一样淡漠而无情。平原两边都是平坦、灰蒙蒙的空阔平地。队伍都筋疲力尽了。太长时间以来他们不得不一直与恐惧为伍。在巨大的平原面前，即使马克西姆斯都感到自己的沉着在慢慢消退，他的脑海里浮现出可怕的想象场景。过了些时间，他似乎感觉到当他们站立在那里不动的时候，平原似乎在移动，就像德米特里厄斯所讲的那些故事一样：他们已经死去，他们在尘世的罪行已经得到审判。他们已经被打入塔耳塔洛斯那暗无天日的地狱深渊，他们的命运就是在黑暗无边的草原上永远骑行，永远到达不了安全之地，永远看不到阳光。

然而黎明之前天际中的灰白亮光早已来到。在亮光下，他们可以看到西部的山岭，但是视觉上感觉还是很远。他们周围遍布着空阔的平原，还有些灌木丛，奇怪的被风压弯的树木，没有什么能够让它们隐藏。在大约一英里的前方，孤零零地矗立着一个与周围环境极不协调的简陋建筑。任何一个有野地作战经验的人都知道不要隐藏在这样孤寂的建筑物里，因为这种地方是搜捕者们的首要目标。但是，卡尔加库斯还是带领队伍径直向前走去，因为周围没有任何其他地方可去。

这是一个很大的矩形泥砖谷仓，里面曾经住过动物和人，但是现在空空如也。他们通过唯一的一道宽门牵入马匹。进入里面后，他们在横梁柱子上安排了一个哨兵。有些瓦片已经不见了，为了能够看到周围的全景，卡尔加库斯又推掉了几片。这种高度增加了他的视觉深远度。其他人都抚慰了一会儿马匹，然后寻找食物，可是没有找到任何食物。外面有一口水井，但是它总是有被下毒的可能。他们的水壶里面还有水，但是前天夜里他们已经吃光了最后一点儿食物。他们可以为马匹割草喂食，但是人却不得不挨饿。

马克西姆斯担任执行的是第二班哨兵岗。他不得不在屋梁上不停地转动身体以保证能观察到周围的所有动向，这样做其实很有道理，如果哨兵值班的时候睡着了，就会有从屋顶上跌下来的危险。德米特里厄斯所讲述的另一个故事浮现在这个希伯尼安人的脑海中。在喀耳刻的岛上，奥德修斯带领的人马里有个人在宫殿的屋顶上睡着了。他从屋顶翻滚下来，跌断了脖子。有时当德米特里厄斯讲这个故事的时候，会说成故事里的这个人被女妖诱惑，变成了猪。这可是不错的想法——烤猪肉：热乎乎的，外焦里嫩的脆皮，猪油顺着下巴流下来。地狱的神灵们啊，马克西姆斯饿了。

马克西姆斯的注意力有点儿被饥饿的需求所分散，要花那么一会儿来分辨他的眼睛到底看到了什么。那是一对农夫夫妇和一头驴，男的骑在驴上，女的跟在后面走，他们离得非常近。马克西姆斯从横梁上跳下来。他叫醒德米特里厄斯，帮助他迈上了屋顶。转过身来，他发现卡尔加库斯已经站起来了。两人互相解释了几句，然后就走出了屋子。

农夫看到了陌生人，用一句话喊停了驴子和他妻子，女人的眼睛忧郁无神，手里拿着根棍子。他那文有图案的脸上似乎没有什么惊奇的表情，就像那天碰到的牧羊人一样，马克西姆斯想，他们在这些地方根本不是什么新鲜事物。

“日安，老人家。”卡尔加库斯用希腊语问候道。

农夫用一种模糊不清的语言回答，两人都无法听懂。现在他们靠近了农夫才发现他脸上不是文身，而是一些泥土在褶皱纵横的脸上留下的深痕。

马克西姆斯试着用波斯语问候，农夫的脸上似乎闪过一丝表情。在马克西姆斯还没弄清楚那个表情是真是假之前，它就已经消失了。女人开始静静地抽泣。农夫用棍子打了妻子。

马克西姆斯用手势和混杂着几种语言的零乱句子问这对夫妇是否有什么食物。农夫的回答包含着流畅夸张的挥手动作，还有些听不懂的嘟嘟囔囔的话，总之他用比较拖沓的方式表达的就是绝对没有任何食物。

马克西姆斯所能够猜测出来的就是骑兵从东方而来，抢走了他们所有的食物，殴打了他们。那些骑兵还做了另外一件事情，就是抢走了他们的孩子。无论是男孩儿还是女孩儿，结局都不会太乐观。

女人又开始哭泣，当她看到丈夫的棍子时就安静了下来。

卡尔加库斯邀请他们进入谷仓，农夫清楚地表示他们宁愿待在外面。

然后他们就坐在那里，手放在膝盖上，身子靠着谷仓的墙。如果不是战乱，这个谷仓也有可能成为他们自己的住处。随着太阳慢慢地在天空中移动，他们移动着地方来避免太阳的暴晒。在休息的间隙里，女人就哭泣。农夫自己的情绪也不是很稳定，所以就根据当时状况或者安慰下妻子，或者威胁她。马克西姆斯大多数时间都是在观察这夫妻俩，为他们的痛苦不堪而感到心痛。即使像他这样的以暴力为生的人都能看到战争的邪恶，看清楚战神的邪恶面孔——无论是马尔斯、阿瑞斯还是沃登，不管你把他叫作什么：战争就是地狱。

白天慢慢消逝，队伍收拾停当，把马匹牵到外面，然后晃身跃上马鞍。卡尔加库斯带领他们继续西行。农夫夫妻俩对他们的离开没有显示出任何情绪变化。

最终他们到达了山岭。尽管夜色黑暗，他们还是找到了一条往山上去的路，并开始前行。崎岖的山坡阻碍了他们的视线，他们谨慎前行，布置两人在前面五十步左右做侦察，然后他们就遇到了波斯人。

马克西姆斯的眼睛从卡尔加库斯身上移开，朝着下面的敌人看去。萨珊人非常放松，完全不知道他们正在被观察着。他们站在三条小路交会的地方，互相传递着由动物皮制作的酒壶，其中一个人在引吭高歌：

当黎明的触手在天空中浮现，我还在睡梦中，

我听到酒馆里的喊叫声，

醒来吧！我的小伙计们，倒满酒杯，

在生命的酒杯还未干涸之前，倒满酒杯。

波斯人放声大笑。

马克西姆斯心想，是的，你们这些长着山羊眼的狗杂种，快饮光酒壶中的每一滴酒。在黎明的触手浮现在天空中之前，在接下来的一刻里，如果你们不动身，我们将尽全力杀死你们，而且我们希望当锋利的利刃接近你们的时候，你们正醉醺醺的。

即使他们真的动身，也很有可能会有一场恶战。如果萨珊人往北边走，则安然无恙。如果他们往西边走，罗马人可能希望能尾随上去，一旦走出山岭，走到幼发拉底河前面的狭长平原上，就可以悄悄进入泽乌玛城。如果萨珊人往东骑行，那么没有选择，肯定会有一场血战。

有个暗灰色的身影在移动，是一个波斯人跳上了马鞍。他也开始歌唱，声音不如第一个人圆润，但曲调中颇有威严：

公鸡开始叫了，那些站在

酒馆门前的人大喊——“快点开门吧！

你知道我们只能待很短的时间，

而且一旦动身，可能再也不会回来了。”

萨珊人都翻身上马。他们在原地乱转着，让马匹准备好出发。

马克西姆斯掌心出汗，屏住了呼吸。

这些东方的骑兵朝着北方进发了。

第二章

德米特里厄斯就像往常一样，在队伍的后面牵着马。他牵着自己和卡尔加库斯的坐骑，还有那匹巴利斯塔坚持让马克西姆斯骑的灰色骗马。在几乎是全黑的夜色下，每次那匹灰马移动并踩出一个蹄印或者只是大声呼吸时，关于这匹马的主人的一些事情就会顽固而持续地浮现在德米特里厄斯的脑海中。他对那个高大的金发野蛮人有怜悯之情，而且是撕心裂肺的怜悯。和拥有这匹马一样，巴利斯塔曾经拥有这个希腊的年轻奴隶。德米特里厄斯对他的主人满怀感激。最初三年被束缚奴役的奴隶生活是德米特里厄斯宁愿不去考虑的事情。这段时光是如此糟糕，以致他有时候甚至觉得不如假装自己生下来就是奴隶更容易让他接受——如果你本来就对其他一无所知，那么又能糟糕到哪里去呢？三年后，他被卖给巴利斯塔做书记官。体形壮硕的巴利斯塔这九年来待他一直不错，德米特里厄斯根本无须去思考那个古老的格言——奴隶不应该等待主人的允许。最终，四天前，在一个被烧焦的山岭边，巴利斯塔被一群刚被击溃的罗马军队残部围着时，他给了德米特里厄斯最想要的东西——自由。

前面小路上传来的一阵嘈杂声把他的思绪拉回到可怕的现实。他看不到什么，狭窄的上山小路被其他四个达尔马提亚骑兵和他们的马匹占据着，挡住了他的视线。天上的星星和刚爬上来的月亮没有提供多少光亮。突然传来一阵乱石滚动的声音，他看到骑兵们都准备好了自己的武器，他心中的恐惧感开始上升，喉咙也开始发紧。

“不要紧张，小伙子们。”马克西姆斯的声音很轻柔。骑兵们放松了下来。德米特里厄斯也放心地轻叹了口气。

他们翻身上马，继续前行，骑行过一片三条路交会的小草坪。德米特里厄斯攥紧了拳头，大拇指深埋在食指和中指之间，这是防止厄运发生的象征性姿势动作。岔路口通常是不祥之地，你只需要想想俄狄浦斯是如何遇到他父亲的就知道为什么了。一个三条路交会的十字路口，周围一片黑暗，很难去想象这样的情景下更有可能引来长着三个头的邪恶女神赫克托耳或者她那些来自地狱的可怕的小奴仆们。

在他们穿越草坪之后，山岭又浮现在眼前。在这怪异可怕的光线里，白色的岩石和黑色的影子把山坡变成了碎片般的狂乱镶嵌画。德米特里厄斯就骑行在卡尔加库斯和马克西姆斯后面。在靠近他们的地方他感到安全。灰马的柔和光泽让他又想起了巴利斯塔。他落在波斯人手里后怎么样了？这个北方人曾经在阿瑞忒城公开抵抗诸王之王沙普尔好几个月，而且曾经在城墙下屠杀了这个诸王之王的成千上万的勇士。他还曾经在色西昔姆消灭了整整一支萨珊王朝军队——查波拉斯的河水因为东方人的鲜血而被染红。更糟糕的是，他曾经在战争结束后下令把这些萨珊人的尸体烧掉，来公开蔑视火的神圣，就是那些信仰拜火教的萨珊人所崇拜的神圣之火。综合这些因素，事情对他来说不大可能进展顺利。

马克西姆斯和卡尔加库斯的头碰到一起，低声说着什么。希伯尼安人把灰马拉出队列。在他经过的时候，德米特里厄斯对他笑了笑。马克西姆斯没有反应，他的眼神看上去遥远而淡漠，就像一个注意力分散的孩子的眼神。灰色的马站在那里又让德米特里厄斯的思绪飘回巴利斯塔那里。就在那个被烧焦的山边，在他们离开前，巴利斯塔拥抱了马克西姆斯，朝着他的耳边低声地说了些什么。希伯尼安人许诺他会誓死保护他的两个儿子。回想起来，德米特里厄斯感到有一丝妒忌。他把这个想法迅速抛弃，因为这不值得去思考。他不是个战士。他没有能杀人的有力双手。当然巴利斯塔会让他的老战友来保护他的两个孩子免受刀枪之害。伊桑格瑞姆才刚刚八岁，德海姆还不到两岁。两个漂亮的孩子，现在都得不到父亲的陪伴。

他右侧瞬间掠过的闪影吸引了他的注意力。他使劲儿地盯着看，发现只不过是些岩石和影子。就在他想要看向别处时，他再次瞥到了这个闪影的动作。这次看准了，就在刚才的斜坡上，大约掷一个铁饼的距离。又看到了它的移动，这次他清楚地看清了：一个黑色的身影。有个人正在和他们平行的位置上走动。

德米特里厄斯环顾四周，看了看他的同伴们，他们似乎没有人意识到山上的那个追踪者。附近也看不到马克西姆斯。当德米特里厄斯再次回头看的时候，花了一会儿时间才能再次定位那个黑影。他就在那里，衣着破烂，穿着灰黑色的衣服，或许有点儿红色。他从一个又一个的岩石上掠过，走动的时候没有发出任何声音。德米特里厄斯心里感到一阵凉意，他看到追踪者的脸色是暗色的，非常暗，几乎是黑色的。“灰色眼睛的雅典娜请佑护我们。”他喃喃自语道。这个暗中追踪他们的人不是个凡人，而是个魔鬼或者鬼魂。

有些鬼魂是一些瘦瘦的、没有人形的幽灵。如果你想抓住他们，他们会像烟云一样从你手间溜走。这样的鬼魂令人讨厌，但是他们不能伤害你。那个山上的幽灵不是这样的鬼魂。这个鬼魂是那种比较可怕的。这是一个具有人形的鬼魂，可怕而又危险，就像利卡斯一样，在特梅萨屠杀男女老幼，像埃特里安的波留克瑞欧斯，九个月后从坟墓里钻出来抓住他那个雌雄同体的儿子，把他的四肢撕得粉碎，然后吞掉了儿子的尸体。

德米特里厄斯尽力驱赶着脑海里的那些可怕的鬼故事，有时大量的阅读和持久的记忆力是一种诅咒。他不安地四处打量着，其他人的脸上没什么表情。马克西姆斯在哪里？

德米特里厄斯催促着自己的坐骑跟卡尔加库斯并行，眼睛又紧盯着山上的黑影。在他这么做的时候，山上的影子改变了形状，四肢着地。他就像一匹狼或者一只狗那样迅速地跳到另一个隐身的地方。从黑暗中，甚至从骑士们发出的嘈杂噪音中也可以清晰地听到，前方传来驴子的叫声。那个野兽的身体后部立起来，两条腿短暂地站立着——四处张望，呼吸着空气——然后又滑回地面，就像一个隐藏在岩石后的蛇一样滑行。

帕拉斯·雅典娜和所有奥林匹亚山的众神们请庇护我们。德米特里厄斯太害怕而不敢大声地祈祷。这个东西比恶魔还可怕，而且远比恶魔更糟糕。他们正在被一个来自地狱的赫克托耳的恐怖奴仆恩浦萨跟踪，这个鬼魂可以变形。赫克托耳这个黑暗幽灵女神，她所有的愿望都被宙斯满足了。

德米特里厄斯在哲学著作里读到过来自提亚纳的圣人阿波罗尼奥斯曾经用一声大喊击退了地狱鬼魂恩浦萨。可是他太害怕了，不敢喊出声音来，而且如果真的喊出声来，会不会引来萨珊人攻击他们？

年轻的希腊人身体前倾着，由于焦虑他在马背上几乎不能保持平衡，他抓住了卡尔加库斯的胳膊。

“别出声，你这个小傻瓜。”喀里多尼亚人发出低声的嘶吼。

眼睛睁得大大的，德米特里厄斯神情凝重，沉默下来却不能理解发生的事情。为什么卡尔加库斯不采取任何措施？马克西姆斯在哪里？为什么这些野蛮人不采取行动？难道他们不知道地狱鬼魂恩浦萨的厉害吗？

当他们慢慢骑行时，德米特里厄斯看到卡尔加库斯的眼角也在注视着山上那个移动的东西。喀里多尼亚人由于在期待着什么而身体发僵。他的坐骑因为感知到这种紧张情绪而摇摆着马头。

在山上，斜坡上更高的地方又有了新的动静。另一个黑色的身影在天际间滑过。这个影子慢慢地爬向第一个黑影藏身的地方。

难道有两个怪物吗？黑暗、疲倦和恐惧折磨着德米特里厄斯。地下的神灵们，如果这些鬼魂成群来攻击我们怎么办？

第一个黑色的影子肯定已经听到或者感觉到了什么。他突然站住，仔细地察看着山坡。接着，就像闪电一样快，他跳起来，向西面跑去。另一个黑影跳起来追赶着他。他们脚下的石头滚下来。这些石头又导致其他石头错位，它们就像阵雨一样滚下来砸向小路。

卡尔加库斯用脚踢了下坐骑。顺着小路传来了马蹄的奔跑声，大约跑出去五十码后，喀里多尼亚人突然把马停住。他用超越自己年龄的力气跳下马背，从马鞍下的皮套里拿出几支标枪，然后朝着斜坡方向跑去，目的是砍倒那个逃跑的人。

觉察到新的威胁，那个逃亡的身影想折回山上的斜坡，但没有用，因为第二个身影已经就位，准备好了堵住那个方向的任何逃跑企图。

就像凯尔特人的猎狗一样，这两个追捕者在布满岩石的斜坡上堵住了他们的猎物。他们让他四处逃窜，但是包围圈越来越小。

“停下，否则我会用标枪刺穿你。”卡尔加库斯用希腊语叫道。他的猎物继续逃窜。苍老的喀里多尼亚人往回扯动着自己的胳膊，投出力量非常大的一掷。标枪飞着掠过逃跑者的肩膀，然后掠过一块岩石，擦起一阵火花。

逃亡者在自己的逃跑路线上立马停住，卡尔加库斯抓住他的胳膊，把它们绕到背后，拖着他走向正在等待的骑兵们。

马克西姆斯过了一会儿后重新加入了人群。“该死的！那支标枪差点儿杀了我！”他大口地喘着气说道。

现在可以放心了，德米特里厄斯觉得没法用语言表达这种放松，他研究着这个被抓的人。他长得很丑陋，但不是什么幽灵或者恩浦萨。他的体形矮小，脸涂成了黑色，穿着暗灰色的狼皮和黄鼠狼皮做的帽子。他也在喘着粗气。

马克西姆斯迅速而又有效地搜查着被捕者，查看他是否携带武器。没有发现什么，他退后几步，踢向这个人的腿。

“不要杀我！诸神啊，求求你不要杀我！”这个人用拉丁语大喊道。他的口音非常奇怪，好像还不熟练。他很恐惧，在地上蜷缩着，牙齿打着冷战。

“拿出点儿勇气吧，”马克西姆斯说，“死亡是你最后的担忧。”

“我只是个士兵，像你一样的罗马人，求你不要杀我！”

“姓名？军衔？所属部队？”马克西姆斯一连串问道。

“提图斯·厄苏维乌斯，第四西徐亚军团士兵。不要伤害我。”他的话像连珠炮一样说出来。

“你是个逃兵。”

“不，大人，我是个侦察兵。”

“你在这里干什么？”

被捕者吞了一下口水，说：“我只是想设法赶回泽乌玛城。求求你，带上我吧。”

“你从哪里来？”马克西姆斯铁面无情地盘问着。

被捕者又咽了一下口水，有一点儿犹豫。“来自野战军队。求求你，带上我吧。”

马克西姆斯瞥了一眼卡尔加库斯，头扬了一下。喀里多尼亚人很粗鲁地把被捕者托到自己的脚下，把他的胳膊交叉捆绑上。马克西姆斯拔出剑，一柄短短的角斗士短刀的刀刃在惨淡的光线中闪耀着。

“到该说实话的时候了。”

那个人抽泣着说道：“我说的都是实情。相信我。我有家庭，不要伤害我。”

“告诉我，”马克西姆斯问道，“你有没有被东方宗教吸引过？”在他说话的时候，往前迈了一步，非常敏捷地用一只手解开了此人的腰带。

这个被捕者脸上浮现出恐惧和不理解的表情。他摇了摇头，说：“不，我从来没有被吸引过。我不理解你为什么这么问。”

用力拉了两次，这个被捕者的裤子和内衣都被拉到了他的膝盖位置。“说你对女神阿塔伽提斯没有兴趣？难道你不希望去拜访她在希拉波利斯城的神庙？”

怀疑笼罩在被捕者的脸上。“不，我……我从来没这么想过。”

“很遗憾，考虑到接下来将要发生在你身上的事情的话。”马克西姆斯伸出手，抓住这男人的生殖器，另一只手向他展示了自己的剑。被捕者又抽泣起来。马克西姆斯继续说道：“女神的侍奉者们——东方的阉人祭司们——过着不错的生活。当然，他们必须得阉割自己。而且我想他们好像是用一种石头做的刀片，很可能是燧石这种材料做的，但是我们给你做了必要的变通——如果你能生存下来的话，我想他们会收留你的。”

被捕者发出断断续续的求饶的声音。

“现在，你到底想怎样？你是想告诉我实话，还是想把自己奉献给在希拉波利斯城的神庙？”

就像水闸打开了一样，犯人开始滔滔不绝地说道：“我的真名是提图斯·厄苏维乌斯。我出生于高卢的卢泰西亚地区。我是跟一个骑兵大队一起行军的。我们向东进军是为了完成戈尔迪安三世的战役。我……我做错了事情，不得不当逃兵。我跟着萨珊人行军已经有数年了——我结婚了，有一个波斯人家庭。苏伦大人命令我去泽乌玛城侦察对方的防御态势。我能怎么做呢？我没有选择。求求你，让我活下去吧。我想再次见到我的孩子们。”

一个达尔马提亚骑兵从后面牵马走上前来，打断了这个人似乎绵绵不绝的话语。“那些卑鄙的杂种们来了。”

这个被捕者挣脱了卡尔加库斯的束缚，他双膝跪地，哀求道：“求求你，把我留在这里吧——把我绑起来，封住口——我不会跟他们透露任何事情的。”

“不要再说了。”马克西姆斯的脸部表情显示他似乎已经打定了主意。

正当被捕者挣扎着伸手过去想抓住马克西姆斯的脸去哀求他时，希伯尼安人的剑挥舞起来。刀光一闪砍中了他的脖子，鲜血四溅。

“上马。”卡尔加库斯命令道。

德米特里厄斯站在那个脖子已经被砍掉一半的尸体旁边。马克西姆斯正在用死人身上的狼皮擦拭自己的刀刃。

“你曾许诺他可以活命。”希腊人说道。

“不，我说的是死亡是他最后需要担忧的事情。”马克西姆斯晃动身体翻身骑上灰马，“这对我们所有人来说不都是这样吗？”

他们全力疾驰，萨珊人紧跟在他们后面，他们的骑兵奔驰过的轰隆隆的声音在四面八方的岩石山坡上回响。马克西姆斯想，至少很简单，就两个选择：要么逃跑，要么作战。没有必要去想聪明的计谋来设计圈套，没有必要在马身上系灯笼或其他对策。无处藏身，无处可去，只有一条道路：要么逃跑，要么作战。

路曲曲折折，随着山岭的蜿蜒曲折而起起伏伏。路很窄，表面松散而崎岖。马蹄经过那些很窄的拐弯处时，不得不挣扎着站稳。不止一次，骑兵们不得不抓住他们马鞍的前面两个尖角以保持平衡，以免被扔下马。有好几次德米特里厄斯几乎跌倒在地面上。年轻的希腊人也不是什么半人半马的怪兽，不能再这么继续下去了，马克西姆斯心想。

“放松点儿，卡尔加库斯。”马克西姆斯叫道，“那个间谍的尸体会耽搁他们些时间。放松点儿，否则会有人跌下马，可能大家都会跌成一堆。”

喀里多尼亚人考虑了一会儿，然后把自己的坐骑速度降为慢跑。

马克西姆斯抬头看了看天空。夜晚在飞快地逝去，没有多少时间了，但是他们必须到达山脉的边缘。到那儿之后，越过一个小平原，穿过四五英里地，到达泽乌玛城墙后面就是安全之处。

当他们到达拐角的时候，路的中间站着一个很小的身影。马克西姆斯和卡尔加库斯使劲儿地拉住马缰，大腿紧紧地贴住他们马鞍上的皮具和木头。他们一边围绕着这个阻碍他们道路的人影转圈，一边停住马匹。后面的队伍一片混乱，德米特里厄斯的坐骑冲向灰马的后臀。神奇的是，没有人把这个孩子踩到马蹄下。

马克西姆斯环视察看着斜坡四周。他一只脚跨过灰马的脖子，跳到地面上。

这个孩子是个长相不错的男孩儿，大约八岁。他脖子上戴着一个很沉重精致的饰物，此时正在哭泣。

“我妈妈走了，她很害怕，她说我太慢了，她不见了。”

马克西姆斯对他张开了双臂。孩子犹豫了一会儿。马克西姆斯知道自己饱经战乱的脸和失去的鼻尖不可能让孩子感到放心。他把孩子抱起来。孩子把自己的脸埋在希伯尼安人的臂膀里。

“我父亲是泽乌玛城的议员，是个有钱人，他会奖赏你们的。”孩子用希腊语断断续续地说道。

“我们最好马上动身。”卡尔加库斯说。

马克西姆斯先把孩子放上灰马，然后自己跳上去骑在后面。他们出发了。

他们还没走多远就听到了后面追赶的声音：高而尖利的喊声，很多马匹一起行进的低沉而轰隆隆的声音。卡尔加库斯把速度加快，但马匹的反应很慢，它们跟骑兵们一样疲劳。这四天来的长途奔袭让它们筋疲力尽。

在一个地势较高的山岭顶部，马克西姆斯瞥了一眼山岭底部空阔、平坦而又黑暗的平原，距离它已经不远了。路的地势开始下降，一个骑兵的坐骑差点儿失足。在极度疲劳的境况下，它几乎撞到了地上。如果它倒下的话，其他马匹也会随之跌倒。

这可不妙，马克西姆斯心想。如果我们在空阔的平原上骑着累垮了的马匹，波斯人可以像抓马鲛鱼一样轻易地追上累垮的我们，然后俘虏我们。

马匹在一道笔直的斜坡上艰苦行进着，这段路大约有五十码的距离。左边的山岭在后面形成一个微小陡直的峭壁。山上滚下的石头四散在他们经过的路上。在斜坡的顶端，一个不小的石堆把路堵得只能单人通过。

这个地方非常好，马克西姆斯心想。他停住马，做个手势让卡尔加库斯也加入他，然后挥手让其他人过去。

“我想我会在这里待一会儿。”马克西姆斯跳下马，从马鞍上解下盾牌，“交换马匹，你带着孩子。”

卡尔加库斯没说什么，他僵硬地下了马，整理好自己的盾牌，马克西姆斯在一边笼住两个马头，他跳上灰色骟马，坐骑在小男孩儿身后。

“你确定？”卡尔加库斯问道。

“确定。”马克西姆斯抬头看着喀里多尼亚人说，“在我们离开大军之前，我许诺过巴利斯塔我会照料他的儿子们。现在任务是你的了。”

“好的。”卡尔加库斯没有去看马克西姆斯的眼神，他转身注视着峭壁的正面。

追赶的声音变得清晰可闻了。

“替我向德米特里厄斯说再见。”

“我会的”。卡尔加库斯从灰马马鞍上解开弓箭包和箭袋，把这些扔给了马克西姆斯，“把我的也带上。”

追赶的声音变得极其嘈杂了。

卡尔加库斯笼住灰马的缰绳，转过马头继续前行。他的眼睛始终没有去看马克西姆斯，但是他继续朝着峭壁方向四处打量着。

现在只剩下他自己了，马克西姆斯迅速地开始动手准备。他把马牵到离那一大堆滚石稍远的地方，用一块毛皮绑缚住马的前腿。他把卡尔加库斯的弓和箭袋，连同自己的都聚集到一起。他跑回来，在那块滚石堆后面一半的距离处隐藏好。他拔出剑，把剑和盾牌横在身前，放在离他伏在地上的一只手不远的地方。他把箭袋竖起来以便能够更容易地够到箭，然后把备用的弓放在弓箭旁边。他选了一支箭，仔细检查着箭身的笔直程度，测试着箭头。他对自己选择的箭很满意，做了个记号，半开弓，目光注视着道路。

在他等待的时候，时间跟马克西姆斯奇怪地恶作剧起来，它慢了下来，完全停止了。每一次呼吸似乎要花一个世纪那么久。萨珊人发出的嘈杂声越来越大，但是却没见到他们的人影。声音似乎消逝了。马克西姆斯松了弓。他数了数弓箭，共有二十支。他看着天上的星星，就像人心一样不可测。它们发出惨淡的光。几乎快到黎明时刻了。

头两个萨珊人让他有些措手不及。他们肩并肩地转过拐角，马匹保持着慢跑的速度。马克西姆斯张弓搭箭，瞄准了右边的人，故意把箭放低，打算击中马匹。他把箭射出去，并抓起另一支箭，发现马匹已经倒下，骑行者在尘土中翻滚。他朝着另一匹马射箭，但是没射中。他又搭弓射箭，箭深深地射入马胸。马匹向前翻滚，骑行者从马头方向弹射出去，重重地跌到布满滚石的路上。

另一个萨珊人已经努力使第一匹倒下的马站起来，他拔出剑，催促自己的马向着斜坡前行。马克西姆斯冷静而熟练地射中了他。弓箭把他从马背上掀翻下来。马匹鼻孔中闻到血的味道，耳朵里听到类似马匹的痛苦叫声，马蹿起来掠过马克西姆斯，疾驰而去。

在山坡脚下的其余萨珊人一下子都停住了，不清楚到底有多少人在阻挡他们，也不确定到底是在前行还是在撤退。马克西姆斯不断地拉弓射箭。致命的箭呼啸着划过黎明前苍白的灰色夜空。

一个东方的步兵从左面向他冲过来，马克西姆斯放下弓。他蹲下来拿起剑，他的敌人已经站在他身前。这个萨珊人双手将剑举过头顶，长长的刀刃像斧头一样带着巨大的剑风向下砍去。马克西姆斯毫不退缩，剑在身前，他在还没击中他之前猛地向前冲。希伯尼安人锋利的刀刃插入了萨珊人的腹部。两人的身体压到了一起。有一股屠宰场才有的恶臭味道。马克西姆斯把仍然在急促喘气的东方佬推开。

萨珊人后撤得无影无踪。在盾牌下，环视石堆周围，马克西姆斯可以看到两个人和两匹马的尸体，其他什么也看不见。他数了数自己剩下的弓箭：还有八支。他在想自己是否该跑去跟随前面的队伍，他是否已经为其他人赢得了足够的逃离时间？

没有时间去做这些了，他听到了战吼声。萨珊人又开始冲锋了。马克西姆斯放下盾牌，站起身，拉弓射箭。波斯人骑着马轰隆隆地进入他的视线。马克西姆斯放开手中的箭。他又抓起另一支箭，尽可能地加快动作。箭密集地飞向敌人。

一支箭从他头顶上方飞过。这一次，队伍后面的东方人在队伍前面的人头顶之上发射弓箭。

马克西姆斯又射了一支箭，一个波斯人的马倒下了。

他又开始射击，但没射中。他伸手去够另一支箭，没有箭了。他拿起剑和盾牌。这次没有什么可以阻挡敌人的东西了。

萨珊人几乎与他面对面站立着，他能够看到他们的马匹放大的鼻孔，听到他们身上披的彩带发出的清脆声响。一块儿小石头从他的头盔上弹开。他抬头看了看。下起了石块雨。再往上看，天空中满是飞石。

马克西姆斯转过身来就跑，飞石毁灭了他周围地面上的一切。一块儿岩石击中了他的肩膀，非常疼痛。在他身后传来可怕的喊叫声，像被石头碾压发出的声音。他已经跑到远离乱石洪流的地方了。马克西姆斯停下来，往后看着。道路因为被飞沙走石激起一阵尘雾而无法看清。他站在那里傻傻地看着。在他旁边，马匹叫着，挣扎着想摆脱束缚。马克西姆斯走近了马匹。他发现自己手里还拿着剑，于是拔出剑。他肯定自己已经丢失了盾牌。他安慰着马匹，解开它的前腿绑缚，骑上马背。

尘土开始渐渐散去，道路在乱石横飞的情况下，几乎被破坏殆尽。萨珊王朝的人马消失了，或许被石头砸死了，或许逃跑了。

马克西姆斯听到上面有动静，他抬起头朝着峭壁顶峰看去。一张丑陋的面孔小心地从山顶边缘往下注视着。看到希伯尼安人后，他开始哈哈大笑。

“不要这么吃惊，你在期待谁来拯救你这样的人？你不会想当然地以为这是由于神灵们太宠爱你，所以故意安排一场泥石流来帮助你吧？我真的不确定神灵们是否会这么做。”卡尔加库斯说道，“现在我又得寻找往山下走的路了。”

第三章

巴利斯塔背朝着墙，没法移动。他的大腿被另外两个人挤得动弹不得，来自第三凯尔特步兵大队的指挥官马库斯·阿西乌斯压着他的左大腿，来自第六高卢军团的卡米卢斯压住他的右腿。巴利斯塔能够感受到这两个人身上的热度。他自己身上也是汗水淋淋。空气很憋闷，他觉得呼吸困难。

巴利斯塔一直对幽闭空间有恐惧感。这个地下的监狱非常狭小。罗马野战军队的大多数高级军官都被塞到这里，里面几乎连一起坐下的空间都不够。巴利斯塔急需伸展双腿，来检查腿上的刀伤和出过血的双脚，但是没有空间。

罗马的达官贵人们因为被俘而变得卑微，瓦勒良皇帝被俘，他的整个军队或阵亡或投降。几乎所有的罗马高级军官都像奴隶一样被成群地赶到这个臭烘烘的监狱——几乎所有人，除了瓦勒良和他的引见官克勒图尼乌斯。他们被带往别处，去忍受更多的耻辱，然后波斯人可以对他们随意地折磨、侮辱。图皮奥也不在那里，他阵亡了。巴利斯塔在离开绝望之谷之前最后看了一眼他的朋友，最后看了一眼他被插在杆子上的、被砍掉的头颅。

从拥挤的战俘堆里传来禁卫军长官苏克西阿努斯的喊声：“纪律，我们必须保持纪律。这些卑鄙的萨珊人不懂纪律。保持我们的纪律，我们就会击败他们。”他不断地重复着这些话。巴利斯塔觉得他可能是疯了，如果真是这样，那也不足为奇。

一直持续地往南行进可能已经让每个人都疲惫得失去了理智。战俘们经历了两天如地狱般的磨难。这些囚犯一直遭受着被用棍子殴打，被鞭子、长矛杆尾和刀背，有时是刀锋边缘，抽打着往前赶路。瓦勒良在队伍最前面，穿着奴隶的衣服，一个荆棘编织的王冠戴在他苍老的头上。他的军官们，身上戴着沉重的镣铐，跟在他身后。他们的靴子都被拿走了，走路的时候尖利的石子扎着他们的脚，使他们走得跌跌撞撞。在他们后面跟着长长的战俘队伍，各级军官都紧随其后。

天气很热，不可忍受的热。头顶上太阳无情地暴晒着。扬起的阵阵尘土阻挡了他们的视线，堵住了他们的喉咙，有噎死他们的危险。他们已经非常口渴。每天一次他们就像畜生一样被赶去饮水。有的人还没来得及喝一口水，已经被抽打着往前赶路了。每天有两次他们会领到发霉恶臭的面包作为食物。有些人身体极度虚弱已经吃不下去，其他人为了这些面包碎片而奋力争抢。

在这些残酷遭遇之外，他们也受到了羞辱。如果有人走出队列去小解或大解，萨珊人会起哄调笑，当这个人蹲下的时候他们就扔石头。当有人倒下，就会被打得直到站起来。如果动作不够快，会被草率地杀死。

普通战士会比军官们遭受更多的苦难。没有对军队战俘所残留的东方式等级尊重保护他们。如果一个年轻战俘士兵的眼神没有完全被尘土和苦难所阻挡的话，正好跟一个萨珊王朝的卫兵眼神相交，他就会被拖出队列。通常是在众目睽睽之下，他被压倒在地上，被强奸，有时会被轮奸。在强奸结束之后，受害者就被扔在尘土中。有的人会蹒跚着回到队伍里，有的人则倾向于继续趴在尘土里。巴利斯塔曾亲眼看到过一个还不到二十岁的长相清秀的年轻人，在被强奸后把脸埋在土里，等待着死亡。

出发后不久，他们来到一条干涸的河流旁，行军暂时停住。萨珊王朝的诸王之王穿着紫色和白色相间的贵族衣装，气宇轩昂，身后的卡维之旗在风中飘扬着，他骑马向前来视察这条河流。跟一些大臣商量之后，沙普尔下令逼迫一队罗马战俘士兵走去河流的下游。河堤两边围绕着很多骑兵。罗马人已经双膝跪地，胳膊伸出来表示臣服，但没有什么作用。伴随着持续不断的嘲笑声，弓箭开始飞向这些手无寸铁的人。随着一声异常蛮横的命令，一阵箭雨飞来，战俘们被逼着脚踏着他们战友仍在流血的尸体往前走去。

第一天快结束的时候，他们到达了埃德萨，这个白色城墙环卫的城市依然在屹立着。衣着褴褛的战俘们被用弓箭射停，他们的悲惨模样就这样展现在守城的军队面前。在巴利斯塔的身边，一个指挥官望着近在咫尺的安全之城抽泣着。

瓦勒良被押送到东边的城门处，在萨珊人的淫威逼迫之下，年迈的皇帝召唤了守城的总督。当他出现的时候，皇帝瓦勒良命令他献城投降。站在要塞高高的城垛后，奥里利乌斯·达利斯把手指放到嘴唇上，给了皇帝一个飞吻。礼毕，这个守城总督干净利落地行了军礼，没有说话就转身离开了。

第二天，他们被驱赶着继续行军到卡莱。越过平坦的平原望去，城市就像远处升起的一个平台。战俘队伍里流传着卡莱已经打开城门迎接波斯人的流言。

在离城市不到几英里的地方，他们在一个尼卡勒神庙前停下。尼卡勒是邪恶之神的新娘，这个月亮女神与她强大的配偶的圣殿是一个进行和平活动的地方。在波斯人警惕的注视之下，当地祭司们在神圣的湖边两岸搜寻着。很快燃起来一堆大火，大屠杀开始了。很难判断到底哪个是最折磨人的，是烧烤动物的味道还是清澈的不可接近的湖水。

一个萨珊王朝的贵族骑马走向那些被拖行的罗马军官们，他大笑着用希腊语说："你看，我们尊敬的客人，我们对待你们就像对待神灵一样。他们也是在祭祀的烟火中进食的。"

普通士兵们被留在城墙外。军官们则被赶到一个有装饰的门下，穿过市民们常走的街道，波斯人鼓励市民们嘲笑讥讽这些战俘，朝着他们扔东西，然后强行将他们赶进狭窄而又密不透风的监狱里。

在这悲惨的境遇里，禁卫军长官继续嘟囔着："纪律……"巴利斯塔的腿抽筋了。他向被挤在他前面的年轻的意大利骑兵队指挥官奥勒良道着歉，痛苦地活动了一下腿部。他已经累得骨头都快散架了。他想闭上眼睡觉，但是他知道当他再次睁开眼睛时，密不透风的拥挤人群和空间中移动的困难会引起他一阵恐慌，这种恐慌会吞没他的。在行军的时候，他很高兴没有与普通的被俘士兵为伍，但现在他宁愿放弃很多东西，仅仅为了跟他们在一起。至少夜里的风会吹拂他们的脸颊，而且他们暂时能享有那种活动不受限制的美妙而奢侈的自由感。

门外传来一阵窸窣声，之后门被打开，两个手中拿着长剑的东方佬环视着挤压在一起的人群。

"你们哪一个是巴利斯塔？"

巴利斯塔很不情愿地举起了手，这可不是什么好的转折。他作为罗马将军曾经在阿瑞忒城屠杀过很多东方人，在色西昔姆击败过一支萨珊王朝的军队，而且还在他们眼睁睁的注视下犯了亵渎他们神灵的大罪，因为他烧过战俘的尸体，所以他只会从诸王之王那里遭受残酷的接待。

"你跟我们来。"

巴利斯塔从监狱里走出来花了些时间，首先他得先站起来，这包括靠着墙把自己的身体直立起来，然后罗马军官们不得不相互踩踏着，所有的达官贵人们都往两边散开，为他让开一条路。

随着门关上，巴利斯塔听到了苏克西阿努斯的声音。“纪律，保持纪律。”禁卫军长官不断重复着。

巴利斯塔心想，去你妈的，去你的罗马军团纪律。我是出生于盎格鲁的勇士，我们面对恐惧时有自己的方式。诸神之父，遮面的神，独眼的死神啊，我是沃登的子民，请保佑不要让我辱没自己和我的先祖。

两个卫兵抓着巴利斯塔的胳膊，另外两个卫兵武器出鞘，跟在后面。巴利斯塔在拖着脚向前走的时候，感到自己脚后跟上的伤口裂开了，那些系在脚踝上的镣铐每走一步似乎都要绊倒他。走动时他手腕上的枷锁和镣铐以及链接两者的重量让他痛不欲生。

他被拖行着在宫殿地下室一个走廊一个走廊地前行。起先他试图记住每个拐弯的地方。然后他意识到自己已经忘记了他们被带到监狱里所走的路线。在那之后，他主要集中自己的注意力来抵御自己的恐惧。

卫兵们打开了通向另一个牢狱的门。他们把他推进去，动作令人吃惊地温和。他没有摔个嘴啃泥，只是脚步有些蹒跚而已。门被关上了，猛地被锁住。

站直以后，他开始对周围的环境进行判断。牢狱里闻上去有发霉的味道，但是还算干净。这里没有窗户，所以一片漆黑。他蹲下来，姿态丑陋地爬行在地上，巴利斯塔开始探索着新监狱：大约六步长，六步宽，粗糙的石头墙面，光秃秃的泥土地面，没有什么可移动的东西，也没有可以用作攻击性武器的东西。

巴利斯塔花了些力气让自己背靠墙壁安顿下来。他尽量让自己舒服一些，让手腕和脚踝上的擦伤和疼痛之处能够少受点儿金属镣铐的摩擦。现在他独居在一个监狱里，便开始怀念其他军官们的陪伴，至少他们是一起承受过那些苦难的。

巴利斯塔非常疲倦，他的疲劳就像一个过去两天里一直被挖深的矿洞，通道越挖，越远离光线，也越来越难以呼吸。他想起自己的妻子朱莉娅，想起他的两个漂亮儿子伊桑格瑞姆和德海姆。他想象着当自己被捕的消息到达安条克以后他们的痛苦。如果他死了，他们会不会从别人那里听说呢，还是他从此逝去？他的结局在他们的脑海中会成为一个需要用可怕的心理折磨和痛苦塞满的空白空间呢？

闭上眼睛，巴利斯塔许诺自己，如果有机会——无论会付出什么代价，无论他会遭遇什么——他都会回到他们身边。

门突然被打开了，巴利斯塔被外面的光线刺激得有些看不清事物了。两个东方佬进来了，把灯放在地上，有人在外面放声大笑。门关上了，巴利斯塔注视着那两个人。比较年轻的那个他以前似乎见过，这个人是波斯贵族的打扮，脸上化着妆，眼睛周边打着眼影粉，散发出一种扬扬自得而又不怒自威的气质。年长一些的穿着更加奇怪的衣服，一个袖子空洞悬垂着的上衣，一件皮毛外罩。这个陌生人走向巴利斯塔，踢了他几脚，全部踢在了他胳膊上。这个人用一种巴利斯塔从未听过的语言喊叫着什么，然后又开始踢他。

“站起来。”门边的萨珊人用波斯语说。

巴利斯塔待在原地，他从自己举起的双臂间的空隙往外看着，尽量让自己的表情看上去很迷茫无助。“拉丁语，我只说拉丁语。”

那个萨珊人从门边走过来，他倾斜着身体蹲下，让自己的脸靠近巴利斯塔。他确实看上去比较面熟。他带着令人不舒服的微笑说：“我们以前见过。第一次，在阿瑞忒城，你对波斯语的娴熟欺骗了我，让你逃跑了。我发誓我会记住那个教训。第二次，不久前，你身为大使的身份让我失去了复仇的机会。”

巴利斯塔现在记起来了：他是瓦尔丹，纳什巴德的儿子，在苏伦王的军队里当巡逻队队长。不管去哪儿，总能遇到旧敌，而且众神之父沃登有知，巴利斯塔可是树敌很多。

巴利斯塔站起来时，瓦尔丹从后面抓住他的胳膊，把他的胳膊肘绑缚到身体两侧。镣铐紧锁进他的手腕，双手间的枷锁划过他的腹部。

“放心吧，北方人，今晚没有什么可以拯救你。”瓦尔丹狰狞地说，他热热的口气在巴利斯塔耳边吹着，“我们有一整晚可以玩，我的复仇和快乐一起来临，定会非常甜蜜。”瓦尔丹大笑道，“但是首先……”

另外一个人朝着巴利斯塔的脸吐了口唾沫。他开始愤怒地吼叫，由于不懂得他在说什么，所以听上去更加吓人。这个人又朝着他吐了口唾沫。他的口气里满是重口味的食物和烈酒的味道。这个人充满仇恨，但是巴利斯塔不知道为什么。

这个人往后站了一下，脱掉自己的鞋子，嘴里喊着在任何语言里都是骂人的脏话，他用鞋子来回抽打着巴利斯塔的头部。虽然鞋子很轻，依然很疼。直到瓦尔丹用不知名的语言说了句什么，他才停止了这种疯狂的抽打。

瓦尔丹又在他耳边低语道：“他是格鲁吉亚－伊比利亚的国王，哈玛扎斯普。你在阿瑞忒城杀死了他的儿子。”

瓦尔丹又开始说话了，说的语言肯定是来自格鲁吉亚的。哈玛扎斯普大笑着，他开始解开自己的腰带。“不要担心，野蛮人，你不用身背耻辱活多久了。”他扬扬自得地笑着，“不久以后，我们会杀掉你。”

巴利斯塔的身体朝后猛撞，把瓦尔丹撞到墙上。波斯人由于墙壁的撞击而导致肺部气体窜出来，发出呼哧呼哧的喘气声。巴利斯塔用左脚后跟使劲儿踩踏着瓦尔丹的脚，让他发出号叫声。

哈玛扎斯普的身体向前弯着，摸索着提着自己的裤子。巴利斯塔往前猛冲，把镣铐的链子缠绕在格鲁吉亚人的头上，把他拉近自己，用右膝盖猛撞他的胯部。

哈玛扎斯普的身体蜷缩着倒下后，巴利斯塔放松了镣铐链子，向四周挥舞转动着。坚硬的金属链子打向瓦尔丹的脸。一声尖叫，鲜血四溅，波斯人踉跄着往边上退去。

门被猛地打开，巴利斯塔冲向卫兵，但脚踝的镣铐链子缠绕着他的双脚，把他绊倒在地。他挣扎着想站起来。有人野蛮地踢中他的下巴，他头往后猛地倒下。他感到一阵眩晕，耳朵里嗡嗡作响。

有种原始的力量让他的身体展开防御，即使他的大脑已经眩晕。巴利斯塔发现自己蜷缩着躺在地上，手臂护住头部。敌人踢得非常凶残，每次都精准地踢向要害部位。腰部、肚子、嘴巴、耳朵等处都被连续踢中。巴利斯塔感觉到血液从鼻子里流出来，嘴巴里满是牙齿碎片。殴打无情地持续着。

“够了。”瓦尔丹的声音似乎从很远的地方传来。殴打停止了。

巴利斯塔躺在那里，肌肉抽搐，疼痛袭击着他的全身。几个人抓住他，他被迫头朝下趴着，身体蜷缩着。他的四肢被向外拉开。几只手拉起他的衣服，抓住了他的裤腰部分。

“停下！”房间里出现了新的声音，是波斯语，但是似乎很久前就很熟悉的感觉。

“这跟你们祭司无关，霍尔米兹德。”

“伟大的神马兹达的旨意是，任何事情都是他的使徒关注的事情。”这个声音似乎极力克制着但仍充满情绪化，“我确信无论是你瓦尔丹还是格鲁吉亚国王，都不会昏庸到否定这个事实：勇士阶层必须在祭司阶层面前自贬身份。”

监狱里有一种令人紧张的沉默，似乎表明他们都不情愿地默从了。

“即使你被恶神阿里曼引入歧途，你作为一个诸侯国王或服务于苏伦的军官，忽视崇拜马兹达神的诸王之王的旨意是非常不明智的。”祭司的声音听上去变得更有权威，变得更加流畅，“沙普尔本人，让我们颂扬他的伟大，已经命令在虔诚的雅利安人和非雅利安人之王完成迎接黎明的仪式之后，把叫巴利斯塔的囚犯作为今天他要见的第一个人带到他面前。现在，我的仆人们会负责带走囚犯。你们可以走了。”

巴利斯塔听到这些人离开房间，他们的脚步声和嘟囔声沿着走廊回荡。他痛苦地吐出口里的牙齿残余碎片，转过身来。一个长着坚毅的面孔和大胡子的年轻人在他面前弯下腰。巴利斯塔用舌头舔了下干裂的嘴唇，声音嘶哑地说道：“真诚的问候，巴戈阿斯。好久不见。”

巴利斯塔躺在罗马浴室的温暖热水里，刚开始进入浴室的水里感觉非常痛苦——水掠过的时候对伤口刺激得非常厉害——但是现在水很令人舒适安心。水里有用三叶草和康乃馨浸泡过的味道。在一个非常小的私人浴室里有着私密空间让他感到很愉悦。巴利斯塔检查着自己的身体状况，他的手腕、脚踝和脚后跟因为行军伤得很严重，身体的其他部位也满是擦伤和撞伤。他眯缝着眼睛朝着一个雕琢精美的金属镜子看去，镜子上的水蒸气正在聚集。他的右眼是铁青色的，左眼几乎是全闭合的。他的门牙断了，后面的牙齿极其疼痛，但是除了身体左侧的刺痛——也许是一根或者两根断裂的肋骨——他似乎没有其他断骨。他饱受摧残，精疲力竭，但是，如果机会来临，他仍然可以跑跳或者作战。

一道门打开了，一个年轻的祭司进来了。

“谢谢你，巴戈阿斯……噢，对不起，霍尔米兹德。”这个年轻的波斯人微笑着，接受了他的纠正，“你知道的，”巴利斯塔接着说道，“你初次在提洛岛成为我的家人时，当你说那是你的真名时，我当时觉得你在撒谎。”

“我曾经想过这个。在被捕前我不想让任何人知道我的家庭背景。现在我的被奴役的经历在宫廷里是很少被提及的事情，神圣的诸王之王已经宣布这件事要当作仿佛从来未发生过一样。我的这段经历跟那些被判决进入遗忘城堡的叛国者一样不能被提及。”

“你为什么要救我？”

“这些事情是令人憎恶的事情，当我……跟你一起的时候，你的部下马克西姆斯和卡尔加库斯把我从同样的命运中拯救出来了。”

“谢谢你，但是你早就偿还了你的债。马克西姆斯告诉过我，你在阿瑞忒城失陷后打发追捕士兵走了错误的路线。”

霍尔米兹德笑了笑，他整齐的牙齿在他黑色的胡子后面显得非常洁白。“一个想成为有美德的人不会在做好事之前等待债务产生。”

“我确信你说得对，但是现在我欠了你的债。虽然很难想象我现在这种处境要如何去报答你的恩德。”

“一个人从来不知道伟大的马兹达神会为他准备什么，”霍尔米斯德严肃地说道，“现在，让我帮你洗头，没有仆人在身边，交流就比较自由。”

年轻的波斯人在浴缸前跪下，他的手指在巴利斯塔受伤的头皮上小心地移动着，清洗着北方人长长的头发。

“告诉我，”巴利斯塔过了一会儿说道，“为什么瓦尔丹会恨我？”

“因为他失去了他镶着珠宝的发饰。”

“什么？”

“诸王之王赏赐给他的。在你欺骗瓦尔丹放你出走阿瑞忒城后，这个发饰被收回去了。我想每次有人为瓦尔丹梳理头发时，他都会感到这种伤害的痛苦。”

巴利斯塔大笑起来。“古老的希腊历史学家希罗多德说的是对的：无论在何地，风俗为王。”

“来，让我帮你出浴。我会让仆人帮你擦干身体。在你被带去见诸王之王之前会有时间睡几个小时。”

“沙普尔真想见我？”

“是的。”

“为什么？”

“这不是我能说的。”

这是一个黑暗而又温暖的美索不达米亚的夜晚，巴利斯塔被带到卡莱城堡的顶端。在一个阶梯式阳台的东端一边的地方，有两个铁三角凳子。克勒图尼乌斯就坐在其中一个之上。

巴利斯塔被带到另一个凳子上，他放松地坐下来，虽然穿着精致的丝质拖鞋，但走起路来脚还是会很痛。他边等待边注视着东面的天空慢慢从苍白色变成蛋壳般的蓝色。

诸王之王走出宫殿，在高高的金色宝座之前停下，那些簇拥着他的随从们自动站成两列。他的左边是祭司们，右边是贵族和附庸国的诸侯。在他们中间，巴利斯塔看到，站着罗马皇帝瓦勒良。罗马皇帝站得离沙普尔有一段距离的地方。格鲁吉亚国王哈玛扎斯普，离诸王之王的距离更近些。

太阳运行的轨迹打断了远处山脉的边线，雅利安人和非雅利安人之王优雅地跪下，直到身体完全接触地面，在刚刚升起的太阳神面前拜倒。大厅里一片寂静，他从自己的指尖给了太阳一个飞吻，然后站了起来。

一匹纯白色公马被牵到沙普尔面前，它四足高立，脖子弯曲着，这匹漂亮的尼西公马对自己的命运似乎欣然接受。诸王之王擦了擦自己的鼻子，对着马毛茸茸的耳朵说了几句它能懂的话，然后将手里锋利的刀刃深深地刺入马的脖子。看得出他有长期练习而形成的敏捷性，他迅速地拔出刀子，走到另一边。一个如成年男人的胳膊那样粗的血柱喷涌而出。

在自己的生命之血慢慢淌完之际，马静静地站着。每个人都注视着它。感觉似乎过了很长时间，一切都是静止不动的，除了喷涌的鲜血和不断蔓延的暗红而浑浊的一摊血。然后，马没有征兆地倒下了。

当马匹死去，沙普尔和他的诸神之间的圣餐会结束后，宫廷里的所有成员，包括罗马皇帝，都行了宫礼。

沙普尔在国王的宝座上坐好。一个簿记官鬼鬼祟祟地走上前，给人的印象是故意贴近地面局促地前行，他开始从一本书里读着什么。虽然波斯国王的双手在玩弄一个上了弦的弓，但他的眼神表现出他在认真听。这种声音没有传播开来，但是巴利斯塔知道这个簿记官所说的话正是沙普尔前天晚上喝酒的时候所说的话。

终于，簿记官结束了诵读，然后告退。巴利斯塔和克勒图尼乌斯被示意上前。他们跪在马的尸体旁边，腹部贴地，浓浓的马血味道刺激着他们的鼻孔。

“起身。”萨珊国王的珠宝和王冠在阳光中闪烁着，他用暗色的、画着眼影的眼睛审视着他们。

“但是该怎么做呢？上天的意志必须持续下去。”沙普尔背诵了一句希腊语经文，但是带有一点儿东方的口音。在潜意识里，巴利斯塔的认同感在上升。

“但是如何向你询问我想知道的答案却不会引起你的任何痛苦，这是我的困境，然而我渴望自己的想法被满足。”沙普尔举起自己的手来模仿这种不确定性。

克勒图尼乌斯回答道:“不,问您的问题吧。让每个欲望都得到实现和满足。您的愿望也是我心里想要的,伟大的国王。”句子里只有国王的称呼破坏了节奏感。

沙普尔笑了,他把弓箭指向巴利斯塔。“而来自世界角落的一个野蛮人难道不会被虔诚的信仰者点名来展示自己对萨拉米穴居作品知识的了解吗?”

“人必须容忍君主的无稽之谈和无力之举。”当巴利斯塔说完这句来自欧里庇得斯作品里的引言时,一种可怕的寂静在阶梯式的露台前弥散开来。

沙普尔拍了拍手,头朝后仰哈哈大笑起来。很快,他身边的那些大臣和贵族们也笑了,笑声比国王安静些。

“欧里庇得斯作品的力量超越了一切。”国王说话的时候大臣们都突然安静下来,“昨晚,我们用他的诗歌来转移我们自己的注意力。每个人在他的诗歌里都找到了自己想要的东西。确实是,有多少个读者,对这个作品就有多少种解释。”长长的队伍里大家都在点头表示无比深刻地同意君主的话。

“现在我们来解决帝国的事务。”沙普尔仍然在讲希腊语,但是语调变得更轻快,“这是上天的意志,让我在战争中用我的右手亲手捕获罗马人的帝王。现在,我的囚犯瓦勒良乞求我重新恢复他的王位。他的心意是想成为我的附属臣下,他希望能安排好他的赎金。”

巴利斯塔从眼角边观察着瓦勒良,那张沉重的老脸看不出任何表情变化。

“瓦勒良向我保证没有人比你们俩人对留在萨摩沙塔的残疾仆人掌管的军队更有影响力。”沙普尔暂停了一会儿,“作为老瘸子的马克利亚努斯派来的信使,克勒图尼乌斯在皇宫里受到了愉悦的接待,而且我们都倾听了他的说法，谁能够比这个忠诚的守门人更加适合这项任务呢，他对军队的掌控可以说是招之即来，挥之即去。”因为国王的话有点儿文字游戏的味道，大臣们在下面礼貌地小声笑着。

“但是很多人都震惊了，不——很多人一听见提到巴利斯塔的名字就愤怒了，就是这个卑鄙的人在阿瑞忒城对我进行徒劳的公然反抗，就是他用诡计使我忠诚的勇士狮王加斯哈斯普在色西昔姆遭到惨败，就是在那里他烧毁了被杀士兵的尸体，侮辱了火的纯洁神圣。所以，当基尔德带领我们的高级祭司主张放你走的时候，我们都感到很吃惊。”

巴利斯塔看着那些祭司，他们有两个明显的阵容，一组是围在一个长着长长的鼻子和突出的下巴的人，而且霍尔米兹德就站在他身边，他看上去肯定是和基尔德在一起的祭司旁边；另一组聚在一个穿着天蓝色外衣、黄绿相间的裤子，手里还拿着一根乌木藤棍的祭司旁边。

“然而由基尔德和其他高级祭司所提出的论据是非常有力的。”沙普尔继续道，“一个没有正面面对过马兹达神的人是不可能知道正义之路的。一个出生在世界的冰冷角落的野蛮人，而且出生之地就有地狱之门的人，怎么会发现并崇拜马兹达神呢？”

沙普尔身体向前倾着，仔细地打量着巴利斯塔。“正如霍尔米兹德所说，你脸上有一两个恶神留下的印记，可以肯定的是，马兹达神不会在一个人的脸上用雀斑显现神迹。”

巴利斯塔努力抑制住自己想要爆笑的冲动。

“现在，我要问你我必须要问的问题。”沙普尔说，“你是否会在保证意志自由，而且完全遵循你们民族风俗的情况下，发一个有约束力的誓言，一个非常巨大而且恐怖的誓言，保证去完成这项任务，无论成败，都会回来在我的王座前叩头行礼？”

当巴利斯塔和克勒图尼乌斯走上前的时候，沙普尔命令去取来那些举行仪式时所必需的东西。祭司走向前，带来几个碗和两只羊羔。巴利斯塔在想这一切是为了什么，罗马皇帝瓦勒良在想什么。倒是很难再找出两个老瘸子马克利亚努斯更加痛恨的罗马军官了，而且诸王之王到底在玩什么把戏呢？马克利亚努斯出卖了罗马皇帝，让沙普尔抓捕了自己的皇帝。他不可能希望老迈的皇帝被释放，并重新取得原来的权力。

霍尔米兹德把一把沉重的刀和一只羔羊交了给巴利斯塔，年轻的波斯人用希腊语向他解释誓言将采取的形式，说巴利斯塔将先发誓。北方人的心因为这些话的分量一下子沉了下去。誓言毕竟是誓言，但是除此之外别无选择。

巴利斯塔蹲下身体，把羊羔夹在大腿之间。羊羔可怜地叫着。他用一只手温和地把羊头往上拉，并用匕首在羊头上割了一缕羊毛。他把羊毛撒向空中，它们在轻快的微风中飘走。他将双手举在空中，开始说话。

“宙斯，至高无上，最好的神！请首先做我的见证人。然后请大地、太阳和那些行走在地底下的愤怒之神，他们会对那些打破誓言的逝去的人们进行复仇——我发誓我将以真诚之心完成任务。我将回去见马克利亚努斯，不遗余力地安排罗马皇帝的赎金。我发誓，无论成功失败，我会在热爱马兹达神、雅利安人和非雅利安人之王的沙普尔的王座面前行礼致敬。”

巴利斯塔再次拉起羊羔头部，这次动作非常粗鲁。他用锋利的刀刃划过羊羔柔软的脖颈。小羊羔倒在他的脚下，慢慢地耗尽了生命的气息。

巴利斯塔用沾满鲜血的手拿起银碗。“宙斯，伟大的神，光荣之神，所有的神灵。”他泼洒出一点儿碗里的酒，“如果我打破自己的誓言，我的脑浆就如此酒流淌一地，亦如我儿子们的脑浆也如此下场。

第四章

卡尔加库斯和其他人在早上朝着泽乌玛的城墙骑行，用的时间比他们原来预期的要长很多。

在乱石流之后，喀里多尼亚人和三个骑兵从他们滚放石头的峭壁方向爬下来。德米特里厄斯和另一个达尔马提亚骑兵就在原地牵着马匹。他们已经上马等待了。

马克西姆斯骑马走近他们。希伯尼安人脸上沾满了白色粉末，就像一个在打谷场劳作了一整天的人一样。脸上的一道划伤在面颊的灰尘里显得鲜红、耀眼，此外毫无表情变化，似乎被吸干了。他断断续续地用单调的声音感谢了他们。

卡尔加库斯以前见过类似情况。一个心意已决视死如归的人被出乎意料地拯救，但是他却没有沉浸于免于被处死的狂喜之中，就像释放出狱的狂喜，相反他却被自己的烦恼和恐惧所占据，被那些他觉得已经处理好的事情所骚扰。卡尔加库斯极为不安，他了解马克西姆斯的情绪变得像天气一样快，很快希伯尼安人就会恢复自我。

几乎一上路，卡尔加库斯注意到只有一条路径从他们来的路边岔开，通向山岭重叠之间的左边。不久，他又发现另一条路径从斜坡通向右边。随着星星淡去，天空亮起来，一条又一条的路径出现在眼前。

当他们从山岭上下来时太阳已经升起，面前出现一个人工痕迹很重的宽阔平原。平原被一些谷仓，农场点缀着，到处都有村落，甚至有些小村庄。虽然有些建筑已经被烧掉，最近的那些还没有被破坏。大多数建筑看上去都很孤立绝望。很可能的是，这些破坏可以追溯到上一次波斯人的入侵时 ，所谓的“战乱时代”，也就是七年前。在路的两旁延伸出去的是密密的树丛，主要是橄榄树和开心果树，长满叶子的葡萄园，一年中的这个时候玉米已经长得很高。

卡尔加库斯抬头朝马克西姆斯看去，希伯尼安人的脸上写着一种刚从战争的濒死经历中回来的那种空洞而又急促的凝视表情。马克西姆斯是否意识到这种姿态也许毫无必要，卡尔加库斯也不会告诉他。

马匹已经筋疲力尽，所以卡尔加库斯命令他们下马，牵着他们疲惫的坐骑，艰难地跋涉在平原上。最后这个阶段似乎要花永久才能完成。远处，在幼发拉底河的另一端，是泽乌玛城堡的圆形巨丘。城市的轮廓在春天的气息中清晰可见：在山坡上蔓延开来排列紧密的房子的红色屋顶，房子墙壁的笔直线条，某种树木点缀着这些房子，在最顶端就是巨大的神庙和宫殿。渐渐地，他们就能分辨出细节，但是在很长一段时间里似乎他们根本就没接近泽乌玛城。

终于，离城墙只有大约半英里的距离了，他们已经到达了东部的古代城市墓地的外延部分。人和马匹经过了很多种坟墓，这些坟墓的碑石上有着忧郁的图像，图像中有雕刻的花朵、布帘下的祭祀品、花篮和老鹰，那些虔诚的人们希望老鹰能把他们的灵魂带向更好的地方，另外还有人物画像。这些人物画像都是站立姿势，穿着体面的古希腊外罩和服装。女性都非常谦卑地坐着。孩子们都紧抓着玩具。一些墓碑上地图像喷漆已经开始褪色，有些坟墓被打开过，没有重新封好。墓门大开，坟墓里面在阳光下显得空洞漆黑。

这一切都没有让骑行者们感到沮丧，他们几乎已经到达安全之地。城墙离他们的距离跟牧羊人投掷一根棍子的距离相差无几。卡尔加库斯整理了下自己受伤的右臂。他们从死亡之谷逃离之前的最后一战中胳膊上受了一记刀伤。伤痛有时让他死去活来。即使这样，他们到了这里：安全近在咫尺，还有归还这个城镇议员的儿子之后可能会得到大笔报酬的希望。卡尔加库斯看着男孩子，他正在德米特里厄斯的鞍前熟睡着。喀里多尼亚人不经意地想到当孩子母亲回到城镇却没有带着孩子时，家庭团聚时的场景会是什么样子的。嗯，那是他们该担心的事情。如果连一个安全带回他自己儿子的人都不给予报酬，那么这会是一个残酷无情的父亲，因为这个人把他从一种失去男性身份的命运中拯救回来，或从死亡中拯救回来，很难想象父亲不会尽可能地给予报酬或者散尽家财来报答恩人。

拿到报酬，洗个澡，睡个长长的美觉，换上干净的衣服，然后去喝点儿什么，再找个女孩子寻欢作乐。可以确信马克西姆斯不会去喝酒或者寻欢作乐，但是他们的老战友卡斯特里西乌斯，第四西徐亚军团的百夫长，就驻扎在泽乌玛城。他对这一带了如指掌，在他们行军前，他带他们去过几个地方。在河边阿帕梅亚那边的上城区域娱乐费用惊人的昂贵。另一边，在军营附近的一个酒馆价格还算合理。

卡尔加库斯对卡斯特里西乌斯有着温馨的回忆，这个百夫长长着瘦小的脸，脸上褶皱纵横，就像幻想中的一个神秘生物，为了娱乐孩子而恶作剧，但是在加入军团之前，卡斯特里西乌斯曾经被罚去矿洞做劳役——当时肯定有法律规定禁止曾经当过奴隶的人加入罗马军团，但是他生存下来了。不仅生存下来了，他还在阿瑞忒城陷落战役中活了下来。如果你仅仅把卡斯特里西乌斯当作娱乐孩子的无害生物你可以就大错特错了。

“美德。”城墙内的口令盘问响起，城门紧闭。

卡尔加库斯往前骑行，他大声跟对方说他们不知道当天的军事口令，他们是埃德萨北部的野战军，他们是直接从战场回来的。

“报上你们的身份。”哨兵喊道。

“马库斯·克洛迪乌斯·卡尔加库斯。”

“马库斯·克洛迪乌斯·马克西姆斯。”

“马库斯·克洛迪乌斯·德米特里厄斯。”

卡尔加库斯也报明了男孩子的身份——安提奥卡斯，泽乌玛城议员巴拉哈的儿子，接下来四个达尔马提亚士兵报出自己的名字、队伍和所属连队。

“在原地等待。”哨兵回应道。

在等待的时候，卡尔加库斯想起马库斯·克洛迪乌斯·巴利斯塔。当盎格鲁王国给予他们自由的同时，他们在法律意义上也获得了罗马公民的身份。他们根据风俗也获得了名字和姓。接下来的生命旅程中，他们名字的三分之二部分将把四个人紧密联系在一起。

卡尔加库斯从马鞍上爬下来。他拉着灰马的耳朵，刮擦着它的鼻子。巴利斯塔喜欢这匹马，这一刻，卡尔加库斯清晰地感觉到自己多么喜欢巴利斯塔。这个喀里多尼亚人在被从城墙北边带过来当奴隶的时候也不过是个懵懂小儿，接连换了几个主人——感谢上天至少自己长相上比他们抢先苍老了些，这些主人都对他过于感兴趣——他发现自来到了日耳曼尼亚，盎格鲁军事首领伊桑格瑞姆帐下，当伊桑格瑞姆指示卡尔加库斯做自己儿子仆人的时候，巴利斯塔才四岁。巴利斯塔小时候是一个比较害羞、敏感的孩子。卡尔加库斯注视着巴利斯塔，无论是在训练场上，还是在狩猎场上都努力使自己变得勇敢起来，最终十五岁的时候，在战场上展示了自己的勇武。当罗马百夫长骑马前来宣布皇帝马克西米努斯·色雷克斯想要伊桑格瑞姆的一个儿子作为人质时，卡尔加库斯也在场。这天是痛苦的一天，当然毫无疑问巴利斯塔的大哥去做了人质。

卡尔加库斯看着巴利斯塔克服这种离开亲人的苦痛，他与巴利斯塔并肩骑行，进入罗马人的不同世界。从任何角度来看，巴利斯塔在皇帝身边服役时表现卓越，但是卡尔加库斯总是为这个盎格鲁的年轻人感到遗憾，就像喀里多尼亚人一样与亲人骨肉分离。无论面对什么，巴利斯塔尽量保持勇敢。现在他成了萨珊王朝的俘虏。

卡尔加库斯把脸埋在灰马身体的侧翼，如果这个世界所有的苦痛摆在他的面前，他也不会感到有任何触动，他生活中已经经历太多的事。他无声地对着那些已经快要遗忘的童年时代的神灵说了些祈祷的话语，尽管这些神灵他从来就都没有信仰过。

“让他们进来。”百夫长的声音把他从悲伤中拉回现实，他身体直立起来。

大门打开，他们带领马匹进入城门。摩尔人的外国雇佣军，剑拔弩张，皮肤黝黑的脸上写满不信任的表情，围着他们。大门关上了。

“你们这些逃兵。”

“不，”卡尔加库斯说，“我们的主人，这些达尔马提亚骑兵的军事长官命令我们离开战场。”喀里多尼亚人觉得应该采取主动，“如果你们能把我们的名字说给巴拉哈的家里人，我们就可以把他的儿子带给他。”

“哦不。”百夫长笑着说，“我可以解决这件事。”

卡尔加库斯感到身旁的马克西姆斯身体僵硬，他用一只手来抑制马克西姆斯的冲动。

百夫长示意孩子走向前，孩子对紧张的局势没有什么意识，走向百夫长，到百夫长身边后，他转过身，用正式的阿提克希腊语向拯救他的人表示感谢。百夫长示意一个士兵把他带走。

卡尔加库斯还没准备放弃。“我们必须马上见到瓦伦斯大人，我们的长官，马库斯·克劳迪乌斯·巴利斯塔是他的朋友，我们带来了萨珊人的消息。”

“哦，你们会见到大人，但是不是瓦伦斯这个叛徒。”百夫长的笑容非常难看，“瓦伦斯在接到向萨摩沙塔汇报的命令时逃往西部。鉴于这种紧急状况，马克利亚努斯大人，正如神圣的大人物降临一样，成为现在罗马皇帝剩余军队的指挥官，而且暂时被迫领命治理整个帝国东部。马克利亚努斯已经任命他的朋友高贵的前顾问盖乌斯·卡普尔尼乌斯·庇索·弗卢基为柯里叙利亚的长官。”

卡尔加库斯没说什么。

“我确信新长官庇索·弗卢基将会接见你们，尤其是你们的主人，马库斯·克洛迪乌斯·巴利斯塔带领皇帝瓦勒良进入波斯人的包围圈，这个野蛮人刚刚被宣布为罗马人的公敌。”

百夫长得意地笑着。“哦是的，高贵的庇索·弗卢基大人将会审问你，虽然你可能先会在宫殿的地牢里待上几天。”

卡尔加库斯保持沉默。

“现在交出武器。”百夫长显然非常享受这种权势。

卡尔加库斯看了看马克西姆斯，摇了摇头。慢慢地，喀里多尼亚人先拔出自己的佩剑，然后是匕首，扔在脚下的尘土里，其他人也都缴了械。

百夫长使了个眼色，士兵们向前并很有效率地搜查这些手无寸铁的人。卡尔加库斯的胳膊被拧的时候他躲避着受伤的地方。他们的坐骑，包括灰马，都被牵走了。

“总之，今早还是做了很多事情的。”百夫长对自己的副官说。

“正是，大人，”副官回答道，“一个主子的三个自由人被逮捕，四个逃兵被抓，还有，议员对自己孩子安然回来的感激。”

“把他们带走。”

绵延至幼发拉底河和萨摩沙塔北部埃德萨高地的地形看上去都差不多，但是当巴利斯塔看到在地平线上孤独耸立的长矛就知道自己已经到哪里了。

他们整天都在奋力赶路，有两三次，波斯人的巡逻队会调查他们，但是当他们看到萨珊王朝军官马笼头上的金色饰物时就二话不说地转身闪开。只要是脑子正常的东方人都不会去干预那些执行诸王之王任务的人。

现在，太阳低低地挂在空中。在他们向顶峰骑行的地上，影子被拉得很长。又累又痛，巴利斯塔镇静自若地准备好去接受自己将要看到的景象。萨珊王朝的人把他们领到这里可不是偶然。巴利斯塔停住坐骑，往上看去。

图皮奥的身体还能辨别出来，鸟已经抠了他的眼睛，脸上的一些肉已经不见了，在长矛上被吊起阻止了地面上寻找腐食的动物够得到他的头部。他身体的其余部分还没烂掉，虽然感觉像一个世纪那么长，但是实际上仅仅才过去了五天。巴利斯塔看着自己的朋友。

不要为快乐的亡者悲痛，

为那些惧怕死亡的人哭泣吧！

波斯军官的话打断了巴利斯塔的思绪。“这是马兹达神的意志。”加斯哈斯普抬头看到长矛上的恐怖景象，“我是看着他死去的，你的朋友死得其所。”

“他从来不缺乏勇气，有次在阿瑞忒城，他就差这么点儿，”他打了个响指，“差这么点儿就杀死你们的国王了。正如你说的，是神灵的旨意。”

“当我被命令带你朝这个方向走的时候，”加斯哈斯普继续说道，“有人跟我说你不会埋葬他，我听到后感到很抱歉。”

“谢谢你。我本来可以这么做，即使罗马人的葬礼仪式跟我们民族的不一样。我们经常会为死去的勇士火葬。”

加斯哈斯普咕哝着说：“让我们继续前行，最好在战场之外的地方扎营。”

即使在阴影里，死亡之谷仍然呈现出一幅可怕的景象。战争的浪潮在所到之处都留下了破坏的痕迹，四处散布着被丢弃的砍破的盾牌，弯曲断裂的长矛，还有折断的弓轴和弓箭。四处都有人和动物的尸体。这边尸体三三两两。那边右侧，在前面就是从谷底拔地而起的孤立山岭，地上厚厚的一层层的尸体，这里就是萨珊王朝骑兵队击溃高卢军团的地方。在斜坡上还有另外一堆可憎的尸体，那些受伤后无行动能力的士兵在投降后被杀掉。

战马因为死亡的气息而勇气受挫，马蹄在大屠杀后残留的尸体中间慌张地走着。一只秃鹰吃得太饱，飞不动了，从一个已经浮肿的尸体上歪歪扭扭地走下来。有些死尸的腐烂程度甚于其他死尸。巴利斯塔隐约记得图皮奥曾经告诉过他尸体腐烂程度都跟气候和死者的营养结构有关系。来自潮湿气候的西方人死后尸体腐烂得比来自干燥气候的东方人要快。

他们在太阳下山之后继续骑行。加斯哈斯普很显然跟其他人一样警觉，在自己和死者之间保持着一定距离。最终，他喊停了队伍。

巴利斯塔和克勒图尼乌斯由于新的特使身份而有了暂时的东方仆人。这两个罗马军官坐在地上，看着他们的马被仆人打理，帐篷支起。

强烈的北风让支帐篷变得很困难，风总是忽然将皮被单吹向一边，卷起的绳子绕住人的四肢。

克勒图尼乌斯支开了本来可能会照顾巴利斯塔宽衣解带的年轻人。在闪烁的灯光中，克勒图尼乌斯自己做了这些事情。引见官被留在了罗马皇帝身边而免去了跋涉之苦。现在他的长瘦脸跟北方人很相似，他的手动作迅速。他们很温和地用拉丁语交谈。

“巴利斯塔，多少年来，自从因为你父亲部落的良好表现而被收入皇帝身边服役已经二十多年了，当然这并没有抑制住你们盎格鲁人战斗民族的天生悍性。无论如何，你的前半生的大半时间不仅在帝国军队中度过，而且是在与皇宫相关的地方度过，有时你还跟刚刚从潮湿的北方森林里出来的那个小男孩儿一样天真。”克勒图尼乌斯和蔼地笑着，“当然罗马皇帝知道马克利亚努斯憎恨我们俩，虽然我会觉得他更恨你。我从来没有击打过他们儿子的裆部。”

“所以皇帝想让我们的使节任务失败？”

克勒图尼乌斯因为巴利斯塔的愚钝而摇头表示不解。“他就是这个意思。因为你，罗马皇帝知道自己被马克利亚努斯出卖，但是只有不多的人知道此事，而那些身在帝国军队的人会觉得这件事情难以置信，所以罗马皇帝就制造了一种公众假象，老瘸子的马克利亚努斯必须打破自己的誓言，那就是把皇帝的安全当作至高无上的任务。至少，这种令人唾弃的背信弃义和公然无视神灵的做法会让马克利亚努斯的执政举步维艰，尤其是如果他想让他自己的龌龊的孩子登上王座的话。最好的情况下，会给帝国西部的加里恩努斯一个开战的理由：向打破誓言出卖自己父皇的叛徒复仇。”

巴利斯塔思考了一会儿。“那么沙普尔为什么会同意这个使节任务？”

“这个更难说。”克勒图尼乌斯耸耸肩，“诸王之王并没有主动来信任我，但是似乎无论我们成功还是失败他都立于不败之地。”

现在轮到巴利斯塔耸肩了，但是他马上就希望自己没做这个动作，因为肩部很痛。“解释一下。”

克勒图尼乌斯等一个过来的仆人告诉他们帐篷已经准备好之后，离开得足够远听不到他们说话时才开始说道：“如果像意料中的那样，马克利亚努斯拒绝支付赎金赎回罗马皇帝的要求，那么沙普尔就有一个绝佳的理由继续进行战争。但是另一方面，如果我们能让马克利亚努斯放弃那些被要求的东西，那么沙普尔会得到大量的金银和其他东西让他自己的荣光更加宏大，而且我很确信，马兹达神会引导他，给他一个不错的正义理由来继续战争。”

“无论如何，我们最终会在萨珊王朝的王座面前卑躬屈膝。”巴利斯塔听上去非常沮丧，“而且接着……”

“宫廷里沙普尔周围有很多人在谈论利用罗马囚犯的专长：建设城镇、水坝、桥梁和要塞。你作为一个训练有素的围城专家，最终可能会从事与这些相关的事情，而且也不太糟糕。”

巴利斯塔半真半假地同意了这些说法，跟克勒图尼乌斯说了晚安，进了自己的帐篷。北方人非常疲倦。

夜已深，也许已经到了三更的时候，巴利斯塔突然醒来，感觉非常恐惧。起风了，他除了帐篷周围风的呼啸声和噼啪声之外听不到其他声音。并不是这些噪音让他害怕，而是一种味道。那种打蜡的帆布上厚厚的羊毛脂的味道。

虽然他知道自己会看见什么，巴利斯塔还是隐约希望自己的判断是错的。他逼迫自己去看。他是对的。帐篷外微弱的灯光照亮了人影，人是站着的，风帽顶部触到了帐篷的屋顶。就像以前每一次一样，这个人影在等待。

巴利斯塔努力抑制自己的恐惧，命令道：“说话。”

人影开始说话，一个低沉、刺耳的声音说道：“我会在阿奎莱亚跟你再次相逢。”

“那就到时见。”巴利斯塔回答道。

人影没有移动。在风帽下面，那人的眼睛在闪烁。他嘶嘶地说出“背信弃义的小人”之后，转身离开。

巴利斯塔没有去叫卫兵。这么做没有任何意义，在以前的任何场合没有人见过皇帝马克西米努斯·色雷克斯的魂灵。

二十二年前，巴利斯塔在军事上宣誓效忠马克西米努斯·色雷克斯。万能的朱庇特主神和所有神灵在上，我宣誓执行皇帝的命令，从不降低放弃标准或者逃避死亡，重视皇帝的安全，把它当作至高无上的任务。巴利斯塔并没有保持这个神圣的誓言。相反，在围攻阿奎莱亚时，他杀死了马克西米努斯·色雷克斯，用一只尖笔插进皇帝的喉咙，其他同谋者砍了皇帝的首级，亵渎了他的尸体，而且没有给尸体下葬，他们诅咒皇帝的魂灵永远在地上游荡。

关于这个魂灵的事情，他只告诉过四个人：妻子朱莉娅、侍从护卫马克西姆斯、家丁卡尔加库斯和图皮奥——图皮奥已死。由父亲带大的妻子朱莉娅，尽力通过理性化的态度来安慰自己的丈夫。马克西米努斯的魂灵只有在巴利斯塔疲劳而且处于巨大压力之下时才出现。这只不过是他过于丰富的想像力下的臆想片段。巴利斯塔吸了口空气，有股打蜡的帆布味儿，他觉得噩梦不会留下什么味道。

在上一次幻影出现之后，已经过去了四年，也就是阿瑞忒城陷落的那个夜晚。以前魂灵从没说过“背信弃义的小人”。离阿奎莱亚还有很长的距离，但是巴利斯塔知道魂灵预言了不吉利的事情。

第五章

德米特里厄斯坐在坚硬的土地板上，背靠着坚硬的石墙，这里几乎一片漆黑，只有一小扇窗户，在墙的高处。白天那个窗户只能进入很少的光线，当太阳落下后，几乎没有什么光线透进来。

在他们被捕之后，四个达尔马提亚骑兵立刻被带到军事区域。巴利斯塔的三个自由人被一直留在大门口等待，直到过了正午。当马克西姆斯要求食物的时候，百夫长用他的藤棍狠狠地抽打他的背部。

最后终于他们被要求站起来。在严密监护和护卫下，他们被带着穿过方形的街道，拉到一座横跨幼发拉底河的桥梁，正是幼发拉底河给了东岸的阿帕梅亚和西岸的泽乌玛城一个存在的理由。

在桥头，他们被命令停下。入口被大捆的货物缩窄，很多人、骆驼、骡子和马匹完全把街道堵了个水泄不通。在可怕的噪音中，在栅栏处涌出一群人，一个孤单的收税官员，后面跟着一些挥舞着棍棒的值班者试图向路上的人们收取应该交给帝国和城市的税钱。德米特里厄斯在想是否这里一直如此，还是来自东边的难民让事情变得如此糟糕。

当摩尔人的雇佣军出现后，尽力想冲出一条路，起初这让情况更加恶化。人们诅咒着、骡子叫着、马匹乱窜着、骆驼膝盖弯曲坐在地下嚎叫着。百夫长发出一道命令。剑出鞘，那些街道上的人，除了动物之外，都在乱哄哄的街道上开始逃窜。

士兵们告诉收税官员和那些民事执行人员滚到一边去，他们押送着囚犯们穿过浮桥。河里布满从下游萨摩沙塔而来的平底船和小船。六七艘大的平底船，上面堆满货物，在停靠港口，等待着浮桥打开一些空间以便他们继续往南行驶。

在西部桥头的一个军事检查站又停了一会儿，那里相对安静很多。螺旋桨溅起水花并发出声响。在一边，德米特里厄斯注意到一个很大的铁链上面长满藤架和常青藤，在没有生锈的铁链上生长，原先桥的剩余部分是酒神在去东部征服印度的路上建造的。

手续完成后，他们继续穿过一片前不久还是非常富裕的居民区。大多数房子都有被烧的痕迹，只有一部分被修补，而且还是匆忙修补的。在那之后，地势升起，他们经过一个剧院，穿过一个广场，这样子就来到了城堡脚下。道路用石梯铺成，在令人眩晕的斜坡两旁的住所间穿行，高高的梯形房子一级一级上去就像建造在彼此顶部一样，他们之间的道路就像沟壑的底部。

他们进入一个矮小粗糙的墙内的一扇门里，接着穿过一片果树园继续往上爬。花了很长时间，累得上气不接下气，他们到达顶部。左边是泽乌玛堤喀的大神庙，从开着的门里可以瞥到一个女神坐姿塑像。卫兵们带着他们突然转向右边，朝着宫殿综合建筑物走去。从那里他们被带到一个边门，反扭双手押送走下一小段石阶，沿着一个走廊，被推搡进一个牢房。门在身后重重关上，他们听到门被锁上的声音。

德米特里厄斯身体跌倒在地上，在地上他看到马克西姆斯和卡尔加库斯仔细地检查着这个阴郁空洞监狱的每个角落。他们试了下门，然后站在彼此肩膀上查看窄小的窗户，敲敲墙，刮刮地板。最终他们非常沮丧地蹲坐在年轻的希腊人身边，年长些的人小声交谈着。如果他们能够逃脱，他们需要马匹，或者他们顺利到达那些在桥边等待的平底船，然后藏在货物堆里。或者制服船员，取而代之。

下午的某个时候，他们听到门被打开。警惕的卫兵们用拔出来的刀看住场面，一个托盘里摆着食物放在地上。门又被关上了。

有一些发臭的面包，几把葡萄干和一大壶水。德米特里厄斯和马克西姆斯扑向了水。卡尔加库斯用自己的那份水洗了受伤的胳膊。都吃完了，他们还是有饥饿感。

当光线褪去的时候，马克西姆斯和卡尔加库斯都睡着了。没有什么床具，他们睡在地板上，头枕在自己的胳膊上。

德米特里厄斯睡不着，不是因为饥饿，虽然饥饿感令人绝望，但是监狱里没有洗浴的身体、排泄物的恶臭和恐惧感，这些都减轻了他的饥饿感，这让他感到头晕恶心。他羡慕自己同伴们那种沉着自然的宿命主义精神。地下神灵，他们已经走了如此多的路，经历如此多的苦难，却到了如此田地，被关在这个肮脏的牢狱里。如果巴利斯塔还活着，他的境地是否会更糟糕？还有百夫长已经说过巴利斯塔被宣布为罗马人民公敌。他被错误地控告为出卖年迈皇帝，带领皇帝进入陷阱从而失去自由的叛国者。德米特里厄斯的主人现在是一个任何罗马公民只有发现即可击杀的亡命之徒，而真正的叛国者，那个工于心计的杂种老瘸子马克利亚努斯已经掌控了局面，现在已经是帝国东部行省的统治者。有没有正义的天理？真有神灵存在吗？

德米特里厄斯在黑暗中躺下，为了让自己情绪稳定下来，他开始转而思考哲学和那些斯多葛派大师们的教义。任何存在于人内心之外的事物都是无关的。那些我们不能选择的东西——疾病、苦痛、流放、监禁和死亡本身——这些都是无关的。把这些扔到一边，在被奴役的时候，狄奥吉尼斯成了一个自由的人，坐在镀金宝座上的波斯国王可能是一个奴隶。铁栏杆和石墙并不能成为监禁人的监狱。他感到有些安慰，就睡着了。

一会儿，德米特里厄斯左耳被轻轻压了一下，他从睡梦里醒来，猛地坐起来。一只手紧捂住他的嘴巴。从打开的门缝里投进一束微弱的光，一个人影站在那里。

“来吧。”这个人影的希腊语带有浓重的东部口音。“你们快来吧。”

马克西姆斯拿开他的手。

“可能是个陷阱。”德米特里厄斯低声说。

“那我们就从一个陷阱进入另一个陷阱。”马克西姆斯笑道。

人影来到他们面前，沿着走廊走上台阶，之后停了下来，环顾四周，然后带他们出去。很快，又安静地穿过迷宫般的通道直到他们在城堡的另一端出来，就是他们刚来的时候进入城堡时的通道。

人影又停下来观察一下周围的环境，然后挥手让他们跟着他进入果园。斜坡非常陡峭，脚下的土壤松裂干燥。他们滑行着往下走，为了减轻冲力他们抓住树干。刚升起的月亮光线惨淡地在树枝中闪烁摇曳。

他们来到一座矮墙前面。德米特里厄斯意识到这座墙肯定是环绕城堡的那座。没说一句话，人影就像个蜥蜴一样爬上墙。他一下子翻墙而过，消失在墙的另一边。马克西姆斯和卡尔加库斯跟在后面，后者在翻墙的时候保护着自己受伤的胳膊。现在只剩下德米特里厄斯一个人，恐惧感开始席卷他全身。他开始爬墙。墙是由很多不规则的石头垒砌而成的，没有石浆。即使这样，德米特里厄斯还是觉得很困难。他擦伤了膝盖，感觉到一个指甲断裂了。立在墙顶，他往下看着。有个落脚点，有一个身材高的人在阶梯形房子的其中一个屋顶上。他很紧张地晃过来，悬了一会儿，落下去。他很尴尬地落定，用双手稳住了身体。

人影把一根指头堵在嘴巴上示意他们别出声，然后做手势让他们跟上。卡尔加库斯，然后德米特里厄斯和马克西姆斯断后，排成一列，出发了。

起初往右边走时，他们被墙壁和屋顶的缓坡之间的空间所遮挡。德米特里厄斯小心地走着，一只手扶墙，眼睛看着在哪里落脚，他害怕一片瓦会移动或者承受不住身体的重量。

他们往左走，进入两个屋顶交合之处的屋脊凹处。在末端还有一个下陷的地方，这次比上次更深。一个接一个，他们转过身，面朝下趴着、蹬腿、往后蠕动着，用手先抓一会儿，然后往下落。落地处是一个屋顶的高处。

人影示意他们又要朝右边走，德米特里厄斯感觉到自己的心脏在紧缩。屋顶的斜坡更加陡峭，而且通向一个黑色的方形天井里面。在这里下滑，没有什么能阻止你一路滑下去，会越过边缘，到达空旷的地方，就是从有两层楼那么高的地方跌落，然后直接掉进一个方形蓄水池里。德米特里厄斯想象着自己粉碎的身体躺在那里，鲜血把浅浅的蓄水池染黑。

神秘的向导爬下来，手指勾住屋顶的排水槽顶部，腿部完全展开，慢慢像螃蟹一样沿着可怕的斜坡爬行。卡尔加库斯跟在后面，德米特里厄斯盯着排水槽，看上去非常脆弱：他的生命就悬于一块不起眼儿的烧陶泥块之上。

“没有选择了，年轻人，”马克西姆斯在他耳边耳语道，“不要往下看。”

他的手摸索着，由于恐惧而动作生硬，德米特里厄斯低下身子，他能够感受到身体底下的瓦片仍然保留着白天太阳的热度，他还是尝试性地挪动着身体。雅典娜、阿耳忒弥斯，所有神灵请你们用手抓住我。他一点儿一点儿爬行。伟大的宙斯、赫尔墨斯、行路人的庇护神……他的手掌因为汗水而变滑。他继续爬行，四肢因为恐惧而出现小的痉挛，呼吸变得又浅又快。他越过自己的肩膀看过去，瓦片连绵起伏，陡峭得厉害。他一直下落到宽阔漆黑的虚无空间，肌肉都僵住了，动弹不得。

德米特里厄斯感到马克西姆斯正抓住自己的右手腕、卡尔加库斯抓住他的左手腕。因为其他人的那么一扶，让年轻的希腊人觉得平静多了。

“我们会引导你，”卡尔加库斯在他耳边说，“一次用一只手，我的先开始移动。”

德米特里厄斯感受到自己左手腕增加的压力，虽然很不情愿但他还是很服从地放松了手指，让卡尔加库斯移动他的手。他抓住下一个水槽的边沿，马克西姆斯用另一只手重复同样的动作。

德米特里厄斯只有一次往左边看，屋顶绵延到遥远的地方。一阵恐惧袭来，他尽量去抑制住这种感觉。他把注意力集中在鼻子底下的这些瓦片上，一只手接着另一只手，马克西姆斯和卡尔加库斯帮助着他。

德米特里厄斯意识到卡尔加库斯在移动他的位置。一会儿，他的靴子碰到了一个延伸到蓄水池另一边的屋顶。他紧急慌乱地抽回脚，希腊年轻人在屋脊上，腿耷拉在两侧，目前没有跌落的危险。

在屋脊远端，一个缓和的斜坡延伸到一座矮墙边。他们滑下去，经过这里有一个下落点，到了一个有石阶的通道。无论如何，他们现在所在的地方是安全的。在墙壁的庇护下，他们暂停找回自然呼吸的感觉。在不远处某个地方，有个婴儿在啼哭。德米特里厄斯倒从没想过他们在屋顶弄出的噪音会不会惊醒房子里正在熟睡的人们。任何时候都有可能响起警报，突然，他很急切地想再次跑动起来。

卡尔加库斯动了动德米特里厄斯的胳膊，他们又动身了，身体蜷缩到胸腔水平线下，用他们自己的双手，就像猴子一样疾行。这种很不舒服而又没有任何威胁的移动方式持续了很短时间。右边的墙和左边的屋顶到了尽头，德米特里厄斯看到卡尔加库斯四肢着地非常不开心，喀里多尼亚人爬上一段独立式的城墙。

爱琴海伟大的雅典娜，我能行的，德米特里厄斯想到。在一边，有个可以降落到石阶处的落脚点，另一边有一个同样糟糕，可以落到铺好的庭院里的降落点。我行的，灰色眼睛的雅典娜，我可以的。

德米特里厄斯往前挪移。墙的顶部有几英尺宽，我没有理由会掉下去的。继续前行，没有什么合理的理由掉下墙去。

他如此集中注意力地保持着身体的平衡，差点儿撞上前面的卡尔加库斯。此时的卡尔加库斯已经停了下来，正在移动身体，将身体舒展开地躺在墙上。德米特里厄斯虽然不明白为什么，但也照做了。

身后传来一些声音。希腊年轻人从自己的右肩膀处往外和往下看去。两个值更的人正在街道上行走着。他们手里提着灯笼，每个人肩膀上有一根棍子。当他们走近的时候，他能够听见其中一个人说："所以法官说'百夫长，这就是人们使用骆驼的方式'，然后百夫长说'不，法官，他们用骆驼骑着去最近的妓院'。"

另一个值更的人笑了几声。"这笑话在克罗那斯还年轻的时候就老旧不堪了。"他说。在到达快与德米特里厄斯平行位置的时候，他停下来，拿起灯笼，灯光朝着街道另一端的一个小庭院照过去。他进入了庭院，仔细检查着庭院中间的一个喷泉四周。地下神灵啊！这个人太勤奋敬业了。

值更的人继续往前走，那个比较喜欢说笑的又开始了。"你知道那个关于驴子和女杀人犯的故事吗？"

"是的。"另一个人的回答毫无鼓励他讲下去的意思。

给人感觉好像这种碰钉子的事不是第一次了，他的伙伴停下来，把灯笼放在台阶上。他重新系了下鞋带，拿起灯笼，继续前行。然后，在毫无征兆的情况下，他又停下来，转过身去看看他们来时的路，然后又抬头张望了一会儿。

“窃贼，就在墙上！”

卡尔加库斯爬起来，迅速跑起来，没有任何思考的时间，德米特里厄斯也跟着跑起来。

屋顶的斜坡在眼前若隐若现，他们慌乱地跑动着，靴子在瓦片上滑动，德米特里厄斯往下瞥了一眼。

第一个值更的人手里拿着一个铃铛，德米特里厄斯看到他拉出连接着铃铛的细绳，铃铛的响声在沉睡的城市里回响着。

他们没有做过自我介绍的向导带领逃亡者们继续前行着，这部分屋顶的斜坡非常缓和，他们上上下下地穿梭着，跳跃过屋脊。恐惧感让德米特里厄斯的脚生了翅膀。下面值更的人在追逐，在前面某个地方，另一个铃铛响起。

“前面的通道，跳下去没问题。”在疲倦的奔跑中，向导的东部口音渐渐消失了。

德米特里厄斯看到卡尔加库斯跳过那个分水岭，他发现自己嘴里在说着巴利斯塔的一句名言——不要思考，采取行动。

一动身，年轻的希腊人就知道自己没掌握好时间。胳膊乱飞，他掉下来的速度太快。肚子撞在屋顶的边缘，把他几乎撞晕，他在往回滑落。他的手指紧紧抓住一个瓦片的一角。瓦片松掉了，他在更快地下滑，腿部在空中乱扑腾。远远的地下，瓦片摔碎了。

德米特里厄斯紧紧抓住最后一排瓦片，他们开始移动。一只手抓住了他的手腕。卡尔加库斯的脸因为用力而扭曲，德米特里厄斯的重量拖着老迈的喀里多尼亚人一起下滑。

“松开吧。”德米特里厄斯尖叫道。

快要滑向死亡了，卡尔加库斯坚持着，汗水从他丑陋的老脸上汩汩而出。

另一只手抓住了德米特里厄斯的另一个手腕。

“一、二、三,一起用力拉！”德米特里厄斯的胸部已经触到屋顶的边缘。他自己把身体完全调整过来。他的拯救者们把他猛拉到更上面的地方。卡尔加库斯把身体折叠起来，抱着自己受伤的胳膊。马克西姆斯就像一只猫一样落在他们的后面。

“这边，快点儿！”向导又出发了。

下面，街道和通道里都回响着喊叫声和铃铛声，到处都在打开卷帘门，灯光泻出。

他们继续在一个蓄水池的入口周围奔跑，穿过一段没有间断的屋顶，他们暂时处在地面看不到的地方。

“下去那里。”向导指着下面说,“待在那里直到我回来。”

一个接一个，他们跳进一个由四个相交的斜坡形成的黑暗空地里，向导的脸在他们上面出现了。“待在这里不要动。”他说，接着就消失了。

一会儿后，有一阵叫喊的嘈杂声。德米特里厄斯忍不住往外偷看。向导从他们来时的路原路返回，现在正站在一个胡同处，盯着他们左右看着，一副事情不明朗的样子。然后似乎被下面的喊声所鞭策，动身了。他动作非常快，经过了藏身处，跑向南边。追赶的声音跟随着他，他用一只手抓住墙，消失在视野中。

德米特里厄斯身子陷下来，看到马克西姆斯正在从自己衣服袖子上撕布条，包扎卡尔加库斯的胳膊。老迈的喀里多尼亚人的眼睛紧紧闭着。从他伤口处流出暗黑色的血。

“谢谢你。”德米特里厄斯低声说。

卡尔加库斯睁开眼睛。“别去想太多。”

他们等待着，追赶的声音消退了。他们因为停下不动很久而身体变冷。

德米特里厄斯在想如果向导不回来他们该怎么做。地狱是像现在这样子吗？冰冷无力，永远在等待，而且一无所成？有一件事是肯定的：他们不能在这里待很长时间。他们得快点儿吃些东西，否则身体就会变得太虚弱而无法逃跑。德米特里厄斯禁不住战栗起来。

有一阵轻微的刮擦声，向导回来了。“很好的锻炼，不是吗？”他的浓重的东部口音又回来了。“现在，你们跟我走，现在容易了。”

跟他说的一样，剩下的屋顶之旅是非常直截了当的。只有一个通行的地方让德米特里厄斯担忧。一根横梁在屋檐下伸出来，让两个倾斜的建筑彼此分开。在扭动身体穿过的时候，德米特里厄斯往下看着。一系列错综复杂的晾衣绳在胡同里穿行。这些东西是无法减慢一个往下跳落的人的速度的。年轻的希腊人眼睛注视着他面前的树林。

最后他们终于到达了房子高度最矮的地方了，通过一个外围建筑，跳到地面上。穿过街道就是主城区城墙的内部，可以看到间隔不大的距离里哨兵的火把闪耀在道路上。向导把他们用力推回到外围建筑的阴影里。他发出嘶嘶声让他们等待，并且沉着地走到空地里，转过拐角。

这一次，向导回来的速度更快，他没说废话，直接暗示他们该跟着他走，他把他们带到其中的一处塔楼。在城垛上，火把照亮一面有着老鹰、狮子和摩羯星的第四西徐亚军团的旗帜。幸运的是，哨兵都在城垛的另一边。在塔楼下面，是一个很小的边门。边门没上锁，向导带领他们通过边门，然后关上了门。

他们紧贴着墙壁往南移动。每次有哨兵在他们头顶来回踱步时，他们就停下来僵住身体。黑夜里远处传来狐狸的叫声。他们沿着墙壁向东弧线前行。不久低矮阴郁的建筑就在他们右边的黑暗之中显现。他挥了挥手，带领他们从城墙走向死亡之城。就像鬼魂一样，他们在坟墓之间轻快地穿行。他在一个挖进岩石里的陵墓前停下，陵墓的门轻易地被打开了。一进到里面，他就关上门，并且在门框间拉下门帘。

向导在钢铁之上划擦打火石，火星四溅。他点了一个很小的石灯，他们的影子在墙壁上奇怪地舞动着。德米特里厄斯四处环顾着，看到在从岩石上凿出来的一个大房间里有一张桌子和三把椅子。在门对面的墙上有一些浮雕塑像、老鹰、柳条编织的篮子和装饰性的花蔓。另外两面墙是弯曲的深洞，在里面有长长的低矮断裂瓦片堆。空气是静止的，有很强烈的霉味和腐烂的味道。

“你们就等在这里，你们的朋友会来的。”现在向导的口音如此重，听上去像在拙劣地模仿某种语言。“我现在走了，你们在这里等着。”他示意马克西姆斯护住灯，然后从布帘后溜出去。他们听见门开了，又关上，在死人陵墓里他们形只影单。

德米特里厄斯非常疲劳，坐在其中的一把椅子上。卡尔加库斯痛苦地龇着牙咧着嘴，坐在他旁边。马克西姆斯把灯放在桌子上，开始忙起来。首先，他开始查看是否有可能在葬礼宴席之后留下的什么食物，但是没有什么食物。他又开始搜寻其中一个深洞里的瓦片堆。他发现了三块碎片，手工制成，像刀片一样锋利。

德米特里厄斯盯着马克西姆斯出来的那个深洞，在东翻西翻的过程中，他打乱了瓦片。一只手从墙那里伸出来，手已经因为腐烂变成黄黑色。人们怎么会用这种地方作为性幽会的场所呢？德米特里厄斯想，如果是个低级妓女他倒可以理解，因为她没有自己的地方可去。人们经常看到这些妓女在城墙外的陵墓周围转悠，但是其他人呢？那些拥有自由身份的男男女女呢？这简直不可思议。怪不得在那个著名的故事里，费勒尼恩的阴影离开坟墓去她的旧屋子里幽会她的情人。

马克西姆斯用手指了指布帘和布帘后面的门，以最严肃的口吻问道：“当然，但是你不得不问，这他妈的到底是谁？”

“不知道。”卡尔加库斯说，“但是他居然能够爬出墙来，像个猴子一样。”

“你还记得吗？”马克西姆斯说，“当我们在阿瑞忒城的时候，有个跟猴子性交的女人？”

德米特里厄斯发现自己跟其他人一起大笑了起来。“我觉得你会发现那只不过是一个妇女生了个像个猴子一样的孩子而已。”他说道。

“怎么会发生那样的事情呢？”马克西姆斯听上去很气愤，接着他若有所思地说，“当然除非她碰巧在爱情达到高潮之际，恰好正在看一只猴子。”

外面的一点儿声响打断了他们的笑声，是一些骑马的人。有几个人，在门边笼住缰绳，下马。

马克西姆斯和卡尔加库斯就像闪电一样，来到布帘边上，手里将瓦砾碎片准备好。马克西姆斯把灯吹灭。德米特里厄斯不知道该怎么做，从椅子上站起来，感觉自己很傻，他也做出了像其他人一样的作战姿态。

传来了开门声，当夜风吹着布帘的时候，布帘轻微摆动，德米特里厄斯屏住了呼吸。

“我是朋友。”布帘那边，一个人用拉丁语压低声说道，“我只身前来，不要进攻。”

布帘被拉开，惨淡的月光泄进坟墓。在入口处有个人的黑色影子，他跨过门槛，停下来，调整目光。当马克西姆斯毫无声息地把瓦砾碎片抵在他的喉咙上时，他并没有退缩。

“欢迎大家从死人堆里生还归来，小伙子们。”当他说话的时候转头看着马克西姆斯，月光照在他的脸上——看上去是一张很奇怪的脸，皱纹纵横、斑斑点点。

“卡斯特里西乌斯，你个小杂种！”马克西姆斯拥抱了他，卡尔加库斯用手抽打着他的背部，德米特里厄斯跟他握了手，百夫长的手掌很真实。

“他妈的，我还希望来救我们的人会是那个被我们拯救过他儿子的贵族呢。”卡尔加库斯摇着头看上去似乎真的很伤心的样子，“他本可以好好奖赏我们一番的。”

“而且如果真的是你来救我们，卡斯特里西乌斯，”马克西姆斯插话说，“没必要把我们扔在那里那么长时间。”

“非常开心见到你们，”卡斯特里西乌斯说，“你们该庆幸我在这里，我今晚刚刚从阿鲁利斯路上的一个矿场里监工回来，一份又脏又危险的工作——由西尔瓦诺斯承包，军团士兵们憎恨这个工作——非常令人疲劳。我想过先睡一晚好觉，也许明天再来救你们。”

“肯定的是，新的长官觉得你的生平很适合矿场生活。”马克西姆斯露齿而笑。

“很有可能——庇索是个傻瓜。”百夫长的声音变化了，“我很遗憾得知巴利斯塔被捕的事情。”

“他会回来的，”卡尔加库斯说道，“他总是能杀回来的”。

“我不怀疑这点。”百夫长卡斯特里西乌斯的声音变得很正经，“夜里最后的值更已经快结束了。外面有三匹马，都装备好了，手拿的武器、水和食物都放在马鞍口袋里，甚至还有些钱，你们要往哪个方向走？”

“你觉得如果我们只是沿着大陆往西骑行—— 雷吉亚和哈吉奥普里斯，直到安条克是否明智？”卡尔加库斯问道。

卡斯特里西乌斯考虑了一段时间。“庇索知道你们已经逃跑会非常恼火。当然，你们三个并不是重要人物，而且庇索本人也是天性懒惰的，但是他在老瘸子马克利亚努斯那里极力想让自己看上去有能力。为了舔主子的屁股他可能会派一些军马沿着最明显的路线搜查。”

“我在希拉波利斯有个朋友——哦，是个我在外出的时候认识的人……”德米特里厄斯的话慢慢停下来。

“没有直接的道路，”卡斯特里西乌斯说，“肯定有大约像鸟飞行 40 英里的距离，道路难行，但是最好还是朝南边走。”

外面，一个军团士兵在照看马匹，逃亡者们每个人都感谢了卡斯特里西乌斯，然后上马。

“有件事，”马克西姆斯说，“那个带我们在屋顶上逃跑的东方人是谁？”

矮小的百夫长大笑。“那可不是本地人，那是第四军团我的一个部下，一个军团文艺表演者。如果你想用口才制胜，我想找个演员帮助你们还是比较有用的。”

他们骑马离开此地，德米特里厄斯开始思考生命的荒谬。大多数军团，尤其是那些驻扎在东方的军团，都有士兵演出队。这种队伍帮助士兵打发时间，以一个军团文艺表演者的出现来拯救他们，就像他经常扮演的由一个支架吊着的神灵那样。

第六章

巴利斯塔站在萨摩沙塔长官宫殿里，他注视着萨珊王朝的特使在尽力控制着自己。狮王加斯哈斯普可能已经在东方的战役中获得了些名气，所以这个绰号就这么跟随着他，因为挺适合他的。对一个波斯人来说，他的头发有那么点儿红色发丝，又长又密，可以跟马鬃媲美。当生气的时候，正如他此时的情绪，他的眼睛不断地闪动着。

他们已经在萨摩沙塔待了几天了，最后终于能够面见老瘸了马克利亚努斯。他们被留在长方形廊柱大厅里等了一个多小时。如果你觉得诸王之王跟罗马皇帝是平等的，认为他们是世界的双眼，人类黑暗世界中的两盏明灯，就像巴利斯塔听加斯哈斯普这么讲过，那么这种怠慢就是一种谋划好的侮辱。

巴利斯塔本人非常享受这种拖延，已经过去的每天夜里让他更加远离会出现的马克西米努斯·色雷克斯的鬼魂。巴利斯塔需要重温自己熟悉的那句“鬼魂不可能伤害你，避开阿奎莱亚，一切会好起来的”。重复这些话的频率会越来越小。巴利斯塔喜欢这种耽搁怠慢还有其他的原因，每在罗马境内多待一天，他就一天不用回到萨珊人那里当俘虏。在萨摩沙塔，他可以沉浸在幻想之中——要跟妻子朱莉娅和儿子们团聚，他唯一要做的就是叫匹马，上路去往安条克就可以了，而且他想远离卡莱牢狱的回忆——身体蜷缩着，脸部朝下，四肢展开，衣服拖起来。全能的主，那一切太惊险了，战争对北方人的影响远比他自己承认的要大得多。

为了打断自己的思绪，他向长方形的廊柱大厅四周看去，上次他在这里的时候，这里有一场瘟疫。瘟疫早已逝去，但是有些月桂树蔓条的根部还在那里，这种植物的味道被认为可以预防疾病的。地板没有清扫，如果说有人在计划一场政变，巴利斯塔确信是马克利亚努斯正在准备政变，这些偶然的细节是不能被忽略的。罗马皇帝的王座已经从长方形房子的末端讲台消失了，取而代之的是六个镶有象牙的一排座位——这种王公贵族的座椅象征着高级罗马执政官地位。

门打开了，有人宣告马库斯·富尔维乌斯·马克利亚努斯大人到来，神圣大人、执政官、罗马帝国东部掌管者驾临。这一系列的头衔听上去华丽而语调夸张，令人印象深刻：整个帝国的财政大臣、粮食供应官，在东部疆域有生杀予夺的军事权威。

手杖发出声响，接着是脚步的拖沓声，马克利亚努斯沿着走廊走过来。他后面跟着两个儿子，他们有着同样的修长笔直的鼻梁、下陷的下巴、突出的眼睛，但是奎伊图斯和马克利亚努斯二世走得更加自如，自信并趾高气扬。

在这家人后面跟着三个人，所有这些人都及时抛弃了罗马皇帝日益衰落的夕阳状态而在新兴的政府里担任高官要职。那是年长的贵族波姆波尼厄斯·巴索斯，最近被任命为卡帕多西亚的长官，还有议员美欧纽斯·阿斯提阿那克斯，他的智慧很关键。所有人中最邪恶的是塞索里努斯。朝代更替、皇帝更换，但是总是有一个令人敬畏的重要摄政官员就像塞索里努斯这样，兼任掌管帝国的密探机构。

在讲台上，马克利亚努斯把手杖递给了自己的一个儿子，他把长袍的一段扔过头后，给自己倒了一杯酒，并把手举向天空，向罗马的不朽神灵们说了句祈祷语。他的语调里充满了虔诚信仰的热情。这是一个曾经对自己的国民犯下滔天罪行的人，因为他曾经迫害过基督教徒，没有比一个精明活跃而且有着炽热的宗教信仰的政客更加危险和惨无人道了。

当每个人都落座后，马克利亚努斯示意外交接见应该开始了。

加斯哈普斯简短讲了几句，他避免使用希腊语，这是东方的外交语言，他用了自己的本族语。诸王之王沙普尔已经在战争中抓获罗马皇帝瓦勒良，现在愿意接受一笔赎回皇帝的赎金。他派遣克勒图尼乌斯和巴利斯塔来安排这件事情，巴利斯塔懂得波斯语，他注意到翻译添加了些词句，目的是让原话听上去更文明些。

克勒图尼乌斯走上廷前，曾经在罗马皇帝身边担任过多年的引见官，他熟谙宫廷礼仪。他的话说完整而圆润，不失拉丁语的宏大华丽，在非常强烈的情感和具体细节之间自如切换。

这些话就像打在屋顶瓦片上的雨水一样划过巴利斯塔的脑海，没有人期待这次外交手段会成功。无论是沙普尔还是罗马皇帝，还有屋子里的所有人。老瘸子马克利亚努斯为了出卖罗马皇帝真是费尽心机，颇具前瞻性。他最不想看到的就是年迈皇帝的回归，就像奎伊图斯在愤怒的一刻告诉巴利斯塔的那样，马克利亚努斯希望他们的儿子们紫袍加身执掌帝国。克勒图尼乌斯的说辞在继续，就像历史学家塔西佗很久以前揭示的那样，帝王的统治使话语和现实之间产生了一道鸿沟。

突然，克勒图尼乌斯动作夸张地从自己的长袍里拿出一份文件，他开始读这份文件。这是罗马皇帝给自己忠诚仆人马克利亚努斯的一封信，也是皇帝给神圣罗马公爵的直接命令，命令他动身离开萨摩沙塔，前往卡莱来到皇帝身边。

在克勒图尼乌斯华丽的文辞结束后，一片寂静，马克利亚努斯站起身来，他走到讲台边缘，倚靠在手杖上。

“这里有没有人这么疯狂，愿意成为敌人的战俘和奴隶而不是成为自由人？”马克利亚努斯摇着头，似乎被这种愚蠢的选择震惊到而崩溃，“而且，那些命令我离开这里的人不是我的上级，其中一个，沙普尔，是一个敌人。另一个瓦勒良，已经不能为自己做主，所以他不可能再成为我们的主人。”

已经很清楚了，马克利亚努斯已经公开声明瓦勒良已经不再是罗马皇帝了，虽然巴利斯塔知道邪恶的神圣罗马公爵已经朝着这个方向运筹了至少一年多了，他还是感到有点儿震惊，北方人环顾四周看着每个人的反映。讲台之上，除了一个人外所有的人都庄重肃穆地点头表示同意。奎伊图斯的笑容看上去有些趾高气扬，在长廊大厅里，似乎大家一致默认般地赞同。巴利斯塔注意到观众中有很大一部分高级议员是曾经追随皇帝瓦勒良到东部征战的官员。

马克利亚努斯指着加斯哈普斯说：“你明天早晨就回去答复你的主人。”

当外交翻译把这话翻译完后，萨珊王朝勇士转过身，没说话，离开了屋子。

马克利亚努斯挥舞着他的手杖做指示，手杖上亚历山大大帝的银色头像闪闪发光。“克勒图尼乌斯和巴利斯塔，你们就待在这里为共和政体服务吧。”

克勒图尼乌斯清晰地说：“我不会这么做。”他瘦削的脸像戴着一个面罩一般，“我被瓦勒良奥古斯都的神圣命令还有对沙普尔的一个誓言所约束，必须回去面见沙普尔。”

“巴利斯塔，你呢？”马克利亚努斯不露声色地问道。

“跟他一样。”

老瘸子倚靠在手杖上，思考着。他还是娓娓道来：“神圣命令是一个人对皇帝的誓言，当一个人不再是帝王的时候——也就是当他死去或被挟为人质的时候，这种誓言已经失效了。你们对沙普尔所许诺的誓言也是在胁迫之下，所以也是无效的。罗马的神灵们希望你们留下来为帝国服务。”

“狡辩，”克勒图尼乌斯说，“以前没有罗马皇帝曾经被野蛮人俘虏过，谁能说瓦勒良已经不再是罗马的皇帝了呢？无论如何我对沙普尔宣誓的时候，没有受到任何胁迫，我会回去的。”

马克利亚努斯指向巴利斯塔。

他诱惑在挑拨着巴利斯塔。一句话，只要一句话，他就可以与家人安全团聚，回到朱莉娅身边，跟他的儿子们一起，看着他们大大的蓝眼睛，把自己的头埋进他们长长的头发里，呼吸着他们的味道。

不，巴利斯塔尽力地去阻止着这些诱惑以免影响他的判断，这种诱惑就像马西利亚码头边上的妓女一样贴紧着自己。想想朱莉娅、伊桑格瑞姆和德海姆。不，到哪里都没有安全。一句话也会把他许诺给沙普尔的誓言而带来的可怕诅咒实现。如果仅仅是他，他会接受这种命运，但不能以自己儿子的命运为赌注。如果我违背誓言，我的脑浆就如此酒流淌一地，亦如我儿子们的脑浆也如此下场。

“我会跟克勒图尼乌斯一起回去面见皇帝。”

“那就这样吧。”马克利亚努斯的面色深不可测，他用手杖敲了敲要求所有人安静，并宣布此次会见结束，又做了一个虔诚的祈祷，然后离开了宫廷。手杖敲击地面的声音，嗒，拖拉声，脚步声。他的支持者们为了跟他走路的慢节奏一致而互相推搡着，又是手杖敲击地面的声音，嗒，拖拉声，脚步声。

外面，美欧纽斯·阿斯提阿那克斯在等待着。“巴利斯塔，借一步说话。”

他带领巴利斯塔转过长廊大厅来到宫廷尾端的一个朝南的花园里，

道路两旁都是希腊知识分子的塑像。塑像以字母顺序排列：A 是亚里士多德，B 是彼翁。他们在荷马的塑像前停了下来。

“你的妻儿在安条克安然无恙。”

“谢谢你。”巴利斯塔胸中有种空洞的感觉。

阿斯提阿那克斯把玩着手中的书卷，抬头看着荷马的大理石头像，还想说些话。

巴利斯塔等待着，他跟阿斯提阿那克斯交流过几次，但是除了知道这位议员是老瘸子马克利亚努斯的狂热支持者之外，巴利斯塔对他了解得甚少。朱莉娅曾经告诉过他，外面有传言说这俩人在一起所做的事情都与可憎的越轨行为有关。

巴利斯塔意识到自己从来没认真观察过阿斯提阿那克斯。他是个中年人，头发短，留着短短的胡子，他的嘴唇很柔软而且肉厚，前额布满皱纹。阿斯提阿那克斯用指尖扭动着纸莎草卷，他现在很紧张。

阿斯提阿那克斯的眼睛从失明的荷马塑像上挪开，他的凝视越过宫廷的墙壁，仿佛是在钻石结构的石灰石街区之间找到什么可以转移他注意力的东西。

最后，他瞥了一眼巴利斯塔，又把眼睛挪开，开始说话了。“马克利亚努斯真相信他奉神灵之令恢复共和国体荣光。”

“我不怀疑这点。”巴利斯塔的声音是非常中立的。

“基督教徒必须去死，他们公开否认神灵，他们是令人厌恶的无神论，把帝国和神灵对立起来。”

“很有可能。”

阿斯提阿那克斯转过身体，眼睛直视着巴利斯塔。“皇帝瓦勒良必须下台，他人老体弱，犹豫不决，神灵希望有个坚强的人物来掌舵。”

巴利斯塔没说什么。

"在这个铁血时代，我们必须要有一个皇帝。"他的声音里有一丝哄骗的腔调。

"我们有个候选人，加里恩努斯，而且在他的儿子萨洛尼乌斯身上有恺撒的影子。"巴利斯塔回答道。

阿斯提阿那克斯摇了摇头。"他们远在北方边境。"

"他们的其中一个可以去到东方。"

阿斯提阿那克斯肥厚的嘴唇抽搐着。"他们被你的野蛮人兄弟们所困扰。"

巴利斯塔忽略了这种嘲讽。"加里恩努斯有一个哥哥，在罗马还有个儿子，他们中一个人可以登上王位。"

"加里恩努斯是个浪子，我没有理由相信他的其他亲戚能好到哪里去。"

"当然加里恩努斯喜欢喝酒，喜欢拈花惹草。"巴利斯塔朝着他手里的草卷点点头，"他也写诗，倾听哲学家们的谈话，但是我跟他一起并肩作战过，他知道如何行军打仗。"

阿斯提阿那克斯挥了挥手表示这种说法不值得一提。"马克利亚努斯身上具备一个王者需要的所有美德。他自律、虔诚、勇敢、有智慧，而且颇有远见。"

"还有条跛腿。"巴利斯塔的话听上去比他的本意更残酷，"没有一个有身体残疾的人可以登上恺撒的王座。"

"确实。"阿斯提阿那克斯微笑着说，"这就是为什么奎伊图斯和马克利亚努斯二世必须掌握王权。这两个人会由他们的父亲引导执政。"已经有了叛国的意图，阿斯提阿那克斯继续匆忙说下去，"元老院大部分人同意我们的意见，他们痛恨加里恩努斯——他缺乏贵族气质，他把贵族们排除在军事大权之外，喜欢向普通士兵献殷勤，提拔那些文盲野蛮人。"

巴利斯塔沉默了一会儿，在他的话里有些事实。"元老院的多数票并不能打赢一场内战，而军队是可以的。”他评论道。

“确实是这样。那些在帝国东方呼风唤雨的人，那些把守军事重镇的人已经跟我们一条战线了。你不在的这些日子里，卡帕多西亚的长官下场悲惨，埃克西古被匪徒们杀死。”阿斯提阿那克斯眉毛上扬，“强盗们无处不在。危险的时代。卡帕多西亚现在由马克利亚努斯控制，波姆波尼厄斯代理掌管。”

当巴利斯塔还没来得及反应的时候，阿斯提阿那克斯继续说道：“奇怪的是，当听到这个消息后，瓦伦斯，也就是柯里叙利亚长官逃往了西部。他被庇索·弗卢基取代，他是神圣罗马公爵的另一个密友。巴勒斯坦的长官阿凯俄斯与我们是同盟。他是迫害基督教徒的坚定执行者，他清楚这个时代需要什么。埃及地方行政长官，埃米利安努斯，是一个非常有野心的人而叙利亚－腓尼基长官科尔尼库拉则是个懦弱之徒。他们都意识到自己的优势所在，毫无疑问，被孤立起来的奥斯若恩和阿拉伯半岛长官会最终站在我们这边。”

阿斯提阿那克斯展开双手，似乎是要做精细演讲的姿态。“然后就是萨普西格拉姆斯，埃美萨国王。七年前，战乱时代，他把成千上万的军队投入战场，他服侍的神灵告诉他要向我们宣誓效忠。正如我说的，我们对东方的军事力量有掌控力。”

巴利斯塔大笑。“那为什么你们还需要我？”

“我们并不确定需要你，然而你可能会有用处，大部分瓦勒良的野战军队都是抽调自西部，你在那边服役过，他们可能会喜欢一个他们了解的将军。”阿斯提阿那克斯叹着气说，“而且由于加里恩努斯在那治军无能，他们可能更喜欢一个有你这样背景的将军。”他在说最后这个“背景”词语里有着强烈的轻蔑意味。

“那么很不幸运的是我被许诺给沙普尔的誓言所束缚，必须回去面见沙普尔。”

阿斯提阿那克斯毫无表情地面对着这个北方人。

“马克利亚努斯已经在会见中处理了这个问题。无论如何，你也不是以过分虔诚而闻名。在你的治理下，对以弗所基督教徒的迫害陷于停顿。你妻子的家族是伊壁鸠鲁学派背景，就像他们一样，你可能觉得神灵对人性毫无兴趣。”

一提到朱莉娅，巴利斯塔胸中的空洞感再次袭来。

现在阿斯提阿那克斯看上去很痛苦，前额处皱纹更浓密了。“在皇帝瓦勒良被捕后，你被宣布为人民公敌，一个人人得而诛之的亡命之徒，现在那个命令还没被收回。”他暂停了一会儿，巴利斯塔害怕他所讲的事情。

阿斯提阿那克斯回到了刚才的话题上，句子更加简短而深思熟虑。“你的家人在安条克，柯里叙利亚行省的都城，新的长官正从泽乌玛城赶来。庇索·弗卢基是马克利亚努斯热情的拥趸，也许有些人会说过于热情。人民公敌的妻儿，一个共和国体的叛国者，马克利亚努斯政府的叛徒，对你家人来说事情可能不会那么顺利。”

巴利斯塔说不出话来。

阿斯提阿那克斯拍拍他的肩膀。“永远不要匆忙地做决定，慢慢来。”

黎明降临到萨摩沙塔这个骚动的城市。每天这个时候，桥上的横梁会被拿掉，埃德萨城门会被打开。自从瓦勒良被捕后，士兵们都打起精神格外警惕。当他们满意地发现周围没有萨珊人潜伏时，会挥舞着棍棒继续巡逻。当巴利斯塔和克勒图尼乌斯带着马匹穿过大门的时候，通关官员们都靠后站立。

来到外面，这两个人走到路边等待加斯哈斯普。巴利斯塔不想说话，他研究着过往的形形色色的难民人群。一天又一天，从河的南面涌进更多的难民，巴利斯塔在想这些人里有多少是混进人群的波斯奸细，这种手段很显而易见，当然沙普尔会想到这一点。然后那些执勤的官员们似乎只是在检查有没有要交税的货物，也许马克利亚努斯从来就没想到这一点。

巴利斯塔可以感觉到克勒图尼乌斯忍不住想要说话。北方人转过身，看着萨摩沙塔的城防。在沟渠的另一边，城墙又高又厚。虽然墙面是由钻石结构的小石块组成，墙面还是很光滑的，但是到处都有扶壁。这些扶壁到底是装饰性的还是说它们意味着城墙结构的缺陷？无论如何，这不是好事，为那些攻击者提供了少量掩护。而护城墙很长，这会需要很大一批人来防御。在山陵之上，城堡可能看上去很坚固，但城镇本身很难防御。

巴利斯塔牵的马摇了摇头，他抚慰了下它，让自己的脸贴近马的鼻孔，让它呼吸自己的气息。这种惯性的动作并没有打断巴利斯塔的思路，马克利亚努斯是不是打算努力防御这座城镇？这个老瘸子的计划是什么？

阿斯提阿那克斯已经规划出最有利于他们的计策，然而从某种角度来说，他没提到的事情才是最关键的。阿斯提阿那克斯并没有提到来自西方的行政长官们的支持。很可能，他们没有取得任何西方的支持。他也没提及那些东方没有军事保护的行省长官们的动向。尽管没有他们掌控的军团，每个行省都有少量隔离开来的部队。有驻扎的正规军，也有成建制的雇佣军骑兵和步兵。似乎亚细亚、利西亚－帕姆费利亚和西利西亚以及其他没有军事存在的东方行省的行政长官们也没有公开表示会支持马克利亚努斯。

阿斯提阿那克斯承认过维里乌斯·卢普斯在阿拉伯半岛的一个军

团，还有奥里利乌斯·达利斯在奥斯若恩的两个军团的残余部分，也还没有表示效忠。他对涉及叙利亚－腓尼基行省的科尔尼库拉和远在埃及的埃米利安努斯的忠诚度上闪烁其词也说明了很多事情。两个东方军团也没有确保赞成现在的政府。

然而最重要的是阿斯提阿那克斯没有提到附庸委托治理者们，他对埃美萨的萨普西格拉姆斯的坚持效忠大谈特谈，而对帕米拉之主奥登纳图斯却没有提及。在战乱时期，奥登纳图斯召集了三万勇士、马匹和步兵。巴利斯塔曾经统领过帕米拉、在阿瑞忒城的帕米拉王国第二十军团大队，还有色西昔姆的第三帕亚波斯帕米拉重骑兵队。他们都是绝佳的斗士，手里有弓箭就变成致命的敌人，在肉搏战中让人恐惧。帕米拉的绿洲城市塔德莫对它的居民来说，位于罗马和波斯之间。现在这块疆域的主人，奥登纳图斯，烈日雄狮，掌握着东方的平衡。

加斯哈斯普，尽忠完毕，崇拜完升起的太阳，走出了萨摩沙塔。他握了巴利斯塔的手，巴利斯塔递给他马缰，帮助他上了马，波斯人等待着。

克勒图尼乌斯拥抱了巴利斯塔。

“你确定？”在引见官的声音里没有控诉的语气。

“是的。”巴利斯塔好想再多说几句。

“无须任何解释，”克勒图尼乌斯说，“我的妻子死了，我的儿子跟随加里恩努斯。”

巴利斯塔点点头，他帮助克勒图尼乌斯上了马鞍。“我们是神灵的玩物，”引见官说，“他们给了我们残酷的抉择。”

两个上马的人转过身，慢慢朝着南面的桥骑去，巴利斯塔看着他们离开。

巴利斯塔的誓言仍然在折磨着自己：如果我违背誓言，我的脑浆就如此洒流淌一地，亦如我儿子们的脑浆也如此下场。

朱莉娅把纸莎草卷放到桌子上的其他纸卷旁，她用大拇指和食指揉搓着鼻梁。天气很热，即使是在蓄水池的阴凉地方也并不凉爽。她在安条克选了这处住所是因为埃珀弗奈厄地区的微风都被地形挡住了。今天早晨，没有什么微风。

她用尖笔敲着自己的牙齿，在达佛涅外围的这处房产手续上足够简单直接，但是另一处的就更复杂些。自从烧炭工未留遗嘱死后，他的两个亲戚为了房屋所有权争吵不休。如果朱莉娅想要这处房产，除了付钱给两个人之外似乎别无选择。她不确定自己为什么这么坚决地购买这所房子。当然你可以在那里建造一个美妙的夏日度假小屋，就在西尔皮乌斯山地南部斜坡上高高耸立，景色极佳而且非常隐蔽，外人几乎无法发现。如果她不是在极其严格的享乐主义哲学背景下长大的话（诸神远在天边，对人性毫无兴趣）——她可能会觉得是神灵让她有这个想法。四年前，巴利斯塔在那里差点儿被刺杀，可能她购买此处房产的原因是想把这儿当作是对没有回来的丈夫的一种祭祀。如果是这样的话，她的哲学理性就是在逐渐丧失。她的先父，严厉的元老院议员盖乌斯·尤利乌斯·沃卡提乌斯·加里加尼乌斯不会赞成这种想法。

朱莉娅示意侍候自己的佣人安提雅拿杯酒，至少朱莉娅不是那种只有在丈夫检查妻子是否喝酒时才亲吻的旧罗马帝国式的女人，她也不是那种现在还可以见到的城里的希腊女人，他们的男性家庭成员让他们在公众场合戴面纱，晚上把她们锁在屋子里。

安提雅拿来了酒，把水酒混合，就像女主人喜欢的那样。朱莉娅感谢了她，把她打发走了，独自品尝着凉爽的液体饮料。她意识到这个世界仍然是一个男人的世界，她不得不征得她的“导师”的同意才能去完成房产买卖。幸运的是，这不过是个形式，他是她的很多表亲之一，住在遥远的高卢，对自己的鱼塘比对任何事情都感兴趣。在选丈夫方面她也很幸运，巴利斯塔对家庭事务的安排从来就没多少兴趣，一结婚，巴利斯塔就把家里的钥匙和管家的权力都交给了她。

朱莉娅微笑着发现自己正在把玩左手中指上的戒指，当巴利斯塔在新婚大典上给她戴上戒指的时候，她并没有爱上他，完全没有。她已故的母亲，曾经非常反对这门亲事，但是她父亲让自己回心转意嫁给了他。朱莉娅很有孝心地做了父亲希望她做的事情。虽然她的家族仍然能够证明自己有元老院议员的财产和地位，他们的很多祖先遗留下的地产已在半个世纪前被塞普蒂米乌斯·塞维鲁没收，因为他的家族非常不明智地支持当时他的政敌阿尔比努斯。他们的影响力从此就再也没恢复过。马库斯·克洛迪乌斯·巴利斯塔虽然出身是野蛮人，但是九年前他在罗马拥有了骑士地位，而且当时父亲劝说她嫁给巴利斯塔的有力论据就是，巴利斯塔曾经一直是当时执政皇帝加卢斯的密友。

如果就像伊壁鸠鲁哲学的教义所说，人生命的终极目标就是免于受各种干扰，那么朱莉娅此刻在想为什么人们要结婚，内心平静自由和婚姻都不是什么好伴侣，这并不是说巴利斯塔作为丈夫比其他人有更多的缺点。除了男人常见的漠然态度、顽固、酗酒和乱发脾气之外，他只不过多了一点儿改不掉的缺点——野蛮人的天真。不，不是这些让她免于受到干扰。自从她慢慢爱上他，折磨她的是他的常年在外征战。总有一天，他会有家不能归。朱莉娅想起自己的儿子们，他们漂亮的、天真的孩子们。她永远不会像过去的斯巴达妇女们那样，告诉自己的儿子们要么光荣解甲归家，要么英勇战死沙场。

正当朱莉娅拿起写字板，她的新管家出现在面前。在还没来得及宣布前，三个衣衫褴褛的男人跟着他走到蓄水池远端的阴凉处。朱莉娅还没来得及表达自己的不满就认出了他们。她扔掉了写字的那些东西，向泳池边奔跑过去，贵族礼仪也被抛到了脑后，她抱住那个走在前面的丑陋的老男人的脖子。

“卡尔加库斯。”她亲吻了他的双颊。

“稳重些，基里娅，仆人们有话要说。”马克西姆斯说。她也亲吻了马克西姆斯，然后转过身拥抱了德米特里厄斯。

“你们怎么来这里的？我们什么消息都没听到。”

他们的笑容消失了，三个人看上去表情都很尴尬。“我们夜里赶路，避免见到生人。德米特里厄斯的一个朋友在希拉波利斯庇护了我们一些时间。在这之前，卡斯特里西乌斯让我们在泽乌玛城逃离麻烦。”卡尔加库斯停下来，他摆弄了下胳膊上的夹棍。

“仿佛地狱吞噬了你们似的。”朱莉娅拍了拍手，“现在你们回来了，感谢神灵保佑。让我看看你，卡尔加库斯，你受伤了。”

“没什么。”老迈的喀里多尼亚人不坚定地挥着自己没受伤的胳膊，“基里娅，您的丈夫……”他的声音渐渐减弱。

马克西姆斯也尽量开口，但是失败了。

“基里娅”，德米特里厄斯深吸了一口气，让话快速地从口里说出来，“您丈夫成了萨珊王朝的囚犯，他命令我们离开他。我们别无选择，我很抱歉。”

朱莉娅头向后仰着大笑起来，三个人交换了下眼神。女人都很脆弱，难以接受现实，是不是这个消息让她疯癫失常了呢？

朱莉娅擦了下眼睛，摇了摇头。“消息比你们送来的更快。”她踮起脚尖，亲吻了德米特里厄斯的前额，“他自由了，重新回到萨摩沙塔的罗马野战军团，他已经被任命为骑兵长官了。”她又笑了，“我的丈夫不仅重获自由，而且巴利斯塔已经正式成为被任命的长官了。”

第二部

天下和平

（西部，山南高卢地区，
麦狄奥拉那姆城南部，
公元260年夏）

啊，宙斯，多么令人同情的遭遇，悲伤的人类，那些敦促你前行而接近的历练多么血腥！

——选自欧里庇得斯《俄瑞斯忒斯》

第七章

皇帝加里恩努斯用马缰笼住马匹，马身上的饰物是紫金色，它驯养有素，安静地站在那里，等待仪式的重新开始。

这一次，出乎意料的是一个士兵从离皇帝最近的队列里喊道："掷硬币决定是否剃须，陛下。"

加里恩努斯微笑着，手伸向他的侍从护卫，阿吉列斯把一个硬币放到皇帝掌心，加里恩努斯把硬币抛向空中。"好运。"

"愿神灵护佑你马到成功，陛下。"

另一个士兵也喊道："我也是如此祝愿，陛下。"

加里恩努斯仔细观察着那个士兵说："经过深思熟虑，战友，带着世界上最好的意愿，像你这样的脸庞最好还是用胡须遮住。"士兵一边去接住扔向他的硬币，一边加入其他人一起大笑。

加里恩努斯解下头盔，把它挂在马鞍后面的一个角上。他用手捋了捋汗水浸透的染成金色的头发。这是北方意大利平原的夏天，非常炎热。

在罗马军队的任何队列里都永远不会有完全的寂静，总是有金属互相撞击的声音，皮具摩擦声和偶尔有人咳嗽的声音。当已经变得足够安静的时候，加里恩努斯在马鞍前部直起身，又开始了他的战前演说："我们已经等待了很久，行军了很长时间才等到今天。终于我们把这些野蛮人赶到了我们想要的位置——在空旷的田野里，远离山岭或者其他具有任何安全逃脱希望的地方。他们人数众多。”加里恩努斯不愿意屈尊去观察，慢悠悠地将目光斜过肩膀朝南看。“这种队形对他们没什么好处，他们只会挡住彼此的路，他们没有纪律。”

士兵们用长矛敲打着盾牌。

“这些日耳曼人把自己叫作全能人，他们认为自己全能，我们知道他们的底细。他们都是同性恋，这些身上长毛的流浪汉们到了罗马，永恒之城没有护城墙，他们都是来自于那些年来体弱的议员们带领的平头百姓中的乌合之众和奴隶。”

加里恩努斯等待士兵们的笑声褪去。“他们当中速度最快最勇敢的已经越过阿尔卑斯山脉，你们知道在山那边发生了什么。雷迪亚代理长官用为数不多的正规军和一些当地农民就能把他们碾碎。”

“我们知道，我们知道。”士兵们用粗糙的北方口音应和着。

加里恩努斯提高了自己的音量。“今天我们就把意大利从野蛮人手里解放出来。今天我们就解放那些被他们残酷奴役的同胞们。今天我们就夺回日耳曼人的酒，然后大家一起分享。今晚后我们的军队里将找不到一个穷鬼！”

士兵们异口同声咆哮着同意皇帝的说法。

“你们准备好打仗了吗？”

“准备好了！”

当队伍里第三遍的例行回答仍然在回响的时候，加里恩努斯看着阿吉列斯和他的旗手。然后他朝两个人眨了眨眼睛，点头示意往前冲。然后他突然抓起自己的头盔，用脚后跟踢向马肚子侧翼。马匹往前跃起，其他两个人紧随其后。

在皇帝身后，他的议员随从们被弄得措手不及。他们在迷茫中骑着马兜圈子，在匆忙地想跟上皇帝的时候马匹互相撞在一起。士兵们都喜欢看这种热闹。在加里恩努斯加速往前冲的时候，他听到士兵们在嘲笑比他们社会地位更高的上级官员，然后听到他们不断地喊出军队战争口号：“皇权万岁！皇权万岁！”

加里恩努斯转身走向两个队列之间的一个块空地上，继续往北朝着皇家骑兵卫队预备队和其他随从等待的地方骑行而去。

皇帝从来不会单独骑行，当他们骑行到较近距离时，皇帝示意允许他的侍从护卫阿吉列斯并排骑行到一边，其他的帝国官僚头目们也在那等待着。他微笑着看着他们那种非常与周围格格不入的平民的样子。那边是奎瑞尼厄斯，是财政官，掌管他的财务，帕奥弗瑞厄斯·苏拉，是通信官，他负责皇帝的通信往来，还有赫尔米亚努斯，是引见官。他们都是大人物，有权有势。帝国离开了他们就无法正常运转，但如果离开了帝国宫廷的办公桌，他们看上去不知所措。

军队的高级将领则呈现出不同气质：他们把马头压低到皇家骑兵卫队旗帜下面，白色的旗帜上一匹红色的飞马。三个将领骑行在前面：汉鲁斯亚纳斯，以前是意大利骑兵，现在是帝国禁卫军兼其长官。赫拉克利安，曾经是多瑙河岸的农民，现在是帝国禁卫军总管，还有奥雷欧斯，曾经是日耳曼牧羊人，现在被提拔为骑兵长官。在他们后面是其他保卫人员，部分是侍从护卫，部分是行政官员。其他三个是多瑙河岸居民，塔西佗、克劳狄乌斯和奥勒良。另外两个是平民起家的—— 塞勒·沃勒雷亚纳斯和图密善。最后两个是埃及人兄弟狄奥多图斯和康西索勒乌斯，还有非洲人迈摩尔。加里恩努斯看到这些坚强忠诚的部下，心情大悦。

皇帝下了马，召唤自己的冲锋陷阵专用马匹。马匹领上前来的时候，议员们都一拥而上，他们脸上写满了尊严被伤害的神情。这些人曾经是加里恩努斯父皇的部下，皇帝瓦勒良信任他们，他与其中几个人一起长大，而加里恩努斯也在他们的注视下成长。像老迈的费利克斯，他曾经当了二十三年多的国事顾问，已经年过花甲，但是三年前瓦勒良把防御哥特人进犯拜占庭的任务交给了他。然后还有更加年长而且名字更长的盖乌斯·尤里乌斯·阿奎里乌斯·阿斯巴斯厄斯·帕特努斯，他在费利克斯成为国事顾问的时候治理非洲，在比这更久远的日子里也担任过顾问要职。

有那么一会儿，加里恩努斯觉得他不该为了轻易活跃士兵气氛而伤害元老们的自尊。公正地说，哥特人没有占领拜占庭，而且非洲依然安然无恙，但是议员们的时代已经过去了。在黄金时代里，帝国所到之处都让这些地方臣服，甚至在白银时代，当罗马帝国轻松地维持着帝国地位时，军队可以由年长的本地业余官员来统帅，他们这些人设计异域风情花园远比在战斗中远征流血流汗更加自在，但是这是新时代了，这是铁骑的残酷时代，这个时代需要并召唤更加无情的新人。需要加里恩努斯最近组建的保卫军。

即使在铁器时代，过去的一年对帝国来说也是很糟糕的。在战役的晚期阶段，当北方树叶已经变色的时候，阿勒曼尼人已经穿过了莱茵河和多瑙河的上游源头。雷迪亚的长官在战争中被杀死，军队被击溃。阿勒曼尼人蜂拥而入，穿越了阿尔卑斯山，毫无防御的意大利任其蹂躏。加里恩努斯缩短了自己在大洋岸边的远北战役，而竭力追赶，在大雪还未封掉关口前翻过了山。他和他的野战军刚一出发，另一支日耳曼人的联盟，法兰克人已经穿过莱茵河。没有足够的罗马军队来与他们作战，或者追赶他们。

多亏赫拉克勒斯，加里恩努斯想道，他的二儿子恺撒萨洛尼乌斯在科隆尼亚－阿格里皮内西姆坚固的城防里与莱茵边境长官西尔瓦诺斯在一起安然无恙。西尔瓦诺斯是个好人。他不会让任何损伤发生在帝国王子身上。加里恩努斯尽量不让自己去想他的大儿子，长得非常漂亮却早逝的小瓦勒良。他在多瑙河上死去刚刚两年，有些非常下流的谣言暗示说潘诺尼亚长官英格努乌斯是凶手，但不可能是他，英格努乌斯是个非常讲道理的人，对帝国皇族也是忠心耿耿的。加里恩努斯必须接受这个残酷的现实，无论你是否从哲学中寻找安慰，都必须得接受这个现实。

加里恩努斯去年秋天没有赶上阿勒曼尼人，他们在意大利度过冬天，法兰克人此时正在高卢，野蛮人已经在他们所到之处恶化了当地局势。这是一个残酷的冬天，铁骑征战。

就像神灵们所安排的一样，今年对罗马人来说开局不错。首先，在春季加里恩努斯收到消息说在阿奎莱亚罗马军队抵挡住了另一支北方野蛮人的入侵。成千上万的萨尔马提亚骑兵越过多瑙河进入潘诺尼亚地区，但是英格努乌斯非常成功地击败了敌人。然后信使来报说罗马的阿勒曼尼人已经被驱逐出去。事实上，大多数功劳都是加里恩努斯的哥哥利西尼的，但是这次有些议员也做出了贡献。譬如像塞库拉里斯长官和“元老院之父”亚雷利乌斯·傅思古思。加里恩努斯皱了下眉头，似乎弄疼了自己，他回忆起为了振奋士气，他曾经宣读把自己最小的儿子马里尼亚纳斯送往西西里安全之处的命令，而遭到议员的忽略。年幼的王子被摆在临时军队前面游行，对哥哥利奇尼乌斯来说，这个消息带来的是镶有月桂树叶的胜利来信，也颇为幸运。

接下来的事情对罗马人来说也比较顺利。伊乌萨几和塞姆诺斯，阿勒曼尼联盟里的两个部落已经离开大军而出发返回家乡。正如加里恩努斯告诉自己军队的那样，新雷迪亚代理长官已经在阿尔卑斯山远端屠杀了敌人。希姆普利悉尼厄斯·格尼亚里斯在雷迪亚做得相当成功，现在剩下的事情就是由加里恩努斯带领军队在麦狄奥拉那姆城墙前的平原上消灭其余阿勒曼尼人。

“野蛮人在做其他事情。”年老的议员费利克斯听上去像受到了冒犯。

加里恩努斯注视着敌人的举动。在战场上的三个阿勒曼尼部落——赫蒙杜里、马特亚西、布西诺邦特斯，他们的每个祭司长都完成了在即将到来的战争里赢得沃登和索尔神灵之青睐的仪式。那些被精心挑选的战俘和马匹躺在血泊中，都被斩首了。每个凶神恶煞的人都融合到那里，然后主舞者又被一大批体形巨大又身披狼皮的人代替。身披兽皮的每个人，一开始跳起舞来动作都很慢。在人群里的某个地方就有野蛮人远征军的头领，阿勒曼尼人把他们的军事首领叫作克劳克斯、赫劳克，或者沃夫赫劳克，他们部落的人都这么称呼他，他会边跳舞边号叫着，把自己的剑献给沃登，把这个全能神灵的兽性野蛮力量汲取到自己身体里。

在罗马人看来，这种异族仪式是令人费解的野蛮行为，原始而呆板，缺乏理性。除了军队里那些有日耳曼人血统的人之外，只有少数人能读懂这种仪式。罗马皇帝就是其中一个。加里恩努斯知道如果不是年轻的时候自己被限制在宫廷里（当作那时父亲对皇室忠诚的保证）自己对此跟大多数人一样不会了解多少。在宫廷里他跟北方的一个年轻害羞的野蛮人人质一起接受教育，巴利斯塔开阔了他的眼界，让他看到了在帝国边界外人们的风土人情。

加里恩努斯并没有谴责阿勒曼尼人的嗜血仪式，不同的神灵会要求用不同的东西作祭祀，只有傻子才不会意识到战场确实是一个神灵游荡的地方。怎么可能不是呢？想象一下不朽神灵的枯燥乏味吧。在一个人尝尽各种美酒、遍尝各种异域食物之前还需要多少岁月才可以进入永久之境？还是说一个人会束缚于永不变化的饮食结构中，也就是遍尝珍馐美味、甘蜜饮料和祭祀香火以及性爱？在对性爱厌烦之前要享用多少少男少女，然后进行变态的实验式性爱，接着对此产生厌倦？想想要一遍又一遍地重复阅读同样的经书的无聊之极，想象一下神仙对那些凡人所经历的普通情感的羡慕——对未知世界的辛苦探索的兴奋，摄人心魄的恐惧，在面对死亡时的真正勇气，失去时的痛苦。没有哪里比战场上更能感受这些情绪了，难怪神灵会亲邻战场。

加里恩努斯可以感觉到自己常崇拜的神灵赫拉克勒斯就在附近——空气中的噼啪作响声，皮肤的紧张感，还有神灵给予他大脑的清晰感。加里恩努斯在战争即将打响前而愈发沉着，他扫视着战场。

阿勒曼尼人就在五百步开外。他们的步兵聚集在阵形中心，足足有三万人的军队就横跨在提希纳姆路上。骑兵，大约有一万匹马的阵势，在步兵两侧均匀排列。

加里恩努斯根据敌人的排兵布阵排出了自己的阵形，他拥有差不多的骑兵数量。他在每一侧翼各安排了四千骑兵，后面留了两千人马作为后备。他队形中间的步兵人数被对方大大压制，只有一万五千人，但是他在其他几个方面安排上对己方有利，而且最重要的是，他有自己的计划。

在大草原上，敌方的那些披着狼皮的舞者们已经进入癫狂状态。他们的号叫声被正在开始的团体合唱声淹没。阿勒曼尼人的不同部落唱着歌颂先祖事迹的歌谣，战争马上就要打响了。

加里恩努斯上了马鞍，身体转向他的随行人员。“各位随从官员们，是时候做好战斗准备了，各就各位。”

皇帝采取了一些策略，年长的费利克斯和沃鲁斯亚纳斯来统帅步兵，年轻的阿奇利乌斯·格拉布里奥和狄奥多图斯统帅左翼骑兵。在每个部分都有一个元老院贵族和一个护卫官，但是对于重要的右翼骑兵，皇帝布置了两个护卫官：克劳狄乌斯和奥勒良。加里恩努斯会亲自率领骑兵护卫队后备力量。

随从官员们上马，向皇帝行礼。“时刻准备，听命行事。”

费利克斯说话了，他苍老的声音听上去有些抱怨。“你的计划，不是罗马式的计划，这违背我们的传统和我们的本性，这更适合野蛮人的阴谋，或者摩尔人和帕提亚人。”

为了掩盖自己的厌烦，加里恩努斯扶正了自己的头盔，将其紧紧系住。“那么我们骑兵里有四个摩尔人和一个帕提亚人是好消息。”他暂停了一会儿，然后非常严肃地说，“罗马人在战争状态下第一个传统就是服从君主的命令。”

费利克斯无话可说，又行了一次礼，掉转马头，各个部分的统帅将领们也都骑马前行。

宽阔的原野上，阿勒曼尼人的旗帜飘扬着。野蛮人开始进军了，他们不协调的歌声也停息了，歌声被战争的歌曲所代替。开始声音很低，就像远处的雷声，日耳曼人的战争歌曲声从四万只喉咙里发出。武士们把盾牌放在嘴前面拉丝增大声音的振动，集体的咆哮声逐渐变强，最后达到严峻的高潮。这种曲调慢慢散去，然后又回来了—— 声音更加大，然而也更加有威慑力。一遍又一遍，歌声响彻原野，从不间断，令人发指，让人恐惧。

加里恩努斯知道这种咆哮不仅仅是为了恫吓敌人，日耳曼人相信这种歌曲也预言了战争的结果。如果歌曲听上去很有力量，他们认为他们会赢得战争。

从罗马人队列里传来战争号角的混合歌曲声，被来自北部的军队开始用咆哮的战争歌曲回击。北非人，一边号叫一边拍手，让战争歌曲听上去节奏更快，曲调更高亢，来自东部的人发出刺耳的哀叫声。

加里恩努斯知道阿勒曼尼人非常专注于这场战争。他们慢慢往前行军，侧翼骑兵跟步兵协调一致。他们步调统一而且有威慑力，充满目的性。眼前的景象让罗马人感到恐惧。

已经没有必要由皇帝发出任何命令了，木已成舟。当日耳曼人到了大约四百步远的距离时，沃鲁斯亚纳斯示意执行加里恩努斯的第一个计策，来帮助人数上被压制的步兵。铛——滑行声——突突：巴利斯塔编队里反应最快的士兵们已经开始弩炮射击。一会儿，其他士兵也加入了射击，铛——滑行声——突突。扭转弩炮的声响回荡在罗马步兵行列里，因为动作很快，几乎看不到箭弩是如何发射出去的。

只有十五个巴利斯塔队员，但是他们起到的作用远远大于他们的人数。在阿勒曼尼人队伍里，到处都出现了漏洞。勇士们被击中朝后倒下，还有些人被非常奇怪地跟后面的人一起被射中串在一起，他们的盾牌和锁子甲上衣根本抵挡不住铁箭头的无情威力。

阿勒曼尼人的步兵被突袭，他们的朋友和亲属们都倒下了，无法复仇，他们快速前行。军事首领们加快了步子。他们的随从人员蜂拥而上，阵列中最强的勇士们成楔子形从笔直的行列中出现—— 俗语说“野猪的鼻子会最先闯进家里”。

日耳曼人军队的侧翼骑兵们摇动马缰，督促着自己的马匹跟步兵保持步调一致。

就像一阵风吹过一片玉米地，一阵骚动在罗马步兵中传开。从队伍左边到中间士兵处传出，他们再胳膊摇晃着扔出去。成千上万的白光在前面闪现，落到地面。现在战争已经不可避免，沃鲁斯亚纳斯已经命令准备好布置铁蒺藜。

铁蒺藜是非常可怕的武器：三个或者四个长钉从一个铁球上伸出来。无论怎么落下，其中一个像针一样尖利的铁钉子总是朝上。成千上万个铁蒺藜就平铺在罗马步兵队伍前，等待着穿透敌人的战靴和柔软的肉体。加里恩努斯的第二个计策开始实施。

皇帝朝着战场的各个方向环视，它能感觉到神灵就在他身边。赫拉克勒斯曾经是跟加里恩努斯一样的凡人，因为他为人类劳作而成为神灵居住在奥林匹斯山上。现在在麦狄奥拉那姆城墙前尘土飞扬的平原上，赫拉克勒斯伸开手庇护着皇帝。在神灵赋予他的清晰脑海中，加里恩努斯判断着距离和速度，估算着时间，阿勒曼尼步兵已经在两百步之内的距离了。训练有素的几轮弓箭从罗马步兵的后翼飞出，有个别日耳曼人步兵在行进中射箭回击。加里恩努斯对战场的预判告诉他已经是时候了，他命令先发送之前安排好的信号。

军号响起，他的御用旗帜，一面紫色的天龙旗，前后摇摆着。

队伍每个侧翼响起一阵喊声。从声音的方向那边，步兵后面的一段距离之内，罗马骑兵往前走。看到这种情况，日耳曼人大声聒噪，开始冲锋。很快他们冲到了步兵前面。罗马骑兵后翼先慢速骑行，然后快速小跑。

在两个侧翼，日耳曼人骑兵与罗马骑兵的静止队列在平行的位置交锋了。有那么一阵子，双方士兵混在了一起，所有秩序都消失了。骑兵中队，小团体，甚至个人都开始冲锋、回旋、撤退，然后再次冲锋。在双方的混战中肉搏战和远程战争形式并存，每个骑兵都想让自己的冲击成功，然后用勇气和对当下状况的判断来寻找保全自己的策略。加里恩努斯瞥了一眼左边的盖乌斯·阿奇利乌斯·格拉布里奥。这个年轻的议员，身着猩红色和金色装束，很男子汉地向四面冲击。很快，由于厚厚的尘土飞扬，大多数细节无法看清楚了。

阿勒曼尼步兵在围近，有一批勇士倒在弓箭下，还有一些仍然被箭弩射中往后倒下。罗马弓箭手们和箭弩手们都在竭尽全力，他们不能阻止敌人的冲锋。日耳曼人队列的几个战线看上去往后撤，但是由军事头领率领的楔形分队和他们的家丁兵勇士们都在快速移动。他们的长发随风飘扬，这些大块头，并且装备精良的士兵们在视觉上看起来是令人恐惧的。

铁蒺藜已经悄悄地被布置好，在长途奔袭后，阿勒曼尼人都需要喘口气。罗马军队静止不动，继续发出战争的吼叫声。

加里恩努斯眼神穿过骑兵混战引起的灰尘观察着战场，左边阿奇利乌斯·格拉布里奥和狄奥多图斯看上去能撑得住，至少旋飞的尘土没有进行得那么顺利。右边情况就不一样了，在奥勒良和克劳狄乌斯带领下的骑兵看上去极不情愿地与敌人保持着近距离交战。他们在撤退，被赶到罗马步兵阵列的后面。加里恩努斯很满意。

两边都在投掷标枪，阿勒曼尼队伍中间的步兵恰恰到达了铁蒺藜铺设的区域，由于跑得非常紧密，前面的人受到后面的人推搡，有些日耳曼士兵避免不了地踏上了可怕的铁刺钉，而其他人则被飞来的标枪雨分散了注意力，没有注意到脚下的威胁，直到他们感觉到剧痛。武士们倒下了，尖叫着。由于受到疯狂的战争气氛的影响，后面的同伙踏着他们的身体继续前进着。

阿勒曼尼人冲进了罗马人的阵列，乱哄哄的噪音就像一记重击击中了加里恩努斯。声音很大，比神庙坍塌的声音还要大，有各种小的噪音组成：盾牌敲击着盾牌，铁器击中木器发出的噪音，还有人喊叫和尖叫的声音。

故人像野猪鼻子一样的势头让他们进入罗马人阵列，刀刃和长矛利刃闪烁着微光，弓箭在头顶呼啸而过。敌我士兵互相用剑刺、用刀砍，互相推搡着、嚷叫着。锋利的铁器刺入身体，有人倒下了。战场上因为血流成河而脚下打滑，地上到处是断裂的肠子。士兵们失去了立足点，他们都被周围或敌或友的这种恐怖场面所蹂躏着。

罗马人的阵列看上去非常无力稀松，在队伍后面，低级军官们喊叫着、威胁着、哄骗着督战。他们野蛮地把士兵赶回原来的阵列，用刀背狠狠地捶击士兵们，喊叫着让他们拼尽全力。

不知从哪里—— 纪律性？神灵之手？赫拉克勒斯本人现身？——罗马人找到了抵抗的力量。他们脚后跟死死地顶住地面，膝盖弯曲，互相提醒喊叫着，用盾牌猛顶着前面士兵的后背。阵形保住了，日耳曼人的楔形冲击被阻滞了。

除了在罗马人阵列的右翼，这个地方没有布置铁蒺藜。楔形攻击由一个身形巨大的武士带领，他的剑很有技巧地左右挥舞着砍杀，这只野猪的鼻子在阵列边缘继续前进着。

加里恩努斯发出命令，骑兵预备队的一个队列快速前进。他们下了马，五分之一的人留下来控制住马匹，那些全副武装的骑兵们在被敌人威胁的点上增添他们的力量。四百多个新生力量起了大作用，这里阵形也保住了，暂时保住了。

加里恩努斯在尘土中眨着眼睛，对战争形势做出了自己的判断。左侧骑兵仍然在坚持对抗而右侧罗马人在迅速地失去自己的阵地。在骑兵作战区域和步兵作战区域中间有一条清晰的空隙，假装撤退的局面已经形成，是时候了。

在骑兵预备队中只有一千五百人还在队列，加里恩努斯不担心。他的计划正在起作用，是时候了。

加里恩努斯拔剑出鞘，他的手掌心很湿。他的心在猛烈跳动着，这不是恐惧，没有什么可怕的。神灵跟他在一起，就像安东尼很久以前在亚历山大港的战争那样，如果赫拉克勒斯抛弃他的话，他会感觉到的。皇帝下令前进。

他们一开始先慢慢前行，罗马人很有纪律，从容地在队伍行进中变化着队形，任何人看到眼前的景象都会留下深刻印象。两个坚固的楔形队列，在全副武装的马匹上是全副武装的士兵。小的队列由奥雷欧斯率领，在骑兵护卫队镶有飞马的白色旗帜下骑行。大的队列有千把人，紧随皇帝的天龙旗帜，队列顶端就是皇帝本人。

奥雷欧斯没有等待皇帝下令，他带领骑兵绕过阵列向右翼的骑兵混战区行进，加里恩努斯批准了这个行动。队伍指挥官们应该展示出进攻主动性，而委任的骑兵队长官也该如此。皇帝注视着奥雷欧斯加快行进的速度，高头大马们从慢行变为缓慢小跑。它们自在前行，对背上的人和武器的重量毫不在意，在它们身后掀起壮观的飞扬而起的尘土。

加里恩努斯带领部下冲进步兵作战区域和骑兵作战区域间的缝隙。他带领部队慢行，抑制住自己想匆忙骑行的冲动。他需要稳住军队。

一个之前没有看到的沟渠出现在加里恩努斯的眼前，战场上形势瞬息万变，总会出现意想不到的事情。一个沟渠、一排葡萄架、一面干石垒就的墙，意想不到的阻碍总是会在战场上出现。

沟渠不算太深，沟底干涸。加里恩努斯往后仰身，让坐骑选择如何通过，然后它们越过沟渠。在越到沟渠的另一边后，他纵马跃前，给那些他身后的部下有机会思考如何通过。

加里恩努斯往右看着，飞马旗帜在奥雷欧斯的骑兵们头顶上飞扬，他们正冲进迷茫的混战局面之中，而克劳狄乌斯和奥勒良似乎也注意到了这点，正在给敌人施加压力。有一两个阿勒曼尼人骑兵已经受够了。他们踢打着马匹离开战场朝着草原南面逃离。在战场的那个部分局势已经扭转。

在加里恩努斯的左侧，情况看上去不是那么顺利。在人为造成的局面下，罗马步兵的纤细阵列被逼后撤。有些地方已经撑不住了，局势非常危险。这样下去不久后阵列就会散掉。现在必须抓紧时间，没有时间去思考如何保持队形连贯这种细节了。

加里恩努斯继续拍马前行，几匹马肚皮贴着地皮飞跃奔腾。他的人马紧随其后，一千匹马的马蹄冲击着地面，他们迅速冲到左侧的骑兵混战区。加里恩努斯带领他们形成一个环形包围圈，这样子他们就来到了日耳曼步兵左翼后面大约两百步左右的距离。

就是现在，冲锋吧！我与你同在！神灵急促地在加里恩努斯心里低语。不，还没到时机，不能这样子冲锋，不能在自己骑兵像流星尾巴那样时就冲锋。赫拉克勒斯总是很匆忙，当他攻陷神圣之城德尔斐时他过于匆忙。当他在提瑞恩斯把自己的客人以非特斯从最高塔楼上扔出去的时候，决定过于匆忙。罗马皇帝加里恩努斯也在想，有朝一日他会成为神灵，勇敢直面那个曾经做过凡人的神灵。赌博式的机会只有这一次，这次冲锋必须刺破敌人心脏，让他们的步兵崩溃，再无还击之力。加里恩努斯能够感觉到赫拉克勒斯几乎压抑不住的愤怒，但也感受到他对自己决定的默许。神灵之手仍然在庇护着罗马皇帝。

加里恩努斯慢慢地把自己的坐骑停住，马匹们喘着粗气，原地踏着步。武器装备发出叮叮当当的声响，军官们大声喊叫，军队笼住阵形，恢复了秩序。

在阿勒曼尼步兵群后列的武士们当然非常清楚加里恩努斯人马的存在，他们越过肩膀看过去，指指点点，做着手势。有些人转过身应对着新的威胁，其他人则向他们的军事头领大喊。如果头领们真的听到了他们因为自己在前面的混战中还在为生存而搏斗的声音，也是无能为力的。

“现在冲锋！”加里恩努斯跟身后的人大声喊着，似乎也是对神灵喊着。号手们吹响了冲锋的号角。黄铜号角的声音划破了战场的噪音。现在排列有序装备精良的骑兵们开始万箭齐发。在他们策马奔腾的时候皇帝的天龙旗帜飞舞着，在他们头上啪啪作响。他们脚下的地似乎也在震动。

骑兵冲锋只不过是装腔作势，并不是说一旦发起进攻，就很难停下来，而是一旦开始这种冲锋，就把结果交给了另一方。马匹不会冲向坚固的物体，一队人马，肩并肩，两个、三个或更多，就成了坚固的物体。一两匹马或者会被刺激着疯狂地冲击，但是成百匹马不会这么做。除非步兵逃跑，或者至少有足够恐惧感要逃离，这时队列中会出现缝隙，除非出现这种情况，马匹作用不大。这种壮观的冲锋最终会以混乱的静止场面结束，马匹转圈、倒下，骑兵被扔出马背。

加里恩努斯在骑兵护卫队隆隆前行的时候想，至少我们无须穿越自己铺设的铁蒺藜区域来攻击最近的敌人，不让右翼的罗马步兵阵列扔铁蒺藜是最后一刻才做出的决定。迈摩尔指出了这一点，来自非洲的护卫官会血战到底。

阿勒曼尼人的后翼像被打翻的黄蜂窝巢一样开始聚集，那些转身应对新威胁的武士们正在举起盾牌，稳稳站立，但是其他人还想往后退，进入同伴们虚幻的安全区域。一部分人已经完全失去了勇气，小部分人马和零零散散的士兵跑向东南方向。加里恩努斯感觉到血液向头部涌，感觉到赫拉克勒斯就在身边。这个计策会成功。

皇帝瞄准了队列中的一个洞隙，他的马匹冲向一个孤立地站在那里的日耳曼人。武士被冲倒在地，然后在后部骑兵马蹄践踏下消失了。

一个大块头的武士正用武器向皇帝砍去。皇帝用自己的刀刃挡住攻击。他转动手腕，把对手的刀逼开。他往下斜劈，但是没有击中敌人。

护卫官们正尽力追赶来保护皇帝，但是加里恩努斯继续往前冲锋。阳光照耀在他的刀刃上，闪烁着光芒。他左右挥舞着刀，感觉不到任何恐惧。神灵在他的狮皮甲里庇护着他，尼米亚猛狮的皮能够保护他免受铁器、铜器和石器的侵袭。根本不需要恐惧。

三个阿勒曼尼骑兵突然出现，一个在前，两边各一个，眼神里充满杀气。赫拉克利安，骑兵卫队的统帅，骑行到皇帝和右侧的日耳曼人中间。一记重击击中他的头盔，护卫官被打得往前趴在马脖子上。日耳曼人抽回刀准备好致命一击。加里恩努斯忽略了身边的其他两个敌人，身体远跨出马鞍一大部分，把所有力量都用在躲避刀锋上。随着刀锋力量在他胳膊上飞过，加里恩努斯看到武士的头盔松散了。鲜血飞溅到他的胳膊和脸上。

在诸神赋予他力量的一瞬间，加里恩努斯重新坐回马鞍，阻挡了左边武士的斜劈。当康西索勒乌斯用剑刺入他两个臂膀之间的锁甲时，日耳曼人长满胡子的脸因为痛苦而变得扭曲。

偷袭的第三个阿勒曼尼人消失了，眼前的威胁已经解决，皇帝的护卫官们聚集到他的身边，加里恩努斯四处环顾着，一切都变了。曾经有混战的地方，现在变成了溃退。曾经有搏斗的地方，现在成了屠杀场地。阿勒曼尼人的防线被击破，一群人在拼命逃跑。

“骑兵护卫队跟随我。”加里恩努斯大喊道。

日耳曼人很少用后备援军，但是加里恩努斯知道，在许多战役中都是因为过于自信，剩勇追穷寇而导致失败。大部分追随着皇帝的骑兵已经回到他的身边，没有任何人和任何事情能够从加里恩努斯手里夺走这场胜利。

“皇帝万岁！皇帝万岁！”罗马军人现出凶悍的面孔，咆哮着喊着传统的颂扬。在胜利的轻松气氛中，人们抓住加里恩努斯的手，击打着他的背部。“皇帝万岁！皇帝万岁！”

沃鲁斯亚纳斯骑行上前，说道：“恭贺皇帝大胜之喜。”加里恩努斯笑着握了握元老大臣的手。

奥勒良骑马前来。“克劳狄乌斯正在追逐我们侧翼的骑兵，他会稳住我们的士兵。”然后是更多的拥抱和握手。

狄奥多图斯从左翼前来报告：“阿奇利乌斯·格拉布里奥在敌人后面追赶，但是我拦住了几百个骑兵。”仍然是更多的欢乐庆祝。

加里恩努斯感觉到胜利的极乐开始离开自己，他听到空中的柔和音乐，神灵在离开他。不是永远离开，仅仅是暂时走开。赫拉克勒斯会回来跟皇帝站在一起的，加里恩努斯看着自己的剑，剑上因为鲜血浸润而润滑，直到剑鞘圆头。他把剑放回剑鞘，其他人也擦拭着宝剑。加里恩努斯注意到自己的手在抖动。

两边分别由护卫官护送，一个骑马的人被领向皇帝身前。身穿行路衣服，汗水湿透，此人介于年轻与年长之间，加里恩努斯感觉到此人很面熟，但是就是一下子想不起来是谁。他与周围非常轻松的胜利气氛和松散的纪律格格不入。此人行了一个正式的礼数，下马并且在皇帝面前的尘土里进行了匍匐之礼。当他起身的时候，皇帝认出了他。

“瓦伦斯，你千里迢迢从东部赶来。”当加里恩努斯这么说的时候，他意识到出了很大的乱子，柯里叙利亚的长官不应该出现在这里。

“陛下……”瓦伦斯欲言又止。

加里恩努斯可以感觉到身体内的紧张感在不断增强。

瓦伦斯深吸一口气，把话说出来。“陛下，奥古斯都瓦勒良已经被击败，我很遗憾地通知您，您的父皇已经成为波斯人的囚犯。”

一阵寂静蔓延开来。远处，喊声、尖叫声和歌曲的片段声，以及胜利的声音混杂在一起，这里却是震惊后的死寂。在大脑一片空白过后，加里恩努斯的脑海中闪过一些不成熟的想法。父皇……太年迈，身体太虚弱，不适合远征。赫拉克勒斯帮助我吧，我该说些什么呢？皇帝会怎么说呢？一个过去的罗马共和国的公民会怎么说呢？

“我知道父皇是凡人。”

军官们面色凝重地点了点头，这句话很恰切，有恰如其分的严肃性，加里恩努斯沉静了下来。

“帝国形势如何？”

稍微得到了些放松，瓦伦斯开始说话正常些了。“卡莱和尼西比斯的人已经站到萨珊王朝那边了。卡莱的人们打开了城门，在尼西比斯他们说一道闪电劈开了城墙。”瓦伦斯耸了耸肩膀，“无论如何，在我动身的时候，埃德萨还在坚守，沙普尔没有继续进军。”瓦伦斯看上去还是有些紧张。

“与我父皇一起被捕的还有谁？”

“普遍认为有大约一万人，许多是高级军官：禁卫军长官苏克西阿努斯、引见官克勒图尼乌斯、巴利斯塔……”

“不！”奥勒良大声喊叫着。他脸红红的，用力击打着马鞍，马匹退缩着。

加里恩努斯能够记得奥勒良和年轻的北方人巴利斯塔之间的亲密友谊。“我们都将失去朋友”。

“陛下，”瓦伦斯继续说，“还有更多的事情。”

“讲。”

“当消息传到多瑙河时，英格努乌斯把旗帜上您和您父皇的画像撕掉了。他的部下已经让他紫袍加身，自立为王。”

队伍里发出一连串愤慨的声音，加里恩努斯举起手示意到安静。瓦伦斯还没说完。

“幼发拉底河那边，老瘸子马克利亚努斯已经掌控了野战军残部。他已经声称自己是帝国东部的主人，他已经让人刺杀了卡帕多西亚长官埃克西古。他委任了自己的亲信占据要职，当我逃离叙利亚的时候，有公开传言说他会让自己的儿子们，马克利亚努斯二世和奎伊图斯登上王座。”

变节、叛乱、内战——这些会永远终止下去吗？这是铁器时代，这不是展现虚弱的时刻，加里恩努斯知道自己必须果断。

“当我们杀掉并且把这些剩下的阿勒曼尼人当奴隶使唤后，我们会派遣军队去支援莱茵河岸的恺撒萨洛尼乌斯。他身边有忠贞之士，西尔瓦诺斯和波斯杜穆斯会帮助他追杀高卢的法兰克人。我们自己也会马不停蹄地去攻击英格努乌斯。当我们把他的头挂在长矛上之后，我们会找东部的老瘸子算账。”

加里恩努斯逼着自己微笑。“没有一个帝国的建立不经过艰苦斗争的，帝国不是为那些懦夫准备的，还没有人击败我们，我们会像战胜这些阿勒曼尼人那样战胜这些叛军。”皇帝抬高了声音，让自己的声音回响起来，“今天我们获得了英勇的胜利，今晚我们会举行配得上英雄的胜利宴会。我们会分发美酒，饮至天明，直到美酒浸透我们的伤疤。”

随着护卫官和其他贴身侍从走近皇帝，加里恩努斯的激情演讲赢得了人们的欢呼，他的思绪飘向东方。沙普尔是萨珊王朝乌合之众之首，老瘸子马克利亚努斯掌控着罗马军队，在这两者之间保持平衡的人是奥登纳图斯，帕米拉之主，人称烈日雄狮。

第三部

完美人物

（东部，公元260年夏秋之交）

“你很清楚你没有兑现你对我许诺的誓言。”

——选自欧里庇得斯《美狄亚》

第八章

巴利斯塔隐藏在没有点灯的柱廊下，等待着。已经是凌晨时刻，四更之后的某个时间。朝着远离宫廷的南面看去，穿越城堡空旷的空间，他能在黑暗中分辨出在泽乌玛堤喀神庙里有鬼鬼祟祟的人影。巴利斯塔毫无意识地移动右手，首先动了下右边胯上的匕首，先拔出大约一英寸，然后退回去，然后去动了下左胯上悬挂的剑，拔出几英寸，然后退回剑鞘，最后摸了下剑鞘上镶着的具有治疗功效的玉石，接下来要发生的事情都是糟糕的，但是他别无选择，只能做到人尽其事。

终于他听到他们开始往山岭移动，有非常低沉的低语声，还有武器碰擦声，看不出有想掩盖或者隐蔽的企图。当他们中的第一个人走过大门的时候，他们手里拿的火把的光亮在果树叶子之间闪烁，热闹粗鲁的谈话片段传到巴利斯塔的耳边。那些从果园里出现的人都是全副武装准备打仗的样子—— 头盔、锁子甲、盾牌和武器，但是队列并没有成形。士兵们跟他们连队的朋友一起走着，松散地三三两两交流着。在场的百夫长们带领其中一些人往左侧和右侧移动。不久，宫廷就被包围了。

现在逃跑的希望全没了，巴利斯塔心想。他脑海里一直在盘算着从城堡远端蹑手蹑脚地行动。在树林里穿行，翻过矮墙，穿过屋顶，骑上灰马，往西而去，沿着卡斯特里西乌斯给卡尔加库斯和其他人指的道路骑行。当然这只是随便想想而已，即使他能够到达安条克，他怎么能把朱莉娅和孩子们接走呢？如果这样子，帝国西部的加里恩努斯会给他什么样的欢迎方式？他想起在围攻阿瑞忒城之前脑子里把玩的类似想法，一种孩子式的幻想，是时候把这些放到一边了。即使如此，卡斯特里西乌斯把灰马和自己的武器带回到自己身边也是很义气的举动了。他又动了下剑鞘上的玉石。

宫廷周围全副武装的一伙士兵开始喊叫起来。

“出来吧！现身吧！奎伊图斯和马克利亚努斯二世，出来吧！你不可能躲过士兵们的搜索的！”

没有什么动静。士兵们把武器在盾牌上击打着，他们的喊叫声变得不耐烦了。酒瓶从一个人手里递到另一个人手里。一两个人吹口哨，口里说着不堪入耳的脏话。

这可不能搞得时间太长，巴利斯塔心想。

一个矩形的橙色灯笼从宫殿门里闪出，门开了。

“出来，出来！”

奎伊图斯和马克利亚努斯二世走出门外，在他们的脚步声中能感觉出他们的紧张情绪，没有了平时的颐指气使和耀武扬威。

马克利亚努斯二世以演说的姿势抬起了自己的胳膊，士兵们的噪音渐渐弱了下去，火把在夜色里噝噝作响。

“罗马的士兵们，你们这是什么意思？你们忘记了你们的纪律吗？回到各自营地去。”

“我们绝不！绝不！”士兵们大声咆哮着。

现在奎伊图斯走上前，他的胳膊伸出来做了个请求的姿势。“记住我们的青春，我们毫无瑕疵的生活，同样对父亲灰白色的头发表示同情，不要把我们置于这种危险之中，我们不配有这种荣誉。”

几个士兵笑了。然后，仿佛就像有人命令的那样，他们步调一致有节奏地喊起来：“天授命于奎伊图斯，没有任何愧疚的奥古斯都，愿神灵保佑你。天授命于马克利亚努斯，没有任何愧疚的奥古斯都，愿神灵保佑你。”

他们一遍遍地喊着这些口号，奎伊图斯和马克利亚努斯半推半就，欲拒还迎。

在阴郁的气氛中，巴利斯塔倾听着，观察着发生的一切。他曾经听说过在一些西徐亚部落里，一个人礼仪性地勉强接受统治权力，往往会被人们投掷石块以接受权力，似乎罗马人也可以接受这种风俗。

新的喊叫声开始聒噪了。“士兵们对你的信仰，就是幸福！”他们用越来越大的声音来重复这句话。“士兵们对你的信仰，就是幸福！士兵们对你的信仰，就是幸福！”

老瘸子马克利亚努斯慢慢从宫廷里走出来，站在两个儿子之间。他举起自己手杖，手杖上亚历山大大帝的银色头像闪烁着。士兵们立刻停止了喊叫，老瘸子示意儿子奎伊图斯讲话。

“我的同胞们，士兵们，你们赋予我们的责任是艰巨的。同胞们，你们知道我的弟弟和我从来没主动去寻求过这种荣誉，然而神灵知晓我们对罗马共和体制的热爱。”

奎伊图斯暂停了一下，好像在沉思——这种效果因为他嘴角上的一丝笑容而被破坏。

“同胞们，我们听到了你们的要求。罗马士兵们是罗马帝国的剑与盾，是我们古代美德的化身，但是要想成为奥古斯都不仅仅是成为一名军事统帅。如果我们知道议员和人们也号召我们走向王权的话，我们的内心就会更加心安理得，我们的负担就会减轻一些。”

随着奎伊图斯讲话的结束，在士兵后面的神庙里的灯光大亮起来。

从开着的庙门处，巴利斯塔可以看到一群平民聚集在泽乌玛神庙的神像前。士兵队伍散开来让人们通过。

美欧纽斯·阿斯提阿那克斯，身穿罗马长袍，身后跟着其他议员，在王权候选人面前停了下来。在火把灯光中，他们的眼睛看上去就像水中的鹅卵石。

“很长时间里我们国家的舰船一直在漂移，却没有一只坚定的手来掌舵。瓦勒良皇帝已经老迈而没有影响力。现在他已不在，神灵怜悯他吧。他的儿子加里恩努斯已经深陷穷奢极欲、放荡不堪之中。他拒绝同元老院、公共讨论会和军营交流，而整天与嫖客、妓女、表演者和野蛮人为伍致使人格扭曲，像他这样的人只配用钩子牵着，他给帝国带来的是耻辱和灾难。恺撒的王权号召有勇气和德行的年轻人来执掌帝国大权。元老院号召提图斯·富尔维乌斯·尤尼乌斯·奎伊图斯和提图斯·富尔维乌斯·尤尼乌斯·马克利亚努斯接受帝国大权吧。你们每个人：信任我们，信任你们自己！”

议员们顺势而为：“信任我们，信任你们自己！信任我们，信任你们自己！”

在听上去好像已经重复了二十五次之后，另一群平民从神庙里走出来。领头的人看上去被场面震撼住了，汗如雨下。

“我是巴拉哈，父亲是城市议员。”

有些士兵，因为美酒的浸润变得放松起来，窃笑着，巴拉哈继续说着。

“罗马是文明世界里的伟大城市，她给予居住在帝国境内的所有人公民身份，当我们呼吁奎伊图斯和马克利亚努斯掌控王权，我们代表所有罗马的公民和泽乌玛的议员们。”

就像一个训练有素的合唱队，观众们大声呼应着。

两小队士兵围绕着奎伊图斯和马克利亚努斯。一个平整的椭圆形步兵盾牌在两兄弟面前摆放着。他们两人站在了上面。士兵们弯下身子，非常谨慎地，稍微有些颤颤巍巍地抬起盾牌，让奎伊图斯和马克利亚努斯升往高空。

马克利亚努斯二世，虽然有点儿摇摇晃晃，但还是挥了挥手，用过得去的礼仪展示了帝王的威严。奎伊图斯松垂的眼皮底下小眼睛四处打量着，他再也控制不住自己了，不时地抓住士兵的头顶来保持平衡，得意扬扬地傻笑着。

两个年轻人一安全地回到坚实的地面，他们的父亲就拥抱了他们，说道："这一切都来得太突然，如此出乎意料，神灵之手肯定在后面操控这一切，人类必须总是听从神灵的旨意。但是这一切事出突然，连必需的皇室礼仪都没有准备。"老马克利亚努斯拿出两条金项链，上面的珠宝闪闪发光。"这些东西是你们母亲的项链，现在，我们用它们当作王冠。"

奎伊图斯抬起自己的手。"谢谢你，父亲，但是不能这么做，这么女性化的装饰品不适合皇室，我们的统治将不会有什么女性化特征的东西。"他谄媚地笑着。

几个骑兵走向前。"请用这些镀金的马饰，陛下。"

这次表示反对的是马克利亚努斯二世。"非常感谢，我的同胞，但是马用过的饰物将损害奥古斯都的庄严。"

气氛有一点儿尴尬，一个百夫长上前说道："你们这些傻瓜。"两个旗手拖着脚步走上前，他们把自己脖子上的金项圈摘下来，显然被这种场合所震撼——或者是酒精的作用—— 他们居然忘词了。新的皇帝们抓住这些饰物，戴在了自己的头上。

仆人们一拥而入，他们拿出两件紫色的外罩，批在奎伊图斯和马克利亚努斯二世的肩膀上。他们每个人的面前都有一个低矮的圣坛，里面燃烧着适合皇帝礼仪的神圣之火。在他们后面，很多人跑来跑去安放宫廷前面建筑的帝王象征物饰品：鹰的图像、四种美德的盾牌、花环、标志胜利的干月桂叶和标志拯救公民生命的橡树叶子。

所有这些反而给了这些事件的本质增添了“即兴之作”的色彩。巴利斯塔想道，他不可能待在柱廊后面隐匿太长时间。他自己虽然不想却必定要上台的这场可怕闹剧很快就要上演了，他的手摸索着剑。

奎伊图斯做了人们预期的正式接受演说词。

“同胞们，元老院议员们，罗马公民们，我们以谦卑之心满足你们的要求，掌控帝国。我们共同的治理就会遵循四个美德：勇气、怜悯、正义和虔诚。”他用手指着已经钉到墙上的金色盾牌，上面雕刻着“美德”“仁慈”“正义”和“虔诚”。

“对我们来说，议员、人民和士兵们一致推举我们掌控王权这是非常令人满足的，”奎伊图斯继续说，“我们都会因此受益，元老院将会回归过去所享受的体面和尊严。我们的委员会将对议员开放，元老院将不再有告密者，我们将清洗这些人，议员将不会受到不公正的谴责和财产没收，重要的军事统率职位将再次向有着议员席位的人开放。”

元老院议员们对此番言论热情地鼓掌。

“对人民来说，他们自古以来享有的自由将会重新获得回归，我们规定将会举行为期十天的运动会，只要角斗士和野兽都召集齐整了我们就立刻开始。”

泽乌玛城的议员们，他们作为在场的人民的唯一代表，得体地表达了感谢。

“对士兵的忠诚必须给予适当的奖励——每个举旗的士兵将得到两块金币，但是对那些在场的同胞们，对那些因他们神灵把我们推上王座的人们，我们要给他们更多的奖励。”

奎伊图斯抓住了在场观众的心。

“大多数皇室护卫军都在瓦勒良被捕后失去了建制，今天在这里的士兵将会被编入改编军队，在薪水方面会因此而提升。”

士兵们欢呼着，人群中爆发出“富兵”的呼喊声。奎伊图斯示意安静，直到老瘸子发言时人群才安静下来。

“而且还会馈赠给每人五块金币和一磅银子。”奎伊图斯继续说道。

士兵们的呼喊声又回来了，这次声音更大，最终声音汇成统一的喊声：“厚赏士兵！厚赏士兵！”

老瘸子马克利亚努斯再一次不得不安抚人群安静下来。

奎伊图斯继续说道：“新护卫军需要新的统帅，一个忠诚的人。作为皇室总管，美欧纽斯·阿斯提阿那克斯是在我们统治期间第一个担任这个神圣职位的合适人选。”

下巴高扬，短胡须往前突出，阿斯提阿那克斯走上前，作为军事统帅进行宣誓：“在神明朱庇特和其他神灵面前，我宣誓我会执行皇帝的命令，永不放弃罗马旗帜或者逃避死亡，把皇帝们的安全作为第一要务。”

巴利斯塔痛苦地听着这些誓言，他背叛了自己对皇帝马克西米努斯·色雷克斯的神圣誓言，因而皇帝的鬼魂对他至死都仇恨不已。他也违背了对瓦勒良许下的诺言。现在他又有另一个自己根本不打算实施的诺言，但是这一切都不算什么。违背沙普尔的誓言折磨着他：我的脑浆就如此酒流淌一地，亦如我儿子们的脑浆也如此下场。

接下来上台的是盖乌斯·卡普尔尼乌斯·庇索·弗卢基，柯里叙利亚新任长官。他后面跟着两个其他的行政长官，叙利亚－腓尼基的安尼乌斯·科尔尼库拉和巴勒斯坦的阿凯俄斯，然后就轮到了巴利斯塔，他被宣布为骑兵队长官和禁卫军长官。

当巴利斯塔走出来的时候，大多数士兵都例行公事地欢呼，但是其中一组人展示了真正的热情。他们盾牌上的老鹰、狮子和摩羯清楚地表明他们是来自第四西徐亚军团。他们肯定是在巴利斯塔统率下在色西昔姆作战的分遣队。有个脸部瘦骨嶙峋，鼻子大而且有弯勾的军团士兵确认了他的想法——阿哈拉或者阿哈尔纳，他的名字好像是这样，他的脸是一张不大容易被忘记的脸。巴利斯塔挥了挥手。

在眩晕中说完了誓言，巴利斯塔发现自己已经成为新皇室的随从，他注视着其他人宣誓，重要的职位都是个人宣誓，其他都是团体宣誓。仪式还远远没有结束，当宣誓仪式结束后，在爬上山，去泽乌玛堤喀神庙供奉女神之前，他们会组成队伍游行到主军营并祭拜几个精选的神庙。

巴利斯塔猜想这个仪式肯定是预先已经排练计划好的，阿斯提阿那克斯肯定花了很多精力在上面，甚至搜罗元老院的旧习来挑选合适的时刻喊出自发的呼喊声。在晚上举行仪式更增添了事件的戏剧性，只允许那些为皇室护卫军精心挑选的士兵们参加仪式是很明智的。出乎意料地慷慨宣布对士兵的馈赠让士兵们非常激动。巴利斯塔能够理解佩戴王冠的那出戏。这是为了展示新的皇帝们从本质上讲有帝室尊严，在士兵中有亲民形象，而且能够在他们父亲面前表达不同的意见。

虽然仪式进展得很顺利，但是对于权力的竞夺现实来说并非如此。确实，爱琴海东岸的所有罗马省份代表都来了，包括原先军事上并不明朗支持他们的埃及、阿拉伯半岛、奥斯若恩和叙利亚－腓尼基的长官们，但是帝国西部的省份长官们没有一个来见证马克利亚努斯儿子们登上王权的仪式，尽管有些大部落的人带来了紧急信件发送到宫廷里，而且现在英格努乌斯本人正在反叛，也没有多大可能性能赢得重要的多瑙河军队的支持。

比这一切更糟糕的是，波斯人在行动。他们经过埃德萨，穿过幼发拉底河，占领了萨摩沙塔。老瘸子马克利亚努斯采取的是他所谓遏制的策略。在波斯人大举进攻的局面下，萨摩沙塔被匆忙放弃。那里曾经驻扎的两万罗马军队也去向分散。一万人跟着即将登上王座的皇帝匆匆往南赶往泽乌玛城。五千人被派往北方来增援卡帕多西亚长官波姆波尼厄斯·巴索斯。最后五千人被命令去杜丽克阻住波斯人西进。巴利斯塔觉得这个决策是很有问题的，孤立无援。这些士兵是没有可能阻止沙普尔西进到西利西亚并且继续前进的，如果他想这么做的话。

当然东部还面临着另一个问题。烈日雄狮，奥登纳图斯那里还没有消息。没有人知道帕米拉之主会采取什么行动。他也会揭竿而起吗？他会对加里恩努斯保持忠诚吗？有没有可能他会跟波斯人同流合污？仅仅几个月前，当奥登纳图斯派遣特使去面见沙普尔的时候巴利斯塔还在那里。他们被沙普尔拒绝接见，但是事情进展得很快，再一次尝试可能会得出不同的结果。

然后还有神灵的问题，老瘸子马克利亚努斯与东部的预言师们广泛商讨，他们的反应也远远不是对己方有利的。在比布鲁斯和黑利奥波勒斯之间的山脉中一个叫阿弗洛狄忒·阿弗希提斯的神庙旁有个神圣的湖。如果扔到湖中的祭祀品被女神接受就会沉底，无论轻重。如果被女神拒绝接受，就不会沉底。马克利亚努斯给女神的礼物是丝绸和亚麻布以及金银物件，都漂浮在湖面。在西利西亚的塞琉西亚的阿波罗·萨耳珀冬神谕也是同样的不吉利。当马克利亚努斯特使问及起义是否能成功时，神灵给出的答复让任何诡辩术都不能变成对他有利的话。

远离我的神庙，奸诈凶恶之人，

你们给光荣的神族带来痛苦。

自从违背了对沙普尔的誓言后，神灵经常会出现在巴利斯塔的脑海里，所有的神灵都一样吗？如果不是，北方的神灵能否保护他的儿子们不受希腊和罗马神灵的打击？而且即使北方神灵能够这么做，他们愿意这么做吗？他对此有点儿怀疑，但是他还是如此祈祷：全能的主，阻碍死亡之神，戴高帽者……

六天前坏消息已经传到了泽乌玛城，波斯人已经从萨摩沙塔继续进军了。没有任何预警，他们出现在泽乌玛城西北部的杜丽克城墙面前。由于人数上被压制，驻扎在那里的五千罗马军队别无选择，只能目送他们继续席卷向西进军。第二天，精疲力竭的侦察兵飞骑来到泽乌玛城，带来进一步的消息，敌人正在进入阿玛纳斯山脉的山路，朝着阿玛尼凯城关进发。一旦他们通过毫无防御的山隘关口，沙普尔的军队，个别估计为一万五千人、三万人和五万人的军队将会坐拥西利西亚－皮底亚斯的富饶之地，这样小亚细亚的没有武装戒备的省份就任其宰割了。

早就预想到这些会发生的巴利斯塔并没有获得赞扬，北方人被传唤到皇帝们面前，非常唐突地命令他带领五千骑兵，往西进军，保卫安条克。叙利亚城关，也就是在阿玛纳斯山脉后面的南部关口，一定要不惜一切代价守住。同样地，皮埃里亚的塞琉西亚安条克港口，也必须要守住，以防波斯人征用西利西亚沿岸的船只。

巴利斯塔花了好多精力和耐心向不懂军事的年轻皇帝们的父亲解释，要守土就需要步兵。最终他被准许用一千名骑马的步兵来代替骑兵。他将征用一千匹马，从第四西徐亚军团里找到一些接受过一些马匹训练的军团士兵，让他们骑马参与行动。他的老战友卡斯特里西乌斯将陪他一起出战。

旅途艰苦，现在是七月份，叙利亚天气炽热，所以他们在黄昏出发。他们行军几英里之后就停马检查肚袋和马具，然后继续骑行直到第二天正午。在马鞍上骑行了大约十六个小时，只有每小时短暂停一下喝水，然后四个稍长的间歇让马匹减去背上人体重量得以喘息。他们在地上拼命地吃草，但是旅途对马匹和人来说，都是异常艰难的。

他们这样子行军了三天，到达一个叫金达罗斯的村落。从那里，还是采用这种方式，卡斯特里西乌斯带领一半军力向安条克进发。巴利斯塔和部下们在村落里过夜休息。他需要白天来完成这次行军的最后一段，以穿越沼泽遍布、无路可走的草原，到达安条克湖的北面。

现在，最终他们到了阿玛纳斯山脚下一个叫帕格拉的不起眼儿的小村落。这种急行军有其不利之处。在两千名骑兵里，一半弓箭手和一半持长矛的士兵里，有两百个人掉队。当然，对那些骑马的军团士兵来说这更不足为奇。在补充的五百兵力里只剩下三百人。巴利斯塔在想，当卡斯特里西乌斯到达海岸的时候，还会剩下多少兵力。这个百夫长离开金达罗斯往前骑行后还有两天路程要走。巴利斯塔吩咐过他在安条克要注意征集任何可以找到的兵力。

已经是傍晚时刻了，士兵们开始照料自己的马匹，安顿下来。他们会在此地度过夜晚的部分时间，恢复体力。他们需要休息，但是对巴利斯塔来说，这是奢望。

村落的头人提供了些信息，到叙利亚关口的狭隘之地有大约五英里的距离，路况不错但是对体能要求很高。他还推荐了一个向导，一个精瘦的牧羊人。巴利斯塔找了两个骑兵队伍里的侦察兵当志愿者。在他的吩咐下，这两个侦察兵放下所有武器装备，除了剑带，他们头上缠绕的头巾，身上穿着暗色的外罩，并把马蹄用布包起来以压低它们行路的声音。巴利斯塔不情愿地把灰马坐骑换成了一匹黑色阉马，然后换成同样的装束。

用过饭并且方便后，巴利斯塔把指挥权交给骑兵队里的其中一个负责人，一个有完美罗马名字的叙利亚人塞维乌斯。巴利斯塔觉得没有理由再耽搁了，他发出命令。一行人骑行走出村落，走向通往山脉的道路。

夜色黑暗，来自东面的风吹着乌云掠过星星，可能待会儿要下雨，就是那种突然的夏季电闪雷鸣般的倾盆大雨。一开始斜坡上比较缓和，山岭间隔宽阔，但很快斜坡开始直立陡峭起来，相隔很近。在巴利斯塔旁边骑着小马驹的牧羊人没有说话。后面的侦察兵也很安静。一只猫头鹰叫了一声，另一只应和着。在行进过程中，曾经有个东西让一堆散落的石头从他们右边的缓坡上滚下来。除了这个偶然事故，道路上所能听到的声音就是皮具的摩擦声和马蹄所经之处发出的闷响。

当往上的路变得陡峭起来，巴利斯塔轮流替换着马匹，他的随行士兵有时下马走一段，然后再上马。地形单调重复而且他们又极度疲劳，不久就失去了体力。四周只有路径和一些低矮灌木覆盖着的岩石。

可能这一切会很顺利，巴利斯塔也许会发现叙利亚城关大门的狭道空空如也，他们可能会安静地待在关口等待，而其中一个侦察兵策马而回告诉塞维乌斯唤醒其他人，把他们带上来。

巴利斯塔后悔自己没写一个便条让卡斯特里西乌斯通过安条克的时候带给朱莉娅，但是那样子会耽误百夫长的行程，而且他也不敢把这封信托付给其他任何人。帝国密探们在起义叛乱之时比平时更加活跃。塞索里努斯，密探组织令人闻风丧胆的头目，长期以来跟老瘸子马克利亚努斯的关系紧密。他会让自己的手下刺探一切，除了一封正式信件告诉朱莉娅自己安全之外，自从巴利斯塔违背了沙普尔誓言回来后还没给朱莉娅写过信。

牧羊人往外伸出的胳膊把巴利斯塔吓了一跳，他示意他们安静，然后用嘴形告诉他们应该下马了。巴利斯塔把马缰绳交给其中一个侦察兵，他开始对现场做出形势判断。山脉两边石墙离人马越来越近，路笔直往前大约一百多步然后往右转。牧羊人把嘴巴凑近巴利斯塔的耳朵。他的气味很难闻，就像他的羊群里的羊的气味。叙利亚城关关口就在前面的拐弯处。

巴利斯塔独自步行上路了，除了路边几块落下的岩石没有什么可以藏身的地方。他用脚后跟踮脚前行，在放下身体重量前试探着松散的石头。他紧靠着右边的山墙，在夜里隐蔽活动对他来说不是什么难题。在年幼时候他曾经遵循自己民族的习俗跟自己舅舅在部落里学习过作战技巧。幸运的是他母亲是阿累夷人，他们是令人恐惧的夜间作战高手。

当巴利斯塔到达拐弯儿处，他隐蔽不动了一段时间，平息自己的呼吸，用心倾听。没有什么声音。他闻了闻空气里的味道，也没有什么味道。他又听了一段时间，当他觉得没有什么声响，便蹲了下来，小心地处理了下自己背部佩带的剑带，以便自己剑鞘就悬挂在两个臂膀之间，剑柄就在自己的头后。他往后看了看来时的路，能隐隐约约看到同伴们暗色的身影。这关系不大。当来自东边的一朵云彩的影子飘过的时候，他环顾拐角处。

低矮、慢慢燃烧的火焰有点儿出乎意料，在夜色中看上去红得发亮。巴利斯塔的眼睛没有直接去看火堆，而是在注意着自己的手脚。他爬过一块落下的岩石，躺在岩石后面。

巴利斯塔闭上一只眼睛来保持夜间的视力，观察着此刻的场景。这条路到那个火堆的距离大概有一百五十步。路变得越来越窄，石墙凹凸不平，现在离火堆距离不多于五十步了。

在叙利亚城关关口有一堆营火在燃烧。现在吹的是东风，这就是为什么巴利斯塔没有闻到火堆味道的原因。他可以看到看上去像拖车的影子的一个物体，其他比较小的、黑暗的形状表明营火旁边有人。一个队伍在这里度过夜晚，但是他们到底是谁呢？这可能是一个无辜的商队，但也有可能是萨珊人的战争部队。

巴利斯塔安静地躺了很长时间，希望听听那些在火堆旁说话的人使用的是什么语言。他不时地听到低声对话，但是他们说话声音很低，而且他处于背风的地方，因此别无选择，他只能再靠近些。

巴利斯塔等待着云彩和云彩影子的运动，他爬得离火堆更近了。爬行过程缓慢而痛苦，他的手被石子擦伤、膝盖被磨破。最后的二十五步到三十步距离根本就没有可以遮挡的藏身之地。巴利斯塔身体伸展开来躺在一块跟自己头部差不多大的石头后面，云层的遮盖作用更强了，但是每次云层走开的时候，他都感觉自己目标特别明显。突然，在营地远处，传来马的叫声。他的身后，由于微风吹过，传来罗马马匹的回应声。

火堆那边传来声音:“你听见了吗？”

“什么？”

他们是波斯人。

被火堆照亮的两个人影站起来。

“我们该去看看。”

“我可不去。谁知道晚上这些山岭里会隐藏着什么妖魔鬼怪？”

另一个人说话了。他的声音很威严，肯定是某个级别的军官。“如果不是由于倒霉，我们不得不在这个凄凉的山里错过其他人在易斯堪德朗寻欢作乐的机会——而是因为有人在每块岩石后面都看到一个罗马士兵而滞留此地，还会有人害怕邪魔。坐下，让这个夜晚安然度过吧。”

士兵们都坐下来。

如果巴利斯塔训练有素，他可能会由于放松而叹气。

当巴利斯塔第二天回到叙利亚城关的时候已经是凌晨了。时间在跟人玩游戏，他爬行回来那段时间好像永久那么长，而骑行进入帕格拉却只是一会儿。他下了几个命令，然后就沉睡了几个小时。

在黎明之前士兵们就被叫醒，由于被蚊子折磨，几个人一直在抱怨。

巴利斯塔叫了一群军官，包括职位是副官级别的那些人。他确保每个人都知道军队长途跋涉的命令和他的战术计划，然后这些军官再跟自己手下人解释，再就是确保士兵们早餐吃好。

食物很重要，巴利斯塔知道波斯人早餐量不大但是他们的午餐时间比西方人要早些。如果他的估算准确的话，当他的部下还没有饥饿感的时候，萨珊人已经饥肠辘辘了。这不是什么可以利用的优势，这场战争将由纪律性和罗马人的纯粹的战争品质而决定，当然，首要的是，军团的纪律性和战争品质。

前行的路上，风光壮观。白天，阿玛纳斯山脉显示出其魅力。士兵们在松树和野棕榈树影里往上爬，他们两边分别是薰衣草和香桃木丛。在每一层土壤里，只要有个缝隙树能够伸出树根的地方，就有大量植被。从这个景观往后看，整个平原一览无余，中间的安条克湖闪烁着波光，奥龙特斯谷地绵延向南。

他们是步行行军，速度很快，也没有隐蔽意图，想突袭萨珊人是不可能的。一个刚超过两千人的武装军队只能制造点儿噪音，但是如果萨珊王朝的人马没有时间召集援军的话，这些兵员数量正好可以抵挡一阵。

当他们在主峰附近停下的时候，起风了，很大的黑色暴风雨云层还是从东部滚滚而来。大风吹过，巴利斯塔最后检查了一遍一切是否正常。

队伍前面是久坐马鞍而身体酸痛的军团骑兵。横向五十，纵向六列，士兵间隔密集。他们后面是五百个下马而行的骑兵弓弩手，阵形松散。其他人，九百个手持长矛的士兵和四百个弓箭手，都是步行，他们在几百步后面比较空阔的地方驻扎作为后备军。

“记住，兄弟们，他们只不过是一群东方人，他们不愿意地面作战，而且在铁器近身的时候会恐惧。”为了让自己声音在大风中能被听见，巴利斯塔不得不大声吼着。即使这样，他也不确定到底有多少军团士兵，更别提其他人，能够听到他的声音。“当穿过箭雨的时候，我们将消灭他们。记住他们都随身携带贵重物品，但是直到我下令前不要抢掠。每个人都要注意自己的位置，照料好你们的战友。”

军团士兵们用剑击打着盾牌。

“你们准备好作战了吗？”

“准备好了！”

当从岩石丛里传来第三次响应的时候，巴利斯塔在队伍前列占好位置。他右手把匕首松了一下，然后又放回去，把剑拔出一两英寸然后放回剑鞘，最后摸了一下剑柄上的佩玉。他自己的战前准备结束了，然后拿起借来的椭圆形盾牌，告诉号手可以吹响冲锋号角了。

在他们行进到拐角处的最后五十步的时候，巴利斯塔在想这场战争将会如何结束。他不知道他们将面对有多少兵力的波斯人。那天晚上偷听到的重要片段显示敌人大部分兵力在西部平原，他们打下了易斯堪德朗，波斯人似乎把这个城镇叫作亚历山大－艾达－伊苏姆。但是因为他不知道东方人兵力总数到底是多少，这些信息没有什么意义。另外他也不知道他们在狭道上布置了多少障碍物或者防御力量。他那天晚上看到的只是一堆营火，几个人和一个拖车。如果神灵有意，一切都会发生。有件事是肯定的，对一个曾经违背对波斯国王许下誓言的人来说，如果让自己被抓到是非常不明智的。巴利斯塔想起卡莱的牢狱，想起那里几乎要发生的事情。不，这次他绝不能被活捉。

第四西徐亚军团的士兵们在拐角处快速行进着，已经进入了东方人的弓箭射程，他们听到有人用波斯语发出命令，天空暗了下来。

“注意隐蔽保护自己！”除了巴利斯塔的声音，还有其他人的叫喊声。他蹲下身，把盾牌挡在自己的面前。后面的人把自己的盾牌支在巴利斯塔盾牌的顶部边缘，盖住北方人的头部。声音向后面重复着，每个队列的盾牌都支起来，就像屋顶的琉璃瓦一样互相重叠着。

几秒钟之后弓箭来了，重重地楔入木头，击打在金属支架上，然后滑向路旁。巴利斯塔感到一支箭射在盾牌上，头上的盾牌砸向自己头盔。有人在大声尖叫着、咒骂着，另一个人在那里祈祷。

“结队前行。”

巴利斯塔抓住右边人的锁子甲上衣，紧紧攥在拳头里，他右边的人也做了同样的动作。他感觉到自己的拳头在变紧，半转向右，小步前行，像螃蟹一样，总是左脚先出去，他们往前行进着。

“左，左，左。”他们低声说着，进入了节奏，士气在上升。

又一轮弓箭呼啸而来。更多的人尖叫声和咒骂声。更多的人在祈祷，说着鼓励的话。

“只有军官才可以讲话，这他妈的不是在开讨论会！”

在隐蔽行进中空气干热窒息，有一股强烈的汗水味道和没洗浴的男人的味道。巴利斯塔从头顶的两个重叠的盾牌缝隙之间偷偷往外看去。空中弓箭齐发。一队列的士兵。在中间有一个协调的四轮马车。离前面距离还有很长，至少一百步。

箭如雨下，波斯人乱箭齐发。

在隐蔽行进中传来一阵欢呼，罗马弓箭手们开始在拐角处还击了。现在萨珊王朝的人马能够品尝一下战争的苦涩了。

在所有的噪音之外——弓箭击中木头的声音、沉重的呼吸声、武器的摩擦声、间歇性的痛苦号叫声—— 有轰轰隆隆的声音。

巴利斯塔冒险朝盾牌的边缘周围看去，快到目标了，大约还有六十步的距离，但是有件事情让他感到奇怪，空中弓箭密度降低了。在萨珊王朝的队形中间有一阵骚乱，武士们推着拖车往前行进。

“停止前进！”

军团士兵们都很吃惊，但是都服从命令，由于突然停下的惯性而撞击在一起。

东方人放开了拖车，它们沿着斜坡往下行进的过程中速度加快。

“第三军团，卧倒，用盾牌护住自己的身体，跟后面的弓弩手传话，让他们原地站住，分散队形。”

在迷惑混乱中，巴利斯塔周围的士兵们都卧倒在地。

“脸朝下，用盾牌护住自己的背部。”

巴利斯塔没有时间解释或者检查自己的吩咐是否被执行，拖车在快速移动。他趴倒在地上，鼻子抬起一两英寸，胳膊肘底下全是沙子，盾牌护住头部以下部分。

随着拖车和不可避免的碰撞越来越近，恐怖的轰隆声和摩擦声也越来越大。在阿里安写的《远征》中亚历山大大帝曾经用过此计。巴利斯塔想道，他就是在那本书里读到这些的。

一阵木头劈裂的声音、人的痛苦尖叫声和短时间的寂静，然后是令人恶心的撞击声。

“站起来，队列排紧。”

亚历山大的计谋在巴利斯塔这里并没有起到类似作用，前排被拖车轮子撞击的士兵们被撞击倒下。拖车肯定在空中待了些时间，但是这还不足以消灭整个部队。拖车降落的地方有压碎的身体和击碎的木头，延伸到队伍后面，可以听到低声抽泣的声音。

“站起来，队列排紧。”军团士兵们由于震惊，眼睛睁得大大的，反应迟缓，没有移动。“队列排紧。”士兵们开始拖着脚步服从命令，巴利斯塔开始判断战场上的形势。在波斯人的注视下，飞来的箭已经落得很远了，还有六十步的距离，这个距离比他预想的要好多了。但是军团士兵没有状态来重整隐蔽行军，必须现在采取行动。

“准备好作战了吗？”巴利斯塔向着变黑的天空怒吼。

“准备好了！”每一次，士兵们的惯例回答听上去更加勇敢、更加愤怒。在第三次回应后，巴利斯塔下令冲锋。

当他们开始冲锋的时候，剑已出鞘，弓箭风暴重新开始。

这里的路非常陡峭，在几步的距离之内，巴利斯塔感觉到自己腿部肌肉开始发痛。他的胸部开始随着呼吸而变得像在燃烧一般，又一阵雷电轰鸣的声音。

尖利碎片非常可恶地飞向巴利斯塔的眼睛旁边，他感觉到一阵强有力的刺痛，鲜血流在面颊上热辣辣的，邪恶的带刺碎片飞过他的脸庞，一支弓箭穿过了盾牌的一半部分。他折断了箭杆，继续前行。

迎着巴利斯塔而来的萨珊人开始往前行进，他是一个块头大，身着鳞片甲，眼睛被头盔遮住的人。东方人瞄准对方来了一次双手握剑的迎头劈杀，长长的刀刃划过空中。巴利斯塔将自己盾牌的骨架用力往上抵挡。这种冲击力几乎让巴利斯塔双膝跪地，他本能地拔剑往上刺去，刀刃末端划过锁子甲，两人僵持在一起。巴利斯塔的剑柄圆头打在萨珊人的头盔后部，他闷哼了一声。

一阵震耳欲聋的雷电劈裂的声音。

在身体硬碰硬的僵持中，两个人谁都不能自由挥舞自己的剑。萨珊人想咬巴利斯塔的脸部，北方人惊恐地往后退缩着。这个东方人的胡子擦过他的脸颊，巴利斯塔放下剑。手腕上的剑带深入肌肉，剑的重量给手臂造成了负担。他抓住萨珊人头盔上的羽饰，拖着他的头往后猛地一拽，巴利斯塔用自己的头盔撞击对方。北方人头盔的金属边缘与敌人鼻梁滑擦着。他们两人脸上都流满鲜血，身体也更加残酷地对抗着。

一阵很亮的闪电照亮了这恐怖的一幕。

萨珊人放松了自己拿剑的手，在手的上端他的剑梢划过巴利斯塔盾牌的边缘。两个人的胳膊交织在一起，北方人绝望地挣扎着，如果马克西姆斯在就好了。萨珊人一心想把剑刺入巴利斯塔的喉咙。他口里吐着鲜血，还有牙齿的碎片。

在巴利斯塔后面有一股很大的力量，由于被这股力量往后推着，萨珊人调整了自己剑的角度。他的嘴巴张着，更多的鲜血流淌到他黑色的胡子上面。剑从他的手里脱落，他低头看着罗马人的刀刃刺入自己的腋下。他的身体一阵痉挛，变得软弱无力。

“我的荣幸，大人。”这个刺死萨珊人的军团士兵拔出自己的剑。萨珊人的尸体跌落在他的脚下。

“我会记住的。”巴利斯塔说。

战场上撕裂出一条口子，波斯人在放弃阵地。又一阵雷鸣电闪，开始下雨了。雨倾盆而下，就像沉重的幕帘。巴利斯塔能感觉到雨打在背上的重量，大雨也猛烈地倾泻在敌人的脸上。

“再前进一步。”巴利斯塔大喊着，并尽力向前。

巴利斯塔不知道身后是否有人跟随，他的战靴在雨水中打滑，没有弓箭射向他，大雨浸透了箭弦。

在巴利斯塔面前的萨珊人四下环顾着，犹豫了一下，转身逃跑了，又一阵闪电划过阴郁的战场，所有的东方人都在雨中落荒而逃。

巴利斯塔大笑着庆幸自己还活着，如果神灵们想对违背誓言者复仇的话，他们正在等待着时机。

第九章

朱莉娅已经完成了检查在安条克埃珀弗奈厄区的房子任务，一切都井然有序。她打发走了佣人们，当女主人回到家的时候，佣人保持房子井然有序是非常重要的，尤其是在一个家里有着元老院影响力的人物的时候。她走出房子，在庭院里的一个阴凉角落里的一把摇椅上坐下。

天气很热，但是每天下午都有的微风开始向奥龙特斯峡谷里吹来。风吹动着靠在墙边的织布机上的布料。朱莉娅看着织布机的两根垂直的木杆、坠物和横杆，还有个看上去可憎的东西。在一个一切井井有条的家庭里，织布机的存在是必需的，然而她对织布机的喜欢就像一个亚美尼亚雌老虎喜欢笼子一样。对女性来说，织布机一直要伴随在身边。《奥德修斯》中的珀涅罗珀，白天织布晚上拆线，在等待丈夫的同时阻止着追求者们，希望喜欢拈花惹草的丈夫回来。朱莉娅想道，故事中的人物性格展示了被动消极和工于心计的混合特征，也许在人类社会原始和悲惨的英雄时代初期妻子必须学会织布，但是财富的积累让很多女性家里的织布机显得多余。罗马帝国给这一切增添了另一层次的虚伪：利维亚，第一任皇帝的妻子，有着满屋子的仆人，却坐在织布机前扮演着过去妇人的贤惠角色，在这繁忙之间还为自己的丈夫找寻花季少女供他奸淫。那些男医生们声称织布这种家务可以对妇女脆弱的健康有好处，没有什么比这更让朱莉娅厌烦的了。

朱莉娅熟练地操控着自己的厌烦情绪，巴利斯塔根本就不会在乎或者注意到可怜的织布机是否还在那里，她不知道自己为何为这个烦恼。在巴利斯塔从波斯人被俘状态下逃脱的两个月里，他只是托人带了两封简短的信件，并且没有什么感情色彩。她也跟其他人一样知道密探可能会截获信件，但是他本该可以把一封更加亲密的信件交给一个信任的朋友带给她。那个他很信任的卡斯特里西乌斯，已经到了安条克。

昨天，第二封正式的信件到了：对她和孩子们健康的例行询问，然后谈到自己作为骑兵队长官和禁卫军长官的责任。萨珊人没有在叙利亚城关采取进一步的行动，他们也没有征用船只。无论是塞琉西亚还是安条克目前都没有危险。萨珊人已经进军前往北方去抢掠西利西亚了，巴利斯塔接到命令征集船只和士兵去追赶敌人，他会在中午回到家里。

只是他没有回家，在午饭用具都被清理完三个小时后，一个肮脏的军团士兵，名字叫格拉迪乌斯来到家里。士兵有点儿粗鲁地告诉她骑兵队长官已经被传唤到岛上的皇宫，没法判断这次皇帝召见会有多长时间，因为战争是个沉重的话题。

朱莉娅冷淡地打发走了他。“战争是个沉重的话题。”确实是的，“让男人们去担忧战争吧。”就像赫克托耳告诉安德洛玛刻的那样子。男人，他们真是些傻子。正像一个女主角在一出悲剧里说的那样：我宁愿经历三次战争也不愿意忍受生孩子的痛苦。这些句子都是男人写的，但是悲剧表演者们比荷马更加接近真理。朱莉娅想起自己的孩提时代的好友麦特拉，还没到十六岁时就在生孩子的时候死去。如果男人们能生孩子，他们就会停止对战争的那种幼稚愚蠢而美化的想法，战争中面临的危险怎么能和生孩子时候面临的危险相比较呢？

现在她正在等待他的归来，巴利斯塔会像往常回来一样想做爱——

他就像一个动物通过做爱来划定自己的势力范围一样。至少他不是个拈花惹草的人，从不去招惹家里的女佣人。不像可怜的考奈莉亚的丈夫，他是一个喜欢跟家里女佣人打情骂俏的人。他们家里气氛几乎无法忍受，总是有人不停地哭泣，互相指责。朱莉娅总是觉得巴利斯塔的忠诚非常可爱，但有点儿奇怪。这是他作为野蛮人出身的一部分，就像他喜欢吃醋一样。在宴会聚餐时，因为巴利斯塔觉得她跟别的男人调情，已经不止一次有非常难堪的场面了。她不想成为像迈萨莉娜这样的名门贵妇，但是丈夫的吃醋行为让她感觉窒息，这种行为不符合罗马人的做事风格。

“基里娅，”家里的看门人禀报道，“马库斯·克洛迪乌斯·巴利斯塔，禁卫军长官，已经回家了。”

朱莉娅站起来，走过水池去迎接自己的丈夫。巴利斯塔微笑着，他嘴里的前齿有损碎，看上去很疲劳，满腹心事的样子。

“大人。”朱莉娅虽出身元老院议员家庭，但这并没有鼓励她会在公共场合展示夫妻之间的爱慕，她在丈夫面前非常适度地低眉顺眼。

“基里娅。”巴利斯塔斜着身子坐下，她仰起脸，他亲吻了她的嘴唇。

朱莉娅让看门人喊孩子过来，他们等待的时候都相对无言，她又低头看地，风儿吹着水池激起涟漪，让池底的鱼儿、海豚和章鱼马赛克图看上去像在水里游弋。

伊桑格瑞姆快乐地喊叫着跑出来，这个八岁的男孩儿扑向父亲的怀抱。朱莉娅感觉到一阵厌烦。在一个拥有一定地位的家庭里，不仅仅只是妻子应该行为得体端庄。儿子更应该严肃地欢迎自己的父亲，叫他“大人”。

巴利斯塔用胳膊环抱着儿子，把他的脸埋到自己的脖子里，他们低声说着话。

朱莉娅注意到巴利斯塔手腕和前臂上的新伤疤，她总是很喜欢他的前臂，男人的前臂有一种与众不同的吸引人的力量。

随着一声尖叫，德海姆，巴利斯塔还不到两岁的儿子由老迈的卡尔加库斯带出来，他们后面跟着马克西姆斯和德米特里厄斯。巴利斯塔把大儿子放到自己的脚上，再用手抱起德海姆。他又把小儿子埋在自己的脖子里，闻着他身上的味道。

巴利斯塔把小儿子交给朱莉娅，大儿子伊桑格瑞姆还紧搂着自己的腰，他轮流拥抱着每个获得自由的部下。

"欢迎回家，大人。"德米特里厄斯说道。

"就像一个伪造的硬币，我知道你会回来的。"卡尔加库斯说。

"一切都好。"巴利斯塔回答道。

"我们必须庆祝一下，喝点儿什么。"马克西姆斯笑着说。

巴利斯塔还没来得及回答，朱莉娅就插话了。"是伊桑格瑞姆去上课的时候了，德海姆必须去睡觉了。"

另外三人都听出了言外之意，很快丈夫和妻子就要独处一室了。

朱莉娅把手放到巴利斯塔的前臂上，她带着他穿过院子来到一个房子后面的私密房间。窗户都半关着，沙发上的盖布都拉起来了，丈夫和妻子短暂而紧迫地享受着做爱的欢愉。

之后，他们裸露着躺着喝酒聊天。朱莉娅知道在新婚之夜之后，一个体面的妻子从来不会在丈夫面前赤身露体，那是娼妓的行为，但是她知道巴利斯塔喜欢她这样子，因为这让他兴奋。

朱莉娅在他手腕和前臂上摸索着新的伤疤。"你跟波斯人的交锋战况糟糕。"

"孩子们看上去不错。"他毫不掩饰地转移话题。

"嗯"。朱莉娅亲吻着他的胸部和腹部，她做了一个罗马良家妇女不会做的事情。她的邪恶行为让他兴奋。他们又行床第之欢，这一次缓慢多了。

“你会在安条克待多久？”

“两天，然后只要时间允许，在塞琉西亚要花尽可能多的时间来征集船只。我可以在那里征用一处房子，你应该跟我过去，带上孩子们。我们可以短暂小聚直到我不得不往北航行去追赶萨珊人。”

朱莉娅看着他玩弄着酒杯，感受到他想要离开的欲望。男人，她的朋友们都说，都一样。床第之欢如果女人说了算应该持续更长时间——整夜，如果男人们能经得住折腾。

“去吧，”她笑着说，“去找你的朋友去吧。他们已经很长时间没有机会跟你共饮了。”在巴利斯塔的笑容中有一丝空洞。“在埃德萨，几个月前。就是麦伊木马节上，快到凌晨的时候，有人试图刺杀我。”在他离开后，朱莉娅披上一件袍子，她叫了一个女佣。她没有去理会安提雅串通一气的笑容，她要求佣人为自己准备好沐浴。巴利斯塔试图掩盖，但是她能看得出她丈夫脑海里在计划着什么。还有几天的时间。她会发现那到底是什么事情。

德米特里厄斯站在巴利斯塔旗舰的船舷边上，自从舰队离开塞琉西亚追赶波斯人以来，事情进展得不是很顺利，德米特里厄斯注视着爱琴海港口。

所有被攻陷的城市情况都一样：每个城市里，被踢进去的门和被烟火熏黑的建筑，被搜查过的房子和被玷污的神庙，曾经充满噪音的地方现在都悄无声息，叉开的和挤在一起的尸体，充斥着灰烬、排泄物和腐烂物的味道。

然而每个城市又不一样，总是有一些具体的东西吸引着观察者的注意力，触动着他的心弦，引起新的同情：街道上被摔碎的家传宝物；一个老妇人无声的抽泣；一个街上孤独流浪的儿童。那些说看多了这些惨状同情心会迟钝的人是错误的。

德米特里厄斯站在船上看着爱琴海城。

> 我心熟知：
> 圣城特洛伊消亡的那天会来，
> 普里阿摩斯肯定会死去，他的人民也会跟他同样命运……
> 这些都没什么，跟你的痛苦相比，
> 当你流着泪被厚颜无耻的希腊人强拉硬扯拖走，
> 夺走了你的自由和光明的日子时你的痛苦相比，
> 这些都没什么！

这些荷马的诗句——赫克托耳对自己妻子说的这些具有先见之明的话不经意地进入了德米特里厄斯的思绪中。人类的幸福是很脆弱的，昨天还是一个繁荣平静的城镇，第二天就变成臭气熏天的废墟。曾经是一个幸福自由的年轻人，第二天却变成了一个被反复无常而且残暴的主人任意使唤的家奴。

德米特里厄斯在过去几天里看到了太多的恐怖景象，巴利斯塔的舰船在伊苏斯湾追逐波斯人。亚历山大－伊苏斯、卡塔博鲁斯和现在的爱琴海港都被攻陷。

德米特里厄斯没法回避这些恐怖的景象，他作为随从的职责要求他陪侍巴利斯塔左右。一上岸，大人忧郁情绪就会加重，但是巴利斯塔兢兢业业。他跟生存者面谈，他调查那些供应物资，无论是公有的还是个人的以及被敌人抢走的，他试图从这些线索里推断出敌人的兵力。在爱琴海港，他甚至研究了那些萨珊人马骑行走出这个被攻陷的城市时所经过的道路上的马粪。

德米特里厄斯觉得自己在一个被攻陷的城市里也不会表现得太好，在嚷叫混乱和恐惧中，他怀疑自己能够做正确决定的能力。他会逃跑或者藏起来吗？在两种情况下，逃往哪里，藏在哪里？他会跟着人群，混在其中希望能躲过一劫，还是独自溜走，祈祷敌人会忽略自己？他会完全失去勇气吗？他会像一个哀求者那样跪下来，用自己哀求的眼神来博得敌人的同情，饶过自己性命吗？如果他们会这么做，他又会付出什么样的代价？他曾经在做奴隶的前几年已经让他领略了什么叫忍辱偷生。

德米特里厄斯的思绪回到了现在，巴利斯塔跟皇帝的面谈进行得不顺利。如其所料，他的计划没有被皇帝很好地接受。

“不，我们不会在内陆去追赶萨珊人，我们寡不敌众。他们至少有一万五千骑兵队伍，我们有五千步兵和二十艘战船的船员。萨珊人马已经取路去了莫普埃斯提业城。西利西业－皮底业斯的空阔平原对骑兵来说是最理想的作战场所。他们会包围我们，然后轻易地用弓箭把我们射死。”

集结起来的军官，大约四十人，一直到上尉军官，包括那些征集战舰的百夫长们，都安静地听着，然而他们没有被说服。他们想复仇，可巴利斯塔的副手，拉格尼乌斯·克拉鲁斯，由马克利亚努斯长子委派的军团官员，像圣贤一样点头。

巴利斯塔继续说道：“我们将采用费边·昆克塔特击败汉尼拔的策略。我们将等待，狄摩西尼将率领五百长矛兵和弓弩手把守西利西亚城关。显然，他们占据着往北通过陶鲁斯山脉适合大型骑兵队伍通过的唯一要道。战舰可以把狄摩西尼的士兵们带到塔苏斯——如果把海军暂时转入到运输船里的话还是有空间的。从塔苏斯，狄摩西尼将强力行军到达城关。”

“战舰将跟我们其余的人在索里汇合，在那里我们会合西利西亚长官沃克尼厄斯·芝诺一起筹划，来固守通往西利西亚－特拉切亚西部的狭窄海岸通道”。

“如果从叙利亚城关到东南方向仍然未丢失，而且皇帝们也采取了我的建议，阻止阿玛尼凯城关往东北的路线，波斯人将会陷于西利西亚－皮底亚斯低地区域，然后我们会继续观察坐等机会。我们有舰队，所以我们的队伍可以随时来去自如。早晚波斯人群体会分散开来去抢掠战利品，或者我们也可以在其他不利的地方攻击他们。”

这是巴利斯塔的最佳状态，德米特里厄斯想到。主人把自己个人的烦扰和恐惧都放到一边，来进行周密计划，做必须要做的事情，然而军官们看上去仍然不开心。

拉格尼乌斯·克拉鲁斯用元老的口吻插话道：“非常令人钦佩的策略——崇高而且与我们古罗马祖先行事方式保持一致。西庇阿（康克塔特）正是用这种策略消灭了迦太基邪恶之主汉尼拔的，克拉苏击败了斯达巴克斯的奴隶起义，我们高贵的年轻皇帝们肯定会赞成的。”

每个人都知道克拉鲁斯是硬生生地安插在巴利斯塔身边去向老瘸子马克利亚努斯汇报信息的人，他的话在军人中间没有引起很大的热情。

“我们会做自己被命令去做的事情，我们会准备好执行每个命令。”

巴利斯塔宣布会谈结束，然后他跟自己的随从一起回到三列桨战船的船舱里。

“肯定的，但是知道我们高贵的年轻皇帝们会赞成你的想法还是令人高兴的。”马克西姆斯说。

“开心无限。”巴利斯塔缓缓地说道，显然他没有开玩笑的心情，自从他被捕归来之后，他很少开玩笑。

“喝点儿什么？”卡尔加库斯建议道。

“不，谢谢你。我想休息一会儿。”

部下随从列队而出，巴利斯塔叫回德米特里厄斯。

年轻的随从注视着大人，他看着堆在桌子上的名单和计划书。注意力分散的时候，巴利斯塔会拿起一两份，把其他的移开。这么反复几次后，巴利斯塔停下来。他走向自己的床铺，拿起被套上的一个纸莎草卷，坐下来。

“德米特里厄斯，你是希腊人，这些西利西亚人是希腊人吗？”

伴随巴利斯塔多年来，德米特里厄斯已经习惯了主人在思考事情的时候总是很突然地开始谈话，过一会儿他的话题主旨会变得清晰起来。

“他们喜欢认为自己是希腊人，”德米特里厄斯回答说，“从传承上来说，西利西亚的大多数城镇都是由古希腊历史上一个奠基者建立的，有些城市的建立说法是合理的。海斯奥德和希罗多德有关于阿姆菲罗克斯的说法，这个曾经在特洛伊被围攻之战中出现的预言家，曾到过此地。据说他建立了马洛斯城，莫普埃斯提亚城的名字来自于另一个预言家，莫普苏斯。但是其他的说法是没有多大依据的。塔苏斯市民们自己也不确定到底是谁建立了这个城市：或许是下列希腊人的其中一个——珀耳修斯、海拉克里斯或特里普托勒摩斯——或者是一个叫参丹的东方人。宰非里昂公开承认他们城市是阿西利亚国王撒达那帕勒斯创立的。”

当德米特里厄斯停下后，巴利斯塔点头示意他继续说下去。

“从文化角度来说，他们确实是对古希腊的教育和学习显示出过度的尊重。斯多葛派门徒克瑞斯普斯来自索里。两个名字都叫雅典诺多鲁斯的人，一个与卡托住在一起，一个是尤利乌斯·恺撒大帝的老师，这两个人都是来自塔苏斯。在西利西亚有哲学和修辞的几个流派，但是那些功成名就的往往会远走异乡，而取得最高成就的那些屈指可数的人则很少从国外来到此地，我想可能在西利西亚人本性里有令人怀疑的东西，这些东西削弱了他们的教育和学习。在近期，来自西利西亚的两个思想家，在皇帝手下博得名声，这两人分别是安提奥克斯和费拉格鲁斯，每个人都脾气很暴躁，后者会变得因愤怒而失去激辩的能力。曾经有一次，因为一阵发怒，他居然说了一些野蛮人才说的话。”

巴利斯塔做出懊悔的表情，用他手里玩弄的纸莎草卷示意德米特里厄斯继续讲下去。

“不仅仅是知识分子这样——所有的居民都是以急脾气出名，不愿意对任何地位在其之上的人低头屈服。作为一个行省，他们经常试图在皇帝面前起诉自己的行政长官。在他们自己人中间，城市之间不断争吵。只有罗马和平时期——当靴子高过他们的头顶，才阻止他们诉诸暴力，如果不是战争级别的话。”

巴利斯塔不再玩弄手里的纸莎草。他看上去若有所思。“如果他们不是真正的希腊人而是有一半东方血统的人，而且不满意罗马人的统治，他们当中会不会有人支持波斯人？或者一个城市对另一个城市的仇恨导致其倒向沙普尔寻求帮助呢？”

现在德米特里厄斯笑了。“我很确信他们其中的任何一个城市的人会指出他们邻居墙壁上的不结实之处，而不是去被对方攻陷，但是一个萨珊王朝的君主对他们来说比真正的希腊人或者罗马人更陌生。”

“那他们为什么不抗争？”巴利斯塔在尽力思考，“当然，亚历山大港是被偷袭的，但是卡塔博鲁斯城的居民们放弃城墙，而在爱琴海海港，似乎叛徒们打开了城门。”

“也许有两个原因，基利耶，”德米特里厄斯回答说，“你记得几年前在安条克战乱的时候，一些穷人受到一个叫玛利亚德斯的人的怂恿而把城市出卖给了波斯人吗？也许西利西亚的情况类似。在这些平原城市里，穷人被压迫，他们仇视富人，富人也仇视他们。许多年前普鲁萨伟大的哲学家狄奥竭力劝说那些掌管塔苏斯的人给那些他们称为穿亚麻布的苦工们公民身份。最终贫民们获得了这个身份，但是他们还是像以前一样备受蹂躏。”

巴利斯塔的脸上已经没有注意力分散的神情了。“这可以解释为爱琴海海港的背叛行为，但是却不能解释卡塔博鲁斯的懦弱。”

“西利西亚－皮底亚斯的平原，土地柔软肥沃。”德米特里厄斯，就像他服侍的主人，能够从一个角度来看待问题。“小麦、芝麻、枣子、无花果和葡萄——在这个区域都物产丰富。城里的街道上遍布着盛满水果和蔬菜的篷车，车子因重负发出吱吱呀呀的声音。一个温和的地域会出产软弱的人民。”德米特里厄斯以哲学家希罗多德式的口吻总结道。

巴利斯塔点点头。“是的，他们不习惯打仗。”

“不，主人，他们比这更糟糕：他们会发出哼哼唧唧的声音。”

“他们发出什么？”

“哼哼唧唧。”德米特里厄斯挥舞着手，手掌朝上。

“就是说，他们哼哼唧唧。”

看来巴利斯塔没听懂他的话，德米特里厄斯用一只手指悉心梳理着他的头发。

由于巴利斯塔还是听不明白，德米特里厄斯尝试了一个更明显的办法。他身体稍微往前弯腰，往肩膀后面看去，突然发出介于人打鼾和被束缚住的猪叫之间的声音。

“哦，是这种哼哼唧唧。”巴利斯塔笑道。

这非常尴尬，德米特里厄斯知道他的主人，就像马克西姆斯和卡尔加库斯一样，意识到自己喜欢做出一些搞笑动作来取乐，但是除了偶尔的不明显的戏弄，在侍从里也很少提到。

他匆忙起身，继续说着："不仅男人们这样做，女人们也这样。"

巴利斯塔还在大笑。

"他们都完全没有自我约束，说着奢侈，不得体的玩笑，蛮横无理。他们更关注自己身上穿的亚麻布衣服而不是智慧。在爱琴海海港，就在阿斯克勒庇厄斯神庙，提亚纳的神职人员阿波罗尼奥斯碰到一个独眼的西利西亚人——"

"谢谢你，德米特里厄斯。"巴利斯塔说到。

虽然自己的思路被打断，但德米特里厄斯还是继续着自己对这些人的狼狈谩骂。"当然，这只是来自西利西亚－皮底亚斯丰沃土地的人们。那些西利西亚－特拉切亚的山里的人跟他们截然不同。他们都是匪徒海盗，都是杀手。"

巴利斯塔抬起他的手，说道："谢谢你。"笑容已经从他的眼神里消失了，"我想阅读一会儿。"巴利斯塔把自己的腿晃到床上，打开纸莎草卷找刚才读到的地方。

在德米特里厄斯离开时，他冒险瞥了一眼巴利斯塔正在读的内容，是欧里庇得斯的《美狄亚》，在这个悲剧故事里，伊阿宋违背了对美狄亚许下的誓言，而美狄亚没有失去神灵们的青睐，杀死了他们无辜的孩子们。很难再想象有比这本书更不适合巴利斯塔当下所处情形的阅读材料了。

第十章

巴利斯塔站在塞巴斯特城的小石头剧院顶部，他选这个位置不仅仅是为了给即将碰面的人一个措手不及，虽然也不必非得如此。在舰队从爱琴海海港往西航行，每到达一个港口抛锚后，巴利斯塔总是会选出一个绝佳位置来评估这个城镇的防御情况。

塞巴斯特城的腹地在他脚下展开。这个岛屿，顾名思义，虽然本身是一个岬角，像斧头的利刃插入海里。西南部的海港是有部分防御的，港口在城墙外展开，只不过是一个渔人们用来把船拉上岸的长海岸线上的沙滩。往东北方向，岛屿往内弯曲，几乎触及海岸线。这里的主要海港几乎全部关闭了，巴利斯塔注意到港口被来自东边的水流冲刷而淤塞。

岛屿是被城墙围护的，在东北部港口入口和陆地城墙里的第一个塔楼之间横亘着一条可以升降的铁链。这些景象在巴利斯塔身体左边渐渐消失，直到什么都看不见。他直达这些城墙环绕着城镇的陆地延伸部分，包括他脚下的剧院以及民政中心、公众浴场和广场。城墙看上去似乎好些年没有维护但基本上还是健全的，有些高地俯视着围绕陆地的城墙。在通往塞巴斯特的所有路上，夹杂着一些郊区的别墅和陵墓，它们环绕着进出的路，没有火炮防御。尽管如此，这个城市还是可以防御的。城市没有内部淡水来源，水坝会被切断，但是有很多的蓄水池，粮仓里有可以支撑几个星期的食物。总之，没有什么迫切的原因能让塞巴斯特居民在波斯人到达港口后不去阻止他们。

然而巴利斯塔没有抱很大希望，自从他离开爱琴海海港，波斯人已经占领莫普埃斯提亚城、马洛斯、阿达纳和省会塔苏斯。一艘通信船带来消息说大约三千波斯人已经逼近，并占据了宰菲里昂。他可以确定的是，那些城市本来也没有理由沦陷的。宰菲里昂在不到四十英里之外。

事情进展得很糟糕。当然，当战舰与他汇合的时候，他们给巴利斯塔带来消息说狄摩西尼和他的五百兵力已经从塔苏斯往前行进，赶在了波斯人到达之前进驻。幸运的是，西利西亚城关现在有兵力驻扎了，但是其他事情都一团糟。

巴利斯塔在索里抛锚，与西利西亚长官会合，但是却失望至极。沃克尼厄斯·芝诺不在城里。他已经逃往西部，留下一封信谴责奎伊图斯和马克利亚努斯二世是叛军，控告老瘸子马克利亚努斯是幕后主使。芝诺说自己已经去投奔合法统治者加里恩努斯。心已离去的芝诺信中语言婉转地鼓励其他官员迅速投奔真正的皇帝，并取得皇帝的宽恕。巴利斯塔曾经这么想过，如果事情有那么简单就好了——如果他的妻儿不在安条克，被叛军们当作有效人质的话。

无论如何，芝诺已经弃城逃离，现在巴利斯塔必须与塞巴斯特的特雷贝利阿努斯打交道。马克利亚努斯的心腹拉格尼乌斯·克拉鲁斯曾给过他建议。“是的，他是西利西亚－特拉切亚本地人。但是我们不能以一个人的出身来判断他。而且，有了克拉鲁斯，我们跟地形崎岖的乡下与一些比较野蛮的事物打交的时候，本地人就会非常有用处。特雷贝利阿努斯是一个讲信誉的人，有权有势。在一开始他就写信给马克利亚努斯二世和奎伊图斯，宣誓效忠。在年轻皇帝们眼中他有着重要位置，因此如果他被任命为西利西亚代理长官，老瘸子马克利亚努斯也不会有什么异议。也许恰恰相反——谁知道他的失望情绪会带来什么呢？”

这是一个巴利斯塔不能忽略的建议，但是即使是最简短、最肤浅的调查——由德米特里厄斯在议员们的家里和马克西姆斯、卡尔加库斯在海岸酒馆里进行的调查，已经有很多线索显示这个地方必定生乱，不仅仅是由于特雷贝利阿努斯通常被人们称为“大海盗”。鉴于西利西亚－特拉切亚居民的本性，这种称号通常是由于尊敬才给予某个人的，这点不足为奇。

“他们来了。”马克西姆斯说。

巴利斯塔看到一小组人从岛屿的城关出来，他们本来期待与巴利斯塔一行在旧宫廷里见面。现在他们必须躬身穿行在城镇里，来剧院碰面，但是从巴利斯塔的角度而言，如果他们恼怒，也不是什么坏事情。

在巴利斯塔等待的时候，他注视着抛锚停泊在主要港口的舰队，除了七艘小帆船战舰之外，所有舰船都停靠在那里。那七艘小船来回穿梭，监视着宰菲里昂的敌兵。码头非常拥挤：二十五艘运输舰，十艘二层桨座战船和其他三艘小护卫船不在海上。塞巴斯特居民确实头上悬着达摩克利斯之剑，形势千钧一发，但是对那些在港口经营酒馆、妓院和浴室的人来说却是最赚钱的时候：一个舰队在此驻扎，要为四千五百名士兵提供服务。

拉格尼乌斯·克拉鲁斯走进剧院，他后面跟着一个身穿罗马长袍的大块头儿的人。此人的后面又跟着两个个子高大，穿着看上去像羊皮外套的人。这是一个相对温和的夏日，但是他们的穿着很奇怪。他们排成一列，开始攀爬阶梯。

巴利斯塔在上层座位上坐下，那个穿着罗马长袍的人肯定是特雷贝利阿努斯。他是一个中年人，看上去非常强壮，肩膀宽阔，一头浓密黑发，自然帅气。跟在他后面的两个人年轻一些。他们都有着浓密的黑发，但是看上去更瘦、更饥饿的样子。两人腰间都佩带刀剑。

当他们到达剧院上层，克拉鲁斯迈开一步，其他三个人走过他身边，停下来。他们什么都没说。在爬完陡峭的阶梯后他们都面不改色。站在一起，他们散发出威慑力。巴利斯塔觉得站在他左边的德米特里厄斯往回退缩。站在右边的马克西姆斯，挺直了自己不是很高大的身躯。卡尔加库斯和卡斯特里西乌斯站在不远的地方休息。巴利斯塔在想自己一行人给对方留下了什么样的印象。

不出意料，北方人发现自己在思考着三个西利西亚人杀过多少人。想到这儿，他问自己已经杀了多少人？还有马克西姆斯、卡尔加库斯和卡斯特里西乌斯杀死的人。这些死去的人可以组成鬼魂军团，在地狱的黑暗之乡里四处飘荡、尖叫。

“盖乌斯·特伦提乌斯·特雷贝利阿努斯？”巴利斯塔把他的名字说出来，听上去像一个问题。

“是的。”他的声音听上去柔和愉悦。

“你带了侍从护卫。”

“根本不是。”特雷贝利阿努斯不动声色地笑着，“这是我的年轻朋友帕勒富埃里厄斯和利迪斯。”

“在帝国境内平民持有武器是违法的。”

“如果武器对一个人的职业来说是必需的，或者是继承下来的，或者是为了自卫而携带，是不违法的。”特雷贝利阿努斯光滑的双颊显示出优越生活的光泽。

巴利斯塔点点头，确实如此，这个大海盗熟悉法律。

“我听说你在西利西亚－特拉切亚人民中颇有影响力。”

“我的一些同胞们愿意就一些事情征求我的建议。”

其中的一个年轻人诡秘地笑了，巴利斯塔忽略了他的存在。“你会在什么问题上给他们提建议？”

特雷贝利阿努斯用手指向山脉。“我们这里是穷乡僻壤，人们通过放牧山羊来获取微薄的生活来源。夏天就必须去高地的牧草地放牧，冬天必须到海岸边的低地。很多人和羊在山上来来回回，穿越其他人的土地，经过不同的居住区也是困难重重，我让这些困难消失，我帮助我的朋友们。”

那么那些不是朋友的人你把他们怎么样了，巴利斯塔想，那么你的朋友们，他们为你做些什么。

特雷贝利阿努斯脸上显出柔和的微笑。“他们都很和善地给了我荣誉。”

“你的住处在哪个镇上？”

“我的家族房产在日耳曼尼库坡利斯周围的乡村，我很幸运在克拉克斯恩和沙拉德那海岸也取得了几处房产。”

所以，巴利斯塔想道，你的地产都在路的两端，你的武装家丁们保护牧羊人山上山下放牧。你的“影响力”在于使用暴力和恫吓。他想起自己在沙漠之城阿瑞忒城的朋友伊阿海。特雷贝利阿努斯是那个商队保护团的微小版本。一个有势力的人提供“保护”，而被保护的人则给予“礼物”。正如伊阿海在阿瑞忒城有敌人一样，特雷贝利阿努斯在西利西亚－特拉切亚也有敌人。现在老瘸子马克利亚努斯已经决定让这个“大海盗”变成有着帝国力量支持的高级官员了，神灵们也就知道他们将要面临什么样的灾难了。

巴利斯塔伸出手，德米特里厄斯把一个里面盛放着金色任命附录的象牙放在他手里，巴利斯塔站着把这个帝国的任命附录交给西利西亚人。“盖乌斯·特伦提乌斯·特雷贝利阿努斯，你就此被任命为西利西亚省代理长官。”

“我们会遵守命令，准备好执行每一个命令。”西利西亚人的回答比较平淡。

“你任职的第一个任务是阻挡敌人沿着海岸西行的去路，在这个任务面前其他事情都微不足道，我确信你可以召集武装人员？”

特雷贝利阿努斯没有说话，但是脑袋倾斜着。

巴利斯塔继续说：“我已经征集了在爱琴海港和这里之间能被找到的分散兵力。这些驻军虽然刚过三百来人，但是他们现在都听命于你。每个城镇我都安排了治安执法官，还有跟他一起值更的兵士。这些军官和他们的随从是当地人，他们应该会奋起保卫自己的家乡，但是如果我们想把他们派遣到其他地方他们也许会弃城而逃，你建议从哪里封锁波斯人会逼近的道路？”

“克拉克斯恩。”他的回答毫不犹豫。

“这个地方离西部很远。”

“确实，而且会把我自己在沙拉德那的地产置于敌人的蹂躏之下，但是克拉克斯恩这个地方，山脉往下延伸至海边，城镇本身既有天险又有兵力防御。”

巴利斯塔非常怀疑这个选择是否有潜在的私人动机，克拉克斯恩处于西利西亚省的最西端。也许特雷贝利阿努斯是在牺牲掉自己的地产，因为他知道自己的政敌会遭受更多的损失，但是他也无能为力。西利西亚人熟悉这个区域，老瘸子马克利亚努斯想让他当长官。

“就这样吧，”巴利斯塔说，仿佛自己有决定权，“我会把舰队和士兵驻扎在塞浦路斯的基伦尼雅港口。那里的护卫船只将跟我保持联系，你得呈交自己所有行动的书面报告。”

特雷贝利阿努斯又无声地倾斜了一下自己的脑袋。

“恐怕我不能抽出运输舰来帮助你，你将不得不从这里行军。”

特雷贝利阿努斯柔和地笑了。“收到拉格尼乌斯 · 克拉鲁斯的提前警告，我擅自在考瑞克斯征召了一些商船，我们可以从那里扬帆启航。”

巴利斯塔不动声色。“就这样吧，我就不耽搁你了。”

特雷贝利阿努斯快速行了个军礼，他和他年轻的随从们，两人都满脸堆笑、转身，开始走下阶梯。

擅自征召船只，巴利斯塔气得冒烟儿了。无论如何，那些船主们是别想再见到自己的船了。

拉格尼乌斯·克拉鲁斯在说着些陈词滥调，巴利斯塔太生气了根本连假装听他说话都做不到，如果他现在就杀掉特雷贝利阿努斯的话会让这个省份减少多少麻烦？跟马克西姆斯和卡斯特里西乌斯说一句就行。他也可以亲手做这件事，还有那两个眼神邪恶的牧羊人，这里没有什么可以阻止他。士兵们根本不在乎，他们会跟随巴利斯塔，而不是拉格尼乌斯·克拉鲁斯。没有什么可以阻止他——除了在安条克做老瘸子马克利亚努斯和他恶心的儿子们的人质的朱莉娅和两个男孩儿，谁知道他们会发生什么事情呢？

巴利斯塔大吸了一口气，安静下来。这些西利西亚人对他来说算什么呢？而且如果他杀死了特雷贝利阿努斯，只会留下一个权力真空，他的同样嗜杀成性的政敌们会继续争斗，去他妈的。

别忘了，全能的主如果你愿意，总有一天你可以送特雷贝利阿努斯去见冥府渡神沙朗，还有那两个作为左膀右臂谄笑的小子，帕勒富埃里厄斯和利迪斯，哪个是哪个？去他妈的，他们可以一起渡过冥河。

朱莉娅坐在为那些体面的女主人预留的座位上，在安条克大剧院里感觉非常愉快，夏天的微风吹过奥龙特斯峡谷，她很久以来没感到这么放松过了。老瘸子马克利亚努斯和奎伊图斯已经带领军队往南去埃美萨试图震慑帕米拉的奥登纳图斯，确保他对王室宣誓效忠。自从到了安条克的新皇宫，朱莉娅大部分时间都待在室内，但是当奎伊图斯来访，不可能不让他进门，尤其是对一个身着紫色王袍的人来说，不管他多不称职，倒不是她不能应付他的油嘴滑舌和含沙射影的话语。当然老瘸子马克利亚努斯需要巴利斯塔为他效力，奎伊图斯太惧怕他的父亲而不敢动粗，但是他的存在确实让人感觉到非常不适。

很遗憾奎伊图斯没有像他的弟弟马克利亚努斯那样，待在宫廷里沉迷于制作小木头玩具。想象一下，一个皇帝、一个成年人沉迷于这种孩子气的消遣，做着适合奴隶和雇佣劳力做的事情。当然这没什么坏处，但是这几乎比尼禄唱歌或者康茂德做角斗士拼杀更有失皇家尊严了。

想象一下如巴利斯塔这样的男人玩弄胶水和小锯。在这么想的时候，突然她发现完全可以理解男人这么做了。男人从来没有真正长大过，并不是说自己丈夫现在这种心情就喜欢玩弄这种无价值的东西。在巴利斯塔启航前，朱莉娅发现了困扰他的事情：他对沙普尔许下的荒谬誓言。他害怕自己许下的诺言会危及自己的孩子们，他还没有摒弃孩提时代那些黑暗森林的迷信传说，他在某些方面会永远保持野蛮人的本色。

演员们又回到舞台上，表演着家庭哑剧，朱莉娅非常喜欢，妻子围着吝啬鬼丈夫团团转。在决定带孩子来剧院前朱莉娅就检查了节目内容，节目没什么不适宜儿童观看的。不像脱衣舞剧《弗劳拉利亚》或者《马伊乌玛》中的赤裸妓女。经营这个剧团的夫妻以上演更加符合道德类的戏剧而出名。

伊桑格瑞姆感到无聊，朱莉娅在自己腰间的袋子里的钱包里摸出几个硬币，给了侍候她的监护人。年长的老仆拖着脚步给伊桑格瑞姆去买糖果，顺便给两岁的德海姆买点儿合适的东西。朱莉娅第一次有这么好的心情——即使是有监护人和两个女佣——像她这种地位的已婚妇女在公众场合至少需要这样的随从伴护，这样子的情形她并不介意，一块黏糊糊的糖果会让伊桑格瑞姆开心起来。下一个哑剧是关于埃特那之子匪徒塞鲁如斯的。除了米西亚和易达山的歹徒提罗柔布斯之外，没有什么人比这个具有传奇色彩的亡命之徒更加吸引她的儿子了。藏在山洞里，大胆的逃跑，聪明的乔装打扮，百夫长的骗子伎俩，甚至痛苦的死亡场面，都深深吸引着他。

舞台上的老妇人在说了一半台词后停下来，她指着座位的后排。

“是我在做梦还是波斯人已经来了？”

有人开始回头，开始一两个人这么做，后来每个人都回头看。先是窃窃私语，然后惊愕地尖叫起来。在西尔皮乌斯山方向的屋顶上可以看见黑色的人影，随着一声尖利的口哨声，第一排弓箭如雨滴般落下，然后是更多的尖叫声。伴随着痛苦的叫喊声，一片混乱。

朱莉娅抱起德海姆，用手抓住伊桑格瑞姆，说道：“快来。”

两个女佣张大了嘴巴，眼睛直愣愣的。

“快来。”朱莉娅又喊道。

女佣继续像傻瓜一样坐在那里不动，愚蠢的女孩儿们。

朱莉娅开始逃离，最近的出口只有几步远。有些观众因为震惊而呆坐在那里，其他人好像被从睡梦中唤醒，开始起身，那些警醒的人已经在座位间乱跑起来，更多的弓箭划过空中。

阶梯上满满地站着惊恐的人群，他们都朝阶梯下跑着。伊桑格瑞姆跌倒了，随着他跌倒，朱莉娅能感觉到他从自己手里滑走。如果现在倒下，他就会被人群踩踏到。不知道从哪儿来的力量，她抓住儿子潮湿的手指，拖着他站起来。

“快跑，孩子。”对孩子安全的担心让她向他大吼起来。

在阶梯尽头他们遇上逃跑人群拥挤在一起的后背，更多的人身体在他们后面撞击着。一会儿大家都撞在一起，压力在逐渐增加。德海姆在她肩膀上安然无恙，但是伊桑格瑞姆麻烦了。她发现自己很难呼吸，所有女主人该有的克制和镇静都不见了。她绷紧腿，背部拱起，用自己闲着的一个胳膊肘往外挤。她尝试着各种办法来挤出些空间，伊桑格瑞姆的双手搂在她的腰部，抬头用大大的惊恐的双眼看着她。

她要说话，来安慰孩子。压力剧增，话被切断，她的脸挤在前面男人的衣服上。

人群在移动，朱莉娅抓住自己的孩子，祈祷着。就像一个瓶子被打开瓶塞之后流出的水，人群挣离束缚跑出门外。朱莉娅感觉到自己凉鞋底下有软软的东西，那是一个女人。浑身是血地躺在门槛上。

有那么一会儿他们随着人群跑，沿着大街，跑离西尔皮乌斯山，逃出萨珊人的魔掌。混乱人群的漩涡挟裹着他们跑到街道远端，朱莉娅抓住伊桑格瑞姆，把他拉到一个门廊下，之后把德海姆放下，她拥抱着两个儿子。在她抓住伊桑格瑞姆的手腕上有一道红肿的伤痕。她吻了吻两个儿子，哭了，但两个孩子没有哭。

越来越多的人尖叫着经过他们身边，朝着河边跑去，朝着岛上的宫殿里的安全之地和现存的军营跑去。朱莉娅必须得思考，不能去宫殿。人群会阻碍桥面，也不能去岛上。家，她必须把孩子们送回家。朱莉娅往外看着，左边有一条小路，大约三十步远。她把德海姆举到肩膀上，紧紧抓住伊桑格瑞姆的手，又出发了。

拐角处非常安静，朱莉娅对埃珀弗奈厄的地形了如指掌，她用自己的本能判断着往左还是往右，她开始过街。过了几条街之后，他们来到一个不同的世界，一切都很安静。市民们在街上闲逛着，商贩们叫卖着自己的货物，驮马们笃定前行。朱莉娅被眼前的正常的生活景象所震撼，她停了下来。在一个柱廊里，她把德海姆放下，让自己呼吸平静下来，尽力去理解眼前发生的事情。

一声尖利的呼喊声，一阵马蹄轰隆的声音，更多的喊叫声，然后是尖叫声。三个萨珊骑兵呼啸着沿着街道疾驰。手里拿着弓箭，他们任意朝着自己喜欢的目标射杀，并大声笑着。

朱莉娅抱紧孩子们，把他们推向柱廊的后面，并紧紧抱在怀中，她用自己的身体挡住他们。马蹄的声音越来越大，她的脸埋进孩子们的头发里，等待着弓箭射进她的背部。

骑兵们疾驰而过，朱莉娅抬起头，波斯人已经走了。几步之外，一个卖面包的商贩跪在地上，身体蜷缩着，腹部中了一箭。朱莉娅没有再多看一眼，她抓起孩子们，继续往前跑。

在进入大理石建造的两个柱子之间，通往屋子的门开着。看门人肯定逃跑了，现在的消息肯定传遍了全城。街道上已经完全不见了人影，朱莉娅把德海姆放下，他们一起走过那个镶有超能力驼背人的马赛克图案的门口，仿佛一个迷信的傻瓜也认为这些能预防邪恶。进到屋里，一片黑暗，通往看门人住处的门也开着，他们沿着走廊前行。

在他们身后，有人从屋子里走出来，朱莉娅转过身，一个萨珊人，他手里拔出的剑湿湿的。德海姆低声哭泣着，萨珊人举起刀想让孩子安静下来。朱莉娅走到孩子前面挡住他的武器，萨珊人改变了目标，想砍倒她。她知道自己必须做什么——就像海伦为了活命在梅内莱厄斯面前所做的事情。

她用颤抖的手撕开自己的衣服，把自己的外套扯开，衣服掉在地上，让自己的乳房抖出来。这个男人笑了，一只手压住她的喉咙，他把她重重地按在墙上。

“快跑，带上你的弟弟，藏起来。”朱莉娅轻轻地跟伊桑格瑞姆说，他们已经消失在萨珊人身后。

这个男人放开她的脖子，他把剑放回剑鞘，用两只手抓住她的乳房，粗鲁地玩弄着，用自己的语言嘟囔着什么。他一只手还在玩弄着乳头，另一只手摸索着腰带，褪下了自己的裤子。

朱莉娅伸出手让自己头发散下来，让长长的发夹松开来，男人还在她的乳房上舔吸着。他浑身发臭，没有洗浴的男性散发着兽性和野性的臭气。他的手把她的衣服拉过大腿之上。突然，他往后猛退着，尖叫起来。

伊桑格瑞姆的小刀嵌入了这个男人的左腿。萨珊人的身体折叠了起来，他抓住剑柄。当他把刀子拔出来后，他又开始尖叫，朱莉娅把发夹插入了他喉咙的一侧。

这个萨珊人双膝跪地，面前一摊血水。他的手指抓住发夹末端。朱莉娅沿着墙壁从他身边溜走。她伸出手，伊桑格瑞姆带着弟弟走向她。

水池周围回荡着凄厉的叫声，在屋子的后面，房间里很多贵重物品被摔碎在地上。左边，一些萨珊人已经聚集在栏杆后面，他们有说有笑但是很专注于正在做的事情——饮酒。在他们中间有一个女仆——她正在遭受着她的女主人刚刚逃离的痛苦现实。

朱莉娅带着孩子们溜进一扇右边的门里，这扇门通向仆人们的住处，那里没有什么可抢掠的。除了可以强奸女性，萨珊人没有理由出现在那里。天上地下的神灵们，所有的神灵们，请你们保佑，千万别让他们在那里。由于朱莉娅勤于管理家庭，她知道很多小单间和迷宫似的走廊之间的蜿蜒曲折的线路。她带着孩子们轻快地穿过黑暗角落和墙壁黑影，来到屋子右边的马厩。

马具房门紧锁着，朱莉娅努力从腰带间找到钥匙。关上房门后，再将门锁上，插上门栓。在萨珊人决意进攻的情况下这个房子也不能坚持多久，虽然这个地方是为了预防抢掠的，但是至少有个地方可以躲避。

朱莉娅告诉孩子们待在原地不动，她抓起一个马鞍和马袋，走入马厩。感谢神灵，平时她经常跟丈夫一起打猎。她的朋友里很少有人能骑马，更不用说给马备鞍。她选了一匹她最喜欢的海湾骗马。这种马很安静，不易激动。她仍然喘着粗气，但是手部的机械性动作让她平静了许多。她意识到自己衣服是撕裂开来的，乳房仍然半露。她开始整理衣服让自己看上去体面些，然后又停下来，对自己感到厌烦。

马匹备好，肚袋检查了几遍，她回到马具房。伊桑格瑞姆抓着德海姆的手，温和地跟他说着话，小男孩儿又哭了。现在没时间了，等以后再安慰他。

有很多东西可以选择，巴利斯塔一直对打猎保持着浓厚的兴趣。朱莉娅脱掉了自己的衣服，穿上了男人的裤子和上衣。衣服尺寸都太大，但是她用自己的腰带把这些都整理好。在她系紧腰带的时候，身上的钥匙和钱包发出响声。最后，她穿上靴子里能找到的最小的一双。都准备好了。在她把孩子安排上马的时候，她的眼睛落在一些整齐排列的打猎用具上，它们都擦拭得很亮，在墙上发出柔和的光。她放弃了带上打野猪用的长矛或弓箭和箭袋的想法，而是把一个剑带斜跨到肩膀上。然后，思考了一会儿之后，她把一个剑带递给伊桑格瑞姆，小匕首没有什么内在价值，但是这一直是大儿子最喜欢珍藏的玩具之一，去年他爸爸从以弗所回来后给他的礼物。尊敬的神灵们，即使像巴利斯塔在他的野蛮国度里，他也是直到十五岁才不得不去杀人。

朱莉娅帮助伊桑格瑞姆上马，然后把德海姆放到他前面。她拉开外门的门闩，外面的街道上空无一人。她听到外面遥远的喧嚣声音，但不清楚是从哪个方向传来的，她骑上马鞍。

去哪里呢？到城外去，但是去什么地方呢？去达弗涅？在战乱时代，沙普尔因为神灵的暗示饶过了这个郊区区域，这次不知道类似的迷信说法会不会阻止他的步伐，所以可能不会去达弗涅，也许去其他地方，但是首先得出城。

朱莉娅向着东南方向的后门骑行，当他们穿过富有的罗迪恩地区，街道变得越来越宽而且越来越陡峭，房子也变得更加气势雄伟。太阳在慢慢下落，她不知道离开剧院后已经过去多长时间了。

宽阔的街道非常奇怪，空无一人，深宅大院都紧锁门窗。她不时地注意到一些个人或者三三两两的人群，一看到马背上的人就掩面疾走。

朱莉娅转过一个拐角——那里站着更多的波斯人和六七个武士。他们正在一所房产的大门处检查自己掠夺的战利品，他们的马就拴在附近。

朱莉娅正紧张着，波斯人没有做什么事情，之后三个波斯人走到大街上。朱莉娅用脚踢了下骟马的肚子侧翼，马匹一跃而起，往前蹿去。其中的一个东方人往前冲着走向马笼头。她策马而行，波斯人没有抓牢，马匹的肩膀把他打得转了个圈。

朱莉娅往后看着，所有的波斯人都在匆忙上马。她用一只手抓住孩子们，驾驭马匹转过另一个拐角。

她起步的时候很慢，但是马匹身上重负三个人的重量。不久，追赶的声音在身后越来越大。她逼着自己思考，在往南两个街区就是她的朋友索皮希雅的住房。后面有个小胡同，入口处长满树木杂草。她继续疾行。

当她到达胡同口的时候追赶者很近但还没出现在视野中，她低下头，逼着马匹通过垂下的树枝。

从街道上传来马蹄的嗒嗒声，三四个骑兵疾驰而过。她让孩子们保持安静，等待着。声音逐渐变小，她调转马头，外面有更多的噪音。另外两个波斯骑兵策马呼啸而过，她又等待了一段时间，心脏猛跳着，抓缰绳的手变得湿滑。没有声音，什么都没有。她敦促马匹来到外面宽阔空旷的街道上。

人影在地上越来越长，她现在已经接近城门了，最后一个拐角，马上就到了。在门前有三个波斯骑兵。

武士们非常自信地策马走向她，东方人大笑着。

朱莉娅的手摸向腰带——钥匙、钱包以及从肩膀上垂下来的剑带。她和她的孩子绝对不能被萨珊人活捉。

第十一章

巴利斯塔走向西北端塔楼的城垛，要塞守卫着塞浦路斯岛上的基伦尼雅港口，正是在此地他指挥着舰队和军队。风吹得很强劲儿，狂风大作，旗帜啪啪作响，武器上的金属配件敲击着木头。他已经召唤了自己的随从到这里汇合，来吹吹风。在地下要塞内部，热得令人窒息。

马克西姆斯和卡尔加库斯一边咒骂着，一边布置好桌子。他没有意识到这个东西他妈的有多重吗？他没意识到走他妈的楼梯是多么困难吗？德米特里厄斯摊开并压住地图。

巴利斯塔身体斜靠着城墙垛口，四周环顾着。西面，一层薄雾正在山上形成。八月份，雾水不大可能预示着要下雨。背面的地平线上有一条黑线，看上去像陆地，但不是。陆地离塞浦路斯岛北面有六七十英里远，但是在黑色的云层后面或者下面就是波斯人，任意四处走动，没有受到任何抵抗，掠夺毁坏着西利西亚的海岸。转过身，巴利斯塔看到一艘明亮的小浆帆船从东面驶来。船迎风而行，行驶得不慢，颜色靓丽的浆帆船在匆忙地赶路。这不是巴利斯塔的船只——他所有的船只都喷了不显眼的蓝灰色油漆。大多数都挤在狭小、半月形的港湾里，这里是要塞的背风处。

拉格尼乌斯·克拉鲁斯清了清嗓子，宣布所有从属军官已经到齐。

塔楼的顶部作战区域非常宽阔，虽然它并不是设计用来召开超过四十人以上的罗马军官会议的。

巴利斯塔感谢军团军官们的到场，迎风提高了自己的声音，开始讲述战争进程。

“同胞们，我确信你们都知道，萨珊人已经兵分两路。小股兵力，大约三千人已经在我们离开大陆之前占领宰非里昂了，现在已经逼近西部。那些仅仅只是象征性抵抗的地方他们已经顺利绕过，但是即使如此，他们已经攻陷了。”——他指着铺在桌子上的地图上标示的环绕航行路线，上面显示了西利西亚－特拉切亚的海岸地形——“塞巴斯特、考瑞克斯、卡莱恩德里斯和阿耐姆瑞厄姆。最后一份汇报说，他们已经来到塞里那斯城墙前面了。”

军官中间有吃惊的窃窃私语声，塞里那斯处于很远的西部。

“萨珊人的主要兵力，估计大约一万两千人由诸王之王沙普尔本人率领，已经骑行回到东部，进入西利西亚－皮底亚斯。他们已经攻陷了奥古斯特坡里斯、阿那扎波斯、卡斯塔巴拉、尼禄尼亚斯。”巴利斯塔展开桌子上的地图，又指出西利西亚－皮底亚斯行军图上的地名。“最近的汇报说他们出现在弗拉维亚斯。”

随着军事败退的规模越来越大，窃窃私语的声音变得更大了。“史无前例的灾难”“被屠杀的市民”“对帝国的侮辱”“必须采取措施”“必须挫去野蛮人头领沙普尔的锐气”“趁着夜色离岸的微风启航”“教教那些东方的丑陋生物们怎样作战”。

巴利斯塔让他们继续发泄，头往别的地方看去。那艘颜色靓丽的小战舰指挥官看上在执行十万火急的任务，他左手边的船桨看上去几乎刮擦着、庇护着东部港口的腹地。

“大人。”这个引人注意的声音属于马库斯·奥里利乌斯·鲁提鲁斯。他是色雷斯雇佣军一个营队的长官，一个大块头儿的人，方方正正的头和一个明显断过的鼻子。他的红色头发成了他的标志，显示他可能是凯尔特人或者日耳曼人的后裔。

巴利斯塔批准鲁提鲁斯跟与会成员讲话。

“大人，同僚们，消息不是很乐观，但是鉴于我们的策略，这些都在意料之中。波斯人仍然陷于西利西亚不能更进一步，特雷贝利阿努斯仍然阻挡着克拉克斯恩往西去的沿海道路。狄摩西尼仍然把手通过陶鲁斯山脉进入北方的西利西亚城关，而且帝国军队仍然占领着通过阿玛纳斯山脉去往东部的阿玛尼凯城关和叙利亚城关。”

鲁提鲁斯有某种特质让巴利斯塔想起他的老朋友马穆拉，也许是他脑袋的形状，但也许是更多的东西——同样的智力和不寻常的自控能力，尤其是对他这种行武出身的人来说。那个可怜的杂种，马穆拉。巴利斯塔在阿瑞忒城战场上把他抛弃在一个围城的壕沟里死去了。要么这样，要么让波斯人一拥而入，占领城镇并且屠城，但是巴利斯塔不愿去考虑曾经下过的命令：把入口拆掉，填平壕沟，活埋了他的朋友—— 但愿他能在地下安息。

“现在波斯人又分散了他们的兵力，正如马库斯·克洛迪乌斯·巴利斯塔说过的那样。”

聪明的狗杂种，巴利斯塔想道，他比马穆拉反应得更快。仔细观察总是有好结果的。有没有可能鲁提鲁斯是密探，那些监视皇帝属下大臣的人往往是出身卑微的人，但你也不能总这么确信。

拉格尼乌斯·克拉鲁斯只简单地点了下头来获取巴利斯塔的批准发言，不厌其烦地重复着鲁提鲁斯的话，中间夹杂着颂扬“我们敬爱的、高贵的年轻皇帝们”的智慧，因为他们谋划出这么成功的策略。

在巴利斯塔所在之处的下方，有个小战舰掠过西部防波堤的岩石，撞向码头后停下来。一个人跳下船，忙乱地向岸上跑来。

“确实如此，”巴利斯塔打断克拉鲁斯，后者正要进入长篇大论，讨论奎伊图斯和马克利亚努斯二世的远见卓识。“在如此年轻的皇帝身上有这么出乎意料的神算——我不能说得比你更好了，特使。”

虽然有一两个军官笑了，克拉鲁斯逼着自己挤出一丝笑容。

“鲁提鲁斯和克拉鲁斯都是正确的。”巴利斯塔继续说，“在塞里那斯的萨珊人处于不利位置，克拉克斯恩的特雷贝利阿努斯阻止着他们西进。对骑兵来说想进入陶鲁斯往北进军是不容易的。我们会在位于他们东部的莎拉多罗斯登陆，如果机缘巧合，他们会被围攻。他们只有大约三千兵力，沙普尔和他的士兵们还很遥远，我们有四千五百步兵，狭窄的沿海大陆应该对我们有利。”

在与会军官们中间后面的人一阵骚动，有个军官挤到前面。脸色通红，上气不接下气。这是那个从小战舰上下来的人，通讯官没有带来什么好消息。

“大人，安条克主城已经沦陷。”

在大家一片惊恐的叫声中，巴利斯塔沉默着，他胸中略过一阵可怕的空洞感。

“我的儿子们和我的妻子下落如何？”巴利斯塔平静地问道。

军官眼睛往下看。“他们都不见了。”

“不见了？”

“自从城市沦陷之后，就再也没看到他们。萨珊人杀了很多人，他们不留活口，很多尸体被烧，不见了。”

马克西姆斯注视着巴利斯塔，他已经四天没合眼了。他一直观察着巴利斯塔，夜里慌乱地准备启航时他的沉默，在穿洋过海去塞琉西亚花了两天的航程里独自坐在船舷边上，在冒烟的港口下船，继续往前到安条克，穿越街道去屋子里，跨过房子门槛看到水池中马赛克砖上干燥的血迹，在这旁边是他大儿子丢弃的小匕首。

四天里巴利斯塔几乎不吃不喝、不洗浴、不剃面或者睡觉、四天里巴利斯塔几乎没有说话。

现在马克西姆斯鼻孔里充满了燃烧和腐烂的臭味，他注视着自己的朋友斜靠在被抢掠的屋子门边的栏杆上，等待消息——任何消息。

巴利斯塔由于悲伤而深居简出，他几乎完全放弃了军事指挥权。元老院特使拉格尼乌斯·克拉鲁斯毫无能力。有些低级军官，卡斯特里西乌斯和鲁提鲁斯就显得很重要，他们担起了责任。军队加固了城墙防御，派出巡逻兵。专门工作队在跟尸体打交道，精心挑选的人马去在人群中搜寻巴利斯塔的妻儿们。卡尔加库斯和德米特里厄斯在城市里找寻目击者。

波斯人已经攻陷了安条克，他们开始进攻这个伟大城市的塞琉西亚港口，然后他们离开城市，继续往北骑行，可能是为了回到来时的路，找到比较隐蔽，防御不佳的阿玛尼凯城关南面的关口作为突破口。可能会从背后袭击驻扎在叙利亚关口的小股兵力，马克利亚努斯二世已经逃离宫廷，被一队皇家骑兵卫队匆忙转移到安全的地方。他被带往自己父亲和兄弟的军队所在地，现在正从埃美萨往北赶路。巴利斯塔对这些不知道也不关心，马克西姆斯也不在乎。

外面一阵马蹄声，卡尔加库斯和德米特里厄斯回来了。在他们中间有个步行的人，年纪已经很大了，而且蓬头垢面。

“监护人，他曾经在剧院跟你家人在一起。”卡尔加库斯把他往前推了一步。

老人开始说话了。“主人让我去买糖果给孩子们吃，那些东方的丑陋生物不知道就从哪里冒出来了。一片混乱之后，我再也没有找到他们。”

巴利斯塔看了他一会儿，似乎不理解他说的话，然后他在腰带钱包里摸索了一会儿，拿出一枚硬币，递给他。

老人接过硬币。

“放到嘴里。”巴利斯塔语调平淡地说。

监护人没有动。

“把硬币放进嘴里，”巴利斯塔说，“给渡船人的船费。”

巴利斯塔举起小匕首。

老人跪倒在地，他抓住巴利斯塔的大腿，哀求着。

“太晚了。”巴利斯塔瞄准了想要刺中的地方。

马克西姆斯抓住巴利斯塔的胳膊，电光火石之间，希伯尼安人的胳膊被挡开，他朋友的刀尖已经顶到了马克西姆斯的脖子上。

“冷静，巴利斯塔，是我。杀死那个老人没什么用处。”

匕首掉在了地上，巴利斯塔瘫坐在地上，两只手抓着烟灰和脏土，他把这些扔到头上，弄脏自己的脸，黑色的烟灰也溅在了他的衣服上。

马克西姆斯把老人推出去，离开了大家的视线。

巴利斯塔由于失去家人的痛苦，身体在泥土里抽搐着。“一个杀死父亲的人被缝在口袋里……一只狗、一条蛇、一只猴子和一只公鸡跟他做伴……所有这些都沉入水中被淹死。一个因为做假证而害死自己儿子们的人应该受到什么惩罚呢？”

“大人，”马克西姆斯说，“这不像是你在说话。”

“应该怎么惩罚他？比这更糟糕的惩罚？没有什么特别的死法？仅仅是老式罗马死刑——绑在刑柱上打死？”

然后，马克西姆斯在巴利斯塔絮絮叨叨的时候提高了自己的音量。“马库斯·克洛迪乌斯·巴利斯塔，停下！这不是你，这简直他妈的恶心。”

巴利斯塔看上去很吃惊，他盯着天空。“温和的风，和善的西风之神载福——很恶心。没有什么风雨雷火，不得体。天应该塌下来，浸透我们的神庙，淹死我们的祭司们、淹死加洛神、淹死每只公鸡。”他发出类似笑声的声音。“淹死每一只猴子、每一条蛇和每一只狗。淹死每个男人、女人和孩子，然后再来第二场大洪水。没有来接应普罗米修斯之子丢卡利翁和其他正人君子的船只。淹死每个神灵，把他们都砍死。大预言——神灵和人类的灭亡。太阳被神兽狼吞噬，星星从天空中消失。”

马克西姆斯弯腰去捡起地上的小匕首。

“放在那里！”巴利斯塔一把拿起小匕首。

“基利耶，”德米特里厄斯平静地说，“这不是你的错。”

巴利斯塔四肢着地，就像动物一样爬过门槛。他蹲在那个画着畸形侏儒的浸透血迹的马赛克瓦片面前，手里的匕首左右比画着。

马克西姆斯逼着自己走向他，卡尔加库斯的手把他拉回来。

巴利斯塔的声音来自遥远的地方。“在阿瑞忒城战场的时候，伊阿海告诉过我他的噩梦。在黑色的杨树下他穿过了冥河，在海洋边上的塔耳塔洛斯的田野里等待他的是‘和蔼的人们’，在他身后是他杀过的每一个人，永久的报应。”

他深呼吸了一口气，从希腊语转为自己的本族语。“现在我能够穿越冰冷的格周奥河，通过地狱之门，来到纳斯特隆德来到尸体成堆的岸边。不同的目的地，相同的命运。死人的脸孔，都朝向我。那么多——刚死去的，已经发绿腐烂的，还有身上骨头多于肉的，那些我能记住的——马克西米努斯·色雷克斯、马穆拉——还有我已经忘记的人，以及最前面的杀我亲爱的儿子们的”。

突然他又开始用希腊语说面目全非的诗句。“那些女人用空洞的眼睛看着我，像蛇一样卷曲的头发，长着狗脸和戈耳工臭女人的眼睛，这些死人的女神，恐怖女神——放过我的孩子们吧。"

"这样子会疯掉的，"马克西姆斯说道，"别这样子了。不要这么做了。"

"不会很长时间的。"巴利斯塔揪紧自己的衣服，用刀一下割开。他用左手引导着刀尖，正好指到肋下要害处。

当卡尔加库斯穿过去冲到他面前的时候，马克西姆斯正在算计着距离。老迈的喀里多尼亚人跪在巴利斯塔身边，他拔出自己的剑。

"这是我的职责。"

巴利斯塔从膝盖往上无聊地看着他。

"我的职责，"卡尔加库斯重复着说。他用剑刃敲打着马赛克砖。"你记得，在你父亲的大营里，在百夫长进来带你走的时候，你父亲嘱咐我们的事情之一。我最后的义务是对你的，然后才是对我自己的。"

巴利斯塔放下刀。没有人感到放松。

"动手吧，"巴利斯塔说。

卡尔加库斯继续用剑上的金属部分敲击着小小的彩色石砖。

"你身边的一切都被夺走了。"卡尔加库斯平静地说，"但在你走之前，你欠他们一样东西。"

巴利斯塔没有反应。

"复仇。你是一个天生的杀手，在成长中训练有素的杀手，现在你要用这种杀手的本能去复仇。"

巴利斯塔依然没有反应。

"你长着一双杀人的手，死神的礼物。休整好，好好用餐，镇静下来——给他们复仇。"

巴利斯塔没有动。然后，甚至马克西姆斯还没有反应过来，他又开始敲击。一下、两下、三下。

彩色玻璃被震碎了，玻璃上的彩绘侏儒眼睛没了，生殖器官也断裂了。

卡尔加库斯慢慢地点了点头。

巴利斯塔又用希腊语的诗歌讲话，这次用了不同的调子，没有改变原文：

木已成舟，
尽管我痛苦万分，我仍然会
用力压抑内心与日俱增的愤怒。
现在我要去直面那个杀手，
那个摧毁了我所熟知最可敬的生命的赫克托耳。
至于我自己的死亡，我会自如地面对。无论宙斯
和其他不朽神灵什么时候想带走我都可以。

卡尔加库斯和巴利斯塔站在三层桨帆船船舷旁边，海水很平静。雄伟的战舰船桨排列整齐停靠着。太阳还没有蒸发掉早晨的薄雾，在他们周围，其他的战舰在雾中显得灰蒙蒙的。北边雾气后面，就是索里港。

从他们离开安条克算起有十三天了，从他们离开塞琉西亚启航算起有十一天了，他们又在伊苏斯海湾和沿着西利西亚大峡谷追踪敌人。偷袭安条克的萨珊人已经穿过了叙利亚城关，从后面击溃了当地的小规模驻军。横穿阿玛纳斯山脉后他们与大军重新会合，一起抢掠了柔索斯城，然后他们继续骑行穿过西利西亚千疮百孔的平原来到海滨城市索里。早晨他们攻击了城市围墙，罗马人很熟悉他们的计策。卡尔加库斯对巴利斯塔折磨萨珊人掉队者的机智非常恐惧，震惊于他眼神的冷酷无情——或者这是一种处于控制下的兴奋？他就是用这种机智最终消灭了他们。

卡尔加库斯暗暗瞥了一眼巴利斯塔，这个年轻人还没恢复过来。巴

利斯塔站在那里一动不动，盯着远处的迷雾。他让一个军械师为他重新做了一个头盔。宽阔的面罩前端盖住了他脸庞的多半部分，每一侧有一个卷曲的金属羊角。卡尔加库斯还没有觉得自己可以问他为什么这么做。没有人这么觉得可以问他这些。甚至连狂妄的希伯尼安人马克西姆斯都没这么觉得。

卡尔加库斯非常担忧——比担忧尤甚，他有种莫名的糟糕预感，一种愧疚感，劝说巴利斯塔放弃自杀。卡尔加库斯并没有完全说实话，巴利斯塔从来就不是什么天生的杀手。有些人是，马克西姆斯就是其中一个。也许卡尔加库斯自己也算一个，但是巴利斯塔不是。他一直是个温和的孩子，很敏感。如果任其发展，他可能会成为农民，快乐地照顾羊群，或者游吟诗人。他嘴里总是念叨着诗歌，对于伊桑格瑞姆的儿子来说，从来就没有这种期望，父亲是盎格鲁的战争首领，巴利斯塔从小被凶残的阿累夷人的舅舅训练，然后被拖到宫廷里服侍皇室。巴利斯塔被塑造成一个杀手但是直到现在，他也没有完全适应杀人这个差事。卡尔加库斯从来没有看到过巴利斯塔冷血地杀人或折磨别人——或者说乐于做这些事情。卡尔加库斯很担忧——为了让这孩子活下去，他已经把他在邪恶道路上往前继续推进。

“就在那里！”马克西姆斯指着说。在逐渐散去的薄雾中，一艘战舰向他们疾驰而来。在船舷边上一个水兵头上顶着一个红色的外罩。

巴利斯塔从疯狂混沌中苏醒过来，他大喊道：“全速前进。”

划桨指挥喊着号子：“一、二、三！用力划。”几乎一个步调，所有的桨都拍打着水面。三层桨帆船就像一个苏醒的动物一样颤抖着往前行驶。四周，其他的战舰也在移动着。

在围起来的船舵旁边，巴利斯塔温和地说着。站在他一侧的卡尔加库斯费力地提起耳朵仔细听清他说的话。“管它发生什么事情，或者有什么好处呢？没有祖国，没有家，没有避难之地。”又是更多的希腊诗歌。这孩子着魔了。

然而不管着魔与否，巴利斯塔能够制订出精细的计划。波斯人有两个主要优势：他们兵力多，他们有马匹。如果幸运的话，巴利斯塔的计划可以让他们的优势化为乌有。当罗马人登陆的时候，大多数的波斯兵力将被用于攻打索里城墙。在鲁提鲁斯的带领下，那十艘小战舰，每艘只有十五名士兵，将冲击大营。由于懒散傲慢，东方人甚至忽略了建一道铁栅栏或是用专人放哨。如果他们想要抢掠，包括抢掠西利西亚的大量美酒，波斯人就得放弃他们机动能力的优势，进行肉搏战。神灵保佑，他们当中很多人可能会把马匹留在营地上。巴利斯塔带领的人将在大营外面形成第一道战场阵线，他在每艘三层桨帆船甲板上又塞进五十名士兵。这五百名士兵，只有一种兵种，将不得不坚持到底，直到卡斯特里西乌斯能把运输舰上的四千左右的增援部队带来支援他们，甚至现在庞大的运输舰还在后面颠簸，划桨的人奋力推进船只靠近岸边。

薄雾在快速散去，在最后的几缕雾气中，可以看到岸边。左边是索里城墙——被大量的小小黑影围绕。右边是巨大的蔓延开来的帐篷，亭子和马匹阵形，这一切构成波斯人的营地。在远处是高耸入云白雪皑皑的陶鲁斯山脉，这是一个明媚的夏日早晨。

城市四周响起波斯人的号角，穿过水面的围墙里传来尖厉的警报声。波斯人从攻打城墙中解放出来，对付新的威胁还是要花些时间的。

随着巨大的颠簸，几乎把船上的人掀翻在地，三层桨帆船在倾斜的沙滩上着陆，下船的梯子顺水而下。

一刹那间，巴利斯塔已经从第一个梯子上下了船，卡尔加库斯紧随其后。

当卡尔加库斯跳下来的时候，脚下失去平衡。他的手先着地，膝盖还在浅水里。后面一个人的靴子踢到了他，他站起来吐着口水，从眼睛里逼出咸水。巴利斯塔已经离开，他猛力往前冲着。卡尔加库斯慌乱地爬起来，紧跟着他跑着。

他手里拿着盾牌，全副武装地在沙子里跑动很困难，卡尔加库斯腿部肌肉已经开始抗议，他的胸部感觉像在燃烧。他年龄太大了已经不适合这种征战，他继续奋力地跑着。

不久后，他感觉脚下的地面更硬了，卡尔加库斯忘记了疼痛，忘掉了其他一切，只记住要往前冲。

巴利斯塔已经停下来了，卡尔加库斯停下脚步——身体弯曲、干呕着，而且很痛苦。巴利斯塔四处看着，手臂挥舞着让士兵们各就各位。马克西姆斯已经在他身体右侧站好，最后一个人也站入队形。德米特里厄斯，作为一个士兵穿得竟然像喜剧里的人物一般，在巴利斯塔左边。卡尔加库斯把德米特里厄斯拉到主人后面，站好位置。队形中的每个人都必须站定位置。让年轻的希腊人被杀死或拖累所有人是没有意义的。新旗手，格拉迪乌斯，站在卡尔加库斯的左边。

卡尔加库斯往海面看去。运输舰还有一段距离才能靠岸。队伍沿着波浪的形状排开，仅仅五百人的第四西徐亚军团士兵们将不得不面对波斯大军的震怒，而且还要独自面对一段时间。

“他们来了。”

第一批波斯人围上来，是密密麻麻的骑在马上的弓弩手，在尘土中他们林立着，卡尔加库斯能看到武装骑兵阵形正在形成，神灵们没有帮助他们：所有眼前的东方人都骑在马背上。

大约五十步以外，领头的波斯人转动着马匹，松弛着自己的弓弦。

军团士兵们下巴缩进胸部，蹲伏在大盾牌后面，弓箭飞舞着砸进皮具和木头，呼啸着擦身而过。

“忽略这些——这不算什么。”巴利斯塔咆哮道。

“女孩子的纺锤线而已，”一个军团士兵喊道，“来这里呀，亲爱的，我会好好‘对待’你的。”

士兵们大笑，卡尔加库斯酸楚地咧嘴而笑，巴利斯塔曾经说过的话在他脑海边缘飘荡着。这难道就是男子汉的意义，在压力下才能展示出真正男子汉的优雅？

卡尔加库斯往后靠着，看着海岸。运输舰快到岸边了，他从盾牌边缘眯缝着眼睛观察着敌人。弓弩手们在向后撤，萨珊王朝的骑士，恐怖的波斯重型骑兵准备好了，巴利斯塔的微薄兵力无论如何一定得顶住一轮的冲击。

鼓声震天，重型骑兵往前行走。黑色的人墙，深不可测。

赫拉克勒斯的长满毛的屁眼儿，这肯定不会很愉快。

当波斯人的个人武装——锁子甲、匾牌、华丽的上衣、铁面罩——都能分辨清晰的时候，大约在五百步远的距离，他们动作慢下来，小跑前进。他们头上的旗帜——淡紫色、红色和黄色——在阳光中鲜艳无比。

重型骑兵队伍里传来号声，他们开始快跑，现在旗帜左右飞扬。马匹看上去在人和金属的重量之下前后摇摆，但是看够了。他大吼道：“眼睛往前看，站定阵形。”

非常可恶地快，波斯人冲上来了。噪音就像浪花冲击着鹅卵石沙滩一般，越来越大。

“为你的战友们站定阵形，摆好队伍。”军团士兵们向着自己和彼此同伴呼喊着鼓励的话。很多士兵在向他们最喜欢的神灵们祈祷，“让我在战场上活下去，伟大的神灵，我会给你……”

卡尔加库斯拔出剑，剑举起来越过盾牌。他脚后跟深深扎入土里，整个战场的空气都感觉在震动。

卡尔加库斯旁边格拉迪乌斯在颤抖，他从眼角边瞥见格拉迪乌斯腿上的尿在流淌。这种事情会发生，而且不仅仅发生在胆小者的身上，他至少还没临阵脱逃。

萨珊人冲上前来，钢铁洪流，毫无人性，整个世界都知道他们的到来，邪恶的长毛尖刃闪烁着。

一百步、七十步、五十步——敬爱的神灵们，快让这一切结束吧——三十步——他们会像筛糠一样把我们冲散，卡尔加库斯咬紧牙关。

大约到了一个小男孩儿扔石子的距离，第一批马匹拒绝冲向坚固的盾牌墙，脚扒住地，摇摆着、互相冲撞着。骑兵们奋力挣扎想待在马鞍上，于是往上提拉着马脖子。有些骑兵失去对马匹的控制，就翻下马，滚到了地上，消失在马蹄之下。

离罗马阵形还有十步，静止的马群出现了混乱。它们兜圈子，后退着，头乱扬着，跺着脚，彼此互相冲撞着。

“冲锋！”巴利斯塔往前冲着。他在喊着什么，听上去像“那苏，那苏”。

巴利斯塔的长剑呈弧形砍向一匹马的后腿，肉腱受损，马匹向后倒塌，把骑兵掀翻在地。巴利斯塔往前快走两步，几乎是非常容易地结果了他。北方人的刀刃又挥舞起来，这次切掉了一匹马的口鼻，鲜血四溅。马匹由于疼痛而发疯，往前跳跃着。它撞向另外一匹马，两匹马四肢交织地倒在地上。

一个萨珊人向巴利斯塔刺来，巴利斯塔让到一边，用利刃的尖头刺穿马匹的装甲，深深刺入马匹的胸部。它站着挺了一会儿，鼻孔里蹿出红色的鲜血，胸部一上一下动着，几乎要窒息。它也倒下了，骑兵跌倒在卡尔加库斯面前。在卡尔加库斯剑刃所到之处，人头落地，头盔崩裂。

巴利斯塔消失在敌人的人群中，卡尔加库斯和马克西姆斯都赶不上他。该死的傻子，卡尔加库斯想道，永远不要冲进慌乱的马群里面，你会被践踏、被踢翻、被压碎、被碾平。

卡尔加库斯看到巴利斯塔隐藏在一匹马的身下，当他从另一边出来的时候，马匹身下切开的肚子里流淌出粉灰色的肠子。马匹试图跑开，但是被自己的肠子滑到，倒在地上。

肯定有神灵之手护佑着巴利斯塔，卡尔加库斯看着他就像一个舞蹈者一样优雅地移动着，在振聋发聩的混乱中毫发无伤。刀剑飞舞，就像一条蛇那么灵活。人马尖叫，鲜血四溅。

卡尔加库斯的盾牌遭到一记重击，他躲避着，往前推进。在地狱般的嘈杂声中，他能听到巴利斯塔大喊着:“那苏，那苏！”

“那苏，那苏！”——奇怪的是，听上去好像波斯人也在喊起巴利斯塔的口号。“那苏，那苏！”——他们奋力想挣脱眼前的这个高大，头上戴着头盔，两侧还有羊角的人。

在这一切混乱的后面，有人在使劲儿往前驱赶着那些后退的东方人，此时，走过来一匹漂亮的马，一位身着白紫色相间的装束，头戴亮丽金色的王冠的人——诸王之王。他做着手势。嘴巴张开着，大声喊叫着，但是他的话消失在嘈杂的战场上。卡尔加库斯可以看到在沙普尔附近，被俘的罗马皇帝瓦勒良年迈的身影。

巴利斯塔站在那里，双手垂下，在战场风暴之中像一个静止的中心点，现在他认出了沙普尔。他扔开盾牌，往前奔跑着，号叫着。

沙普尔看到了巴利斯塔往前冲来。诸王之王拔出剑，策马前行。

一个块头巨大的萨珊武士将自己的身体挡在皇帝面前，他朝巴利斯塔挥舞着武器。北方人躲避着，剑刃擦着他的头盔飞了过去。

沙普尔的贵族大臣们围绕着君主，他们抓住他的缰绳，调转马头。马兹达之神咆哮下令，但是这一次他们没有服从，贵族们围紧了圈子，他们身着漂亮的丝绸围绕着皇帝。

尽管卡尔加库斯尝试过了，还是不能接近巴利斯塔。马匹、士兵，敌我错杂，挡住去路。马克西姆斯也陷入混乱的人群之中。

巴利斯塔的剑飞舞着——急切地想越过大块头的武士，杀向沙普尔。在狂怒中，巴利斯塔砍向这个波斯人马匹的脖子后部，剑刃边缘切入盔甲，切断了韧带。随着马匹倒下，武士跳下马，落在了地上。

萨珊家族的伟大战争旗帜在往后退，沙普尔被强行带到安全之地，瓦勒良被拖着跟在后面。

大块头的武士挥刀砍向巴利斯塔的左大腿，北方人用刀刃挡开来剑，就像一个舞者单脚持剑旋转着，他自己的剑刺向敌人左肩。武士踉踉跄跄，扔掉了剑，他右手很自然地捂住伤口，痛苦地摇动着身体，他没有倒下。

巴利斯塔用武器砍向敌人的另一只肩膀，金属盔甲被砍散，脱落。武士慢慢双膝跪地，在一阵重击后，巴利斯塔结束了他的性命。

“那苏，那苏！”巴利斯塔朝着飘动着的卡维之旗，萨珊王朝的战旗，还有正在后撤的波斯国王大喊着。他们已经走太远了，就像一个动物野蛮对待自己的猎物，巴利斯塔不断地砍着脚下敌人的尸体。

卡尔加库斯赶上了他，巴利斯塔继续着自己惨无人道的毁尸行为。波斯人的头几乎被砍烂，他的红色头发四散在泥土里。

“停下，孩子。”卡尔加库斯说。

巴利斯塔继续砍剁着，分解着尸体。

“别管他了，结束了。”

巴利斯塔停下来，他低头看着死去的波斯人。

“狮王加斯哈斯普。”巴利斯塔说道，把自己的剑刃刺入敌人的胸膛，他把剑就放在那里，剑身颤动着。

在巴利斯塔盔甲的每个缝隙里都留出鲜血，并成块地凝结在锁子甲上衣的缝隙连接处。鲜血从被打凹陷的头盔上滴下，流过他胡子拉碴的脸庞。

卡尔加库斯无法理解巴利斯塔现在的状态。

“那苏，那苏！”巴利斯塔朝着天空尖叫着。

卡尔加库斯想起来了，那苏是波斯死神。

第十二章

“还有这个，”鲁提鲁斯对巴利斯塔说，“这是诸王之王的亭台。”

“基利耶，”德米特里厄斯打断道，“拉格尼乌斯·克拉鲁斯想见你。他说非常紧急——为了共和体制的利益，自从波斯人逃跑后他已经等了几个小时了。”

巴利斯塔没有回头。“让他等着。”

没有人非常确信为什么波斯人会逃跑，虽然他们的阵形已经混乱，但每个人都期待他们会冲出自己的视野，重整队形，发起冲锋。百夫长和低级军官们把嗓子都喊哑了，让军团士兵们回到旗帜周围，让援军进入阵地位置。当阵形重新摆好——这次横纵都有八人，前面有死伤马匹作为舒服的屏障——他们吃惊地发现波斯人已经一骑绝尘，离开阵地很远了。剩下的波斯人都是已经死去的或者伤势太重没法转移到安全地方的，后者也很快就死去了。

恐慌在军队里可以刹那间散布开来，当然有部分功劳也要归功于从城里发起的针对波斯人后翼的突袭行动。这次突袭由一个名叫佩里劳斯的索里治安官带领的，德米特里厄斯想，如果人类历史中，不提罗马帝国历史的话，曾经有强盗变为财产护卫官员的人，那肯定非佩里劳斯莫属。他要么成为特雷贝利阿努斯或者是，很有可能，要么成为他最致命敌人的亲密盟友。

然而德米特里厄斯知道佩里劳斯不是波斯人大溃败的真正原因，德米特里厄斯就在现场，他也站在队列里。确实，他所做的一切不过是站在队列里。当巴利斯塔、卡尔加库斯和其他人都奋力冲向前的时候，德米特里厄斯只不过跟在他们身后迈了几步。他拔过剑，他的计划是很好的，但是似乎没有办法冲进人和马匹的混乱阵势中。一切都在胡乱摆动，天翻地覆，乱跑的马匹，可怕的锐利武器都在乱摆。德米特里厄斯没有去作战，但是他目睹耳闻了最重要的一切事情：巴利斯塔非常神奇，他毫发无伤、剑刃飞舞，在头盔下大声喊叫——“那苏，那苏”。德米特里厄斯亲眼看见了死神的恐怖在萨珊武士中蔓延开来，他也看到了骄傲的诸王之王沙普尔被众人匆忙护卫着逃窜。

如果有人凭一己之力赢得一场战役，那么今天必定是巴利斯塔，但是巴利斯塔是孤身一人作战吗？德米特里厄斯严肃地认为他可敬的主人的灵魂当时已经被死神那苏所占据。

德米特里厄斯跟其他人一起走进凉爽的紫色皇家帐篷。走过长长的过道，走进大而深邃的房间。他们所到之处看到的都是碗、奶壶、浴盆、盒子，所有这一切都制作精美。营帐里充满好闻的焚香和香料的味道、沙发和桌子摆开似乎为了进行一场宴会。在远端有个装饰性的王座、在一个低矮的圣坛上燃烧着拜火教的圣火。

巴利斯塔说话了，没有针对具体哪些人。“这里看上去像是国王享受的待遇。”

北方人的脸庞依然多半被掩盖在鲜血覆盖的头盔下，他四处看着，捡起一个大酒壶，喝了一口，然后带着酒壶走向圣坛。他慢慢地用酒浇在圣火之上，一层水蒸气在嘶嘶响着，圣火灭掉了。

对德米特里厄斯来说这太过分了。“当占领城市的人开始对至上神灵的神庙进行破坏……”

在巴利斯塔阴郁的头盔下传来笑声。他接着完成了引自欧里庇得斯作品里的话：“他是傻子，他这种毁灭紧紧跟随着他左右。”巴利斯塔又笑了，非常奇怪，无忧无虑。“孩子，我对这些太熟悉了。”

在亵渎神灵的现场，两个阉人一直站在王座后面，现在开始低声抽泣。

巴利斯塔走向他们，他把自己的剑插在加斯哈斯普的身体里了。巴利斯塔从屁股后面拔出伊桑格瑞姆的小匕首，他杀死了两个阉人。

“在北方的时候就从来不喜欢这种人。”

在房子后面的帘布后面传来一阵声音很高的尖利叫声。

鲁提鲁斯笑了，如果像德米特里厄斯一样，他被眼前的杀戮所震惊的话，那么已经很快恢复了。“胜利者的战利品。”他把帘布往后掀起，哭声变得更大了。

“人间天堂，”马克西姆斯说，“当然，男人可以风流死去。”

眼睛所及之处都是女人，高矮胖瘦都有。她们肤色发暗、头发金黄，都很妩媚。

“诸王之王的宫嫔们，”鲁提鲁斯说，因为女人们的哭泣声他不得不提高声音，“大约四百人，一年里至少每天享用一个。”

卡尔加库斯加入马克西姆斯，在鲁提鲁斯和巴利斯塔身后簇拥着，德米特里厄斯往后靠着，这五个人都沉默着。

哭声减弱，变成压抑的抽泣。女孩子们都跪下，向身体高大、红发的人叩头行礼。

鲁提鲁斯笑了，指向巴利斯塔，女孩子们都赶紧重新排列行礼。

“没什么区别，”巴利斯塔说道，“把她们给军团士兵享用，然后杀死她们。”

有些宫嫔肯定懂得希腊语，哭声更大了。

“基利耶，”德米特里厄斯不得不大声喊叫——“这不像您的风格，这样做不对。”

巴利斯塔没有回答。

“基利耶，”德米特里厄斯不得不挤到他面前——“您不能屠杀手无寸铁的女性，她们是奴隶，她们不是杀死你妻儿们的凶手。”

“对，她们不是，”巴利斯塔说，“我杀死了自己的孩子们，我发了毒誓，就像伊阿宋，我也违背了誓言，就像伊阿宋一样，神灵们夺走了他亲爱的儿子们的生命，不久他们就会夺走我的生命。”

“基利耶，”德米特里厄斯说，“你大脑混乱了，因为痛苦而迷茫。美狄亚撒了谎，伊阿宋也没许诺，你的誓言是在胁迫之下许诺的，这种誓言没有意义。”

巴利斯塔解下头盔，他的头发已经打结，脸上一缕缕的泥巴和干结的血液，他向远处凝望着，迷失在自己的思绪中。

“当美狄亚控告伊阿宋做假证的时候，他没有否认。在我的例子里没有女人，没有谎言。我发了誓，是我自己自由意志选择的。”他又望着远方，“自由意志。”他嘟囔着。

突然之间巴利斯塔醒过来了。“鲁提鲁斯，去告诉克拉鲁斯我会马上见他，等待我的命令。”

如果鲁提鲁斯吃惊的话，他没显示出来，他行了个礼，离开了。

当他走了以后，巴利斯塔开始快速地说话：“我已经发过三次假誓言了，我违背了对马克西米努斯许下的诺言，另一个是对瓦勒良许下的诺言，我也违背了对沙普尔许过的可怕诺言，再发一次假的誓言也没什么关系。我从来没打算过遵守对马克利亚努斯儿子们许下的诺言——保证他们的安全高于一切，确实。”巴利斯塔的声音有些过去的声调，“德米特里厄斯，把你的文具给我拿来。”

巴利斯塔匆忙地写了几行，他把笔和写字板交给德米特里厄斯，把自己带着印章的戒指摘了下来，一并交给了德米特里厄斯。

年轻的希腊人很困惑地盯着印章——丘比特转动着一个攻城机械。

“到舰船那里，找到协和号，船长很久以前欠我一个人情——你或许还记得他。命令是他要把你运送到西部，去见加里恩努斯，这个戒指印章应该能给你一个觐见的机会。告诉他东部的形势。告诉他如果不是那伪王朝的人拿我家人做人质，我绝对不会躬身侍候这些乱臣贼子。”

巴利斯塔转过身来面对马克西姆斯和卡尔加库斯。“你们俩，找个包裹或者其他什么东西，为这孩子装满黄金。”

在其他两人忙着四处寻找的时候，德米特里厄斯试图表达些什么。“基利耶，如果我能去，你也能去，我们都能去。”

巴利斯塔摇摇头。

“基利耶，您的家人……家人已经没了，马克利亚努斯也没有什么能牵制您的手段了。”

巴利斯塔悔恨地笑着。“我就是罗马人所说的精诚之人，奉献自己给地狱和死神。我会待在这里——在神灵们击倒我之前尽可能地在萨珊人那里复仇。”

德米特里厄斯哭喊起来：“大人——卡尔加库斯、马克西姆斯，你们爱这些人，让他们跟我一起走吧。”

巴利斯塔看着卡尔加库斯。

老迈的喀里多尼亚人停下来往枕头套里塞各种珍宝。“我对你父亲发过誓，北方人的誓言。如果你在战场上倒下，我不会视而不见。我在埃德萨这么做过，为了保护你的孩子们。我不会再这么做了，去他妈的。”

“马克西姆斯？”

“我想你已经忘记了很多年前在非洲你救了我的命，而我却从来没有机会报答你的恩情。”希伯尼安人咧嘴笑着，“当然，你是个奇怪的人——试图把我从那些可爱的女孩子身边拉走。”

巴利斯塔从卡尔加库斯手里接过大捆的美酒，交给德米特里厄斯。他拥抱了这个大男孩儿，吻了他的额头。“去吧。不要担心，男人们必须享用这些女人，但是她们不会被杀掉的。”

德米特里厄斯的泪水流下双颊，拥抱了其他两个人。他在帘布那里停下，往后看着。

“去吧。”

德米特里厄斯离开了。

“现在该干什么？”马克西姆斯问道。

“现在谁是奇怪的那个？”巴利斯塔说，“去享用女人吧！给自己选几个，如果想要更多，就多选几个，然后把剩下的带出去分给士兵们。”

马克西姆斯，尽量发挥出自己最好的波斯语水平，命令这些吓坏了的宫嫔们走动起来。

“等一下。”巴利斯塔也用波斯语问女孩子们。

“谁是诸王之王的最宠爱的妃嫔？”

没有人回答，但是几双眼睛都滑向一个高挑的，像塑像一样美的女孩儿那里。

“你留下，其他人出去。”巴利斯塔转向马克西姆斯和卡尔加库斯，“如果我没有吩咐不要回来。”

回到营帐，马克西姆斯打量着这个女孩儿，其他人都没有这么做。克拉鲁斯、鲁提鲁斯和卡尔加库斯都在看着巴利斯塔，而巴利斯塔则看着手中的酒。

那个女孩儿，在王座前的地上缩成一团，正在哭泣，痛苦的哀号着。地下神灵们，她是个妃嫔，这个杂种对她做了些什么？马克西姆斯脑子里浮现出很多不愉快的想法，巴利斯塔所谓的荒谬忠实传说也仅止于此——跟另一个女人做爱，然后在下次的战争中军队名册里自己的名字后面得到一颗双子星。朱莉娅死了，但是不是因为这个，这个傻瓜向神灵们竖起了中指，这就像浇灭圣坛的圣火一样——去你的，来整我吧。

“基利耶，”卡尔加库斯用宫廷式的声音宣布道，“军团及禁卫军长官盖乌斯·拉格尼乌斯·克拉鲁斯，由地方长官马库斯·奥里利乌斯·鲁提鲁斯陪同前来。”

巴利斯塔抬头看着，没有什么明显的兴趣。

对克拉鲁斯来说很不幸，他刚刚看到房子后面被屠杀的两具阉人尸体，他张大嘴巴，惊慌失措，就像德米特里厄斯看到他们被杀时一样的表情。

马克西姆斯希望年轻的希腊人现在已经上路了，一切都会好起来的。巴利斯塔在五年前把那个协和号的帆船船长提拔到那个位置。这艘船的主港口是拉韦纳，船员是西方人，他们回到家乡会很高兴。

所以，德米特里厄斯的旅途应该没什么问题，但是他到达之后就是另外一回事了。当年轻英俊的希腊人告诉加里恩努斯事情真相后，皇帝会如何反应？大人，我是叛徒巴利斯塔的随从，因此我知道他所有的秘密。他非常抱歉让你的父亲在波斯遭受折磨，现在他正统领您不共戴天的仇敌的军队。他是被逼这么做的，现在他的家人都已经没了，他已经不打算回到故国，而决定去屠杀波斯人，直到流矢击中他倒下身亡。

然后还有马克西米努斯·色雷克斯的问题。大多数，如果不是所有人，其他十二个同谋者已经死去了。他们都有充足的理由保持沉默，关于他在谋杀皇帝中的角色，巴利斯塔只告诉过四个人。马克西姆斯本人、卡尔加库斯，其他两个人是朱莉娅和图皮奥，他们都死了。最近在近乎发狂的状态下，巴利斯塔在德米特里厄斯面前提过两次这件事。不像其他人，年轻的希腊男孩儿还没有宣誓保密。他不会去泄露秘密，但是他不是个坚强的人，甚至他的娱乐方式都有点儿娘娘腔。在压力之下他可能会泄密，并不是加里恩努斯喜欢回忆死去许久的暴君，而是因为杀死皇帝的这种行径不大可能让坐在恺撒王位上的人受大家赞颂，这看上去会是一个非常糟糕的先例。

“你想见我。”巴利斯塔非常随便地说着，显然没意识到当下场景的奇怪之处：一个来自北方的野蛮人穿着脏乱的衣服坐在诸王之王的宝座上，武器四处散落，一个人正在哭泣，半裸的女孩儿和躺在血泊中的两具阉人的尸体。

“是的。”克拉鲁斯尽量让自己回过神来，“是的，确实是这样。”他清了清嗓子，仿佛要对元老院讲话或者背诵一首诗一样。

好吧，好吧，马克西姆斯想，你害怕我的上司，而且你他妈的应该害怕，尤其是他现在的这种状态。

克拉鲁斯拿出一个象牙色和金色相间的圣旨，他看了看鲁提鲁斯想壮壮胆，长着红色头发脑袋很大的军官点了点头。

羞耻啊，马克西姆斯想，我还真喜欢你，但是你显然跟马克利亚努斯儿子们的其他手下一样令人作呕。

克拉鲁斯吟诵着说，“马库斯·克洛迪乌斯·巴利斯塔，你的胜利让我欣悦。”

巴利斯塔喝了一杯。

“为了奖励你的胜利，”克拉鲁斯继续努力地打着官腔，“我们尊贵的皇帝给了你巨大的荣誉，委任你与美欧纽斯·阿斯提阿那克斯一起共同担任皇家骑兵长官，从此你的地位就从禁卫军长官提升为杰出骑士长官的位置。”

巴利斯塔几乎是嘲讽地举起自己的酒杯。

“新的尊贵的地位随之而来的是新的命令。”克拉鲁斯似乎正要把御旨给巴利斯塔，但是后来改变了主意，“有三千名萨珊人已经逃往西部，目的地是塞巴斯特。你要统帅整个舰队和一千名步兵，并且组织那些丑陋卑鄙的小人们与那些从西部塞里那斯的山岭上回来的萨珊军力形成有效会合。”

巴利斯塔没有回答。

“皇帝们给了我莫大的荣耀，”克拉鲁斯继续说，“委任我接替您原来的骑兵队长官，我对驻扎在索里的剩余军队会行使指挥权，一旦与从叙利亚赶来的五千骑兵会合，我就会往北进军去追赶沙普尔带领的大部兵力。尽管敌人仍然有九千骑兵兵力，神灵庇佑我们，狄摩西尼会守住他们对西利西亚城关的围攻，而我会把敌人引向陶鲁斯山脉的南部平原上进行决战。”

哦，他妈的真棒，马克西姆斯想道。克拉鲁斯有相等的兵力对抗沙普尔，而我们只有一千步兵和不多的海军士兵来对抗在塞巴斯特的三千名丑陋被逼的东方人，也许在我们兵力会合之前塞里那斯的兵力已经与波斯人会合，一共有六千人。他妈的真棒，正像巴利斯塔决定的那样——精忠报国。

“今天索里，明天塞巴斯特，对我来说都一样，”巴利斯塔说道，“也许我们应该都喝一杯，洛克夏恩？”

地上的女孩儿不时地抽泣几声，站起来，忙着伺候大家。马克西姆斯环顾四周看着诸王之王的内廷，花了些时间才搞明白他为何因此烦扰。他知道的唯一一个讲过这种场面的是老图皮奥。看看他的下场，马克西姆斯公然无视命运的嘲讽，他捡起一串遗弃的项链，挂在了自己的脖子上。

第十三章

塞巴斯特的腹地在夜色中显得地势很低但是很坚实，小船在平静的海浪里前行。巴利斯塔从索里征集了这艘渔船，他们昨晚起帆行驶到塞巴斯特，开始钓鱼。巴利斯塔与老渔夫一起开工，这里他们用一种带浮标的拖网捕鱼。小船是方形的，与巴利斯塔童年时候见到的渔船没有多大区别。

马克西姆斯、卡尔加库斯和两个水兵在船的底部挤在一起。晚上水面发出的声音可以传得很远，所以他们没有抱怨。

巴利斯塔注视着北极星慢慢变黯淡。长夜漫漫，但是很快夜色就要结束了。他打着哈欠，伸伸懒腰，注视着东方的天空，还没有天亮的迹象。

老渔夫第一个看到信号，他敲击着巴利斯塔的胳膊，指向岸边。就在那里，在塞巴斯特的东部有一个孤独的灯塔，在来自索里的路上，巴利斯塔计划的第一部分已经起到作用了，不充足的一千人的地面兵力已经到位。

巴利斯塔拉开灯帘，举起灯笼。当老渔夫匆忙地拉起渔网，巴利斯塔扫视着南面黑暗的大海。什么都看不见，没有迹象表明他的计划第二个关键部分已经进入实施阶段。他不能再等了，没有时间了。

老渔夫驾驭着小船船桨，巴利斯塔调转帆船。现在海上的晨风还未来，但是空气中感觉到的西风应该能够把他们带到塞巴斯特的海滩西部。

当低矮的腹地滑过他们右边，老渔夫低声自言自语着。巴利斯塔抑制住自己想往南看的冲动，盯着天空观察着。现在在城镇黑色的轮廓之上有一丝微弱但是非常明确的粉红色。马克西姆斯开始起身，巴利斯塔一只手放在朋友的胳膊上，示意他为时尚早。

一阵突然而且响亮的号声响彻城镇，在回音还没消退之前，新的号声又响起。城墙上闪耀着火炬，有些火炬在移动，水面上漂浮着三三两两的喊声，萨珊人已经意识到东部的罗马军队的动向，目前为止情况还好——如果喷漆成黑色的舰船，船桨声音压低，在小渔船后面慢慢隐蔽地滑入海岸。巴利斯塔没有去想如果不是这样情况会如何，从很多角度来说，他并不在乎，不久鬼魂们又可以享用更多的鲜血了。

对那些命运已经被诅咒的人来说，
音乐只是一种调子——
无休止的悲惨、折磨和冤屈！

老渔夫说了要警惕的话，然后他就驾驭小船驶向海滩。

巴利斯塔身体闪向船边，他跳进没膝的水里。马克西姆斯递给他剑带。巴利斯塔带上剑带，然后从腰带里拉出宽松的帽子，把头发拢到帽子底下，让自己的眉毛、额头露出来。

马克西姆斯就站在他的旁边，玩弄着自己的东方风格的帽子。卡尔加库斯和其他两个海军士兵跳出船外。当他们都做好准备后，巴利斯塔和马克西姆斯把小船推开。老渔夫卸下船桨，朝他们挥了挥手。

巴利斯塔从腰后抽出伊桑格瑞姆的小匕首，再推回去，又把左胯上的剑拔出来一点儿，再推回去，然后摸了摸剑鞘上的玉石。他很高兴卡尔加库斯从加斯哈斯普身上重新找回了自己的剑。在这样的时刻，巴利斯塔痛苦地意识到很多时候，他的思维并不清晰。

我的心要爆炸了，
我的头猛烈地跳动着发烧，
直到激情祈求身体减缓疼痛。

巴利斯塔检查着其他人的情况。“该出发了。”

沙子在他们靴子底下沉陷，右边的城墙仍是一片黑暗，西边的门在黑影中隐藏着。巴利斯塔想，他们赶早到达这里了解城市布局是正确的，城里的噪音似乎已经褪去。

大门前长了几棵树，陆地由于离海水远，闻上去感觉有些燥热，沉重的大门关闭着。巴利斯塔回头看着人海，远处那条白色的线是什么——不是浪花的东西在远处。

巴利斯塔拔出自己的剑，他用剑柄大声地敲打着城门。

“开门，”他用波斯语叫门，“开门，整个国家到处都是罗马人了。”

从城门里面传来一阵叽叽咕咕声。

“打开。”巴利斯塔又敲打着城门，“我是瓦尔丹，纳什巴德的儿子，我带来了沙普尔的命令。”

一个戴着圆顶帽子的头出现在城垛上。

“现在就给我开城门，”巴利斯塔咆哮着，“耽搁了诸王之王命令的人会受到惩罚的。”

那个垛口上的人头消失了。

一会儿，有一阵吱吱呀呀的摩擦声——城门被打开了。

巴利斯塔挤推开第一个出来的波斯人，里面还有另外两个。他一刀刺中一个人的腹部，另一刀刺入第二个人的脖子后面。马克西姆斯把自己的刀刃捅入第一个出来的波斯人的喉咙，这一切在四秒之内就结束了。

“卡尔加库斯，带领水兵，去城墙垛口那里。马克西姆斯，你跟我来。”

巴利斯塔对当下形势做出评估，他曾经希望有什么东西，譬如推车或者什么圆桶，把门挤开。没有什么更明显的办法了，即使用这些办法也不会花太长时间。

“马克西姆斯，帮助我拖走尸体来阻挡城门。”

他们刚刚做完这些事情，街上就出现了人影。

“关掉城门。”一个声音喊道。

“我们不能——有上面的命令。”巴利斯塔用波斯语回答着。

这些人走上前来。一共有四个人。

“现在就给我关上城门。”

巴利斯塔等他们靠近，然后用刀刺向领头人的腹部，马克西姆斯砍倒另外一个，剩下的两个萨珊人伸手去摸自己的剑。在他们剑还未出鞘之前，还没来得及喊出声就被杀死了。

“一会儿，他们就会像便宜的罗马袍子一样包围着我们。”马克西姆斯一边拖着新的尸体来支开城门，一边嘟囔着。

“不会很久的，”巴利斯塔一边说，一边在尸体上搜寻着有用的东西，“你本来可以跟德米特里厄斯离开的。”

“是的，本来我可以的。”

两人用波斯人的小盾牌、弓箭把自己武装起来。马克西姆斯又加了个头盔，巴利斯塔没有这么做。不戴着头盔比一个耷拉到自己眼睛上的尺寸不合适的头盔强多了，会阻碍你的移动，没有什么时间穿戴上任何盔甲。

马克西姆斯走上城垛，手里满满的弓箭、箭袋和其他人可以用的盾牌，巴利斯塔观察着城镇。太阳还没出来，但是天已经很亮了。右边是一个通往半岛方向的另一扇城门，这个城门是开着的。通过这个城门可以看到一个弯曲的柱廊顺着西南方向延伸至主要港口。前面的街道笔直，成为港口西北方向的主要码头。远处的左边，在体育馆练习场地后面可以看到矗立着的剧院。

街上空无一人，在空荡荡的码头上一只猫跟踪着一只鸽子。东面城墙的远端传来一阵慌乱的声音，城内一片死寂，塞巴斯特已经沦陷两次了，先是被已经开往塞里那斯的萨珊军力攻陷，现在是被那些从索里战场上逃亡西部的东方人占据。那些还没有逃跑或者被杀害的居民可能正在隐藏之中。街上没有平民并不奇怪，但是没有波斯人的影子让人开心。巴利斯塔的计谋成功了，波斯人看到只有区区一千罗马士兵从东部进军，他们肯定已经抽调兵力去打遭遇战了。

马克西姆斯从阶梯上下来，他呼吸急促。

“你好像不在状态，”巴利斯塔说道，“你失去了很多元气。”

马克西姆斯还没来得及回答，一支箭就在他们之间呼啸而过。他们蹲下来，把盾牌举起来，走回城门口的隐蔽处。更多的弓箭从半岛那边的城门拱门下飞来，它们擦着城门口的位置飞来。

“该死的，”马克西姆斯说，“他们看来并没有完全中计。”

“说得好，”巴利斯塔回答道。他从门后往外偷看，三四支箭与他擦身而过，他把头缩回去。有一支箭擦着他的耳朵飞过，只有一英寸的距离，“该死的，来真的了。”

“除非他们有足够的兵力来冲击我们，我们在这里还是安全的，可以等待舰队的士兵们前来。”马克西姆斯说。

有人跑步的声音。

“该死的。”马克西姆斯说。

他们俩没说话，走出门后，拔出弓箭，至少有六七个波斯人朝他们走来。巴利斯塔和马克西姆斯张弓射箭。他们放下弓，拔出剑，只有一个波斯人倒下了，更多抽调过来的波斯人从半岛方向赶来。

他们听到头上弓弦的嗖嗖声，卡尔加库斯和水兵们的弓箭射倒了另一个东方人。远远不够，敌人的冲击并没有犹豫不前。

萨珊人盯上了他们，最后一刻，巴利斯塔迈步越过第一个人。由于距离太近没法使用刀剑，他把胳膊伸出来。这是近距离肉搏战，他紧紧扼住了波斯人下巴以下部分，并朝后倒在地上，身上的武器盔甲在地面上乱响。

下一个萨珊人掷剑向巴利斯塔身体中部砍来，北方人用剑刃挡开，并远远地逼开敌人的武器。他踢向这个人的膝盖骨，萨珊人号叫着，身体蜷缩着倒下。巴利斯塔跳回原位。

有那么一会儿，地上的尸体挡住了其他人往前冲的道路。在巴利斯塔左边，视力不及之处，有金属碰撞的声音，马克西姆斯还没倒下。

两个萨珊人围向巴利斯塔，他们小心地往前走着，刀剑做好随时进攻的准备。他们知道自己要做什么，因为后面还有更多人。

今天早晨巴利斯塔没有勃然大怒，也没有战前的平静。相反，他只有冰冷的状态和即将来临的恐惧感。他视死如归的精神已经不见了，此事只有一种结果。

萨珊人发起了攻击，巴利斯塔用刀挡开，并用盾牌抵挡另一个人的袭击，手腕盾牌裂得粉碎。一个萨珊人朝他身体上面瞄准并攻击，另一个用弯刀朝他身体底部砍去。北方人不知怎么躲过这一剑，赶忙用另一支盾牌挡住第二次攻击，手腕盾牌裂掉一大部分。这么轻的盾牌是没有用处的，巴利斯塔把它扔向左边的敌人。他举剑刺向右边的东方人，此人跳开，离开肉搏战的圈子范围。

萨珊人继续往前逼近。巴利斯塔失去了盾牌，只能依赖多年的训练和肌肉记忆来作战，他很多动作都是无意识的反应。他的刀刃飞快地飞舞着，但是不能抵挡多长时间。一下接一下、一步接一步地，他被逼着向后退去。

巴利斯塔右脚后跟感觉到了后面的墙壁，没有退路了。时间几乎到了尽头。他半清醒地意识到在他面前敌人的后面跃跃欲试的东方人，如果有来世——瓦尔哈拉，无论是什么——他很快就可以跟孩子们团聚了。

波斯士兵围向前想终结他的生命，有个人砍向他的面孔。另一个人砍向他的腹股沟。巴利斯塔对着朝自己身体下边砍来的刀切去。他本能地闭上眼睛，头躲向另一边。

石灰石碎片弄伤了他的脸颊，左大腿一阵剧烈的疼痛。

萨珊人的士气推动着他们来围攻巴利斯塔，他能闻到他们的汗味以及气息中的香辣调料的味道。

他左边的敌人喘着粗气，身体扭曲着往后倒下。巴利斯塔没有思考，用左手指捅入另一个敌人的眼睛。这个敌人身体往后摇摆着、踉跄着。卡尔加库斯丑陋的老脸此时出现了，喀里多尼亚人把自己的刀刃插进波斯人的胸膛。

一片混乱，萨珊人向来时那样往回跑去。巴利斯塔使劲儿往四处张望着，马克西姆斯在那里。全能的主，死亡阻碍者，戴高帽的神，他们还活着。更多人从外面涌进大门。

巴利斯塔稳定了自己的气息，腿上的伤口很痛，但是看上去像表层伤，罗马人在到处寻找地上垂死的萨珊人，以终结他们的生命。

“谢谢你。”巴利斯塔说。

“赫拉克勒斯长满毛的屁眼儿，我以为这次太晚没法救你了，我以为你死定了。”卡尔加库斯笑得很难看。

“我当时也这么想。”巴利斯塔笑着说。他不得不让自己平静下来，工作还没完成一半呢。

“你”，巴利斯塔指着一个低级军官，“带领头一批三十名水兵通过城门，跟踪萨珊人，确保守住通往要塞的大门。如果你能的话，就继续往前推进，搞定半岛。”

低级军官大声喊叫着，水兵们推搡着，更多的人从外面进来了。

巴利斯塔从城门走出来，走到街道上比较空旷的地方，他必须掌控局势，这种局面很容易演变为一片混乱。

“除了有特殊任务的水兵，每个人都待在原地待命。”

部分混乱平息了下去。

“军官们，到我这边来，”巴利斯塔喊道，“他妈的鲁提鲁斯在哪里？”

“在这里，大人。”红发高个儿从人群中沉着地走出来。

拉格尼乌斯·克拉鲁斯曾经坚持要求鲁提鲁斯做巴利斯塔的副统率，这是皇帝们的明确意愿。巴利斯塔不愿意跟他共事，但是不可否认他的确是一位有能力的军官。

“鲁提鲁斯，你知道计划，带领海军主力沿着这条路经过码头，拿下远端的城门。把外面你的兵力都排整齐，两队的纵队，随时待命。”

鲁提鲁斯没有什么大惊小怪的举动，开始执行命令。水兵，将近三百五十人的兵力，开始往前开拔。

将要执行计划下一步的那个刚被提拔为巴利斯塔的三层桨战船指挥官出现了。他叫什么名字呢？巴利斯塔正要问德米特里厄斯，然后想起这孩子已经离开他们去执行任务了。他希望他一切都好。

“指挥官，你的部下都准备好了吗？”

指挥官耸耸肩。“一切就绪，最佳状态。”

巴利斯塔用从波斯人那里缴获的武器和从索里神庙里拿来的陈旧武器将近千名划桨手武装起来。战船指挥官，就像所有他这种长期服役的百夫长一样，对这些新编部下的作战能力只有轻蔑和鄙视。不幸的是，连巴利斯塔也觉得他可能是对的。即使这样，如果一切都按计划进行，他们也许不用真正参与作战。

最后两个水兵经过身边。

“该出发了。”巴利斯塔说道。马克西姆斯、卡尔加库斯和战船指挥官在他身边簇拥着，格拉迪乌斯提着他的个人白色龙旗跟在后面，巴利斯塔启程了。

起初他们跟着海军士兵后面走，然后巴利斯塔带领他们进入左边一条小路，现在他们加快步伐慢跑。

路非常难走。街道弯弯曲曲，有两个迂回，经过剧院以后阶梯变得陡峭起来。巴利斯塔受过伤的腿开始痛，呼吸也更加困难了。

走了大约五百码后，他们来到通往索里大路的西北部城门。一路上，他们没有看见一个波斯人。

他们一行人穿过城门拱门的时候，巴利斯塔意识到太阳升起来了。太阳还是很低，已经撒下长长的影子，但是照亮了周围的环境。黄绿色的山体斜坡左边地势升起，闪烁的海水就在山体右边。中间，大约半英里往前，就是战场。

卡斯特里西乌斯完美执行了计划，他安排停当从城市墓地那边带来的千名步兵，把他们布置到低矮的斜坡位置，墓地是为了填充到海滨的四五百码防御空白。

波斯人背对巴利斯塔，在卡斯特里西乌斯阵地前面布置好弓弩车。弓箭乱飞，但是路的崎岖以及无数的坟墓大大阻碍了弓箭飞行的路线。

在巴利斯塔右边，鲁提鲁斯的海军士兵们已经列阵成军。

巴利斯塔大声发出命令，挥着手，做着姿势。杂乱散漫的新编武装起来的划桨手们开始去跟海军士兵联合起来。

波斯人已经看到了他们后面的威胁。军官们，那些穿着丝绸和盔甲的明亮的人影，骑着马来来回回地重整骑兵兵力，他们知道自己进入了陷阱。在他们识破陷阱的其中一个角度有多脆弱之前还得需要一段时间。

巴利斯塔看着他的部下，鲁提鲁斯的海军士兵们排列得还算整齐，占据了一半的空间。在另外一半划桨手整编成的士兵里面，虽然是看上去像聚拢在一起似的，大约是那么一列队伍。

“发信号进军，慢慢走，队伍不要散开。”

队伍慢慢拖着步子前行，从一开始，有些划桨手就犹豫不前，他们这部分士兵都垂头丧气地走着。

前面，萨珊人的旗帜挥舞着，号声响起。波斯人——肯定仍然将近三千名，形成一条密集的人墙。

全能的主，灰胡子神灵，愿望实现者，波斯人现在正在正面遭遇卡斯特里西乌斯的士兵，萨珊人战鼓深沉的隆隆声响起来。骑兵们迅速从巴利斯塔身边疾驰而过，他们加入到卡斯特里西乌斯的阵列。

巴利斯塔在骑兵们扬起的新尘土中无法看清发生了什么，就像一千棵大树一下子被伐倒发出的巨响马上就会从山体斜坡处传来回响一样。

大多数萨珊人已经停下来了，但是在一处地方他们仍然在往前行军，从侧翼，其他士兵开始跟在后面慢慢挤过。

所有的骑兵都停下来了，在卡斯特里西乌斯的阵列里肯定挤满了人和马匹。不用做很多事情——也许只要一匹马在崎岖的地势里倒下来就可以了。

恐惧感笼罩着萨珊人，就像面对森林大火的动物一样，士兵开始到处乱窜，寻找着不可能出现的安全之地。有些肯定能突破出去，但是那些剩下的人，根本没有可能逃脱，剩下的不是战斗而是屠杀。

巴利斯塔背靠陵墓坐下，他坐在阴影里，面对山脉，远离正在屠杀的战场。萨珊士兵这种有携带贵重个人物品的习惯可能会刺激罗马士兵搜索抢掠敌人的尸体，但是即使不是如此他们也会这么做。

赢得了战争，巴利斯塔命令鲁提鲁斯保留几百个水兵来守卫城镇，而卡斯特里西乌斯也以保留相同数量的军团士兵阻挡在道路上。那些已经逃跑的萨珊人已不可能再集结起来发动突袭，这一点极不可能。桨帆船已经沿着海岸追踪了他们。大约离东北方向三英里远，萨珊人已经远离内陆，但是还得保证安全，以免后悔。

巴利斯塔移动了下自己的位置，铺着华丽石头的墙壁之上就是万里无云的蓝天。修建这些陵墓花了很多钱，这些陵墓看上去像富人住的房子。能够造得起这么一处陵墓的塞巴斯特居民会有排屋和乡下的住处。每当他们前行一下，就会经过另一个这样的屋子，死者将长眠于此。巴利斯塔在想这些人会怎么想，生前看到这些屋子会有一种温暖的安全和保障感吗？他们的社会地位会超越死亡本身，他们是否会想象着自己在长眠之地往外凝视，注视着他们的儿孙们从陵墓旁骑行而过？

很难说。当然希腊人和罗马人，至少当中一部分相信神灵，但是在来世里，除了那些非常幸运能跨过恩赐之岛的人之外，都会在提尔塔鲁斯黑暗之屋里像蝙蝠一样飞浮尖叫。也许他们都希望在子孙进行血祭之时能回到阳世，自己的鬼魂会更加充实。

巴利斯塔的思绪不可避免地回到他不想去的地方，回到了城门处的战争。他曾经不想死去，他想活下去。精忠报国那些就算了，确实，他的思绪没整理出什么头绪。他也不理解为什么会这样，但是有件事情改变了，他非常迫切地想生存下去。

也许，对他自己家人来说已经太晚，诅咒已经生效。他曾经宣誓会回到沙普尔王座面前，在索里城外被攻陷的营地里，他此刻就在沙普尔王座面前。不，这是最糟糕的一种肤浅的诡辩而已。当他许诺的那一刻起，无论是神灵还是凡人都没有想过他会暴力回归，玷污神圣之火，杀死沙普尔的手无寸铁的仆人们，在萨珊家族的王座面前将沙普尔最宠爱的妃子占为己有。

他曾经被疯狂的意识所占据，现在他恢复正常了。现在几乎跟自己的有意识的愿望相左，他非常想活下去，这是否意味着对朱莉娅和他的儿子们的不忠诚？他愿意下阴曹地府，只要能把妻儿带回阳世，但是这一切都不可能。他是不是应该坚持精忠报国——尽可能地复仇，然后倒下，加入自己家人的行列？

但是他们能团聚吗？朱莉娅的伊壁鸠鲁哲学预示着一种来世——一切都回归于安静和睡眠状态，而伊桑格瑞姆和德海姆会变成什么样呢？对无辜的孩子们来说，永远长眠意味着什么呢？他曾经总是执迷于一种想法——自己先于家人而去，自然死亡，全能的主会接受他进入金色的瓦勒哈拉。那里，他已经在阳世证明了自己日复一日地在院子里训练征战的勇气，已经在大厅里的用宴时证明了自己是一个好的伙伴和战友，那里他会与戴帽子的神秘人会合。他的孩子们会被允许通过阴界之门，来到他的盾牌保护之下。沃登除了有强大的力量和长寿之外，他还是一个北方的战神，他懂得爱情和悲伤。他失去了自己的儿子巴尔德尔。在时间凝固之日，在世界毁灭之时，带护帽的神灵自己也会死去，被芬里厄之狼的牙齿咬碎。

也许我还是在疯狂的状态中，巴利斯塔想道。也许我的悲伤和为复仇而做的那些可怕的事情已经侵蚀扭曲了我的灵魂，而他确实做了很多可怕的事情。他想起了伊索寓言，人生下来脖子上就系着两个钱袋。前面的那个钱袋装的是其他人的罪恶——很容易拿出来斟酌，而在背上的那个袋子，其他人都能触及，唯独自己不能。这里面装的是那些自己很难看到，想来就痛苦的事情。

马克西姆斯的到来打断了巴利斯塔的思绪，跟希伯尼安人一起来的是一个穿着羊皮外罩高高瘦瘦的年轻人，这是特雷贝利阿努斯部下的一个佩剑的少年，帕勒富雷厄斯或者利迪斯，巴利斯塔分不清楚两个人。

“您好，长官。”少年还没等被允许就开始说话了，“我带来了西利西亚长官的好消息。”他的希腊语发音非常糟糕，“那些逃脱了你追捕的波斯人。”——他故意让“逃脱”这两个字听上去有挑衅性，“他们被盖乌斯·特伦提乌斯·特雷贝利阿努斯捕捉了。禁卫军长官大人认为你可能想看看我们西利西亚－特拉切亚人是如何跟这些恶心有毒的可鄙东方人打交道的。”

“在哪里？”

“他们目前都在卡尼特里斯城。”

年轻的西利西亚人打手势示意巴利斯塔马上跟他一起走。

巴利斯塔没有动身。“当我们做好准备要走的时候，你可以做向导。”

卡尔加库斯竖起大拇指指着外面，看了巴利斯塔好一会儿，特雷贝利阿努斯的随从已经走出他和巴利斯塔能安全说话的距离了。

做得不错，牧羊少年，我自己的自控能力又恢复了，巴利斯塔想道。如果你几天前出现，事情会大不一样，即使你的主人是特雷贝利阿努斯。现在有一个危险的人物，他不是在克拉克斯恩安然坐着，而是在离东部几英里远的山岭里穿行。

“也许这是个陷阱，”马克西姆斯说道。

“特雷贝利阿努斯可能是一个身穿罗马长袍的强盗，但是他不大可能背弃罗马投靠萨珊王朝。”

“但是他确实是个强盗，”马克西姆斯坚持说，“我们应该至少带上武器。”他指向一堆武器装备，这些武器很晚才从三层桨帆船上搬下来。

“你说得对，”巴利斯塔承认道，“让卡斯特里西乌斯找大约二十名可以骑马的军团士兵，四处有足够的波斯马匹，我们可以跟军队一起前行。”

道路沿着海岸线漫延，左边是山脚下光秃秃，结成一体的岩石。厚厚的灌木丛分散在周围，小块的可种植土壤和农夫竭尽体力凿出来的梯田。右边是漂亮的蓝色大海。

其中的一艘战舰看到了这一小队骑兵，划桨靠近岸边。还有三艘在海上更远的地方。战舰上的人认出了巴利斯塔的白色天龙星旗帜和在非常显著的羊角头盔下的巨大身影，小战舰躲闪开来。

当他们继续朝内陆骑行时，路况变得更加糟糕。路面光秃而且尘土飞扬，地势逐渐升高，路变得蜿蜒曲折。在狭窄的道路两旁都是崎岖成堆的岩石和尖利的荆棘，除了山羊其他任何东西都不能去那里，当然更不用提骑在马背上的人了。真正的西利西亚－特拉切亚人是在你离开海岸大路的时候开始攻击的。

不久后巴利斯塔命令部下下马，牵着马匹前行。散落的石子在脚下和马蹄下摩擦出声音。太阳已经到了正午方向，天气异常炎热。偶尔路的地势会下降一点儿，然后又恢复它耗尽人力的爬升路面。周围是布满岩石的荒野，远处的岩石表面因为炎热的天气变得模糊。

一条长长的黑蛇在他们前面的路上横亘滑行着，他们等着蛇过去。巴利斯塔听到身边的马克西姆斯口里在嘟囔着什么——祈祷或者威胁。你不得不同情那些走过这些路的波斯人：早晨听到警报，士兵和马匹都没有吃早餐，一场绝望的战役，敌人就在身后，扫清道路，然后又是地狱般的爬坡——逼迫已经精疲力竭的马匹继续前行，害怕自己的重量会加重马匹的负担。最后在这种形势下他们会向任何人投降，更不用说向一群特雷贝利阿努斯式的嗜杀成性的高地强盗了。

终于到了，他们继续骑行，穿过一个死人之城。这块墓地远不如塞巴斯特的那些陵墓那样华丽，极少有昂贵的房屋或者神庙，主要是些没有装饰过的石棺。他们从海边所穿越的三英里是区别一个地区贫富的重要地标。

当他们进入居民区时，一阵噪音传来，世界上最恶心的噪音——一群暴民号叫着要杀人。暴民们就站在高塔下，巴利斯塔在马背上可以看到他们的头顶。被包围着逼到一起的是几百个萨珊步兵。在这些人中间，还有几个傲然站立的士兵。巴利斯塔认出人群中一个身穿紫色衣服的瘦小身影：一个波斯贵族——德米特里厄斯如果在的话可以告诉他此人姓名。

“您好，马库斯·克洛迪乌斯·巴利斯塔，很荣幸你能前来。”当特雷贝利阿努斯说话的时候，暴民们都安静了下来。他站在塔楼城垛上——就像万物之主在巡视周围的一切那样。

现在波斯人看清楚了戴着羊角头盔的巴利斯塔，俘虏们在中间一阵小声嘀咕：“那苏，那苏！”他们不再像以前那么恐惧，如果有什么神情的话，也是更加屈从顺服的神情。

“靠近一点儿，”特雷贝利阿努斯敦促着，“看看西利西亚－特拉切亚的人们是如何复仇的。”

他们的城镇长官一声令下，一群武装起来的强人把十个波斯人拖出人群，用标枪指着他们的后背押送着往前走，他们逼着俘虏们走过塔楼。两个波斯人跪在地上，胳膊放在背后祈求着。其中一个先被踢翻在地，然后再被一拳头打得站立起来。另一个五体投地趴在土里，被就地处决。他的同伴被逼着拖走他的尸体。

巴利斯塔和他的小队人马跟着前行，然后他们看到了东方的俘虏将要面临的厄运。

土地消失了，只见一个巨大的圆洞，应该是椭圆形，大约六七十步宽，五十步深。四周是粗糙的粉白岩石。在洞的底部往外延伸的地方有竖直的长条白色钟乳石，而且现在还有一些暗色的长条和固体乳石。

“注意，”特雷贝利阿努斯说道，“这里就是浴血之地。”

萨珊人被逼着走向洞口边缘，然后就听见他们撞击边上墙壁的短促尖叫声，往下继续滚动，身体伤残，落到洞底。

“你必须制止这一切。”马克西姆斯用自己凯尔特人本族语说，除了巴利斯塔，只有卡尔加库斯能够听懂。

另外十个波斯人又像牲畜一样被赶向前。

巴利斯塔的目光越过洞的边缘往里看去，洞底尸体堆里有一两个人还在轻轻地移动着，他能够清楚地看到一只胳膊或者一条腿在痛苦地蠕动着。

下一批被逼着走向洞口边缘，在岩石下面有段距离处，巴利斯塔看到了一个浮雕雕塑，是穿着希腊服装的一个家庭组合，父亲和母亲坐姿，长大成人地孩子们站着。他们都一个姿势一只手托着下巴沉思，而另一旁尖叫着的波斯俘虏们从他们身边跌落。

“特雷贝利阿努斯，”巴利斯塔喊道，“那边的那个波斯人，”他用手指着，“我需要审问他。”

特雷贝利阿努斯站在塔楼顶上，点了点头。

萨珊人被拖到巴利斯塔的面前，在他褴褛的衣服上绣着老虎和其他的猫科动物。巴利斯塔以前见到过他，而且不止一次。德米特里厄斯如果在场会立刻喊出此人的名字。

“我们被告知如果投降会保全生命。”在布满灰尘的胡子后面，年轻人用波斯语跟巴利斯塔说道，一脸愤怒绝望的神情。

“你们信任这些西利西亚人本身就是愚蠢，”巴利斯塔用波斯语回答道，“你们曾经杀死或者强奸过他们的亲属。”

萨珊人做了一个轻蔑的手势。“你跟他们一丘之貉，我的部下有些迷信的人认为你是死神那苏，但是你根本就不是什么死神。我认识你——在阿瑞忒城战场，在埃德萨你投降的时候，我也在卡莱看到过你宣誓，你是巴利斯塔——一个违背誓言的人。”

“我宣誓回到沙普尔王座面前，在索里，我确实这么做的。”

“就是狡辩而已——你们罗马人从会爬开始就坑蒙拐骗。”

“而且每个人都知道波斯人不会说谎，说谎是违背你们的宗教教义的，然而你们的祭司却活剥人皮，向受害者眼睛里灌开水。”

萨珊人吐了口痰。“你们的部下却没有那么残忍。”

“现在我认出你了，”巴利斯塔说道，“你是瓦拉什，诸王之王的儿子，沙普尔的掌上明珠。”

萨珊人冷笑着。“就像你这种人，遇上这种情况就想赚一笔，你认为我父王会为我支付赎金。”

“我确信他会付赎金的，但是我不会问他索要赎金，虽然你杀死了我的朋友图皮奥，把他残缺不全的头挂在杆子上，我仍然会无条件地把你送回到你父王身边。挑选六个你们的人，他们可以跟你一起上路。”

波斯王子看上去很恐惧。“我怎么能做出这样的一个决定呢？”

“战争是残酷的老师，做决定吧，否则他们都得死。”

一旦事情解释清楚后，特雷贝利阿努斯非常礼貌地同意了这种做法，而大群的西利西亚人却没有这么明智，他们显然不开心。

当那些被选出来的六个波斯人走向他们的时候，马克西姆斯又用自己的本族语轻轻地说着。“这是错误的决定，你不能把其他的傻瓜都留给这些暴民处理，我想你可能又故态复萌了。”

“也许我是故态复萌。”巴利斯塔的脸很坚定，没有什么情感色彩，“但是，正如我跟波斯人说的那样，战争是残酷的老师，这些西利西亚人的人数远远超过我们——比例是二十比一或者更大。他们会听从特雷贝利阿努斯的命令，而不是我的命令。”

马克西姆斯往四周看了看，然后不情愿地点了点头。

“无论如何，即使我们能拯救所有的波斯人，我们也没有军队来看管他们，而且还有另外三千波斯杂种正要在西部的考瑞克斯与我们作战。”

第十四章

从塞巴斯特沿着海岸西部大约三英里就是考瑞克斯城，这个城镇最值得一提的就是远离岸边的岛屿。它跟其他岛屿名字都一样：克莱姆布萨，即干燥的岛屿。这个岛屿确实缺水，很小——差不多长两百步，宽一百步——这个岛屿岸边大部分都是岩石密布，但是当大陆被敌人占据，这个岛屿对舰队的作用是非常巨大的。

巴利斯塔的小型舰队前天已经沿着塞巴斯特起帆航行了，到达后，舰船在考瑞克斯城墙外围一字排开——九艘三层桨帆船、十搜小战舰和二十艘运输舰。为了给敌方造成好战的印象，运输舰也用军旗欺骗对方，甲板上也布满了从战舰上调来的水兵。如果幸运的话，城里的波斯人不会意识到那些圆鼓鼓的运输舰里其实除了食物和水，空无一物，他们会误以为船里装运了满满的士兵。

现在，城镇在舰队面前已经一览无余，舰船就在克莱姆布萨岛停泊。光秃秃的岛屿给了战舰上的划桨手们一个机会离开狭窄的板凳，到岸上去伸展自己的腿部，做饭、用餐、睡觉。不可否认的是，如果有暴风雨，舰队将不得不找地方来避雨，或者往东到塞巴斯特或者往西到卡里卡德那斯河的三角洲地带，但是这里夏日的天气看上去很稳定。

确实这是一个漂亮的夜晚，天空中挂着几朵祥云，圆月当空。大海风平浪静，月光让海水看上去银灿灿的，舰船和黑色的影子在抛锚之地安然屹立。

巴利斯塔站在卢帕号旗舰舷边，这艘三层桨帆船飘扬着他的旗帜。他抬头注视着天空，在月亮表面移动的云彩让天空看上去无限遥远。在如此巨大的宇宙面前，人类看上去很渺小。人们经常说另一件事情更加宏大，而所谓的悲伤是渺小的，这是大多数安慰别人的手法。巴利斯塔心里带着憎恶地想起苏勒皮索斯在西塞罗女儿死后写的有名信件。当我们这类人已经失去了我们珍重的每一样东西，我们尊贵的名字、祖国、尊严和我们所有的荣誉之后，不要被个人悲哀所深深影响。西塞罗回信说这些说辞帮助了自己减轻悲伤。这些正在节节败退、头脑狭隘的寡头独裁者们，是如何用这种令人憎恶的方式思考的呢?

普鲁塔克安慰妻子的方式更加巧妙，尽管你可以疲倦地重复自我控制的必要性，尽管人们不断贩卖着不言而喻的谬论，说什么向悲伤屈服和沉迷于欢乐同样糟糕，在所有哲学层面之间，一个父亲失去自己的孩子是真正的悲伤：孩子是这个世界上可以拥抱，可以看得到听得见的最令人愉悦的存在。

时间是最好的疗伤者，每个人都这么说。所有的伟大思想家们——普鲁塔克、塞内卡和所有其他人——听上去像女佣安慰人一样：不要悲伤，不要悲伤，时间会冲淡一切，而令人难过的是，这种说法只有部分是对的。

巴利斯塔确实开始感觉好些了，朱莉娅和孩子们不再老是萦绕在他的脑海里。现在他醒来后只是觉得有一种不确定是什么出错了的感觉，这之前失去妻儿们的痛苦几乎全部占据了他的脑海。有时白天他根本不会想到这些，但是他还是会记起这些，后悔自己忽略了他们。

至少他现在没有天天把这些挂在嘴边，他的脑子里不再是充满断断续续的痛苦片段，复仇以及欧里庇得斯式的悲剧情节。在塞巴斯特的时候，巴利斯塔刮了脸，洗浴而且理了头发。普鲁塔克曾经写过类似的说法，照料好一个人的外表有利于他的内心。巴利斯塔在想是否有任何情绪不通过与别人的想法交流而被人感受到。一个人读到的，听到的东西是不是赋予了思想以语言，还是说这些阅历会塑造思想，扭曲思想用不同形式表现出来？无论如何，这些会让情绪更加虚幻吗？

巴利斯塔身后传来一声舞台剧式的假咳嗽，卡尔加库斯带着波斯王子瓦拉什走过来。到目前为止诸王之王的儿子并没有对自己免于死罪而展示出过多的感激。也许，巴利斯塔毫无怜悯地想，沙普尔爱子已经觉得回到他父王身边，无论是否索要赎金，都不会那么简单。或者仅仅是因为此人不相信巴利斯塔所说的波斯军队，也就是现在那些在浴血之地深渊底部被屠杀的军队，他曾经觉得巴利斯塔是死亡之神。

“考瑞克斯的波斯人由一个名字叫兹克·扎伯里干的总务官统领，”巴利斯塔用波斯语说到，“他所在位置是很容易被击破的，早晨我们会去跟他交谈。”

瓦拉什带着十足的优越感笑了。“现在我明白你为什么这么急着救我的命了，你认为我会帮你说服兹克·扎伯里干投降，我不会这么做的。”

“你误会我了。”巴利斯塔不会向他承认如果他觉得自己能的话，他会拯救他所有的部下免于惨死。“我他妈的根本不在乎你会不会去说服他，而且我他妈的根本不在乎他的部下到底是放下了武器还是全部死亡。”

瓦拉什无声地怒视着他。

“但是我认为，”巴利斯塔继续说，“你可能不愿意看到他们落入特雷贝利阿努斯和他那群粗鲁的西利西亚人之手。”

瓦拉什尽力去避免对方邪恶的眼神。“你可能不是那苏，但是你是个谎言连篇的骗子，迷魂药的崇拜者，总有一天马兹达神会把你重新交到正义之人的手里。”

巴利斯塔太疲劳了，当然不是体力上而是心理上的疲劳，以至于没有精力跟他斗气。

马克西姆斯走出阴影角落，为巴利斯塔说出自己想说的话。“你欠他一条命，如果你有点儿荣誉感的话，你应该在说话时思考一下，保持礼貌。”

波斯王子高大瘦削的身影转过来，寻找屁股上早已不在的宝剑。“萨珊家族的儿子们可不是由别人来提醒自己要有荣誉感的，尤其是非雅利安人，我确实欠下命债。”他以自己内在的气质引导自己对巴利斯塔行礼：幅度小而优雅的鞠躬，手指掠过臀部。“但是我不会试图去说服兹克·扎伯里干投降的。我知道你的运输舰里没有士兵，我不会跟他撒谎的。”

巴利斯塔笑了。“骑马射箭，避免说谎。”

瓦拉什严肃地点点头。“正是如此。”

早晨，从西部涌进来轻微涨潮，不是很严重，但是足以让靠岸的舰船烦恼。巴利斯塔命令所有船只都尽可能地移到克莱姆布萨避风处。命令传达到每只船，每次下船到岛上的划桨手不得超过人数的三分之一，因为这些人占据了三层桨帆船的一个舷边的兵力。

巴利斯塔和他的随从花了些时间观察山岭对面考瑞克斯东北部的情况。在遍布低矮灌木的斜坡上没有什么情况，海岸大路上空无一人，一只鸬鹚形单影只地在一片水面上抓鱼。巴利斯塔注视着长脖子的鸬鹚，注意到周围没有海鸥。在自己北方的家乡，空中会密密麻麻地飞满海鸥，在舰船周围翱翔尖叫着。

家里的事情，现在既然朱莉娅和孩子们都死去了，没有什么能阻止他回到日耳曼尼亚了。当然除了皇帝宣布命令信使让父亲把他交给宫廷，而他的父亲，总是把人民利益看得高于一切，将不得不遵从这种命令。不服从命令的代价太高——罗马对他们的支援，罗马人挑起的叛乱——如果不这么做，罗马军团甚至会进行军事干预。

那么，巴利斯塔回到北方会面临怎样的情况呢？他离开故土已有二十二年了，肯定一切都变了。回到盎格鲁的宫殿大厅里他仍然会受到欢迎吗？他的同父异母的兄弟莫尔加，也就是父亲的继承人，见到他不可能会很开心。巴利斯塔知道自己已经变了，在罗马宫廷服役二十二年，五年的军队高级统帅生涯。现在他是马库斯·克洛迪乌斯·巴利斯塔，禁卫军长官，地区行政长官，不再仅仅是伊桑格瑞姆的儿子德海姆。也许宫廷里的熏陶、家长式的关怀会让他窒息，但罗马帝国的经历已经让他在方方面面都发生了变化。

“那里。”马克西姆斯指着说。

在腹地周围，大约离城墙三百步左右有些旗帜在飘扬，旗帜下面是一队军团士兵。卡斯特里西乌斯，像以往一样可靠，已经到达了。

“是时候启程了。”

卢帕号启航了，船桨统一划起，船骨切过水浪，溅起的水花打到巴利斯塔的脸上。

考瑞克斯没有火炮，三层桨帆船接到命令要把他们引入西部港口。在防波堤外围，水面几乎是静止的。战舰在离码头还有扔一石子之内的距离停下来。

等了一会儿，一个高高的旗子出现了：一个抽象的红色图案，像一把剑，镶在黄色的旗帜上。下面站着一个身穿丝绸全副武装的人，长着黑色长发。

“我是马库斯·克洛迪乌斯·巴利斯塔，军队长官，给我准备好洗浴用水和一餐饭。我来这里是跟总务官兹克·扎伯里干谈判投降条件的。”

“去你妈的，还有你的条件”。城墙上的波斯人狞笑着，“违背誓言的小人，你不会在这里得到什么洗浴和用餐的机会，你这个该死的傻子。”

城墙上面扔下很多东西，巴利斯塔和船舷上的部下在盾牌后面躲闪着，这些东西没有射到他们的船只。有些掉进水里溅起水花，其他的在码头上爆炸，溅起白色的云雾：面粉或者盐粒。

“这就是给你的答复。”兹克・扎伯里干喊道。

卢帕号向后划着桨、转舵，离开原地。

“这个该死的傻子。”马克西姆斯说道。

“从解剖学上来说非常有趣，但是非常有创造性。”巴利斯塔坦承道。

“当然，但是他们反应得倒快，立刻得出不错的判断。”

卡尔加库斯把瓦拉什带上前。

“沙普尔之爱子，”巴利斯塔说道，“我们需要你的解释。”

波斯王子没有像其他人那样放声大笑。“有点儿粗鄙的骂人行为，出自一个总务官有点儿不大合适，但是被围攻的情况下这种行为是意料之中的事。”

“不，我指的不是这件事情——解释一下为什么会有白色粉末袋扔下来。”

瓦拉什还是没有笑。“那是盐，他们谴责你是一个许下虚假诺言的人，波斯人以盐起誓。”

“我在沙普尔面前是以希腊方式起誓。”

“他们是波斯人，他们主观地以为你是以他们熟悉的方式起誓，就像你们的哲学家希罗多德所说的：‘无论何地，风俗为王。’”

“正是如此。”巴利斯塔说。

太阳慢慢地在天空中移动着，他们又开始蛰伏等待。这一次，他们的注意力放在考瑞克斯后面正对的山岭上。

巴利斯塔听到身后的卡尔加库斯在给马克西姆斯讲一个真实性值得

考究的故事：“当卡帕多西亚的阿克拉奥斯统治考瑞克斯的时候，他有个漂亮的女儿。”

“她的乳房大吗？”

“很大——有个预言说她会被一条蛇叮咬，然后死去。当然，忧愁让国王几乎疯掉。所以他就在克莱姆布萨岛上建了一个宫殿，周围没有蛇的踪影，非常安全。”

“当然，但她肯定很孤独——一个热血的年轻女子，孤身一人，需要一个人陪伴。”

“当然，有个暗中爱慕她的人——一个比你更英俊、更壮实的男人——给了她一件礼物，是从陶鲁斯山下果园摘来的一篮水果，但有一条角蝰隐藏在杏子里。”

“去你妈的，还有你的故事，我一点儿都不害怕蛇。从来都不害怕。而且，我们也不在岛上。”

两个人友好地继续拌着嘴。

当太阳到达天空正中，山岭上因为热气而发亮，考瑞克斯白石灰城墙太耀眼了，无法直视。到了用午饭的时间，巴利斯塔命令让西利西亚当地人希波托俄斯跟他们一起用餐。

当他们离开塞巴斯特的时候，他们用了一条不起眼的小渔船把希波托俄斯从城内偷偷拉出来。他似乎一直非常绝望地躲避着特雷贝利阿努斯，而且有着充分的理由。希波托俄斯，据他自己说是多莫提奥坡里斯上城的显要人物之一。如果他的说法属实，是非常具有警示性的。当那些现在在考瑞克斯的波斯人刚刚冒险进入内陆的时候，他们是由利迪斯，也就是特雷贝利阿努斯的随从之一，引狼入室的，经过日耳曼尼克坡里斯，丝毫没有去动特雷贝利阿努斯的家乡所在地，而是扑向了多莫提奥坡里斯。

希波托俄斯长着黄色的头发，比一般粗鲁的西利西亚人更优雅些，然而巴利斯塔确信他跟特雷贝利阿努斯是一类人。所有人都试图把目前的灾难变成对自己有利的局面。

“你曾经说波斯人把你的一些市民交给了利迪斯。”巴利斯塔说道。

希波托俄斯脸上闪过一丝厌恶的表情。“他们被移交给利迪斯，然后波斯人大笑着看着那些西利西亚人上演他们可憎的祭祀仪式。他们在树上绞死受害者们，包括人和野兽。他们朝着这些人扔标枪。如果他们击中，神灵阿瑞斯才会接受凡人的祭祀品。”

“如果他们扔不中呢？”

“他们会再扔一次。”

“我可以理解为你对你自己同胞的宗教习俗并不赞成。”

“哦，不，”希波托俄斯说道，“我的身份并不是西利西亚人，我经历过一条悲剧般漫长的道路。我出生于拜占庭附近的一个高贵城市佩林苏斯。我的父亲是元老院的议员。当我年轻的时候，我不可救药地爱上一个人。海坡安特斯跟我年龄相仿，他在体育场上剥光了衣服摔跤，看上去就像一个神灵，而且他的眼睛里既没有轻蔑，也没有可怕的神情，没有邪恶的迹象，也没有什么掩饰。”

他们一边吃饭，一边听着希波托俄斯给他们讲述一个关于爱情、性欲、各种花招、谋杀、逃跑、沉船事故、失散和流亡的故事——一个配得上希腊式浪漫的故事。

“可能出自一个他妈的希腊浪漫故事。”卡尔加库斯嘟囔着。

“你觉得特雷贝利阿努斯会来吗？”巴利斯塔问道。

“哦，是的，”希波托俄斯说道，“这些波斯人是他无耻背叛行为的见证人，他们当然希望他们都死掉。”

午饭后的一两个小时，三层桨帆船司令来喊他们。他们从卢帕号船舷处观察着山岭，从蒸腾的热雾中，考瑞克斯城稀薄的树林看上去在动。特雷贝利阿努斯和他的人马来了。

“让我们再去跟兹克·扎伯里干交谈。”

这次，总务官没有进行任何人格或者身体上的不合理攻击，他被从海陆两面切断，并意识到波斯大军离自己很遥远，已经被击败，在溃退中，他也只能接受游戏结束的事实。他们的位置在防波堤靠海的末端两支军队之间，因此虽然他有所怀疑，但态度还是在情理之中的。

“放下武器，交出美酒和俘虏，把你们的军队交给我，而且虽然你们怒气冲天，我仍然会赦免你们。”巴利斯塔听上去不动声色。

“赦免我们之后呢？”

“我会开出比正常情况更好的条件。亚历山大·塞维鲁大帝曾经把波斯俘虏转化为定居弗里吉亚的农民，但是你的部下在我看来不像适合乡村生活的人。如果他们宣誓神圣誓词，他们会被整编为罗马军队，会被分散到不同的连队，但是我向你保证他们不会被征召去跟自己的同胞作战。”

鉴于巴利斯塔过去的战争记录，总务官毫不犹豫地接受了投降条件。盐派上了用场，彼此握手，互相交换得体的外交辞令。

巴利斯塔站在码头的塔楼上，开始紧张起来。目前看来，事情进展得还是比较顺利的，但是军队交接比较棘手，这个过程中可能会出现很多差错。特雷贝利阿努斯接到命令，把军队驻扎在城外，他非常文明地抗议这项命令，他的部下则表现得非常桀骜不驯。每时每刻他们都有可能蜂拥而入来打击波斯人，也有可能索性攻陷城市。

巴利斯塔已经匆忙下令让卡斯特里西乌斯的士兵们上来守护城墙。军团士兵们都受军事纪律的约束，但是他们不喜欢波斯人，而且平民总是一个诱人的攻击目标。守城的卫兵也可能会变成强盗，事实上经常会发生此类事情。

然后还有波斯人自己的问题，东方人非常不愿意与自己的马匹分离。现在他们远远不想自己被运上六艘大运输舰被送往各地。他们对自己将被发配到何地一无所知，他们当中的一千人会被送往埃及，那里罗马驻军足够强大，能够监控他们。其他人，分成五百人一组的四个部分，会被运送到塞浦路斯、罗德岛、莱斯博斯岛和利姆诺斯岛。他们在岛屿上会得到有效的控制，当然还有宗教异议。祭司贤士们受宗教教义限制不能走水路，为此他们为波斯军队里的五个随军牧师设计了一个方案。根本原因是由于教义不允许祭司们的排泄物弄脏海水：他们都分发了带有盖子的两耳细颈罐，到达目的地后他们怎么处理这些垃圾是他们自己的事情。

有些特雷贝利阿努斯率领的西利西亚人已经朝山下进发了。他们大喊着，要求进入城内，并用剑柄敲击着城门。如果更多人跟来，事情会非常严重。

“大人，一艘战舰从安条克前来，船上有个信使。”

“现在没空，卡尔加库斯。”

“不，就是现在。你得听听他说什么。”老迈的喀里多尼亚人像个傻瓜一样咧嘴而笑。

马克西姆斯用肩膀把卡尔加库斯挤开。不知为什么，希伯尼安人哭了起来。

“巴利斯塔——你的两个男孩儿——朱莉娅——他们还活着——都在安条克。”

朱莉娅目光越过蓄水池往远处看着，从走廊到大门之间传来咚咚咚的马赛克瓦片敲击的声音，现在的马赛克取代了被弄坏的那块镶有身体残缺的侏儒形象的图片。朱莉娅不知道自己为什么感到很烦。肯定不是因为巴利斯塔跟孩子们重聚的时候做出的反应，即使是过去罗马帝国的议员们也会崩溃落泪，跑向自己的孩子们。

肯定也不是因为孩子们，当然不可否认的是，大儿子伊桑格瑞姆在她讲述逃跑经历的时候经常打断她，但是大儿子对自己所做的事情非常骄傲，尤其是用自己的小匕首去刺萨珊人这件事。由于母亲的特别叮嘱，他没有提到母亲衣服被撕裂的这个情节。也不是由于德海姆随意絮絮叨叨，欢乐尖叫着插话。尽管如此，她得承认她有那么一丝厌烦，当自己正在讲述用聪明的计谋从钱袋里散落金银来引开从后门追踪他们的波斯人的时候，伊桑格瑞姆抢先讲述了这段经历。巴利斯塔让她的感觉更加糟糕，他笑着说她非常聪明，居然记得用他曾经在海坡德罗姆的暴乱中用镀金王冠引开骚乱者的计策。男人，他们总是会为自己抢功。

不，不是因为孩子们，是巴利斯塔。他看上去像着了魔，或者仅仅是看上去卑躬屈膝。不，与其这么说，不如说他看上去冷漠而又陌生。他甚至很不情愿地把小匕首还给伊桑格瑞姆。

朱莉娅听着巴利斯塔讲完他和他带领的军队的故事，像很多结婚的男人那样，他通过孩子们向她传话，她知道这样子给了他添油加醋的权利。

他说他已经把波斯王子和他的部下们安排到塔苏斯南部岸边某个地方。他给了他们马匹、武器、钱财和一份保证安全的举止行为准则说明。不，当然他不知道他们是否安全抵达，但是很可能他们会的。沙普尔曾经逼近西利西亚城关。在拉格尼乌斯·克拉鲁斯带领下的罗马军队还没等开始追赶就已经放弃努力。在陶鲁斯山脉北部，提亚纳是在众多城市中第一个被波斯人占领的城市。其中一部分波斯人分散兵力去攻陷西比斯特拉、巴拉塔、拉兰达和易康尼厄姆。在沙普尔带领下的主要兵力继续行军去占领恺撒利亚－马萨卡——由于当地人的背叛行为，撤退中的狄摩西尼的英勇抵御和努力也化为乌有。从那里波斯人骑行至科马纳。这两股兵力在塞巴斯特亚汇合，波斯人继续往南行军。他们骑行的路线上，卡帕多西亚的行政长官波姆波尼厄斯·巴索斯在麦里特那城墙后没有采取任何行动，而奥斯若恩长官奥里利乌斯·达利斯则展示出更多的战斗欲望，但是据说诸王之王沙普尔已经贿赂了他和他的部下，让波斯人通过埃德萨，回到美索不达米亚的安全之地。

“也许没有沙普尔想的那么安全，”朱莉娅插话道，“有谣言说自从你击败了诸王之王，在萨珊帝国东部爆发了叛乱，在里海周围和外延地区，而且在靠近我们帝国的地方，奥登纳图斯从帕米拉北面行军，在美索不达米亚地区抵抗沙普尔。”

巴利斯塔敏锐地抬起头。“如此说来烈日雄狮已经最终对马克利亚努斯二世和奎伊图斯宣战了？”

“不”，朱莉娅说道，“他已经代表罗马向波斯宣战，但是没有对任何一个伪皇帝宣战。你知道萨珊人仍然在挟持瓦勒良吗？”

是的，巴利斯塔曾经在索里战役中看到被俘虏皇帝仓皇逃窜的背影。

“如果奥登纳图斯击败沙普尔，释放瓦勒良，或者捕获了他……”她没有说完这句话，没有必要。如果他真挟持了瓦勒良，那么烈日雄狮就可以以平等地位，甚至比对方更高的位置，来跟马克利亚努斯的两个儿子或者加里恩努斯做交易。

“我的故交马穆拉从来不信任奥登纳图斯这个人。”巴利斯塔用力思索着，又回到那种冷漠的状态。

朱莉娅很想单独跟丈夫在一起，她厚着脸皮打发走其他人，带他来到卧室。

从身体反应来看，他还行，但是即使当他们做爱的时候，他的注意力似乎也不在这里。她决定旁敲侧击地问个明白。

“德米特里厄斯去哪儿了？”

他沉默了一些时候。“我现在有个新的书记官，一个名字叫希波托俄斯的希腊人。我派遣德米特里厄斯去西部做其他事情了。”

巴利斯塔又陷入了沉思。

她等待着。

“这是一段糟糕的日子。”

她平静地看着他，当然这段时间是很糟糕的日子，你不可能在讨论会上赢得对抗萨珊人的两场战役，他一度以为家人被屠杀。

“现在都结束了。”她说道。

“是吗？包括我对沙普尔许下的诺言？”他语调很平缓地吟诵道：

正义之神不会当你的面给那些不法之徒致命一击，
而是温和地、缓慢地潜伏着，
她会以自己的节奏，跟踪着那些邪恶之人，
在他们出其不意的时候给予打击。

“欧里庇得斯。”朱莉娅说道。

“我经常读他的作品，尤其是《美狄亚》，在我脑海里这些都很混乱。”他又开始慢慢吟诵，“缓慢潜伏着……神灵们把父母的罪行归咎到孩子们身上。”

朱莉娅保持沉默。

“伊阿宋和我，都是违背誓言的人，为什么他的儿子们被杀而我的却没有，或者神灵的复仇延迟到来？温和地缓慢地潜伏着……”巴利斯塔的声音逐渐减弱。

“神灵是不存在的。”朱莉娅的声音清脆而坚决，“即使他们真的存在，但他们居住在遥远的地方，对人类不感兴趣。他们根本就不在乎。”

她停下来等待巴利斯塔的回答，但他没有回答。

“即使他们是真实存在的而且也在乎人类，因为父母邪恶罪行而惩罚孩子比一个医生给病人的儿子开药方更加荒谬。”

巴利斯塔似乎心不在焉。“有一个谚语如此说：神灵们的磨坊都磨得很慢，但磨得很细致。”

虽然自己的野蛮人丈夫经常顽固而且迷信，但是朱莉娅从来没看见过他如此沉迷于病态的、着魔似的自我反省之中。“胡说八道，”她说道，“即使神灵存在，而且因为人类的事情而烦扰，他们也不会惩罚你或者孩子们，因为你没做什么错事。伊阿宋对美狄亚是被迫起誓。如果他不这么做，她就不会帮助他，那么他也不会赢得金羊毛。你在沙普尔面前是被迫起誓。如果你不这么做，你将和图皮奥的命运一样，被迫起誓根本就不算数。”

最终，巴利斯塔似乎从自己的世界里走了出来。“那么为什么伊阿宋的儿子们死去了呢？”

“美狄亚杀死了他们因为伊阿宋抛弃了她。”朱莉娅说道，“这个故事里有个教训。”

巴利斯塔也笑了，尽管表情严肃，然后他斜过身子靠近她的耳边，“我发了另一个誓，一个我自己自愿发的誓言，我该遵守誓言吗？”

尽管朱莉娅很沉着，但依然很焦虑。“什么誓言？”

“杀死奎伊图斯。”

朱莉娅身体没动，努力思索着，她最终说话道：“是的。如果不这么做，你会觉得自己不像个男人，也许这是你唯一通往安全的道路。”

巴利斯塔点点头。

“但是，”朱莉娅耳语道，“这个任务不会很容易。你必须等待时机。”

巴利斯塔又点点头。

“而且，仅仅杀死奎伊图斯是不够的，你必须杀死他们全家。”

第四部

祭祀崇拜管理者

（西部，阿尔卑斯山脉，库拉罗城，

公元260年秋）

对那些命运已经被施加诅咒的人来说

音乐只有一种音调——

无休止的悲惨、折磨和冤屈。

——选自欧里庇得斯《特洛伊的女人们》

第十五章

当沉重的窗帘暂时往后拉开，外面进来一股山间冷风，吹进库拉罗的议政大厅。灯光和圣火摇曳不定。空气中有秋天的气息，战役攻坚阶段行将结束。很快军队将必须撤退，穿越阿尔卑斯山脉到达意大利，或者当第一场雪阻碍住关卡的时候而被困。加里恩努斯皇帝必须接受复仇——必须要等到来年开春，或者至少要等到来年春天以后。

两个进来的人站在那里，让自己的眼睛适应明亮的灯光。一个是引见官赫尔米亚努斯，另一个是来自多瑙河流域的信使，后者带着一个很小但是很沉重的皮袋子。由于事先知道袋子里装了什么，加里恩努斯觉得自己应该很开心，但是他并不高兴。

加里恩努斯坐在高座上，尽量想通过列举一年来比较顺利的事情来放轻松自己的心情。在遥远的非洲，塞尔苏斯的叛乱已经平定，觊觎王位的人已经死去。塞尔苏斯的支持者们，非洲行省长官维比乌斯·帕斯恩努斯和利比亚边境首长费边·波姆波尼厄斯也都死掉了。比较好的是毛里塔尼亚和努米底亚长官科尼利厄斯·奥克塔维亚努斯和德西亚努斯都立场坚定。但是加里恩努斯表妹的计谋则近乎天才表现，她建议拉拢那些法兰克人，其中有些巴瓦利人已经穿过西班牙被德西亚努斯击败，朝廷招募了这些人来平复叛乱。小小一计，只需要付出部分从塞尔苏斯那里没收的地产，就把一群本来非常危险的野蛮偷袭者们变成了重要的军事财富。他做得不错，想到家族的事情，一个邪恶的念头浮现在加里恩努斯的脑海中。他把这些想法压抑回去，继续罗列着一年来进展顺利的事情。

在多瑙河流域，英格努乌斯为首的叛乱也被平定，这次是加里恩努斯亲自带领军队平定的。他们在摩尔萨外围赢得了光荣的胜利，对于皇帝新建的机动骑兵部队来说是又一场集体的胜利，佯装撤退战术又一次奏效。让那些老派元老院议员们抱怨说这不是罗马军队的作风。他们是错误的，这种战术对骑兵来说最为理想，罗马人总是能够把敌人的作战方法加以改变来挫败敌人。

当然，当加里恩努斯和他的骑兵队伍刚刚离开往西部进发时，就发生了另一场叛乱。但是走向王座的信使能够证明下潘诺尼亚地区长官瑞加里亚纳斯已经遭到与英格努乌斯同样的下场。

多瑙河边境地区再次稳定下来，加里恩努斯不受那些过于呆板坚持古罗马传统的做法的行为所束缚，他开启了与马科曼尼之王阿塔鲁斯的谈判。现在，为了获得下潘诺尼亚的一些土地，这个凶残的日耳曼统治者保护着平静的城市和土地免遭北边的长毛同胞们侵犯，然后还有皮帕，为了让协约更加坚实，阿塔鲁斯把自己的女儿嫁给了加里恩努斯。一个日耳曼人只娶一个妻子，除非他是重要人物，必须娶更多妃子。谁会比罗马皇帝更重要呢？在皮帕眼里，她是皇帝的第二任妻子，而在罗马人看来，她是一个妃子，但是这个妃子是一个绝美佳人。加里恩努斯在脑海里勾画着她的身体——高挑结实。金色头发，这是他最喜欢的发色之一。她来的时候是处子之身，一旦失去了这种身份，她在卧室里的表现就像有个叫图密善的老皇帝所说的“床上摔跤”一样热衷于性爱。皮帕，加里恩努斯甜蜜的野蛮人妃子，恰恰就是他所喜欢的。一旦在议政大厅里的事情结束，加里恩努斯就能享受下午的鱼水之欢。性爱和美酒能让他心情放松。

信使已经完成行礼正要起身，加里恩努斯示意他展示下自己带来的东西。

此人把袋子放在地上，手摸索着解开紧系的捆绳，一阵恶臭扑面而来。

信使站着抓住死人的头发把头颅提出来，这个人头脸色铁青，眼睛圆睁，由于开始腐烂嘴唇已经从牙齿内部往里缩进，看上去像美杜莎的形象。瑞加里亚纳斯，罗马元老院议员，达契亚古代诸王的后裔——这就是他的下场。

加里恩努斯非常冷静地看着这个令人讨厌的东西，他在想斩首行为是否是洛克拉尼的本地传统，正是这些萨尔马提亚野蛮人捉获了瑞加里亚纳斯。他们是游牧部落，吃肉喝奶。他记得他们允许女人跟他们一起骑马作战，但是他不太确定这种斩首行为是否是他们的做派。也许是他派去的其中一个军官，加姆思索列斯或者塞勒·沃勒雷亚纳斯，曾经告诉过他们罗马人对待那些敢于挑衅紫色王权而失败的人的尸体的正确处理方式。

活着的皇帝盯着死去的觊觎王位之人，怎么处理他的头呢？把它送回罗马——作为一种对心存侥幸有任何叛变企图的议员们的一种强烈警告？把头钉在杆子上来激励军队？

“世事变幻迅速。”加里恩努斯用平缓的语调说道，“把首级带走，给他以体面的葬礼。”

信使手里仍然抓住头发提着死者脑袋，开始拖着脚步退下，引见官赫尔米亚努斯引导他退出大厅。

加里恩努斯觉得没有什么理由来浪费时间进行这种无意义的公开讨

论，在场的议员们可能期待这种讨论，但是高级军事将领们和帝国行政官僚首脑们都不愿意费心去做这种事情。

“同僚们，”加里恩努斯开始说道，“冬天就要来临，对高卢地区的叛乱者和凶手们的惩罚必须等到来年了。”他逼着自己挤出一丝笑容，“罗马共和帝国必须在没有阿特瑞巴提克羊毛外罩的情况下度过寒冬。”

大厅里响起一阵阿谀奉承但是很有礼貌的笑声。

“两天之后，各位同僚们将解散营地，重新翻过阿尔卑斯山脉到麦狄奥拉那姆周边意大利北部的冬季驻地。让每个人各司其职，务必人尽其事。”

议政大厅的官僚们都整齐划一地行着礼。“我们会奉命行事，做好准备执行每一个命令。”

当加里恩努斯走到秋风瑟瑟的街道上的时候，阴暗的思绪涌入他的脑海。他想要的首级不是瑞加里亚纳斯的，而是波斯杜穆斯的项上人头。他曾经很信任下日耳曼地区的长官。波斯杜穆斯已经在对一群从西班牙回来的法兰克人作战中取得了一次小规模的胜利。西尔瓦诺斯，莱茵河沿岸城防首领刚刚要求波斯杜穆斯交出缴获的美酒，而波斯杜穆斯却用美酒来贿赂下属。常胜军第三十乌尔皮亚胜利军团已经拥立波斯杜穆斯称帝。

加里恩努斯本可以让波斯杜穆斯活下去，怜悯对他来说是非常自然的品质。他曾经派人从意大利送去一封简洁的信给对方以获取回旋的余地：你在干什么？收敛点儿！你想挑起战争吗？而对方却伪善而蛮横无理地回复他：不要往北越过阿尔卑斯山脉，不要把我置于与罗马人民作战的境地中。这些话激怒了加里恩努斯，然而加里恩努斯还是继续尝试——让这件事情以一场战斗方式来解决吧。波斯杜穆斯的回复也愈发地令人恼火：我并非是角斗士，我也从来没成为一个角斗士，相反我已经为那些你命令我拯救的行省服务多年。我被高卢人推举为皇帝，而且我非常满足于统治那些自愿选举我的人民。我会以我最大的智慧和能力去帮助他们。

信里饱含挖苦之意，那种感觉自己是正义化身的语调令人疯狂，但是所有波斯杜穆斯的话跟他的行为相比起来都显得黯然失色——他丑陋邪恶的行为啊。

波斯杜穆斯已经继续往前进军至科洛尼亚－阿格里皮恩萨斯，在那里西尔瓦诺斯照看着加里恩努斯年轻的儿子，恺撒萨洛尼乌斯。波斯杜穆斯这个邪恶的巴达维亚杂种对这个城市早有预谋。城里食物短缺，懦弱的市民们由于受到威胁而恐惧，跟敌人讨价还价求得偷生。他们确保了自己的安全——以一定代价。西尔瓦诺斯和萨洛尼乌斯被身披镣铐交给敌人。萨洛尼乌斯是加里恩努斯宠爱的漂亮儿子，在离开自己监护人的情况下被杀。在剑落下之前这个年轻人的脑海里会浮现出何种恐惧感呢？

加里恩努斯曾经以为赫拉克勒斯是会倾听的，实施报复的战争会进展得顺利。但是想发动一场战役有点儿晚了，好在他们在叛乱者们还不知道他们到来之前已经穿越了阿尔卑斯山脉。然后，又出现了一场叛乱。格尼亚里斯，雷迪亚毫无操守的代理长官，已经宣布支持波斯杜穆斯，他威胁着他们的后防。由于皇帝带领的军队已经去了西部翻过阿尔卑斯山脉，他已经没有任何力量能够阻止格尼亚里斯穿越山脉从北面入侵意大利了。加里恩努斯被迫在库拉罗地区停止进军。现在他不得不退回到麦狄奥拉那姆。明年，他将实现他的复仇计划。

但是明年能实现复仇计划吗？东部，老瘸子马克利亚努斯已经经营得有声有色。从爱琴海到埃及，每个罗马行省都承认他的儿子们作为皇帝的合法地位。明年老瘸子马克利亚努斯肯定会对罗马发起进攻，大多数他的野战军队都是西部军队的派遣军，他们会要求回归家乡，逼迫他做出决定。

多亏巴利斯塔在西利西亚和奥登纳图斯在美索不达米亚的成功，萨珊人明年会陷入沉寂。在波斯帝国的东部势力范围有不安定因素。在里海岸边，加杜斯和马尔迪据说在公开反叛。马克利亚努斯会往西部进军，而加里恩努斯将不得不推迟对波斯杜穆斯的复仇，因为他要应对老瘸子的行动。

只有奥登纳图斯可以阻止马克利亚努斯春天往西进军，帕米拉之王已经在抵抗波斯人了，但是他对加里恩努斯偷偷送去的信件回复得比较含糊。他还没明确到底支持合法皇帝，还是支持在东部觊觎王位的年轻兄弟俩，一切都取决于这位神秘的烈日雄狮。

加里恩努斯想起他的故友巴利斯塔。他倾听了来自盎格鲁的书记官德米特里厄斯的汇报，他没有伤害年轻的希腊人。这么做没有什么好处，而且他是个英俊青年。德米特里厄斯还是要留在宫里。加里恩努斯的密探告诉他巴利斯塔的妻儿们又出现在安条克。他的老朋友又陷于不得不服务于马克利亚努斯的窘地。加里恩努斯对巴利斯塔并无恶意，但是不能允许北方人带领着马克利亚努斯的军队往西进军。他作为将领太杰出了，这不是什么问题，只需要加里恩努斯信任的弗鲁曼塔里伊总管鲁费那斯的其中一个密探跟塞索里努斯手下的人谈谈就可以了，塞索里努斯是他的父王曾经被误导去信任的一个密探头目。只要交出一份德米特里厄斯言行的报告和巴利斯塔的戒指——上面雕刻着丘比特在整理一个围城机械，剩下的事情就是由马克利亚努斯来处理了。

加里恩努斯为巴利斯塔感到遗憾，但是政治就是政治。无论如何，巴利斯塔的儿子们回来了，仿佛重生。萨洛尼乌斯不会回来了，可怜的、迷失方向的萨洛尼乌斯。祭祀崇拜事务管理者——制币厂的管理人员向他展示了其中一种硬币的种类。多么残酷的讽刺。普布里乌斯·利奇尼乌斯·埃格纳提乌斯·加里恩努斯，罗马皇帝，虔诚的保护者——却无法为自己被谋杀的儿子复仇，无法拯救被俘的年迈老父亲。

他们已经接近库拉罗最大的房子，这处房屋是有人主动提供作为皇家膳宿之地的。无论这种慷慨是如何实施的，房子主人在今年冬天将有一些解释工作要做。在皇帝率领的同僚们离开后，有人以波斯杜穆斯的名义重新占领了城镇。

剧烈的秋风吹拂着海湾的花环和标志着皇帝居所的橡树叶子，就像往常一样，有人群在外面等待着。在这些人里，加里恩努斯认出了那个留胡子的柏拉图学派哲学家普罗提诺。皇帝告诉最近委任的顾问奥卢斯·沃克尼厄斯·芝诺推迟与爱智慧的哲学家的会见。平时，加里恩努斯喜欢普罗提诺的陪伴。他和妻子萨罗尼娜很喜欢和他谈话，但是这不是平时。今天下午，加里恩努斯需要其他的安慰，而不是哲学的慰藉。

第五部

统治能力

（东部，公元260年冬—261年夏）

“神灵们行事方式是缓慢的，但是最终他们的力量得到了体现。”

——选自欧里庇得斯《艾奥尼》

第十六章

帝国宫廷御用随从人员都已到齐，站在安条克宫殿里的亭台上。两个年轻的皇帝，马克利亚努斯二世和奎伊图斯坐在王座之上。在他们的左边是他们的父亲，老瘸子马克利亚努斯，他坐在跟王座几乎一样高一样华丽的高椅上。宫殿里没有其他椅子了，在老瘸子旁边是密探头子塞索里努斯，后面站满帝国的书记官等人员，皇帝的右边站着高级禁卫军长官美欧纽斯·阿斯提阿那克斯，还有骑兵长官拉格尼乌斯·克拉鲁斯，在最后站着另一个禁卫军长官巴利斯塔。

一阵雨敲打着巨大半圆壁龛的窗户，外面是安条克的一个凄冷阴郁的冬季早上。巴利斯塔想道，我变得软弱了，在日耳曼尼亚的家乡，这种天气只不过是温和的春季天气。如果是卡尔加库斯的家乡的话，这可能算是一个闷热的夏日。

引见官把远端大房间的窗帘往后拉开，由于灯光耀眼，那些公开支持马克利亚努斯家族的长官们进来的时候都眨了眨眼睛。柯里叙利亚的庇索、叙利亚－腓尼基的科尔尼库拉、卡帕多西亚的波姆波尼厄斯·巴索斯、巴勒斯坦的阿凯俄斯、阿拉伯的维里乌斯·卢普斯、埃及的穆斯乌斯·埃米利安努斯、塞浦路斯的提奥多鲁斯和西利西亚的特雷贝利阿努斯，跟他们一起前来的还有埃美萨国王萨普西格拉姆斯。

九个握有强权的重要人物，但是有趣的是没出现的人物：西利西亚西部的长官们，最重要的是亚洲的马克西姆斯利亚那斯和来自东部奥斯若恩的奥里利乌斯·达利斯。最关键的是没有帕米拉的奥登纳图斯。当然这些人都没出席，除了烈日雄狮寄了一封信为借口称“自己生病，而且还有强盗和野蛮人的偷袭”。这些可以意味着很多，也可以是没有任何意义。当帝国的政治风险如此高的时候，从来不要接受任何简单的解读。

另一波参加会见的人被迎接进来——大约四十个议员，由前帝国顾问费边·拉贝奥、贵族阿斯提里乌斯和马克利亚努斯家族的一个叫科尼利厄斯·马塞尔的亲戚带领。阵容让人叹为观止。当然，很久以前更多的人逃往东部加入马克·安东尼去发动一场结局已经注定对抗屋大维的战役。然而帝国现在已经三分天下，加里恩努斯、波斯杜穆斯和马克利亚努斯的儿子们各自有自己的势力范围，能从遥远的罗马征召来十二分之一的议员真是令人惊叹。

最后一组人也被迎接进来——一大群骑士，几乎所有的低级军事军官：地方首领、护民官等这样的人。在他们中间，头发红亮、身材高大的鲁提鲁斯显得尤其显眼。巴利斯塔还看见了卡斯特里西乌斯尖削的脸。后者眨了眨眼睛，从矿山里的奴隶变成现在这种地位他可是付出了不少。

在引见官的示意下，会见的人都在皇帝们面前行礼。当他起身时，巴利斯塔看见他的大儿子马克利亚努斯二世仅仅是身体往前倾斜了一下，送出了一个飞吻而已。这种不到位的礼节可以归结为他年少，能力不强，但是也可以解释成其他的原因。

当参与会见的人员重新起身，议员们四处环顾，尽量不让人看出他们因为没有座椅而吃惊或者不悦。巴利斯塔能看得出政府在试图做什么：想尽力把皇帝们跟他们最强大的大臣们区别开来，进一步提升他们的威严，但是这是一个可能比较危险的计谋。因为不经意间会让人感觉到皇帝们很傲慢或者像东方的暴君一样。一个真正的皇帝可以盘腿席地而坐，跟自己的军团士兵一起吃粥而不失威严。

老瘸子马克利亚努斯非常费力地拖行着恢复到站立姿势。他斜靠在拄杖上，把自己的长袍披肩拉过肩头。他用坚定的声音祈祷所有的不朽神灵们，希望罗马的所有自然神灵们能引导他们的大业，庇佑皇帝和他的辅政大臣们。他在燃烧的圣火之上滴了一点儿香，火焰变成了蓝绿色。

老瘸子马克利亚努斯重新坐下，示意美欧纽斯·阿斯提阿那克斯应该出来主持会见。高级禁卫军长官清了清嗓子。空气中充满燃香和香水的味道，虽然这些味道不能全部掩盖波斯攻陷城池时放火毁坏城市的残留味道。

“最尊贵的皇帝们、同僚们，我带来了好消息。”阿斯提阿那克斯暂停道。灯光在他的额头皱纹上和肥厚的嘴唇下形成阴影，他的面部神情深不可测。

“堕落暴君加里恩努斯离死亡只差一步之遥了，他把帝国伟业浪费在妓女嫖客、野蛮人和小丑的身上——打扮像女人、性格像女人一样逆来顺受、嘲笑着王权的威严和罗马人民的伟大。”

巴利斯塔知道阿斯提阿那克斯会沉迷于自己的声音而洪亮地夸大其词，他可以这么口若悬河地讲几个小时。一些经常被用到攻击别人的词汇在他脑海中浮现——“比尼禄更该受天谴”“比图密善更加残酷”“比赫里奥加巴卢斯更加变态”“乱伦和巫术”“肆意挥霍者”“懦弱的小人”“凡人和神灵们的敌人”。雨点敲打着窗户。

“现在正义之师的复仇力量准备好了，即将进军。”阿斯提阿那克斯的声音把巴利斯塔的注意力拉了回来。“前几天出现的小麻烦已经成为过去，这只不过是一些来自西部的为数不多的士兵们过于急切想解放他们的乡邻家人的行为，这值得赞扬，因为他们想拯救乡邻家人，免受暴君的变态统治。”

巴利斯塔想，这是一种描述严重内乱的不错的说法——这种内讧最后被大量散发的金钱和完全满足他们的条件而得到平息：是的，西部军队会在春天一开始就往家乡进军，而有些可能会更早些。

“我们的东部一切都很稳固，卡莱和尼西比斯，都由于奥登纳图斯的努力而从萨珊人手里收复回来，这些地域已经归于奥斯若恩治理，对这些地区的确立秩序可以说明为什么他会缺席今天的会见。”

也许吧，巴利斯塔想道。

“我已经收到奥登纳图斯的亲笔来信。”阿斯提阿那克斯从剑鞘里拿出一块纸莎草卷。这个细节简单明了地提醒了听众们只有他，拉格尼乌斯·克拉鲁斯和巴利斯塔，在面见皇帝的时候是被允许佩带武器的。

“帕米拉之王将主动发起对波斯人的战争，他使萨珊人处于防守态势。烈日雄狮的计划就是要攻陷沙普尔泰西封的首都，他表达了自己完全相信神灵们会对自己青睐的区域安排罗马人去统治。”

阿斯提阿那克斯在把信放回剑袋之前进行了大肆渲染，巴利斯塔只是看到上面有字，如果上面是空白的，他也不会吃惊。

“鉴于奥登纳图斯对罗马展示的忠诚，我们尊贵的皇帝们已经从那些不信仰基督教的无神论者那里刚刚没收来的财产里选了一些精美的礼物，送给他作为奖赏。”

这可是一笔不小的贿赂，巴利斯塔想，被没收钱财的是一些本来爱好和平的人，他们坚持的是一种虽然模糊不清但还是很好的一种教义，罗马军队对他们严刑拷打没收了他们的钱财。巴利斯塔确保自己不动声色。

阿斯提阿那克斯做了个非常夸张的姿势，身体转过来面对皇帝们。“陛下，东部已经稳固，只要你们下令，我们就追随你们到罗马把帝国从加里恩努斯的暴政下解放出来。这还要你们下令。”

在一阵赞成的低声私语中，巴利斯塔看到马克利亚努斯向着自己的儿子们点头示意。

马克利亚努斯二世举起权杖示意安静。“我们感谢禁卫军长官美欧纽斯·阿斯提阿那克斯。我们听到了议员们的愿望，我们听到了在非洲和欧洲遭受压迫的人民的祈祷。来年春天当战役季节开始，我们就向西部进军。”

现在所有人都在侧耳倾听。

“我自己，我父亲跟随我，还有骑兵长官拉格尼乌斯·克拉鲁斯和密探头子卡尔普尔尼乌斯·塞索里努斯，将率领三万精心挑选的人马。那些将担任军团军官的人等将在后面宣布。”

参加会见的人群眼睛紧盯着殿前，无论这些人是如何看待皇帝们，所有与会人员都知道正是通过这样的远征，才能够保证有隆重的提拔，并在事业上得到显著的提升。

“在重要的远征之前，柯里叙利亚长官盖乌斯·卡普尔尼乌斯·庇索·弗卢基将带领一万五千名士兵首先在拜占庭确保一个进入欧洲的通道，然后进入色雷斯和亚加亚行省。那些会成为军队将领的人将稍后宣布。”

马克利亚努斯二世抬头看着支撑高高屋顶的雪松木横梁。“我们在不朽神灵们的意志面前叩首，把自己的性命交予他们，他们会保佑我们的。暴君加里恩努斯已经取消了对基督徒们的禁锢，罗马自然强大的神灵们不会眼睁睁看着那些否认他们存在的人逃脱惩罚。朱庇特·奥普提慕斯·马克西姆斯，所有的神灵他们都会庇佑我们。”

年轻的奥古斯都身体挺拔，眼神向远方凝视着，这种姿势和神情被认为是符合皇帝身份的。巴利斯塔在想这些有多少成分是在做训练有素的表演。他仅仅是说说而已，还是他也跟自己的父亲一样对神灵之事非常确信呢?

巴利斯塔从眼角边看到有人在动，是老瘸子马克利亚努斯的手杖，它的银色顶部镶着亚历山大大帝的塑像，指向奎伊图斯。

巴利斯塔观察着即将发言的年轻皇帝。奎伊图斯有着他家族的特征，自从上位后，马克利亚努斯二世已经有了类似成熟的模样，但是奎伊图斯还没有达到这个境界。突出的眼睛、往后下陷的下巴、高直的鼻子……所有这些都是被溺坏的任性而且攻击性很强的神情。

“各位，”奎伊图斯的话调子起得太高。他咳嗽了下，看上去很厌烦，重新说道，“各位，当我的父亲和弟弟往西部进军的时候，我们将驻扎在安条克，统治东部地区。行政长官美欧纽斯·阿斯提阿那克斯和巴利斯塔会辅佐我们。当庇索·弗卢基带领先遣部队去西部的时候，他在柯里叙利亚的行省将由我们最忠诚的大臣费边·拉贝奥来统治。”

年轻的皇帝暂停了下，等待年迈的前政府顾问表示感谢。

“就像刚才听到的美欧纽斯·阿斯提阿那克斯所说的，”奎伊图斯继续说，“总体来说，东部局势稳固，但是统治者的责任是永无休止的。巴勒斯坦长官阿凯俄斯通知我们说他统治的行省由于民风桀骜不驯，总是受到强盗袭扰，这些作恶多端的人必须清除。为了达到这个目的，我们命令行政长官巴利斯塔即使是在深冬季节也要给对方以刀剑和火光的惩罚。他会带领一千名士兵，有步兵和骑兵，一举消灭这些强盗，他会斩草除根，连他们的儿子们也清除掉，以免他们长大后学他们长辈的样子做劫匪强盗，活口一个不留。”奎伊图斯看着巴利斯塔，似乎正在提前享受着无辜的人遭受惩罚的想象里。

“时刻准备，听命行事。”巴利斯塔缓慢庄重地说道。全能的主，他痛恨这一切。

在奎伊图斯的脸上有似笑非笑的表情。“为了让禁卫军长官放心，鉴于上次他在外征战的时候发生的不幸事件，我们很高兴能为他的家人提供保护。巴利斯塔的妻儿们会与我们一起住在宫廷里。”

巴利斯塔别无选择，他一边表示感谢，脑海里却升起不祥之感。全能的主，在我外出征战的时候，让朱莉娅和两个儿子都安全吧，不要发生什么不好的事情。

奎伊图斯忍不住高声咯咯地笑了。

总有一日，你这个小杂种，巴利斯塔想道，也许不会很快，但总有那么一天。

巴利斯塔已经带领士兵们从安条克行军至叙利亚－巴勒斯坦行省地区的恺撒利亚－玛里蒂玛。行军还算顺利，他们队伍左边的黎巴嫩山脉在天亮的早晨经常看到雪松木被笼罩在稠密的雾气中。右边是红土岭，在他们队伍前面就是海洋，在冬日阳光中闪烁着紫色、蓝色和黑色的光。他们已经穿越了古代腓尼基的著名城市的黎波里、贝里图斯、西顿和提尔。他们艰难走过了露出地面的岩石地带，这种地方被称为提尔之梯，路上四处悬挂着光秃秃的白色岩石。一旦他们翻越了迦密山，海岸道路就布满了无数的贝壳。白色的、褐色的、紫色的，它们在马蹄下和士兵的靴子下面发出碎裂的声音。

在行军路上，海里的声音总是响在耳边。浪潮壮观，席卷而来，撞击在岸边粉碎掉又重新形成新的浪潮。天气相当不错，但是很明显海岸边行军是非常残酷的。巴利斯塔数着有八艘沉船。有些船几乎还很完整，其他船只不过剩下埋在沙滩下，露出颜色模糊的线条。马克西姆斯数着有十四艘船，新任书记官希波托俄斯声称看到了至少二十艘。

恺撒利亚－玛里蒂玛这个城市是由希律国王建造的，这是个不错的地方。巴利斯塔在这里很忙：跟长官阿凯俄斯和他的地方官员包括面无表情的议员阿斯提里乌斯进行了无数的会谈，还与其他军官见面商讨侦察强盗盘踞区域的行动计划，很快就发现阿凯俄斯需要援助的原因。几个地区敌众我寡：撒马利亚、加利利、朱迪亚自身。皇帝的野战军派遣部队让长官的排兵布阵捉襟见肘。在埃利亚－加庇多里那的第十弗来特恩西斯军团只有不到两千人的兵力，在卡坡考塔尼的第六弗拉塔军团只有一千人的兵力。雇佣军数量也被削减了，只有两个五百人建制的骑兵队伍和六组步兵队伍。名义上有四千人的队伍，但是在行省的每个地方兵力分布都是很分散的。

巴利斯塔的军队将在加利利扮演突袭攻击部队的角色，对他们有限的兵力来说这是一个相当大的区域。北方人带领了从第三高卢军团抽调的五百人的临时机动兵力，这个军团是有一个很和蔼的叫勒鲁斯的百夫长统领的，还有一翼五百人的达尔马提亚骑兵，这个骑兵队是由大块头红色头发的鲁提鲁斯统领。

使命非常重要，这可不是什么徒劳无益的差使，然而巴利斯塔对于把朱莉亚和两个儿子留在宫殿里觉得很不放心。他祈祷他们会平安无事，他不信任奎因特斯。

他的这些担忧先不说，他们在恺撒利亚的日子本来也可以很舒适的——当然海边腹地的宫廷非常舒适，而且巴利斯塔也通常非常喜欢沉浸于做军事规划——但是这个地区的长官个性太难相处。阿凯俄斯不仅是老瘸子马克利亚努斯的密友，还是一个无聊透顶的偏执狂。虽然巴利斯塔是军事上的行政长官，但是社交规则规定他需要频繁接受地方长官的热情邀请和招待，至少外表上要显示出自己享受这种社交活动，然后还要与他一起行军作战。巴利斯塔因此不得不在无数次用餐之后斜靠在座椅上去听阿凯俄斯阐述自己最喜欢的话题：他统治的犹太人的邪恶之处。

“我告诉你，他们甚至远比令人讨厌的基督教徒更加恶毒。那些迷信的傻瓜，当他们不大声呼喊什么‘我是基督徒，我想献身基督’的时候，他们就像许多驯化的鸟一样会不断重复那些戒条：你们不应该杀戮，不应该杀戮。如果犹太人的神跟他们提后面这些诫令，那些切除包皮的信徒们根本就没把这放在心上。在尼禄、图拉真和哈德良三个皇帝统治期间有三次大的起义，其余的时间里他们不断地制造麻烦。统治他们简直就是噩梦，就像跟你的继母一起生活一样。犹太人痛恨人类，就像谚语里说的那样，犹太人不会向非犹太人指路或给他一杯水喝，他们很有可能会切断他的喉咙。他们总是挑起战争，当他们不迫害那些崇拜自然神灵的公民或者攻击基督徒和撒马利亚人的时候，他们就内斗。你知道吗？我曾经问瓦勒良皇帝为什么我们不一劳永逸地解决掉他们？你知道皇帝怎么回答我的吗？'他们可能是很疯狂，但是不像那些基督徒，犹太人的疯狂是有渊源的。'这个老糊涂，幸亏他下台了。当我向现在尊贵的皇帝们的父亲提及这件事的时候，但愿神灵保佑他们，我觉得他说得更合乎情理。马克利亚努斯跟我说'一次对付一个敌人，首先解决掉基督徒，然后再解决掉犹太人'。"

每天晚上，用餐过后，当巴利斯塔本来可以听着港口城墙上浪花拍打的声音，喝着美酒，或倾听更远处浪花的声音的时候，阿凯俄斯就会讲一些只有孩子或者希腊地理学家才会相信的事情："每个人都知道在神圣的提图斯捣毁他们的神庙前他们经常做些什么，他们会抓住一个希腊人，把他当俘虏，把他喂肥，然后杀掉吃肉。他们可能现在还这么做，在他们所谓的族长统治下的加利利山林里面。"

阿凯俄斯喝得红光满面，在讲一个话题前喜欢预热一下，他也会滔滔不绝地诽谤这个，诽谤那个，语言恶毒滑稽，淹没了外面浪花的声音。

十五天之后，巴利斯塔非常开心于能脱离这个龌龊的地方长官，但是他希望天气不要突变。他们三天前从恺撒利亚出发的时候天气只不过是阴云密布。第一天晚上他们在卡坡考塔尼的第六弗拉塔军团的死寂的堡垒里度过，第二天晚上在塞弗里斯城度过。他们在那里等了一天，在黄昏的时候兵力分散开来，当开始下雨的时候往外行军。他们的攻击目标是一个盗匪猖獗的叫阿尔比勒的村落。他们计划一破晓就进行一个铁钳攻势。来自勒鲁斯统领的第三高卢军团抽调来的兵力将按计划进军到提波里亚水区，从东部接近村庄。巴利斯塔和鲁提鲁斯，与达尔马提亚的军力一起从西部接近攻击目标。巴利斯塔怀疑勒鲁斯和他的兵马在这次行动中抽到了上上签。正是他们把坐骑都留在塞弗里斯城：巴利斯塔很开心自己的灰马安全地待在马厩里。山路对步行的士兵们来说非常难走，天气极其寒冷。

冬天带着复仇的味道，在漆黑的夜里，寒风沿着多石的加利利山岭呼啸而过，挟裹着橄榄树和低矮的橡树，而且寒风还夹杂着雨水。看来今晚要变天，巴利斯塔酸楚地想道。

风已经转变风向直接吹到他们的脸上，士兵们弓着腰继续前行，头低下，身体斜转着，努力寻找能躲避风的地方。

半夜过后，雨已经停了。不久，第一批值班的营火在山岭上闪烁着。阿尔比勒的盗匪们知道他们来了。巴利斯塔并不吃惊，就他所了解，犹太人对罗马占领者们怀有恶意。恺撒利亚犹太人口数量很大，而塞弗里斯就是一个以犹太人为主的城市，难怪盗匪们提前就得到预警。你所认为的盗匪对其他人来说是自由斗士。巴利斯塔稳住了自己的肩膀，他别无选择只能继续前行。

巴利斯塔在当地向导后面奋力前行着，后背上的盾牌深深嵌入他的左肩，非常疼痛。右边肩膀上的剑带所造成的痛苦稍微轻些。他没有采取什么动作来变化双肩的重量，每次移动都会让自己身体的某些部分面对凛冽的寒风。全能的主啊，天可真冷。

“大人。”马克西姆斯的声音忽然响起，打断了他暂时的疼痛。“我看不到卡尔加库斯，这个老杂种肯定掉队了。”

巴利斯塔不情愿地环顾着四周，这是一个漆黑的夜晚。他不能看得很远，但是马克西姆斯说得对。巴利斯塔在凛冽的寒风中提高声音告诉鲁提鲁斯传达命令，继续行军。旗手格拉迪乌斯和行军书记官希波托俄斯将继续跟着部队前行。

巴利斯塔和马克西姆斯让出道路，士兵们缓慢走过，就像葬礼游行队伍，只不过更加安静而已。

卡尔加库斯几乎在队伍的末尾，他有点儿步履蹒跚。巴利斯塔和马克西姆斯在他身体两边停下，喀里多尼亚人看上去没注意到他们。

“卡尔加库斯。”巴利斯塔叫道。

年老的他没有回答，他被风吹得有点儿歪斜，继续往前走着。

卡尔加库斯被绊了一下，几乎跌到，他们抓住了他的胳膊。

“我还行，别管我。”卡尔加库斯的声音听上去很模糊不清。

“停下——这是个命令。”

卡尔加库斯停下脚步，他开始倒下，马克西姆斯抓住了他。

“让队伍停下，”巴利斯塔朝着最近的一个士兵喊道，“把命令传遍整个队列。”

最近的士兵们停止了移动，他们站在那里背部弯着就像驮着重物的动物一样。

巴利斯塔和马克西姆斯努力地把卡尔加库斯拉到路边，压低他的身体斜靠在一棵树的树干上。

“我还行，他妈的别动我。”卡尔加库斯的声音就像一个醉酒的人那样混沌不清，他闭上眼睛呻吟着。

现在队伍都停下了，巴利斯塔可以感觉到自己的腿部在抽筋。

“大人。”一个达尔马提亚士兵说道，“大人，有几个人已经离开了大部队。”

巴利斯塔向着黑夜里看去。他的眼睛在风中被吹得流泪。这个士兵说得对。六个士兵和一条空空的道路。有人因为行军和大风的噪音没听到队伍传达的命令，或者有人在寒风中冻得失去了对队伍命令的理解能力，该死的。

巴利斯塔站在那里思考着该怎么办，寒风吹打着他的外罩。在他们周围地势较高的地方有四堆值更营火，九个人掉队了，一个人丧失了行动能力。他们被敌人包围着，切断了去路。

巴利斯塔蹲下来，盯着卡尔加库斯的脸看着。在黑夜中他的脸非常苍白。年迈的他猛烈地颤抖着，这也好神奇——他还没有到被寒风冻伤的最后垂死阶段。

“怎么样，老头儿？”

卡尔加库斯笑着说：“还好。”他疲倦地闭上了眼睛。

巴利斯塔抽着他的脸。“醒过来，你这个老杂种。”

卡尔加库斯睁开眼睛，他的眼睛无法对焦。

巴利斯塔紧紧拥抱着年迈的卡尔加库斯，他非常凶地朝着他的耳朵说道：“如果你睡着了就会死去，你可不能在我面前死去。”

卡尔加库斯点了点头。

巴利斯塔站起来，最近的营火已经近在眼前，别无选择。

“你们四个”，巴利斯塔用手指着——“围住他，给他些你们的身体热量。你们两个，注意路两边的情况，继续前行，保持身体温暖，马克西姆斯和我去搞些火来。”

他们做好准备。在马克西姆斯的建议下，他们放下自己的盾牌。盗匪可能会有盾牌，但不会手持军队所拥有的那种大而圆的盾牌。现在他们在黑夜中的人影不会泄露出他们的行踪。

“你还记得鸽子岛吗？”马克西姆斯问道。这件事情是两年前发生的，但对巴利斯塔来说似乎像半生前发生的。在以弗所南面的一个小岛上，他们俩曾经为了烧掉野蛮人的长船发起了一次类似的袭击，从一个博拉尼哨兵营地里偷火。“淡然，今天我们做的事也会很有趣的。”

“你是个奇怪的人。”巴利斯塔说道。

他们开始往山上爬行，巴利斯塔先带领他们离开最近的营火。他们需要从下风处向去攫取这堆火种。没必要过分谨慎，咆哮的风会掩盖他们行进的声音，但是他们还是小心谨慎地前行着，每走几步停一下，就像在巡逻一样，这种新军需要的注意力让他们忘记了寒冷。

当你在爬一座漆黑的被风席卷的山岭，而且脑子里思考着爬过去后会发生什么时，时间会大体上失去意义。风吹过树林，树干吱呀作响，脚下的石头翻动着，泥巴粘到他们的靴子上，又开始下雨了。

当他们接近火堆的时候，慢下来，大约在三十步开外，他们在一棵低矮橡树边停下。把雨水抹掉以便眼睛能看得清楚些，他们从粗糙湿滑的树干后注视着前面的事情。现在冰冷的感觉又回来了，马克西姆斯递给巴利斯塔一些风干的肉。他没加思索地咀嚼起来，这样子能防止牙齿打战。

他们可以看见两个卫兵，他们走动的时候身体的影子长长的，不断移动着、跺着脚。在火堆旁边也有披着毯子的其他不清楚的人影。

巴利斯塔本打算观察更长的时间，但是时间已经不够了。他动了下马克西姆斯的肩膀，并攥紧了自己的手。

从橡树后面走出来，他们继续往前走，没必要在被发现之前冒着跌倒的风险往前跑。

巴利斯塔趁被偷袭者没有注意到，北方人最后几步跑了起来。他的剑挥舞起来，被偷袭的人开始跑起来。剑刃砍到了他的下巴处，他无声地尖叫着。巴利斯塔重新拨回剑，朝着此人脖子的背部重重地砍下，结果了他的性命。

另一个人从裹着的毯子下站起来，巴利斯塔急步往前走，飞快砍了两刀，这个人又倒下了。巴利斯塔继续往前走，另一个人已经站起身来，准备拿出自己的武器。巴利斯塔把铁刃插入了他的肚子。

巴利斯塔转过身查看是否还有其他的威胁，他看到马克西姆斯正在终结一个倒在地上的人的性命。死了七个人，这一切都在一瞬间里发生。

山岭上传来一个树枝的断裂声，黑色的身影在树林里穿行。五个、六个，也许更多。该死的，被偷袭的事情轮到了他们身上，巴利斯塔和马克西姆斯彼此拉开了些距离。

第一个人冲下山砍向巴利斯塔，剑在身体前面挥舞，在电光火石之间，巴利斯塔把刀刃朝下然后横着挡开砍过来的剑，逼着对方的剑往右边移动。巴利斯塔沉下左肩，俯身抱头。偷袭的人朝他冲过来，巴利斯塔借助这种冲力把他弹到了右边。

巴利斯塔身体伸直，用剑把另一个人的武器挡到左边。他自己的胳膊顶向此人鼻子，当这个人跌跌撞撞往后退的时候，巴利斯塔用剑柄上的圆头打向这个人的脸，对手号叫着跌下去。

巴利斯塔身体快速移动到右边，刀刃弯着砍向第一个敌人，现在他正在挣扎着爬起来。刀好像砍到了什么地方。没有时间查看，巴利斯塔快速转动身体，又一个盗匪冲过来，巴利斯塔往后跳开，并将胳膊抬起，同时弯曲着身体。当对方剑刃划过巴利斯塔胸部护甲的时候溅起了火花，他和对手面对面绞在一起。

他们挣扎着，脚下打滑，彼此距离太近而无法使用武器。巴利斯塔意识到第二个攻击他的人正从地上爬起来。那个与他肉搏的人想咬他的鼻子。巴利斯塔扭动着身体躲开了。牙齿碰到了他的脸颊，流出了热的血。此人的手指抓向巴利斯塔的眼睛，北方人跺着脚用自己的右靴子的后跟使劲儿踩向此人的脚面。对方抓紧的手放松了，巴利斯塔挣脱开来，左手从右胯处拔出匕首，用力刺进此人的胯部。

最后一个攻击他的人站起身往后退着，巴利斯塔小心地向他移动着。此人转过身就跑，巴利斯塔飞身去追。此人在泥水中脚底打滑跌倒了，身体在地上匍匐着。巴利斯塔跟上去把刀刃插入他的后背。

巴利斯塔迅速站起来，周围已经没有铁器撞击的声音，也没有打斗声，只有一些低声的抽泣和高声的哀号声。几步开外，一个黑影子移动着，此人比巴利斯塔稍矮，一遍又一遍地往下砍着，模糊的剑刃在火光中闪烁着，当然马克西姆斯也还好。

巴利斯塔走向两个被他砍伤倒在地上的对手，在泥水中他稳住自己的身体，站定后杀死了他们。没有留下活口的必要，他不会讲他们的语言，不能审问他们，他也没有想尝试审问他们的心情。

巴利斯塔从死去人的胯部拔出自己的匕首，他擦拭着利刃，并将其放回刀鞘。

“当然，但你不能说这一切了无生趣。”马克西姆斯满脸堆笑。

“你可真是一个无情又充满暴力的杂种。”巴利斯塔可以感觉到战斗之后浸润身体的那种狂喜。他还活着，没有受伤。他干得不错，没有让自己或其他人失望。是的，糟糕的是马克西姆斯说得对——巴利斯塔享受这种杀戮。

“你觉得还有没有其他的盗匪在这里等候？”马克西姆斯问道。

“不知道，但是在一个这样的夜里在来时的路上点一堆火是非常令人讨厌的，去让人把那个老杂种抬上来烤火。”

马克西姆斯转身离开。

“回来的时候学几声猫头鹰叫，以免我杀了你。”

“就好像我这么叫似的。”

“就好像我能真杀了你似的。”

整夜断断续续地下着雨，但是黑暗中再也没有盗匪出现。巴利斯塔和士兵们生起火，他们用外罩裹住卡尔加库斯，换掉他身上的湿衣服，用他们已经加热的油为他按摩，在士兵的包裹里寻找最干燥的衣服给他穿上。他们给了他些热的东西喝，自己也喝了些。老迈的喀里多尼亚人抱怨连天——用好几种语言骂着难听的脏话。他会没事的。

早晨起来天气还算不错，只是有些还没退散的不成块的暴风雨后的云彩。他们回到来时的道路上，一路走下去没有发生什么事情，他们来到了阿尔比勒。村庄奇迹般地坐落在一个峭壁的边缘上，两个部分的军队都在等待着他们。

鲁提鲁斯汇报了情况。在他的部队抵达村庄之前有一阵佯装抵抗。两个士兵受伤，都是轻伤，只有一个死去的盗匪留在阵地上。他们天一亮就冲进了阿尔比勒，四处空无一人，经过一晚的匆忙行军，勒鲁斯的军团士兵们在一个半小时内竟然奇迹般地到达了村庄。

“我们的任务从一开始就受挫，”巴利斯塔说道，“难怪他们都消失了。”

鲁提鲁斯笑了。“他们当中的一些人走得还不远。”

身材高大的长官带着巴利斯塔来到峭壁边缘，风景无限好。往右下角看去，提波里亚水区北部端口往外延伸开来，在冬日阳光里碧波闪烁。直着往前看，远处就是赫尔蒙山冰雪覆盖的顶峰，肯定有五十多英里长的距离。

在峭壁顶部，大风不停地吹打着他们。巴利斯塔朝下看着，下面纯粹是一片两三百英尺长的崎岖的灰色岩石。再往下，是坡度稍微缓和的同样高度的地势。在比较低矮的斜坡上有些绿色植被。几条灰白色的道路拾级而上，延伸到岩石脚下。罗马士兵的微小人影就在山脚下移动着。

“在峭壁里有些岩洞，”鲁提鲁斯说道，“有些盗匪在里面藏身，我们不能从下面攻击他们。道路太陡峭狭窄，甚至一个孩子都能把石头掀翻把我们的人碾死。”

巴利斯塔看着峭壁和斜坡以及下面的峡谷，还有对面的峭壁。后者离他们距离太遥远，没有什么军事用途。他转过身，看着峭壁顶峰，那里有几棵弯曲的树和结实的房屋组成的村落，还在一端有个犹太教堂。

“我们可以饿死他们，”鲁提鲁斯建议说，“虽然，”他又接着说，“我们不知道他们的粮食储备情况怎么样。”

“不，”巴利斯塔说道，“在这里不采取行动显得我们很虚弱，如果我们在敌人面前显得虚弱，每个加利利的盗匪都会攻击我们。”

他们站在那里看着深坑里的岩石，还有岩石上的那些干枯植被根本无法提供手可以抓牢的安全之地。突然巴利斯塔笑了，鲁提鲁斯饶有兴致地看着他。

“这个村庄——我们要拆掉它，让人收集所有的木材，只要有一定长度就行。你派人去取马匹了？很好。当它们到达的时候，派人下山去到提波里亚水区边的城镇。那是一个类似港口的城市，准备大量的齿轮油和松脂，要大量的松脂，而且要派人赶回卡坡考塔尼。在军团城堡的军火库里去搜集弓箭。不需要很多，大约四五十只就可以。一个移动的锻炉——第六军团应该有不止一个这种装置。”

“时刻准备，听命行事。”

“我们将在墙壁顶部建造两到三个吊车，会用笼子把我们的弓箭手送到下面。他们会用火箭烧死这些盗匪。”

现在轮到鲁提鲁斯大笑了。“大人，这真是妙计。”

“是的，这是一条妙计，但可惜不是我的点子。罗马的一个附庸国王曾经受到盗匪骚扰——肯定是这里或者附近某地。约瑟夫斯在他的《犹太战争史》里告诉我们他是怎么对付盗匪的。你知道，一个阅读史书的人总是有备而来的。”

准备好所有一切需要的东西花了八天时间。最后，所到手的材料决定了他们只能造一个吊车。没有士兵主动自愿请战——他们当中没有几个人坦承自己接受过弓箭训练，简直是令人惊奇——直到巴利斯塔宣布说那些在笼子里作战的人所得到的奖赏将会跟那些在围城时的突袭队获得的现金奖励相当。

巴利斯塔从来就不恐高，此时他也是如此。吊着的笼子往空荡的山谷下走的时候晃动得很厉害，岩石墙壁看上去很锋利而且很恐怖，到谷底还有很长的距离。

润滑得很好的绞车没有发出一丝声响，但是木材不可避免地吱呀作响，随着笼子开始摇晃着下降的过程，由于压力增大而嗡嗡作响。这个过程里一阵大风吹来似乎要把不结实的木笼子摔向峭壁上去。巴利斯塔使劲儿抓住木条，跟他一起的五个士兵随着情绪的变化或祈祷或咒骂。

巴利斯塔瞥了一眼垂直下降的路线，就像蚂蚁一样的人影在道路上疾走着。如果幸运的话，岩洞里的盗匪会被上面下来的士兵分散注意力，这些士兵就像希腊戏剧里从天而降的神灵，他们的注意力会被吸引而无法顾及下面的军队。

第一个岩洞洞口是在粉灰色岩石后面的一个粗糙的黑色椭圆形洞体，洞里太暗不可能看得很远。巴利斯塔似乎看到有东西在移动，他命令士兵们开始射箭。他们谨慎移动着，传递着摇曳不定的火把。点燃松脂浸透的破布然后系在箭头上，一声令下，火箭开始往洞里发射。在稀薄而且带有油气的烟还没消散时，就听到洞里传来了尖叫声。

“投降吧，”巴利斯塔用希腊语喊道，“老人、小孩儿和妇女将被赦免。”

洞里没有人回答。巴利斯塔又用拉丁语喊了一遍，还是没人回答。他示意再来一轮火攻。他往下看着，那些往山上爬行的军队还有很长的距离。往后看，他注意到洞里微弱的火光，里面肯定有什么东西被点燃了。

一个人影从洞里深处走出来，巴利斯塔示意手下人不要射击。这个人——中年人，穿着华丽——非常轻蔑地看着士兵。他手里有一把拔出的剑。

“放下武器，”巴利斯塔用希腊语说道，“投降吧，妇女、儿童和老人，所有人都会得到赦免。”

洞口的人居然大笑。“难道没有什么地方能安全地避开罗马人了吗？——甚至是最不起眼儿的小村庄和最偏僻的岩洞？”他讲的希腊语显然是受过教育的。“甚至你们自己的作家都承认你们会把一处地方夷为平地或变成沙漠，然后说你们在做和平的事情。”

当下场面的不合时宜让巴利斯塔无所适从——他在悬崖峭壁的中间地带摇晃着，而一个犹太盗匪却在用完美的阿提克希腊语引用塔西佗的著作。

“像个男人那样，”巴利斯塔说道，“你自己出来投降，挽救你所爱的家人。”

“我会向你展示我是什么样的男人。”他转过身，用一种巴利斯塔不懂的语言朝着洞里喊着——可能是希伯来语或者阿拉姆语。

一个女人出来了，带着一个不到十岁的男孩儿。男人抓住男孩儿的手。女人双膝跪地，时而抓住男孩儿，时而抓紧男人的膝盖。她哭泣着用男人用过的语言哀求男人放过男孩儿。

男人粗鲁地对她说了些什么，挥手示意她回去。女人不情愿地拖着脚步回到洞里。

男人抚弄着男孩儿的头发，他温和地对他说着什么，然后他抓住男孩儿的下巴，往后猛拉着。刀光一闪，砍掉一个人的脖子并不是件容易的事。男孩儿挣扎着想脱身，男人不得不用刀刃来回锯着男孩儿的脖子。鲜血浸透了男孩儿的身体和男人的胳膊。男孩儿身体痛苦地扭动着，然后陷下去。男人拖起可怜的尸体将他扔进深渊，他身体跌落，撞击到坚硬的岩石上。

巴利斯塔和士兵们无声地看着这恐怖的一幕，这个犹太人可不像他们见过的任何盗匪那样。

男人再次朝着洞里喊着，女人用哀号声回应着他。他又一次愤怒地喊叫着。

洞里的火肯定在蔓延。这一次，当女人领着另一个更小的孩子，他们身后的景象看上去像地狱里的橙色火焰一般。

巴利斯塔跟身边的士兵低声耳语着："射死他。"

男人努力想把妻子逼走，她坚持着。男人从孩子身上扯开她的手。男人的手还抓着女人的手腕，他把她拽住摇晃着，女人脚上的鞋子掉在地上。男人手一推，她就不见了。当她身体撞击到峭壁的时候尖叫声戛然而止。

巴利斯塔身边的弓箭手等待着射击的合适时机。

小男孩儿太小根本不能理解当下的状况——用还很稚嫩的腿在地上摇摇晃晃地走着。全能的主，他可能只有两岁，跟德海姆一样大。父亲伸手去够儿子。

男人非常专注于自己即将开始的公开杀戮，没有注意到飞来的弓箭。当他身体挺直的时候，弓箭射中他的胸部，他身体朝后飞去，手里还抓着箭矢上的羽毛。

巴利斯塔朝着吊车人员大声喊着，大约在他头顶五十英尺之上。"把我们拉到洞边！"

很长时间内没有发生什么，男孩儿在洞口边缘踉跄着。大火在洞里燃烧着，当滑轮转动的时候笼子开始晃动，朝着洞口晃过去。

巴利斯塔爬上笼子栏杆，他等待着合适的时机，并没有朝下看。只有几步的距离，他跳了出去。

当巴利斯塔腹部接触到洞口的时候被大风吹了回去。他的重量再加上身上的盔甲，开始把他往后拽。他的手指使劲儿咬紧岩石地面，脚下乱蹬着，然后下起一阵乱石雨。男孩儿往后退着——小脚朝着里面退去，远离可怕的峭壁深渊。

巴利斯塔把自己的身体拖起来，往洞口里面爬去，抓住男孩儿的腰部。

木笼子撞击着岩石壁。士兵们跳了出去，他们拔出剑，进入洞里。

"只杀男人，"巴利斯塔大喊道，"只杀男人。"他拥抱着正在哭泣的孩子。

第十七章

朱莉娅站在安条克宫殿的窗户旁，这是一个将要接近深夜的温和的春日夜晚，星星的光泽还没有开始变淡，但是不久东边的天空将要亮起来。

这是罗马日历五月到来之前的晚上。本来天气应该足够暖和，可以在睡觉的时候开着窗子，然而还是有一股冷风沿着奥龙特斯河吹来。朱莉娅可以感觉到微风吹干了身上的汗水。

她很疲劳，最后四处看了看。月光把房间几乎变成了两维空间，看上去似梦似幻，但是她知道在记忆里总是有着可怕的现实。她永远也不会忘记这个五月到来之前的夜晚。

朱莉娅尽可能安静地穿过房间溜进自己的房间，外面神龛里的昂贵的灯发出柔和的光。她忽略了一个帝国司库总管，当她感觉到总管的淫荡好色的眼神在她身上打量的时候，她的脸羞红了。在门廊处的某个卫兵没有监控的地方，她的女佣安提雅在一个厚垫睡榻上睡着了。

朱莉娅把围巾拉过头顶，尽量像平常的夜晚一样走路，就像没有什么特别的事情一样，她经过御用卫兵身边时可以感觉到他们的眼神也在打量她。难道声音传得这么远吗?

安提雅立刻醒了。“一切都好吗？”

刚刚才发生了那样的事情，怎么可能一切都好呢？“是的，”她说道，“到了该离开的时候了。”

皇宫就是一个各种通道组成的迷宫。在凌晨这个时候大多数通道都空无一人。因为被迫与自己家人在这里居住了好几个月，朱莉娅对这个地方了如指掌。两个女人安静地走着。

她本可以阻止这些吗？有什么力量可以阻止这些吗？神话中充满了神灵们在最后关键时刻出现拯救女孩子们和精灵们免于其他鬼神的侵扰的情节，离这里几英里远就是那棵曾经把精灵达芙妮变成一棵月桂树，以免遭受阿波罗的性侵的地方，但是神灵是不存在的。无论如何，即使在神话里，他们似乎只拯救年轻的处女。

也有一些没有涉及神灵的类似故事。希腊女孩子们在河里自杀，严酷的罗马家长们砍死自己的女儿，但是对她来说这两种情况都不适合。她父亲已经过世，而她自己被困于一个戒备森严的底层卧室，卧室与餐厅紧邻，主要的威胁是对她的孩子们的安全方面。如果她死了，根本就没法保护他们。

她曾经尝试跟他讲道理，奎伊图斯的父亲需要她的丈夫统率他们的军队，而奎伊图斯自己需要巴利斯塔监控东部的动向，这也是为了他自己的安全。而邪恶的年轻人，张开魔爪，对她的理由置之不理。他的父亲会在帝国西部取得胜利。帝国重新统一后，也就不再需要巴利斯塔的服务了，而她应该多考虑自己的未来和孩子们的未来。当巴利斯塔死去的时候她和她的孩子们都需要一个保护者。他们现在就需要保护——皇帝的旨意就是法律。

她竭力推开他的魔爪，她坚持贞洁。如果老瘸子马克利亚努斯失败了呢？在庇索带领下往西进军的先遣部队已经完全失去方向。起先庇索撤退到色萨利，他在那里擅自称帝，然后被忠于加里恩努斯的亚加亚长官瓦伦斯杀死。如果马克利亚努斯回不来呢？

奎伊图斯对这些嗤笑着。他说在西利西亚有个伟大的亚述国王撒达那帕勒斯树立的雕塑。这个雕塑是表现一个人的右手指打响指的动作。上面刻着这样的字：“大吃大喝，享受性爱，其他一切都不值得去努力。”

奎伊图斯在这一刻看上去很严肃。是的，如果他的父亲进军失败，一切都完了——所有一切都结束了，但是正如撒达那帕勒斯指导人们如何生活一样，他也教人们如何死去。奎伊图斯收集所有那些能给他快乐的东西。丝绸珠宝、香料和内饰家具，他会把这些东西高高堆起。那些他曾经享受过的女人和骑过的宝马会被钉死在长杆上，然后他会从高处跳入大火中。

朱莉娅看得出奎伊图斯不是在开玩笑，她确信他疯了。

当他拖着她离开餐厅座椅，领着她进入隔壁的房间时，他背诵着诗歌：

“因为我也是尘土，虽然我曾经统治过伟大的亚述王国首都尼尼微。我的一切就是我所享用过的美食，还有我沉迷于的那些食物和我享受过的性爱，但是那些无数的幸福已经远去。”

她本该抵抗他的性侵吗？当他试图逼迫她做一件没有任何体面的罗马贵妇会做的事情时，她把他推离自己。他使劲儿地打她耳光，而且大声地问她是否需要叫过来一些御用卫兵来压住她。这天晚上有个十人的值勤卫队。他很确定当他享受完的时候卫兵们很想轮流强奸她。她做了他要求她做的事情，她的不情愿更加增添了奎伊图斯对性爱的乐趣。

她要求过他灭掉灯光。奎伊图斯大笑着，即使是最体面的罗马贵妇都是让灯继续燃烧以便她的丈夫在初夜的时候能够欣赏到她的胴体。当然她不会拒绝皇帝，她的陛下，当他在欣赏她的身体时，她看起来像神龛似的，一个曾经被野蛮人玷污的神龛，现在被罗马人重新征服。

朱莉娅尽量不去想这些兽行，现在她该怎么做？当然，早期罗马女性们提供了严苛的榜样——难道她们不是总这么做吗？高贵的卢克丽霞在被塔奎尼乌斯·苏培布斯的一个儿子强奸后自杀了。为什么？她自己曾经说过身体是被玷污了，但她的灵魂无罪。她的丈夫和父亲都同意，罪过不在受害者而在强奸犯。是灵魂犯了罪，而不是身体。这一切都没什么意义。卢克丽霞是对自己最严厉的法官。她免除了自己的罪恶，但没有免除对自己的惩罚。后来没有保持贞洁的女性都不能活下去，这都是因为卢克丽霞的先例。

朱莉娅在没被强奸之前从来没想过自杀，现在她也不打算效仿卢克丽霞。朱莉娅屈从淫威是为了保护孩子们。她现在不会停止保护他们，她会像什么事都没发生一样继续生活下去。

她可以不动声色吗？被河神强奸的瑞亚，只好自杀，因为她害怕万一在人群面前自己的因羞耻而发红的脸色会暴露出自己是个通奸者。朱莉娅觉得这很荒谬，这显示出瑞亚的弱点，她让自己的身体因为脸红出卖了自己，而且这也说明她的愚蠢——先是把强奸等同于通奸，然后还去在乎一群肮脏的草民的想法。

但是巴利斯塔呢？如果他发现这件事会发疯，真的会发疯。他可能察觉吗？皇家宫闱里的奴隶和自由仆从会知晓这件事。巴利斯塔不大可能跟他们交流。如果门廊里的两个人认出了她或者听证的时候其中一个御用仆从指认了她，流言蜚语可能会在总管们之间传开。这样子就更加危险了。巴利斯塔是他们的一个长官，但是她也无可奈何。

朱莉娅脑海中浮现出一个恶心的念头，卡利古拉皇帝在绑架并强奸了大臣的妻子后，经常喜欢在宴席之间谈论这些女性与他们丈夫的床第之欢的细节。奎伊图斯会不会以同样的方式炫耀自己？一开始当他用威逼利诱的手段油嘴滑舌地引诱她的时候，他说没有人会知道的——这会是他们两个人之间的秘密，她又能信任他多少呢？

当被传唤用餐的时候，朱莉娅只带了一个佣人。安提雅很忠诚，她不会散布流言，她家里的其他人无须知道这件事情。

另一个恶心的念头就像一股浪潮般袭来，是不是她自己也难脱干系？为什么她只带一个仆人？是不是她一直期待这样的事情？是不是她一直在缩小目击者人数或者因为粗心大意而导致强奸发生？

当然这不是她的错误，她以自己元老院议员家庭出身所具有的自律性而抛开这个令人讨厌的念头。当她丈夫不在身边时，她却被命令要在皇宫内生活的时候，她就害怕会发生什么。她没有跟巴利斯塔讲过这种恐惧。他的野蛮人的本性会促使他做一些自发而又灾难性的事情。罗马元老院议员家庭的女儿不会被情感奴役，这种冰冷的自律精神不会缺失。

当奸淫结束，奎伊图斯吹灭灯，直接入睡，为什么她只是在黑暗里穿上衣服离开？奎伊图斯面朝下躺着，赤身裸体，筋疲力尽，手无寸铁。房间里肯定有个东西可以用来当作武器。他已经睡死过去。为什么她不试图去杀死他？

当然她知道原因：如果这么做她可能会被抓住而处死。孩子们会失去母亲，可能他们自己也会受苦。即使在她这么想的时候，她知道这些都不是真正的原因。一直以来她因为太担惊受怕而无法采取行动。她的行为方式恰恰是罗马男人期望女人应该做到的那样。不像安条克沦陷的时候，她那时脆弱、战战兢兢，犹豫不决。她的行为让她自己都讨厌，她讨厌世上的一切。这个男人们创造主宰的世界，这个帝国，是个不公平的世界。

现在他们到了边门，那个直接进入朱莉娅私密房间的门。安提雅在等待她。很显然期待她说些什么。沉默着，最后朱莉娅开口了：“我不是什么卢克丽霞那样的烈女，我必须保护好我的孩子们。不要告诉任何人，这必须是我们之间的秘密。”

持续的西南风吹来的浪花冲击着塞巴斯特港口的防御设施。塞巴斯特这个名字是用来指恺撒利亚－玛里蒂玛港口区域。卡尔加库斯从南面浪花开始的地方走到北面的蜿蜒海岸，一直到末端的灯塔。站在城垛上，晚春的阳光暖暖地照在肩膀上。卡尔加库斯想起在那个冬日的寒夜他差点儿死在加利利山边。神灵们，感受到温暖，而且自己还活着真好。一个悠闲的自由人，他四处张望着。

在他左边的海上，白色泡沫组成的浪花无情地冲击着海岸。浪花一个接一个地冲击着防波堤脚下的岩石。溅起的浪花很高，在阳光里像珠宝一样发出灿烂的光。浪花很强大，但是它们没有恶意。它们可能会杀死你，但是只有在你疏忽的时候。不像冬季的暴风雨，跟那相比浪花算不了什么。

在卡尔加库斯的右边，港口一片繁忙。在路基上面，三个身材高大的商人被一些划桨的小船接进来。第一个已经被领进狭窄的朝北的港口，此处位于卡尔加库斯所站灯塔位置和位于防波堤尽头的港口管理者住处之间。港口里面另外六七艘圆形运输舰被系靠在防波堤码头，还有很多停靠或者移动着的海岸舰船和当地渔船，在最靠里面的盆地区域停靠着帝国的三层桨帆船。

港口繁忙是好事，根据当地人的说法，航行季节在罗马日历三月的第四天开始，这一天有两个节日，一个是恺撒利亚的堤喀的生日，另一个是伊希斯女神来到海面祝福起航的日子。那一天早就过去了。现在距罗马日历七月不到十天，甚至最谨慎的人也会承认适合安全起航的日子很快来到了。港口繁忙是好事，因为帝国被三分天下，每个边境都遭到攻击，在巴尔干地区加里恩努斯的军队和马克利亚努斯的军队在内战，一切都不确定。

卡尔加库斯觉得自己应该做点儿什么，但又没有什么迫切的事情。巴利斯塔、马克西姆斯和军队都在叙利亚－巴勒斯坦执行最后的任务。他们的任务没有具体目标，只不过是穿越加利利地区武装行军来显示力量。没有出现任何反抗，这并不是由于前面冬季和春季的战争任务杀死了很多人而摧毁了反对力量，而是因为当地人都知道罗马军队要离开了。为什么去攻击一个即将撤离的危险敌人呢?

整件事情在卡尔加库斯看来都是徒劳，犹太人在罗马人统治面前同仇敌忾。犹太强盗或叛乱者——怎么区分开来？如果他们不想打仗，他们只需要混合到人群中去。很明显没有任何犹太族长会把即使是最血腥的谋杀罪犯交给罗马人。整件事情完全就是没有击中敌人的要害。

两三天后，远征队伍就会归来。卡尔加库斯和新任行军书记官留在后方维持恺撒利亚的治安。除了几件小事，他们基本履行了职责。巴利斯塔想军队一回来就自由地往北行军，回到安条克他的家人身边。卡尔加库斯知道巴利斯塔担心自己住在宫廷里的家人。

卡尔加库斯在想他们回去后会受到什么样的接待。老瘸子和他的儿子在西部征战，奎伊图斯作为在安条克唯一的皇室家族成员，特别憎恨巴利斯塔。在加利利的所有战役中，巴利斯塔不止一次忽略帝国御令的一个细节。他总是赦免男孩儿们，只是把他们卖身为奴，而不是按照帝国命令杀死他们。

心肠软，巴利斯塔从很小的时候就一直心肠软。卡尔加库斯想道，无论如何这是他的本性。这种很难界定的品质——这是让卡尔加库斯爱戴他的部分原因，奇怪的是，正是这种个性让那些粗鲁暴力成行的士兵们追随他。

卡尔加库斯很高兴巴利斯塔把他在阿尔比勒的岩洞里拯救出来的犹太男孩儿接受进入自己的家庭。西蒙－巴尔－约书亚是他的名字，西蒙是个本性善良的孩子。巴利斯塔买了一个年轻的犹太女孩儿来照看他。卡尔加库斯对此也很满意。丽贝卡身体移动的样子，眼中的神情，让你觉得她特别会取悦男人。卡尔加库斯的身体感觉到熟悉的骚动，但是根本还不是时候。时间还不到正午，几乎所有的妓院这个时候都还没开门。在北边港口外围的那个妓院，他个人非常喜欢，价格公道，此刻肯定也还没开门。

为了打断自己的这种想法，卡尔加库斯四处看着，浏览着整个城市。恺撒利亚－玛里蒂玛：是古老的犹太国王希律的梦想，他们把这个城市叫作伟大的城市。巴利斯塔跟卡尔加库斯讲过希律的故事。一个彻底的嗜血成性的杂种。因为手帕掉了杀死了自己亲戚。仅仅因为怀疑就对自己的几个儿子们拔剑相向，但是他在政治上是一个能够生存下来的人。由于在政治上太晚抛弃马克·安东尼，他余生都在培养征服者中最青睐的一个人，也就是第一个皇帝奥古斯都。希律王把这个新城市叫恺撒利亚。港口区域是塞巴斯特，希腊语是奥古斯都。在卡尔加库斯头顶上的灯塔就是以奥古斯都的其中一个继子德鲁苏斯命名的。在港口入口处之外，有两个海床上堆起的巨大混凝土基地，六个建造精美的柱子支撑着奥古斯都和他五个亲近的家庭成员的逼真而又神话般的塑像。再往内陆走去，就是在巨大的人造月台上建造的希律王时代的罗马女神和奥古斯都神灵的雕塑，这些雕塑塑造了城镇和港口的景观轮廓。红色砖墙的屋顶和白色的石柱可以在海上几英里之外都能看得到：没有人会错过这么壮丽的景观。

所有这些能够证明忠诚的假象让希律王能够在权位上牢牢把控住，

但是这些假象并没有阻止他这个附庸国王被第一任罗马皇帝尖刻评论道："我宁愿做希律的猪也不愿做他的儿子。"

卡尔加库斯决定沿着码头边上走回去，有时不佩带武器穿过和平的人群是非常愉悦的事情。这让生活有些变化，让你能够从轻松戏谑的角度去看看生活可能会是什么样子的。卡尔加库斯没带武器，除了他腰带上的一把小刀——而且当然，还有总是藏在靴子里的那把刀子。他把宽帽檐的旅行帽拉下来以挡住太阳的光线。他吹着口哨，没有什么调子但是很欢快。

滨水区非常繁忙。干草、水桶、袋子和两耳细颈罐散布四周，码头劳工们把内陆农场作物运上船，卸下远方运来的外国商品。当你走路的时候，你得避闪开那些身着安全带，用纯粹体力把船只拖入合适泊位的劳工。在码头后面四处站着几个女孩子，她们都有点儿上了年纪，而且也不那么吸引人。这是卖淫市场上比较便宜的地方，她们在等待那些在海上飘荡了很长时间的海员，这种急迫的生理需求可以在空置仓库的僻静之处得到解决。总之，足够多的卖淫活动让收税官忙起来。妓女和商人以及其他人一样要付税。

正是那些空置的仓库让卡尔加库斯有了想法，有些仓库用木板钉起来因而看上去不安全。在有些地方，防波堤的整个建筑物往外移动和倾斜着，码头边上因此而塌裂，危及建筑物的屋顶和墙壁。在其他地方，仓库被关起来弃用，因为在它们前面的泊位上，淤泥塞得非常厉害，以至于出海的船只根本就不能系靠在那里，但是其他的仓库没有因为类似原因而关闭。只有贸易萧条才能解释这种现象，当你往四面看的时候，你会看到抛锚停泊的地方比船只更多。

在卡尔加库斯沿着码头闲逛的时候，他发现自己笑了。如果巴利斯塔在这里，他会很繁忙地估算如何以最好的方式修理防波堤，如何清理港口的淤泥，还有做这些需要花多少钱。而卡尔加库斯则根本不管这些。他喜欢观察船只。但是恺撒利亚－玛里蒂玛的人们对他来说毫无意义。对他来说，这些人都可以去地狱送死了，去他妈的。

当他走到码头内圈的时候，卡尔加库斯看到在罗马和奥古斯都神庙顶部台阶上有一堆人。背上晒着暖暖的太阳，在码头边上见到的女孩子，即使她们长得不那么吸引人，也让他重新找到了生理冲动的感觉。如果仅仅是一时兴起就在正午去找个女孩子解决问题会是一种奢侈行为。他会明确地希望一个晚上的服务，一天里要花费两次金钱在卖淫女身上太过分了。为了转移注意力，他爬上台阶看看到底发生了什么事。

一个军事授奖仪式正在举行，阿凯俄斯坐在神庙前的官椅上。他后面跟着一些同僚，包括看上去愁眉苦脸的阿斯提里乌斯。长官本人满脸堆笑，当然，对那些在扫荡犹太附属地域有战功的人们进行奖励和晋升对他来说是件愉快的事情。

在另一端站着一群已经领到奖赏的人，他们在阳光中满面笑容。卡尔加库斯觉得在罗马这种事情和其他任何事情都是非常典型的：你得到的东西取决于你的身份和你的行为。在罗马帝国，社会秩序必须确保得以维持。

首先，在台阶底部是那些低级军官。他们骄傲地展示着自己的奖励：军事勋章，也就是那些别在他们胸前盔甲上的金属圆盘，还有脖子上的项圈以及手腕上的腕带。在他们上面站着人数少些的军官，每个人都有自己的军事荣誉。这些人头上戴着王冠，如果他们拯救过公民的生命就带橡树叶子的王冠，如果是因为战场上的英勇行为就戴金冠。在台阶顶部，离长官和军旗最近的，是那些百夫长或者级别更高的军官。他们手里都拿着用稀有金属锻造的装饰性长矛，这些长矛对勇敢的军官们来说是非常合适的奖励。只有两个人戴着刻有图案的王冠，唯有少数军官是第一个在战场上翻过敌人城墙的，而能活下来领取镶有金碧王冠的就更少了。卡尔加库斯想道，巴利斯塔有这么一个王冠。

颁奖仪式已经从奖项环节进行到了晋升环节，卡尔加库斯斜靠在一个栏杆上注视着。奇怪的是，在这样一个晴朗的春日，栏杆的石头感觉是湿湿的，就像泪滴一样沉下的水珠沿着饰有凹槽的栏杆顺流而下。

传令官宣布了第一个获得晋升的军官。一个人从第十弗来特恩西斯军团里走出来，根据尊卑次序，行军副官马库斯·奥里利乌斯·马里尼亚纳斯被晋升为百夫长。他数年来的杰出服役，良好的出身和合适的经济地位让他能够胜任这个职责。

马里尼亚纳斯是一个身材结实、像士兵一样体格的军官，他迈步往前。

在裁判台上，阿凯俄斯早就准备好发给他的象征着百夫长军衔的藤蔓项圈。

正当马里尼亚纳斯出现在长官面前，出乎意料的是，另一个人从队列里走了出来。

“大人。”他在台阶上朝着上面说道，每个人都因为这突然的打断而安静下来。

“根据既定法律，马里尼亚纳斯不能在罗马军队里享有军衔。他是个基督徒，不会向皇帝宣誓誓死效忠。根据尊卑次序，百夫长的位置应该属于我。”

有那么一会儿，阿凯俄斯看上去很迷惑，然后大笑了起来。“这可不是罗马农神节，小鬼，这不是开玩笑的场合。”

卡尔加库斯注意到马里尼亚纳斯一动不动地站着。

“大人，我不是在开玩笑。”士兵坚持说，“马里尼亚纳斯是个基督徒，他几年前加入了这个令人讨厌的派别，你可以自己问他。”

阿凯俄斯还是半笑着，希望把这件事当成不合时宜的捣蛋行为，他转向马里尼亚纳斯，而他身上某种不自然的安详让长官不得不重新看待这件事。

“这……这是真的吗？”

马里尼亚纳斯的下巴开始活动了，他看上去是在屏住呼吸默诵着什么。他呼出一口长气，有那么一点儿疲劳的感觉。

“我是一个基督徒。”

听众都倒吸了一口冷气，人群中开始议论纷纷。

“安静！”传令官不得不低吼着，“安静！”

“我是基督徒。”马里尼亚纳斯又说了一遍，这次声音更大了一些。

“胡说八道，”阿凯俄斯说。长官看上去仍然很迷惑，“别胡言乱语，你怎么可能是基督徒？士兵们都必须至少每年一次对罗马军旗和帝国塑像进行集体崇拜仪式。”

“我犯了罪，诸神将是我的审判者。”

“你战功卓著，基督徒从不杀人。”

“我犯了罪，诸神将是我的审判者。”马里尼亚纳斯就像吃了迷药一样重复着这句话。

阿凯俄斯看上去很慌乱。这个丑闻，既是背叛行为，又是分裂行为，这根本就不是举行本次颁奖仪式的初衷。

“马里尼亚纳斯，你的状态不好，你经历了艰苦的战役——不断的死亡的威胁，各种物质上的匮乏，连续的糟糕天气。你现在的精神状态不好。我给你三个小时重新考虑。坐下来安静地反思吧，跟讲道理的人谈谈。”

马里尼亚纳斯没有回答。

“你不会被捕，没有人会骚扰你或者拘留你，三个小时后带着更好的答案回到这里。”

马里尼亚纳斯机械地转身、敬礼、走下台阶，挤开旁观的人群。

卡尔加库斯跟在他身后。

马里尼亚纳斯现在走向了广场，广场上很拥挤。起初卡尔加库斯看不到他，喀里多尼亚人没有做任何出格、能够吸引人注意力的事情。他只是继续往前闲逛，这里看看那里看看——一副出城人的样子，头上戴着旅行帽，浏览着周围的风光。

人群中出现一个圈子，马里尼亚纳斯就在那里。行军副官跟另一个人在一起，此人年纪大些，长胡子，平民身份。新来的人拉着马里尼亚纳斯的手，低声热切地跟他交谈着。

卡尔加库斯跟着他们往前走。他们穿过广场，顺利通过很多卖各种货物的摊位，走过耸立的阿波罗和得墨忒耳神庙、伊希斯和塞拉皮斯神龛以及提波里亚和哈德良神庙的前厅正面。

年长的人带领马里尼亚纳斯到了东北面，城镇中心的布局是用规则的希波达玛式的建筑风格建造的。对卡尔加库斯来说很容易不漏踪迹地跟踪他们，他想也许自己应该成为一个密探。

在他们走了一段时间之后，来到卡波考塔尼城门，这里是通往大平原和更远的加利利山岭的必经之处。卡尔加库斯想马里尼亚纳斯是否想要逃跑，但是一旦他们在城门下走过，这个平民就带领他往右走入市郊。

在希律城墙外围，没有什么街道规划，小巷里弯弯曲曲的。卡尔加库斯必须贴近跟随，但是他能够从容地保持距离跟踪而不被对方发现。

马里尼亚纳斯和他的同伴走到一个不起眼儿的门前，他们敲门后，一个身材魁梧的人迎他们进门。卡尔加库斯在街角等待着，这是一个比较贫穷的郊区，建筑物主要是低矮房屋，有点儿破旧。从圆形剧场的外墙可以俯瞰这个区域。卡尔加库斯笑了，如果他的判断正确，这就是基督徒的聚居地，当局官员不用走很久就能让他们面对自己的命运。

卡尔加库斯走近门前，敲了敲门。

“谁？”身材魁梧的人看上去很警觉。

“我是个基督徒。”卡尔加库斯说。

此人只是看着他。

“从城外来的，”卡尔加库斯接着说，“从以弗所来的，刚从码头那边过来”。

这个人还是什么都没说。

“阿庇安，亚里斯泰迪斯的儿子，在瓦勒良统治时期见证了对基督徒的迫害，他告诉我哪里能找到你。”其实卡尔加库斯对于此人是否听说过最出名的基督徒也是纯属猜测，巴利斯塔在以弗所杀死的正是这个基督徒。卡尔加库斯不知道是否阿庇安会知道恺撒利亚基督徒们聚会的地方。不知何时他可能需要拔出靴子里藏着的匕首，这取决于基督教这个派别的处事方式和平与否。

这个人点点头，把门拉开。“诸神与你同在，兄弟。我们能为你做点儿什么？”

“诸神与你的灵魂同在，”卡尔加库斯边说边摘下自己的旅行帽，“没什么事情，就是想找个能够和平祈祷的机会。”

“请进来沐浴诸神之爱，坐在后排吧。我们虔诚的主教提奥特克那斯在圣坛那里为一个处于困境中的兄弟提供指导。”

卡尔加库斯照做了，他曾经见到听到过基督徒们的祈祷会。他们用各种不同的方式，但是他们会双膝跪地，头低下。这样子看上去非常适合观察。从眉毛底下，他可以一览无余。

现在他所知道的基督徒高级祭司正站在圣坛那里正对着那个战士。祭司身体前倾，拉过马里尼亚纳斯的外罩。他指着他的佩剑，转过身，拿起一本书，不是纸莎草书，而是新样式的书。他把它放在战士面前的圣坛上。

“在剑与书两者之间选择吧。”提奥特克那斯说道。

马里尼亚纳斯毫不犹豫地伸出手，抓起书。

“那么抓紧它，”提奥特克那斯说，“抓紧诸神，愿你得到你所选择的，愿诸神能激励你，平安伴你而行。”

这两个基督徒拥抱后，马里尼亚纳斯离开了。

也许有点儿太快，卡尔加库斯就跟了上去。看门的人奇怪地看了他一眼，不过也没试图阻止他。也许他把这个来访者当成了想看看即将牺牲自己的基督徒的苦难，满足自己的愿望的人而已。

卡尔加库斯看到马里尼亚纳斯通过卡波考塔尼重新入城。行军副官没有左看右看，而是走进一个恺撒利亚北部的屋子里，这里也是沟渠交汇的地方。马里尼亚纳斯在里面待了一些时间。卡尔加库斯推断这可能是马里尼亚纳斯的住处。他在外面等着，也不是什么难事，天气非常不错。

终于马里尼亚纳斯从里面走出来，开始往西南方向走。他走得很坚定。他的脑海里都是关于自己命运、诸神之爱或者类似的东西，卡尔加库斯很容易跟得上他。当他们走近广场的时候，人们开始指指点点，彼此低头耳语，而且公然地跟在后头。事实上，当马里尼亚纳斯到达罗马和奥古斯都神庙前的台阶时，一大群人跟在后面。

马里尼亚纳斯停下来。人群不耐烦地走动着，都留心不要太靠近这个既是士兵又是公开的基督徒的奇才。

“马库斯·奥里利乌斯·马里尼亚纳斯，”传令官咆哮着，“你的体面时刻结束了，现在向法庭这里走过来。”

马里尼亚纳斯外表看上去毫不畏惧地走上前去。

你不得不佩服这些基督教杂种，卡尔加库斯想道。这一切都让人印象深刻，这可能会让一些平民百姓刮目相看。

坐在官椅上的长官现在没有笑容了，在他后面，阿斯提里乌斯和其他同僚们也是都板着脸孔。

可能不光卡尔加库斯发现这次马里尼亚纳斯没有敬礼。喀里多尼亚人知道为什么，在教堂里，马里尼亚纳斯已经做出了选择：作基督徒，摒弃战士身份。

"马库斯·奥里利乌斯·马里尼亚纳斯，我们的宽宏大量允许你有些时间来恢复理智。"阿凯俄斯的声音听上去很冰冷，"你的决定是？"

"我是基督徒。"

"那就这样吧，"阿凯俄斯愤愤然说道。他挥手让几个卫兵上前。他们抓住马里尼亚纳斯，并解下他的剑袋、外罩和靴子，任何可以显示他作为一个战士的装备。

"你将会被带到南面的城市墓地斩首，没有人会为你下葬。你的尸体将躺在路边让野狗吃掉。"

马里尼亚纳斯没有任何表情。

"没有任何耽搁的理由，"阿凯俄斯宣布，"带走他。"

卡尔加库斯这次不需要任何戒备就可以跟着人群走。一个百夫长、十个军团士兵和这个被判死刑士兵的战友，押送着马里尼亚纳斯。在他们后面出现了三十个平民——他们是那些特别不喜欢基督徒或者特别喜欢看公开行刑场面的人，或许他们根本就没有什么正经事情可做。

卡尔加库斯没有一路跟随。他转弯右拐，进入城墙边上空无一人的剧院。一旦他爬到最高的观赏位置，他的目光就可以越过后墙对发生的事情一览无余。

当然，百夫长在走过城墙后到达城市墓地的第一排坟墓的时候，就命令部下停止前进。没费什么口舌，马里尼亚纳斯的脸被蒙上面罩。

基督徒跪倒在路边，他身体前倾露出自己脖子的后部。刀刃在春日阳光中闪烁，长刀砍下来了。这一刀砍得不好，鲜血四溅，但是脖子还没被砍掉。马里尼亚纳斯的身体全部倒下，并且痛苦地扭动着。刽子手不得不用脚压住他的背部，手紧紧抓住他的头发，砍了四五次，直到头被砍掉。

士兵们让他的尸体躺在路边，他们没有往回看就向城内走去。有些平民还在那里站了一会儿，但是不久马里尼亚纳斯的尸体就无人照看了。

卡尔加库斯在高高的剧院里，尽量让自己舒适地安顿下来等待。巴利斯塔在以弗所杀死阿庇安的那个夜晚，应该也是个基督徒来偷走了尸体——嗯，看上去是把尸体肢解，带走了某些部分。卡尔加库斯觉得注意观察最后马里尼亚纳斯尸体将会剩下些什么还是值得的。

行人在阿斯卡隆路上来来往往。行人有的坐着篷车，有的骑着驴子、骡子或马匹，有的步行。他们经过这里，有的是一群人，有时是孤身一人。有些会停下来看刚死去人的尸体，鲜血有些早已流淌进入土里，但大多数鲜血还在地面上。

卡尔加库斯不介意等待——他可以几个小时什么都不做依然开心——但是他开始感到饥饿。今天晚上，尽管会花钱，他还是会先吃一顿美餐然后去找个妓女——也许就去找那个新来的希腊女孩儿克洛伊：她眼角的万种风情，能够让他开怀大笑。

太阳开始沉向海平面，西面的天空燃烧着紫色、蓝色和红色的火焰。行人已经远离了路面。如果天黑之前没有什么事情发生，卡尔加库斯就得走下去，抵近观察。

耳边尽是很浪的声音，如果卡尔加库斯的饥饿感不是那么强烈的话，这种声音可能会催他入眠。当他准备好动身的时候，城内的一队人马出现了。

领头的人是个高个子，在外罩下层衣服内可以看见里面闪耀的华丽白袍，而且令人惊奇的是，有一道紫色条纹。此人是元老院议员。他是阿斯提里乌斯，后面跟着四个仆人。

他们走近死尸，在阿斯提里乌斯的示意下，仆人们在尸体旁的地面上铺开一条精美昂贵的袍子。阿斯提里乌斯恭敬地捧起马里尼亚纳斯沾满血污的头，把他放到袍子上。仆人们抬起尸体和头放在一起。

他们把袍子仔细折叠好。阿斯提里乌斯帮助他们肩扛尸体，非法的送葬队伍离开了，横越城市往东部进发。

哦，哦，卡尔加库斯想道，谁会想到事情会是这样子呢？在他身体僵直地走下台阶的时候，他在想是否只有自己在注视着这一切。“基督徒喂狮子。”他想道。

第十八章

老瘸子马克利亚努斯，尊贵的财政大臣和总管，帝国实际执政者，奥古斯都皇帝的父王，把手上的鲜血洗去。一个仆人把金碗拿走，另一个仆人递给他一条毛巾。他们虽然是在行军打仗，在色雷斯和伊利里库姆之间的荒野地带，但皇室的生活起居标准必须得维持。

祭祀没有给马克利亚努斯任何信息，尾烟很难解读，非常模糊。当然神灵不会现在就放弃他吧？他做每件事情前都首先咨询神灵，看他们是否赞成自己的举动。他的一生都致力于做神灵允许的事情，即使最怀有恶意的人也得承认他在迫害那些无神论基督教徒方面一直不遗余力，而且他向所有自然神灵宣誓，在心中而不是仅仅在口头上，当他处理完那些犹太基督徒后会转而攻击并清除犹太人群体。如果不是这样，他不会如此尽力，让那些不信仰神灵的人离开帝国边境，如果他们留下来他们会死去。

是的，马克利亚努斯一直以神圣和平为标准努力工作，而这种人与神灵们之间的关系是让罗马帝国持续下去的纽带。帝国曾经面临危险的选择，必须做出艰难的决定但是他的努力得到了很好的回报，正如他的虔诚所赢得的一切。他从无名小卒到财富权力双收，自己的儿子们登上王座——这两件事情都体现出神灵对他的青睐。

马克利亚努斯知道自己从没做坏事，也没做错事。缺失，一开始他的良心曾经因为自己除掉瓦勒良皇帝的想法而烦扰，但是年迈的皇帝一直犹豫不决。他阻碍了神灵赋予人的工作。即使如此，马克利亚努斯在梦中得到朱庇特·奥普提慕斯·马克西姆斯清楚无误的赞成之后心情大为放松。

浑浊的尾烟不能说明什么，神灵现在不会抛弃马克利亚努斯的，不会在对抗不信仰神灵的暴君加里恩努斯的战役中抛弃他的。当瓦勒良被捕的消息传到加里恩努斯那里时，即使当自己父亲被拖曳行进于西利西亚地区的时候，加里恩努斯还是取消了迫害基督徒的法令。据说他甚至把他们龌龊的教堂和墓地归还给了基督徒们。神灵不可能抛弃马克利亚努斯和他的儿子们而去青睐一个心无神灵的人。

但是如果上天的迹象模糊不清，那么他们与地上的迹象也是相差无几。他的故友庇索·弗卢基带领的西征先遣军在西部的作为简直就是灾难。首先在塞萨利的荒僻之处，庇索居然篡位自立——什么样的邪恶神灵会让这种傻瓜晋升到如此位置？——然后他又被加里恩努斯在亚加亚的长官瓦伦斯杀死。局势已经有点儿恢复。在瓦伦斯带领下的军队只不过是一群顽固的不可靠的雇佣军，在杀死庇索后他们就起了内乱。他们居然宣布瓦伦斯为帝。这种不应得的光辉也只持续了不多时间。马克利亚努斯的忠诚密探头目塞索里努斯派出的密探让这种昙花一现的统治戛然而止。

在庇索式的灾难出现后并不是一切都毫无是处，拜占庭仍然对政府宣誓效忠，而且他们为马克利亚努斯父子提供了从亚洲到欧洲的主力军一个安全通道。

当他们往西进军进入欧洲的时候，局势也是好坏参半，令人失望的是上默西亚和下默西亚地区的代理长官瓦伦提那斯让自己的行省处于加里恩努斯的控制之下，但是令人高兴的是上潘诺尼亚和下潘诺尼亚行省驻扎的四个军团宣布效忠于马克利亚努斯二世和奎伊图斯。老瘸子马克利亚努斯非常清楚这不是因为他们爱戴自己儿子而做出的决定。潘诺尼亚军团还没从加里恩努斯军队击败并屠杀英格努乌斯和瑞加里亚纳斯的战役中休整过来。他们本可能会跟着一只训练有素的猴子去攻打加里恩努斯。尽管如此，这仍然有推动士气的迹象，而且对西征军队来说也是增添了有用的军力。当马克利亚努斯军队到达塞尔迪卡的生活，他们发现两支来自第一和第二阿迪乌特里克斯军团的特遣队已经南下加入他们的队伍。当这些新生力量与比较小规模的四个来自潘诺尼亚军团已经入役的特遣队混合起来的时候出现了庆祝场面。新加入的四千名士兵大致上代替了那些因为从安条克出征路上因为疾病、拖拉和逃跑而失去的兵源。

前天发生的事情让马克利亚努斯感觉最多的是由塞尔迪卡西进几个小时后，敌人的骑兵就出现了，是轻骑兵，数量众多，主要由达尔马提亚人组成，也有部分摩尔人，头上扎着他们非常有特色的长长辫子。他们包围了进军的部队，用外围的轻骑兵把他们圈起来。他们并没有滥杀。他们骑行到离队列很近的地方，号召对手们重新履行对合法皇帝加里恩努斯曾经许诺的誓言。西征军队没有人这样，相反地，他们破口大骂，主要是针对加里恩努斯与野蛮人女子皮帕的苟合以及他与哲学家普罗提诺之间的关系。他们大喊着加里恩努斯玷污了自己的尊口，因为他在野蛮人面前扮演腓尼基人，而在哲学家面前却像个娘儿们一样。

那些军事将领们，骑兵长官拉格尼乌斯·克拉鲁斯冲锋在前，让一切看上去还可以应对。骑兵间的冲突并不意味着什么大事。马克利亚努斯的骑兵们被偷袭，但是没有一个士兵离开队列去投诚，士气仍然在高涨。

马克利亚努斯承认自己不擅长行军打仗，他总是向自己手下那些统率军队的将领学习，但是在战场上他并不自在，然而即便如此，他对骑兵队伍所展示出来的轻松状态有些担忧。他有点儿后悔把巴利斯塔留在奎伊图斯那边——但愿神灵们庇护那个孩子。巴利斯塔不像其他将领，这个野蛮人实事求是。拉格尼乌斯·克拉鲁斯和塞索里努斯两人减轻了对马克利亚努斯的疑虑。昨天天黑后，密探头目宣布他会在越过铁栅栏去试探敌方侦察队的忠诚度之前先去军营里估量士兵们的士气。如果有人想当逃兵，很可能就是敌人。他许诺会小心行事，就像多隆在《伊利亚特》里的谨慎小心一样。马克利亚努斯对这种不恰当的类比有些疑惑。从这之后塞索里努斯就没出现过。

随着屠夫们把祭祀用的动物躯体拉走，马克利亚努斯拿起拄杖慢慢走向晨风中耷拉着的帝国旗帜。他的儿子马克利亚努斯二世背部挺直骑在一匹漂亮的黑色战马上。自从登上王位后，大儿子成长顺利。他穿着紫色的长袍戴着灿烂的王冠好像生来就配得上这些一样。他的鹰钩鼻和高高的眉毛展现出贵族气质，而眼皮下的些许眼袋显示出他对帝国的服务的忠贞。即使他在不处理帝国烦扰事务的时候做点儿木质玩具也无损他的气质，因为过去很多皇帝的消遣比这有害得多。

一只非常安静的骟马被牵出来，老瘸子马克利亚努斯让骑马变成一件难事。他非常坚毅地在别人的帮助下骑上马鞍。上马之后，他伸出手，短暂地握了下自己儿子的手。拉格尼乌斯·克拉鲁斯骑上马，行了礼，向皇帝请求允许进军的信号。

马克利亚努斯环视着周围。一处地势稍高的谷地，一条从塞尔迪卡到纳伊苏斯的大路穿越此地，几乎一路往西，谷地左边是一条无名的小河流，水面上有一层薄雾，在大约一英里之外，就是敌人。一支大规模的军队，但是规模并不比马克利亚努斯的军队更大——大约有三万兵力。军队的排兵布阵是常规形式：重装步兵在队伍中间排成几个纵列，弓弩手在后面，轻型步兵在前面，手持标枪，装备投石器，骑兵在侧翼外围。军旗在前面高高飘扬。帝国旗帜没有出现，加里恩努斯没有亲身征战。他远在西部，忙于向杀死自己儿子的凶手波斯杜穆斯复仇。军队是由奥雷欧斯统率的。加里恩努斯骑兵长官的镶有红色飞马的白色旗帜在军队右侧飘扬。据说奥雷欧斯得到几个重要护国者的支持：跟他几乎重名的同僚多瑙河流域的奥勒良，持剑摄政，埃及人狄奥多图斯、非洲首领迈摩尔、围城专家博尼图斯和意大利人多米提亚纳斯，此人声称自己是弗拉维王朝的后裔。

马克利亚努斯的军队实际上就是敌人的翻版，在步兵阵列中心的后面驻有一千名皇帝私人御用骑兵，老瘸子马克利亚努斯在马上具有居高临下观察的优势。一切都井然有序。他的儿子在注视着他，他点了点头。马克利亚努斯告诉拉格尼乌斯·克拉鲁斯继续进军。后者下令前进。

百夫长们把命令继续传递下去，号手们吹响了号角，护旗手们准备好举旗。

拉格尼乌斯·克拉鲁斯在一片喧嚣中喊着："当薄雾散去，太阳仍然很低，直射进奥雷欧斯士兵们的眼中。"马克利亚努斯发现很难听清楚，因为队伍的前面有些问题，是第十一克拉迪亚忠诚军团的军牌出了问题。这部分先遣部队，本来只有五百人，现在更少了，因为有些被从设在下默西亚地区多罗斯特罗姆的大营派往东部充实瓦勒良的波斯战役。负责举牌的护旗手从地上拔起旗杆完全没有问题，但是当他开始往前走的时候，旗杆缠住腿部，他身体失去了平衡。军牌摇摇欲坠，最后倒在地面上。第十一军团的士兵们停下了脚步。

拉格尼乌斯·克拉鲁斯已经看到了发生的事，他停止了喊话。

这是不祥之兆，马克利亚努斯想到。

拉格尼乌斯·克拉鲁斯策马前行。他低声怒吼："举牌手，把该死的军牌捡起来！"太晚了，沿着阵列的士兵们无法看清楚是什么导致军牌倒下的，由此得出同一个结论：投降。一个接一个，军牌和旗帜都慢慢降下，队列暂停前行。军团士兵、雇佣军和野蛮人同盟们都放下了武器，他们朝着另一边伸出了双手。

“快点儿，这边。”拉格尼乌斯·克拉鲁斯紧紧抓住马克利亚努斯马匹的马笼头。“潘诺尼亚人没有投降，快点儿，到左翼。”

马克利亚努斯疯狂地转身去看儿子们是否安全。他跟他们在一起，马匹轰鸣而过。

“并没有一溃千里，”拉格尼乌斯·克拉鲁斯越过他的肩膀喊着，“回到大营我们可以重整旗鼓。”

“并没有一溃千里。”拉格尼乌斯说。

外面，落日就像一个巨大的橙色圆球，长长的影子在营地上伸展着，在帝国军营帐篷上来回摇曳，还有不到一个小时天就黑了。

老瘸子马克利亚努斯示意骑兵长官应该继续向已经人数大为减少的同僚们讲话了。

“我们还有将近一万两千人：六千潘诺尼亚军团士兵，五千萨普西格拉姆斯的自埃美萨带来的弓弩手，还有一半骑马的千名皇家私人骑兵队伍，这是一支规模大用处多的力量。”

这都是真的，马克利亚努斯想道，但是我们的敌人现在有将近五万武装起来的兵力。他不会让这些估算影响自己聚精会神而平静自信的面部表情。军官们大受影响，马克利亚努斯二世看上去很害怕，马克利亚努斯自信放松地看着自己的儿子。

“我们有充足的物资供应，营地防御充分。我们可以经受一次围城。”拉格尼乌斯·克拉鲁斯继续说。

这样子只能拖延一时，马克利亚努斯想到。没有援军会前来解救被围困的他们。我们几乎把东部扫了个遍才组织起这么多兵力。我们也没有在尾翼等待的盟友，而且也不是加里恩努斯本人亲自带领着攻城队伍。在那种情况下，任何情况都可能会发生——流矢杀死皇帝，或者物资供应失败，以及瘟疫爆发。士兵们厌倦了艰苦劳作和各种供应匮乏，不管因为哪种原因，加里恩努斯自己的军队击毙了他……围城阶段是对皇帝最危险的时候，但是这一切都不可能发生。加里恩努斯在西部安然无恙。

外面，有人在喊叫，就在皇帝帐篷附近。

“另一种选择，”克拉鲁斯说，“我们可以突围。深夜进军到塞尔迪卡，然后往东。拜占庭是世界上防御最好的城市之一。这样子会让奥雷欧斯迟疑，而我们可以在更东面的地方重整旗鼓。”

其他声音也加入了他的这种喊叫中。

马克利亚努斯不是打仗的材料，但是他知道晚上行军是绝望的冒险，这种行动可能会导致军队孤立无援而被摧毁。

一个皇家御用骑兵闯进了帐篷。“大人！”他忽略了在场的年轻皇帝而径直走向老瘸子马克利亚努斯。“潘诺尼亚人在起内讧，他们把帝国画像从军旗上撕了下来。”

马克利亚努斯不顾自己的年龄，几乎没用手杖，冲到帐外。那个骑兵说得对，外面有一群可恶的人围绕在第二阿迪乌特里克斯军团旗帜周围。年轻皇帝们的画像已经掉在尘土里。马克利亚努斯勇敢地走上前去，离那些内讧者们还有几步远的时候停下。喧闹的声音降了下来，但还是在低声而颇有威胁地私语着。马克利亚努斯很高兴自己的儿子没有去召唤就来到了自己身边。这个孩子不是孬种，这种展示团结的景象可能会对目前的局势有所帮助。如果他们什么时候需要帮助的话，此刻恰恰就是。马克利亚努斯本可以做一个简短的祈祷，但是没有时间。

“同僚战友们，”马克利亚努斯的声音控制得很好，没有显示出恐惧，“同僚们，这不应该是第二阿迪乌特里克斯军团的行事方式。那些曾经击溃巴达维亚人，远渡重洋征服不列颠，把达契亚国王赶下王位，并且攻陷泰西封的帕提亚首都的士兵们会这样子吗？第二阿迪乌特里克斯军团的士兵们可不像一群东方雇佣军或者阿拉伯部落战士那样起内讧。”

马克利亚努斯不太确信他是否挽回了将士之心，至少目前他们还没有采取什么暴力行动。

“你们对我的儿子们立下了神圣誓言，我们也给了许诺给予补贴赠金。我的儿子跟你们一起征战。他会带领你们凯旋回到你们的驻地阿奎因库姆大本营。今天局势看上去有些艰难，但是有神灵之手庇护我们，一切都将安然无恙。同僚们，是时候证明你们军团的称号——虔诚有信的时候了。”他重复了一下“虔诚有信”，然后就停下了，他没有什么可说的了。

一个百夫长走出人群，他说得慢条斯理，带着北部边境口音。“你不是我们的同僚。你们根本就不是战士。是的，你待我们不薄，但是当你背叛年迈皇帝瓦勒良的时候你也背叛了我们军团的兄弟们。背叛行为会反噬背叛之人，神灵可能会行事缓慢，但最终会显示出他们的强大力量。”

欧里庇得斯作品里的话用百夫长的拉丁语说出来，而且他祈祷神灵的做法让马克利亚努斯陷入沉默。不，他很想说，这一切都是错的，你们不理解，神灵赞成我对瓦勒良所做的事情，神灵希望我们推翻加里恩努斯。直到今天，神灵还是给我以支持的迹象，但是这些都太复杂了。他知道一切已经无望。

马克利亚努斯四处看着，拉格尼乌斯 · 克拉鲁斯已经走了。马克利亚努斯和他的儿子已经孤立无援。一切都大势已去。

但是他仍然不得不继续说服着：“你们随便处置我，但是请怜悯我的儿子。他很年轻，这一切都不是他的错。”

“我们能怎么做呢？”百夫长听上去似乎很抱歉。“营地被包围了，我们说了不算。塞索里努斯传话说奥雷欧斯想让你死。他为你们的项上人头出了价。”

塞索里努斯的背叛并没有让马克利亚努斯惊讶，他们的项上人头被给出了价钱。那么言出必果。斩首，然后人头在加里恩努斯面前展示，身体被拒绝安葬。无论如何他必须阻止他们残害自己漂亮的儿子。他不能想象自己儿子的灵魂永不停息并绝望地游荡。

士兵们的嘟囔声越来越大，马克利亚努斯必须加紧行动。

“你们自己说我们待你们不薄，让我们自尽吧，就像过去的罗马人那样。在御帐地板下藏了些金钱，尽量不要让士兵们玷污我儿子的尸体。”

百夫长点了点头。他喊出了些命令，有些士兵进入帐内，其他人在巨大的紫色营帐外面围成一个圈。附近，造反的喧闹声在高涨。

“恐怕你得抓紧时间。”百夫长说道。

马克利亚努斯转向他的儿子，他的脸上有泪花。他没有发出什么声响，尽力表现出自己很勇敢。马克利亚努斯拥抱了他。他把自己的嘴唇贴近儿子的脖子，呼吸着他洁净、清新的汗味，他儿子的味道。他亲吻了他的眼睛、脸颊和嘴唇。

喧闹声越来越大，马克利亚努斯逼着自己放开儿子，往后退了几步。他拔出儿子的镶有鹰头的佩剑。

“用我的吧，更锋利些。”百夫长把自己的剑递过去。

马克利亚努斯接过剑，他看着自己的儿子，知道自己下不了手。

“你想让我动手？”

马克利亚努斯把剑给回百夫长。

“谁先来？”

马克利亚努斯想过看着自己的孩子死去，他想象着自己儿子看着他死去的可怕景象，这孩子孤身一人，胆战心惊，等待着自己的厄运。“我儿子。”

马克利亚努斯往前迈了几步，他和儿子互相最后一次亲吻，马克利亚努斯退回原处。

在安条克的帝国宫殿里，没有人确信是否朝拜已经开始。巴利斯塔注视着奎伊图斯——不是为了吸引注意力——因为其他每个人都这么做。提图斯·富尔维乌斯·尤尼乌斯·奎伊图斯奥古斯都，虔诚的幸运者、护国者，已经命令把埃狄恩画的一幅亚历山大大帝的巨幅画像挂在会见大厅里。他所有的注意力都在那里。

奎伊图斯的嘴唇无声地动着，每个人都说自从西部传来他父亲和弟弟的消息后他就行事诡异。第二天巴利斯塔就从叙利亚－巴勒斯坦赶来安条克。当巴利斯塔向奎伊图斯汇报的时候，皇帝看上去似乎想尽力通过他看到另外一个人。自从见了几次面后，奎伊图斯对他的注视就像水离开打过蜡的外罩一样。确实，自从西部的消息传到宫廷里，每个人看上去都行事诡异。

没有人比朱莉娅更加诡异了，她已经在巴利斯塔到达之前把家人从宫廷里转移回埃珀弗奈厄地区的房子里。她对巴利斯塔的欢迎很收敛而且出乎意料的是，在床上她也很内敛。事后她评论说男人喜欢划定自己的领地。她曾经也说过几次，都是说笑，但是这次说得有点儿尖刻。这些自从丈夫回来后改善了许多，但是他们的关系总体上来说已经变了味道，紧张多了。巴利斯塔在想是否有人告诉过她西利西亚那个叫洛克夏恩的波斯女孩儿。

奎伊图斯嘴唇停止了动作，他头拧向一边，眼睛还是盯着油画。全能的主，巴利斯塔想道，他是觉得亚历山大大帝在跟他说话吗？这个时候注意力转移是好事。会见的人数大减，奎伊图斯的父亲、哥哥和他们曾经最忠诚的支持者庇索死了。塞索里努斯和拉格尼乌斯已经叛逃。前者被任命为加里恩努斯的禁卫军长官，后者被告知解甲归隐，但是还有些东部的人也不在场。特雷贝利阿努斯已经撤回到西利西亚－特拉切亚的山里。同样地，另一个长官维里乌斯·卢普斯安全地躲在阿拉伯地区的沙漠里，也没有回应宫廷的传唤。埃及长官穆斯乌斯·埃米利安努斯也已经自立为帝。因为他是规模可观的军队统率，而且控制着罗马的大部分粮食供应。他的反叛颇有底气，但是他也需要盟友。显然，奎伊图斯不会成为他的盟友。

在宫廷亭台上只有两张新面孔，奎伊图斯的一个毫无能力和成就的表弟科尼利厄斯·马塞尔已经被匆忙任命为帝国财政大臣和密探头目。很显然血统带来的忠诚远远比才干更重要。在巴利斯塔旁边站着更加有能力的，高个子红头发的鲁提鲁斯，新任的骑兵长官。

“那些佩戴亚历山大金银饰品的人做任何事都会受到协助，”奎伊图斯突然说道，“我父亲经常这么说。”他指着叙利亚－腓尼基长官说，“科尔尼库拉，下次你写这些人的颂词的时候把这句话写进去。”

安尼乌斯·科尔尼库拉鞠了一躬。

奎伊图斯某种程度看上去好像不经意地跟朝臣们在一起，高级禁卫军长官美欧纽斯·阿斯提阿那克斯开始说话。“陛下，有消息，完全可靠的消息来源，奥登纳图斯正在帕米拉集结军队。物资供应堆放在西去埃美萨的路上。他正在准备进军攻击我们。”

奎伊图斯手捧着自己的头，说道：“可以采取什么措施？”他的语调很空洞。

“陛下，”美欧纽斯·阿斯提阿那克斯继续说，“我们可以阻止这些，我见过奥登纳图斯。我们私人关系不错，他确实是很贪婪，而我们有钱，让我去做特使吧。有足够的资金，我就能够阻止烈日雄狮，让他将好战的焦点转向萨珊王朝的人。这时候攻击他们是好时机。波斯人去年屡战屡败，而且在里海地区东部沙普尔还要面对很多附属地域的反叛。如果奥登纳图斯现在去攻打他们，他们几乎兵不血刃就可能会打到远至萨珊王朝的首都泰西封。”

“就这样吧。”奎伊图斯抬起头，看上去轻松多了。“如果你的出使任务失败，我们反正会击溃这个堕落的东方人。”他手指指向一个站在他面前的长官，“波姆波尼厄斯·巴索斯，你在卡帕多西亚有四个军团，还有雇佣军。你可以招募更多兵力。雇佣那些阿尔巴尼亚人、伊比利亚人、卡度斯人、游牧部落、在高加索山外围的阿兰人或其他不管什么。招募一支超过五万人的军队。要许多骑兵，行动迅速。你们将沿着幼发拉底河全速进军。你们将把阿瑞忒城当作大本营，然后从东部攻打帕米拉。奥登纳图斯将不得不折回来跟你们打遭遇战。我们会紧跟他的脚后跟，当奥登纳图斯被夹在我们的军队之间，我们将在沙漠里赢得一场漂亮的战役。所谓的烈日雄狮将在我们脚下卑躬屈膝，这样子对他有害无益。我们将对他就像奥雷欧斯对待我的家人一样。”

奎伊图斯又陷入自顾自的沉默之中。

波姆波尼厄斯·巴索斯面部的表情很平静，缓慢而庄重地说出誓词。

“时刻准备，听命行事。”

没有人表示出想表达自己真实想法的意图。在卡帕多西亚只有两个军团，兵源不足，是为数不多的雇佣军。巴利斯塔太清楚了，格鲁吉亚－伊比利亚的国王曾经跟沙普尔一起行军去抓捕瓦勒良——他会忘掉在卡莱的牢狱吗？穿越高加索山脉的阿兰人不仅仅是罗马帝国的最大恐惧，也是每个住在南部民族的梦魇，甚至对波斯人来说也是如此。

巴利斯塔追随着奎伊图斯的眼神去看埃狄恩的油画。亚历山大在画作里是站在卧室中。他的新娘，洛克夏恩，半躺着斜靠在床上。小小的性爱女神为她做好了准备，脱掉了衣服。其他很多人在周围欢呼雀跃。身上的翅膀扑动着，他们飞向天花板，盘旋在床顶。地板上有人在玩弄着亚历山大的盔甲。即使在跟自己漂亮的新娘在一起，亚历山大也把武器放在手边，巴利斯塔想道，全能的主才知道奎伊图斯在想什么。

“奥龙特斯河上的安条克，”奎伊图斯说，“是叙利亚的大都市，我们将把她变成一个坚不可摧的城堡要塞。让奥登纳图斯来吧，或者奥雷欧斯，或者加里恩努斯本人。在安条克强大的防御体系下他们的军队会土崩瓦解。”他似乎已经忘记了自己脑海里对在帕米拉城关战胜奥登纳图斯的幻想。

“陛下，”巴利斯塔说道，“安条克几乎是没法防御的，西尔皮乌斯山脉的城墙被岩石压抑着，这个城市是不安全的，安条克在最近几年里已经两次落到波斯人手里了。”

奎伊图斯怒视着他，他想说什么但欲言又止，眼睛向外看去。

“陛下，”萨普西格拉姆斯拉丁语说得很好，即使有点儿女人气，——“我的城市埃美萨忠于您的大业——没有比我们更忠诚的了。东部没有其他城市比这里有更好的城墙和其他防御措施了，我们有物资供应和金钱来源。把宫廷和军队都移到那里，当波姆波尼厄斯·巴索斯从阿瑞忒城发动进攻的时候，你就可以着手带大军骑行而出，击败暴发户奥登纳图斯。”

巴利斯塔不得不钦佩萨普西格拉姆斯，他不仅能掩饰自己的绝望，还能迎合奎伊图斯的幻想。

“都行，都行。”奎伊图斯陷入痛苦的反省之中，“这重要吗？为什么不去埃美萨呢？我们会去那里，我们马上去那里，发出必要的将令让军队知道。”他抬头看着屋顶的巨大雪松木横梁。“他们玷污了我家人的尸体，你们知道的。把他们的头颅送到加里恩努斯面前。他们从来就不懂得和平。”

第十九章

奎伊图斯的帝国宫殿和军队正在移往埃美萨。他们离开安条克已经六天了，沿着几英里的大路穿过阿帕梅亚的米尔湖。对东部来说，这里的景色美不胜收：肥美的水草和野水藻湖床延伸到山脉两端。

巴利斯塔喊过马克西姆斯，身体斜着靠近他，让自己声音放低。当他说完的时候，马克西姆斯让他重复一遍以免自己误解。

"是的，你将逃逸，穿过湿地往东。只有几英里的路程。在极少出现的清醒时刻，奎伊图斯已经命令大量的巡逻兵来扫视队伍后面和两翼防止有人拖拉和当逃兵。在山岭里有村庄，所以一定有穿越这些村庄的能走的道路。显然，山岭只蔓延大约十五英里远。在山的另一边，你会看到通往阿帕梅亚的路：在一个叫泰勒迈尼索斯的村子向南行进。这样会让你来到高原地带的道路，穿过特勒达和奥加拉巴这些地方到达帕米拉。当你到达后，找到哈杜达。应该不困难。无论如何，哈杜达这个以前曾经是雇佣兵的家伙在新的国度里青云直上。"

巴利斯塔笑了。"在阿瑞忒城陷落之战中我们两个救了哈杜达的命，现在我们要收人情债了。让哈杜达安排一次与奥登纳图斯的单独会面，必须要保密，否则消息会传到奎伊图斯的耳朵里，那就会意味着我和我家人生命的结束。当你见到奥登纳图斯时，把这封封起来的信件带给他。”巴利斯塔递给他一个小包裹，“把这个藏到你的刀鞘里，信件包裹在油布里，所以即使湿了也不会出任何问题。”

马克西姆斯示意要打断他，巴利斯塔举起手说：“不，你最好不知晓信件的内容。如果你被捕的话，就假装你是个纯粹的信使。奎伊图斯仍然会杀死你，但是至少他不会折磨你很长时间。除了递交的信件，你要做的重要事情是必须绝对保证奥登纳图斯了解埃美萨的塔楼里哪个是所谓的凄凉塔。你还记得吗？是那个城防最东南端那个高挑的塔楼。如果奥登纳图斯不知道的话，哈杜达会知道的。”

马克西姆斯点点头，思量着。“当然，如果我能逃离，我们都能逃离这里。”

巴利斯塔看上去有点儿受这个想法的诱惑，但是他摇了摇头。“德海姆还太小，而且朱莉娅是个女人。我已经听过太多那些想逃离帝国的人因为受到女人和孩子的拖累而被捕。无论如何，这里还有我必须要做的事情。”

当马克西姆斯骑行离开的时候，时间是下午中段。对于无论纪律多么严明的军队来说，这是个好时机——而这支队伍不是那么纪律严苛，在扎营的时候总是会出现混乱局面。在他动身的时候没有逃亡的任何迹象。他有意往东骑行，离开大部队。他肩膀的形状表明他可能是值班的侦察兵或者执行类似任务的人。

当他已经走了不长的距离之后，收紧缰绳，下马。他绑好马蹄上的绳索，走到一堆沼泽地灌木丛后，扯下裤子蹲下来。在他假装解手的时候，四处扫视着。没有追赶的迹象，也没有人在前面。过了些时候他继续启程前行。

沿着路走了没多远，突发状况出现了。在湿地里行进的问题就是对那些骑在马背上的人来说能够通过的道路是有限的。现存的道路经常在地势高，而且很显眼的地方。没有能隐身前行的机会，他不得不顺着路的方向走。马克西姆斯骑行穿过一片不太常见的树林，来到一片地势升起、开阔的草地区域。在那里有一个中队的骑兵人马在四散开来休息着。

马克西姆斯在想他是否应该尝试用话来哄骗他们，他擅长这种谈话。在故乡的时候，他还没有因为自己的这个特点儿而被称为长路行者。马克西姆斯用脚后跟提着马的身体侧翼。他策马穿过前面的空地。一个站着的骑兵试图挡住他的去路。马匹自行掠过此人身边。三十个人的骑兵巡逻队都下马了，而马克西姆斯骑在马上。这给了他一些时间往前冲。

马克西姆斯低伏在马脖子上，催促马匹快跑。在他们逃离的时候后面激起了大块泥土。路非常笔直，肯定是人工铺出来的。路面高于沼泽地，高高的杂草只到马肚子那么高，这些草肯定数英里之内都看得见。后面，追赶的声音很大。马克西姆斯已经扔掉了盾牌，不断地对着马匹的耳朵低语着，他继续飞驰。

最后路径转弯几乎到了沼泽平面，慢慢地路转向缓和，先往右再往左。杂草羽毛似的茎部高过人马。马克西姆斯笼住马头停下。他跃下马，慌乱地解开自己随身带着的工具包，用手往左边分隔开杂草，然后把包裹扔得远远的，迅速地把缰绳系到马鞍的前角上，然后拔出剑，用刀背划过马匹屁股。马匹受惊，嘶叫着往前沿着路跑了。他又用刀背把他扔藏工具包的地方的杂草分开一两步的空间。他往里走了一步，在他靴子底下的地面下陷了一点儿。杂草在他后面遮住了他。他又用刀背分隔了一下杂草，又往里走了一步。诀窍就是如果不是绝对必要，就不要弄断或者弄平杂草。

他才这样子走了四步，感觉到追赶的轰隆声几乎就在他身后。他离路还是太近，但是已经没有时间脱身了。马克西姆斯把剑放入剑鞘，身体全部匍匐在泥土里。他先脸朝下，然后身体滚动起来。他检查了下现在沾满泥土的外罩遮盖了他的盔甲，然后扯掉头盔，将它外壳朝下推进一团黑水里。他把泥土涂抹到前额、颊骨和鼻子上，等待着。

追赶的声音渐强，马蹄在泥土里踩踏和拔出来的声音、马身上用具响亮的碰撞声、骑兵们武器装备的撞击声。空气中充满了马匹的味道，杂草随着他们的路过而摇摆起来。

马克西姆斯躺在凉爽的泥土里，觉得靴子里灌满了水，他尽力数着马蹄的声音：十、十五、二十。这是不可能的。声音渐渐减弱，马克西姆斯没有动。

一只蝴蝶，浅黄色的，几乎有点儿像白色，在马克西姆斯面前的杂草丛中飞进飞出。他的鼻孔里闻到很强烈的腐烂水草的味道。骑兵的声音又来了。这次很少，走得很慢，又从西面来了。马克西姆斯的判断是正确的。大多数骑兵已经飞奔而去，剩下的人以非常悠闲的节奏继续跟踪着，以免在第一批骑兵走了后他突围而出。该死的你们，他得意地想。该死的你们每一个人。

骑兵们一走，他就站起来，用他们制造的噪音来掩盖自己的行动，他欠身下去寻找自己的工具包。第一批巡逻骑兵很快就会超越他的那匹坐骑。他朝着自己包所在的地方猛扑过去，包裹半浸在水里。地狱神灵们，他已经忘记去拿头盔了。去他妈的，没有时间了。他转身朝沼泽地深处走去。

工具包很沉，而且拿起来非常不方便。如果他扛着，就有超过杂草头顶的危险。如果在身体两侧提着，就会在水里形成波浪一样的漩涡而暴露出自己的行踪。马克西姆斯尽量去判断哪些团簇植被能撑得住自己的重量，身上带着这个可恶的重物挣扎着往前行进着。

人的喊声，马匹的声音。他们又回来了，马克西姆斯再一次全身匍匐在湿透的地面上。一趴下来，他就知道自己选了个糟糕的地方。这里的水比土壤和植被多，而且他还身穿锁子甲。泥水开始慢慢而又恐怖地开始把他往下吸。他伸长胳膊把工具包拖近自己，放在胸口下面。他的胳膊顺着伸开，身体的重量更均匀地分布开来。这样子更好些，但是也支撑不了多长时间。

“出来吧，你这个烂人。”声音非常近，“小奎伊图斯不会杀死你的，他需要我们每个人活着为他效力。也许他会严厉批评你，然后他会让你回到自己的岗位上，你的屁股会被打烂，嘴里有一股脏味——这些都是你喜欢的。”

喊叫声从沿途路径传出来，他们牵着马回来了，可能是排成了一个队列。有些人喊出声来，所有的人可能都在注视着沼泽地。

“快拖着你的烂屁股出来吧，野孩子。如果现在不出来，当我们抓住你的时候，我们会给你这娘娘腔应得的待遇。”

带有性暗示的侮辱和脏话让他们一度兴奋，最终他们都静了下来。一个声音，可能是他们的军官，喊道：“我们会回来的。如果泥水还没吞没你，我们就会抓住你。我们会带狗来搜捕你的。”

在他们走后，马克西姆斯撑着身体站起来坐在一棵倒下很久大部分沉没在水下的橡树树干上。他倒是不担心狗的威胁，大多数罗马人都会利用狗的视力来打猎。很少人知道如何通过利用狗对气味的敏感来打猎。无论如何，要想在泥水满布的荒野搜寻一个人需要一个非常灵敏的猎狗才行。如果他们回来的话，他早就离开这里很久了。

马克西姆斯的童年和少年时代是在希伯尼亚度过的，所以面对沼泽地是司空见惯的事情。当然，你得对沼泽地充满尊敬。很多情况下都是人们觉得脚底踩上去的地面很结实，结果却被泥水淹死的。他们的鬼魂经常在夜里出没，闪着鬼火，想尽量引诱其他人重蹈覆辙。这是恶意，还是说这些鬼魂在寻找同伴？马克西姆斯从来就没搞清楚过。

他坐在那里看着工具包裹。这个包太沉了，现在由于泡在水里就更沉重了，也不好左挪右移了。他真的需要这个吗？里面真的有非常珍贵的东西吗？他有武器和盔甲，腰带里有很多钱，还有巴利斯塔的信件。

他在想自己就拥有这么几件在乎的东西是好事还是坏事。如果德米特里厄斯在的话，当然他会开始大谈哲学，自力更生的美德，还有些类似的胡扯。马克西姆斯确信哲学不是自己需要的东西。他站起身，用手在工具包里找了些干牛肉，然后把它扔在身后。

在剩下的大多数还看得见亮光的时间里，他继续赶路，只要能辨别方向，他就往东北走，远离开大路，但是还是朝着山的方向。不时地他会看看山脉：在万里无云的淡蓝色天空下有一线暗色的轮廓。他记得巴利斯塔把山脉叫作山岭，这种说法让翻越山脉这件事变得更加容易。

下午的时间慢慢过去，他来到一个开放式的湖泊地带。湖水表面在阳光中闪着亮光。湖的布局是南北方向。这个湖界于他和山脉脚下的干地之间，在杂草丛生的地方他视力所及之处都看得见它。湖泊宽度大约有一百多步，但是他不打算划船或者游泳渡水过去。这样的湖泊往往湖底淤泥深不见底，就像在希伯尼亚的人们过去用来淹死鸡奸犯的那个湖。你可以确信这样的湖里长满了很多等着缠绕你手脚的水底植物，那么他会怎么处理自己的盔甲呢？有骑兵巡逻的那条路是往南的，而他是往北面走的。

当太阳下的影子开始拉长时，马克西姆斯搜到了块儿平坦干燥的地方躺了下来，将头放平睡下了。

第二天早晨他醒来，身上遮盖着干了的泥土，到处苍蝇乱飞，只有几块干肉可以吃，而且还是待在阿帕梅亚湖的某个地方。从安条克到埃美萨往南的大路不可能超过半英里。由于躺在杂草自然形成的暂时栖息的地面，马克西姆斯看不到大路。他还是没有动，倾听着、观察着。他唯一能听到的是高高的杂草互相碰撞发出的干涩的瑟瑟声。

马克西姆斯把自己在小湖泊岸边挖的一个浅坑填好，想起波斯少年巴戈阿斯，几年前，曾经跟他说过波斯祭司是不能污染流动水源的。那么他们会不会在一个不流动的泥湖里排泄呢？如果这么做，看着湖水表面微风下柔和的水波涟漪，会让人惭愧。现在最好把自己的排泄物埋掉。这样子敌人追踪你的时候也就没那么容易察觉了。

大约半小时之后，他来到一个湖湾处，湖湾就像一根弓箭笔直穿过湖泊。在远端，马克西姆斯可以看到斜坡上的道路和梯田，这说明还有地势更高的地方。在近处，这个湖湾连接着一个铺设很好的路径。在路径那边是用篱笆围起来的水草，他已经到了经过人力劳作改造的阿帕梅亚湖泊地段。

然而当他躺在杂草里观察的时候，周围空无一人。实际上，周围没有什么生物。在希伯尼亚，这样的沼泽地旁边会住满了野鸟和其他各种生物。在东部这些地方，你很少看到很多鸟。它们去哪里了呢？是不是当地喜欢奢华生活的人把它们都吃光了？

再等下去也没有什么意义，马克西姆斯爬起身，启程前行。

当他几乎走到湖湾一半的距离时，在山脉一端出现两个骑兵，就像某个不请自来的神圣警示。他们朝他骑行过来，穿着罗马军服。

马克西姆斯一边暗暗咒骂着，一边往后看着——太远了，没法逃离现场，而且两边都是波光闪烁的湖泊，似乎是预示着悲惨命运的一个明镜。他安静地站在那里等待着他们。事情到如此地步真是让人惭愧。

几步开外，两个骑兵收住缰绳。他们拔出剑，没有说话。右边的人先下马，然后另一个也下马了。

“放下武器。”第一个下马的人说。

马克西姆斯解开外罩，当他把外罩扔到自己左边的时候，他的眼睛从来就没有离开过与他更近的士兵。没有机会——士兵眼睛一直就没离开过马克西姆斯。

“武器。”

马克西姆斯解开剑袋，把肩膀上的配饰拿下，扔在外罩后。士兵的眼睛还是没有移开。这可不简单。马克西姆斯跟卡尔加库斯一样把匕首藏在靴子里，但是他已经没有了选择和时间。

第一个士兵走上前，他的剑刃顶在马克西姆斯的喉咙上。

“显然今天不是你的好日子，逃兵。”另一个士兵说道。

马克西姆斯想，你应该像你朋友那样，别说话。

“伸出手来。手腕交叉。”第一个士兵是地位较高的。

马克西姆斯照做了。

第一个士兵看着他的腰带，准备解开皮带来绑住逃犯。

马克西姆斯拿出锁子甲右边腋下的剑刃，把剑尖推开。他蹲下身子，用左手从自己右边靴子的剑鞘里拔出匕首。他身体放低，把匕首插入士兵的右边大腿，恰好在他盔甲下面的位置。

另一个士兵也上来了，刀弯曲着往下砍。马克西姆斯只有短匕首可以用来抵挡长剑剑刃。大多数武士，不管他们接受过何种训练，在武器相交的时候都会闭上眼睛。他眨了眨眼睛。铁器碰撞的声音，冲击力震麻了他的胳膊。他无意识地动了动手腕，睁开眼睛。长剑被挡开很远。

马克西姆斯对手的前冲力把他带过来一些距离，身体稍微失去平衡。他优雅地转过身朝着他左膝盖后面踹去，此人倒下了。马克西姆斯扑上去，他用全部重量压住这个士兵。马克西姆斯抓住此人头盔，把他的头部压进泥土里。此人身体抽搐着，肮脏的黑色泥土挤进他的嘴里和鼻子里。马克西姆斯加大力量使劲儿往下按。

马克西姆斯扫视着第一个士兵，他正在痛苦地朝着剑掉落的方向走着，他的大腿在流血。他那里没有即时的威胁。

被压在泥土里的士兵的挣扎在慢慢减弱。马克西姆斯使尽全力压住他。此人身体猛烈地动了几下，然后就没有动静了。好一会儿马克西姆斯并没有放松手上的力气。

终于另一个士兵走近了自己的剑，当马克西姆斯站起来的时候，腿部有些僵硬。他一瘸一拐地跑着跨过路径。他把剑从敌人绝望的手边踢飞，他双膝跪下，抓住此人下巴，往后折。他挥舞着匕首。当匕首沿着敌人头盔鼻梁位置下滑的时候，发出了金属碰撞的声音。匕首利刃插入敌人的眼睛。此人身体僵直立起。

马克西姆斯站起身，向两边看去。周围没有人，他一下子感到奇怪的疲倦和放松。他逼着自己快速思考、动身。他擦拭了匕首，并将它放回靴子。他走过去，重新把剑袋带好。在路边，他用湖水把胳膊和手上的血迹洗干净。他捡起本来敌人想用来绑他的皮带，马克西姆斯一向擅长与动物打交道。马匹朝他走来，虽然他们闻到地上的血腥味道有点儿警觉。他用皮带驯练着第一匹马。马匹是群居动物，所以如果另一匹马碰巧不想待在这里也无关紧要。

脸朝下躺在泥土里的士兵尸体上有件淡蓝色的外罩，上面有不错的镀金衣襟。马克西姆斯被它吸引住，所以就剥下来穿在了自己身上。他试了试这个士兵的头盔，不适合他的头。他把自己满是泥土的外罩平铺在地上，把头盔放在中间。他回到死尸旁边，搜查着他的身体，发现了数量可观的硬币，他顺手放到自己的钱袋里，并拔出士兵的剑，也放进自己的剑袋。然后他又把尸体拖到湖湾边儿上，滚动着把尸体扔进水里。

马克西姆斯走到另一个士兵那里——除了外罩之外，他做了同样的事情。当水面平静下来的时候，马克西姆斯可以看到第二具尸体已经一部分浮在第一具尸体上面，一部分在他的一边。他们都隐藏得不够好，但总归比什么掩饰都没有强得多。

那匹没有过来的马匹跟它的同伴待在了一起，马克西姆斯把士兵的盾牌，以及他们的军事身份标识从它们的马鞍上撤下，都放到了自己丢弃的那件外罩上的一堆物件里。他把外罩的角系起来，尽量往湖心远处扔去。在水里，这堆东西变暗，然后平静地沉了下去。

马克西姆斯温和地跟马匹说着话，一边把皮鞭变成缰绳，马匹的呼吸吹在他脸上的感觉很好。他上了马鞍，研究着自己的杰作。湖湾的表面弄得七零八落，血迹四散，但是泥土很快就会把这一切掩盖下去。尸体沉得不够深还是不能做到隐身不见，但是如果不细看可能不会注意到。很遗憾他必须杀死他们，他们只不过是在做自己的本职工作，但是他也是在执行任务。他调转马头，向东部进发，向帕米拉进发。

奎伊图斯的宫廷和军队移到埃美萨已经八天了，对于巴利斯塔来说是时候租一间房子让家人安定下来了。这个时候，巴利斯塔开始希望马克西姆斯已经逃脱，事情能够顺利一些。

街上行人的靴子声弄醒了巴利斯塔，当他们停下来的时候，他溜下床。外面很黑暗，可能已经过了半夜。他的手紧握剑柄，剑就挂在平常放置的地方。

大门上的敲击声沉闷地响彻了整个房子。

巴利斯塔披上一件衣服，打开卧室的门。光线从走廊那里进来，朱莉娅也从床上坐起来。她什么都没说，黑色的眼睛看上去充满了恐惧。

门上更多的敲击声，还有沉闷的呼喊声。

“没事的。”巴利斯塔说。

实际上，他也不清楚到底是怎么回事。外面有军队，罗马士兵走路的方式跟其他人很容易区分开来，但是也可能是其他人。皇帝，尤其是反复无常的皇帝，就像奎伊图斯，可能会在黑夜白天任何时候传唤他们参加会见。就在宫廷里的灯光下，当其他人都在睡觉时，他们可能会被皇帝召唤去谈论小到如何做鱼大到东部的战争局势的类似话题。在奎伊图斯的统治之下，一次晚上的召见并不是什么必须要害怕的事情，而且如果作为两个现存的禁卫军长官，巴利斯塔没被召见过才是怪事，但是帝国内没有人会对士兵过了夜班还在敲自己的门而感到安全。这可能意味着完全不同的事情。

“没事的。”巴利斯塔又说。

朱莉娅没有回答。她感觉到有点不对劲儿，自从巴利斯塔从巴勒斯坦回来后她一直感觉不大对劲儿。过去，她是不会显示出自己的恐惧的，即使是在她非常害怕的情况下。过去，她可能会跟他说话。大多数时候她还跟以前一样，但是有些东西发生了变化。他还不知道。

更多的敲门声，从房子深处传来卡尔加库斯完全发怒的呼哧呼哧的喘息声。“他妈的深更半夜，能不能消停点儿，你们他妈的会开门进来的。”

巴利斯塔走出去来到一楼围绕蓄水池的阳台，走到延伸到门的台阶上等待着。他发现自己在颤抖。也许在叙利亚的仲夏，晚上的凉气比自己想象中的要厉害。

卡尔加库斯出来了，手里为一个百夫长举着灯。后面跟着二十个皇家私人卫队士兵，在院子里围了一圈，这么多士兵意味着坏消息。巴利斯塔一开始其实就意识到了，但内心却没有承认。他不知道此事究竟因何而起，但是如果马克西姆斯被抓，今天就是自己的末日。巴利斯塔做好了应对恐惧的准备。

巴利斯塔很疑惑地发现有个自己不认识的百夫长，在奎伊图斯规模已经削减的私人卫队里，也没有多少百夫长，然而这个百夫长看上去很面熟，如果德米特里厄斯在这里，他可能会叫出他的名字。

“大人，”卡尔加库斯说，“这是马库斯·奥里利乌斯·朱康杜斯。”喀里多尼亚人脸上的表情很糟糕。

巴利斯塔也还是没记起这个名字。

“大人。”百夫长的声音听上去很僵硬，打着官腔。他读着一个盖有紫色印章的纸莎草御令。“最尊贵的恺撒大帝，虔诚的帝国秩序维护者，战无不胜的护国者，提图斯·富尔维乌斯·尤尼乌斯·奎伊图斯有令：马库斯·克洛迪乌斯·巴利斯塔被解除禁卫军长官职务。而且，他将即刻被捕并押送至埃美萨国王宫殿下的监狱。”百夫长暂停了一下，接着很平静地说，“我很抱歉，大人。”当然这些没有写入御令。他吸了口气继续说，“野蛮人将会被关在那里任由我们处置，与他的妻子和儿子们一起坐牢。”

百夫长态度和蔼，体贴有加，他们可以有时间来整理东西，爱带什么就带什么，爱带多少就带多少。他们叫醒孩子们，德海姆才两岁，根本不知道发生了什么。他对着闪亮的灯微笑着，在禁卫军长官盔甲里动来动去，然后在妈妈肩膀上睡着了。对于九岁而且爱思考的伊桑格瑞姆来说，情况就不同了。巴利斯塔跟他单独谈了下。伊桑格瑞姆必须给妈妈和弟弟做一个勇敢的榜样。他和巴利斯塔必须为了彼此而勇敢起来。男孩儿点点头，他站在那里，背部挺直，下巴微颤。父子相拥，巴利斯塔告诉自己的自由家丁卡尔加库斯，由他负责其余的家里成员，随从希波托俄斯会帮助他监督看门人、厨子、自己的女佣和雇佣的女佣们。巴利斯塔和卡尔加库斯互相拥抱。

当他们穿越在黑暗的街道上，百夫长朱康杜斯说在来到巴利斯塔屋子前已经去见过监狱长。他特别嘱咐此人巴利斯塔一家要被安排到最外面的监狱——这里有点儿自然光而且通风。到现在这个时候应该已经打扫得一尘不染，家具齐整了。大人和女主人可以让仆人给他们带来任何食物或者自己喜欢的东西。朱康杜斯本人或者他的手下，只要条件允许，会每天来查看他们的近况。值得注意的是朱康杜斯仍然使用巴利斯塔的职位头衔来称呼他。

到了宫殿，经过黑暗低矮的墙，在壮观高耸的塔楼下走过，一切如百夫长所言。灯在监狱里已经点亮。有一张床，一个桌子和几把椅子。

光秃秃的墙壁和地板非常干净。屋子里已经用烟香熏过，虽然没有什么能够掩盖住监狱里特有的恶臭味道。

朱莉娅又恢复到那个利落能干的自己，不断地走来走去。她把孩子们放到床上，开始整理他们匆忙带上的物品，让屋子里显得井然有序。

巴利斯塔站在监狱门口感谢百夫长朱康杜斯的用心照顾。

“这是我能尽的微薄之力，大人。新任长官鲁提鲁斯——代替您的人，昨天晚些时候提拔我进入皇家私人卫队。我一生，从少年到成人，都是在第四西徐亚军团里度过的。我曾经在您帐下服役，在色西昔姆的卡斯特里西乌斯队伍中，您在那场战役的胜利中没有得到应得的奖励。”

巴利斯塔笑了。“我觉得你很面熟。”

朱康杜斯懊悔地笑着。“卡斯特里西乌斯——很久前曾是我的战友——刚被任命为骑兵长官，代替鲁提鲁斯。老卡斯特里西乌斯，混得不错，尤其对一个曾经当过矿工的人来说。”

巴利斯塔也笑了。“他是个足智多谋的人。”

“这句话形容他不为过。我记得有天晚上在卡齐里安纳——地下的神灵啊，你们俩烂醉如泥——当你们把那个出身贵族的军官包裹烧掉的时候。我和战友们都忍不住捧腹大笑，场面太壮观了。”

巴利斯塔压低声音。“朱康杜斯，我的自由人家丁马克西姆斯已经被捕了吗？”

朱康杜斯摇了摇头。“我还没听说过此事。”

巴利斯塔叹了口气。“至少还有这件事令人欣慰。”

“我明天来看你。”朱康杜斯利落地行了礼，在如此糟糕的环境下显得极不协调。

朱康杜斯转过身，他的眼睛扫视着小监狱房间。“你的妻子和孩子们……大人，我非常抱歉。”

第二十章

死人在帕米拉过得真好。马克西姆斯骑行穿过坟墓谷地，四处都是高高的，建造精致的矩形死人的居所。马克西姆斯曾经来过这里，那是六年前，在他去阿瑞忒城的路上。那是他曾经跟一群人一起赶路，无暇观看这些陵墓。现在孤身一人，他凝视着这些墓地。它们折射出主人的地位和财富，而且在他看来，还有更多的东西。在一边的陡峭斜坡一半距离的地方，有三四层那么高，它们的石头都磨得很平，门窗都雕刻得十分精致，塔楼里的钟声诉说着时光的永恒。它们就像山顶下一些比较平滑的岩石破沙而出，形成于大自然而由人类塑造，就像那些山上的自然岩石一样，这些陵墓也将永远居于此地。

用某种方式观察，它们看上去像城市里的自然岩石，死人护卫着这些大自然中的岩石。地下神灵们，再这样胡说八道下去你们会以为我是在雅典接受过教育的人，马克西姆斯想道。他已经在阳光中待了很长时间了。自从湖边杀人之后这个旅程一直是艰难而漫长的。翻越那些恐怖坚硬的山脉——巴利斯塔所说的该死的山岭——然后又连续几天经过暗褐色太阳暴晒的多石沙漠，景色一成不变，但最终他到了这里——帕米拉，对本地人来说是叫塔德莫，这是烈日雄狮奥登纳图斯的绿洲城市。

在城门那里有一群人挤着要进去，大多数是西北部村子里的农民。

他们的驴子、骡子和老婆都拖着小麦、酒类、饲料、橄榄油、动物脂肪和松果。与上次马克西姆斯来的时候相比，来自西部的生意人减少了，但是还是有那么几个。无论有没有战争，利润总是会让人离乡背井。其中一个吃苦耐劳的人是做意大利羊毛生意的，另一个人是经营咸鱼的。天气非常炎热，人们脾气也很大。男人们喊叫着，驴子也鸣叫着，骆驼吐着唾沫。

马克西姆斯骑在他带来的其中一匹马上，看着城墙。他记得自己的那个喜欢喝酒的老战友马穆拉上次经过这里的时候曾经嘲笑他们。希伯尼安人调整了下自己的思绪——仿佛那个方头方脑的杂种马穆拉还能去那里一样，这个可怜的家伙被埋在阿瑞忒城墙底下一个塌陷的围城沟渠里。他从来就不是这个世界上行动最快的人，但是老迈的马穆拉总是能够把事情做好。帕米拉低矮的泥砖城墙如果在围城的时候会像一个在摔跤比赛中一个一条腿的人一样毫无用处。不过好消息是帕米拉人现在是主动进攻的态势。他们最好祈祷事情不会反转过来。

终于马克西姆斯来到了门口的通关处。

“你有什么要申报的吗？”收税官没有抬头问道。

马克西姆斯没有回答。

收税官有点儿厌烦，眼睛从税务表格中挪开。他看了看马克西姆斯的锁子甲、佩剑上破旧的皮结、剑刃上缺失的剑头和两匹马。人和马身上都黏满了尘土。“继续往前走，”他说，“下一个。”

进入城门后，他扔给街童一个硬币，跟他说想知道哈杜达的住处。他跟着一群衣衫褴褛，腿部晒黑的孩子经过一条精致繁忙、有列柱廊的街道，又走过另一条街道，绕过一个十六根立柱环绕着的黑色镀金的纪念碑雕塑，穿过一个大广场和一个空无一人的剧院。一种强烈但是却刺鼻的香料、马匹和人的味道，这些都有一点儿骆驼的味道，如此熟悉。马克西姆斯认出了去奥登纳图斯宫殿的路。走过三个房子后，他的向导停下来，指着一个巨大排屋的大理石铺就的入口，嘴里不知用什么语言激动地说着话。哈杜达这个曾经的雇佣兵在这个世界上已经出人头地了。

马克西姆斯在马上保持着平衡，给这个孩子看了看一个面值较高的硬币，可能是个女孩儿，并做出牵马的动作，然后把硬币放回钱袋。这个孩子笑着拿起缰绳。

看门人没有给他制造什么麻烦，仿佛每天都有佩带武器，看上去很暴力而且满身尘土的士兵经过这里。鉴于他的主子是个前雇佣兵身份，而他的女主人是一个商队侍从护卫的女儿，这种情况可能确实经常发生。他把马克西姆斯迎进一个小房间，让他稍等片刻。他在马克西姆斯拒绝了帮他照看武器的主动服务时也没表达出任何惊讶。

马克西姆斯坐下来，伸展开自己的腿。他猜想自己现在肯定是被监视的。他往四周看了看，一副毫不在乎的样子。墙壁上画了些希腊神话的壁画。体形巨大、几乎全裸而且体毛很多的男人们在一个绵延很长距离的山脉之间跑来跑去。他们在朝着山下抛锚停靠的战舰扔着巨大的石块。有些战舰被击中，有些已经被破坏，无法修葺。战舰的船员们伸开手朝着天空做着祈求或者责备的姿势。一个面相诡诈的人采用了正确的办法，他正在割断停泊船只的绳子。单层甲板大帆船从目前来看还没被割断绳子，鉴于那些体毛很多的男人们的滚石技术，马克西姆斯不大看好逃脱的可能。

两个佩带武器的人进入房间。他们手扶着剑柄，严肃地盯着马克西姆斯。在他们后面进来一个穿着东方服装的女子，全身都被覆盖起来，只露着眼睛。

马克西姆斯礼貌地站起来，士兵们立正站直。

女人经过卫兵，走近他。她左手伸过来穿过脸前，扯下面罩。地下的神灵们啊，芭思希芭仍然那么有吸引力。

“很久不见。”她用希腊语说道，她的声音还是他记忆中的样子，能让男人们失去方寸。

“五年了。”

“我愿意亲吻你，但是你浑身很脏。”她微笑着，往后退了一步。

巴利斯塔，我的老朋友啊，马克西姆斯想道，当你有机会的时候你不占有她，真是傻瓜。如果是我在阿瑞忒城看到她摘下面罩，她就不会独守空房，长吁短叹。

“你可以看到，我穿着最好的谦卑贤良妻子的装束。我们在招待——只有一个客人。你来加入吧，没有洗澡或者换衣服的必要。”她又走近他，这次比前面更近。他可以在香水味道之外闻到她的体味。巴利斯塔，你真是个傻瓜。她身体斜靠过来，更近了，对他低声耳语道：“小心你在尼克斯特拉图斯说过的话，不要在他面前提起你来自奎伊图斯的军队，也不要提巴利斯塔的名字。”

餐厅里明暗相间，对于仲夏的叙利亚下午来说，这天很凉爽。某个地方好像有喷泉哗哗的响声。

哈杜达从沙发上起身，荣华富贵的风格跟他非常搭配。他的头发更长了，上面是平的，边上卷起，非常有艺术美感。从他慢慢地卷起而且用过香水的胡子后面，他咧嘴而笑。

“马克西姆斯。”哈杜达说道。虽然他的衣服比他妻子的衣服更加华丽和带有装饰性，但他还是拥抱了希伯尼安人。他们互相击打着背部。马克西姆斯身上的暗褐色尘土漂浮在太阳的光束中。

哈杜达用手指向沙发上坐着的人。“马克西姆斯，这就是来自特拉佩佐斯的著名的历史学家尼克斯特拉图斯。”哈杜达又指回马克西姆斯，“尼克斯特拉图斯，这是阿瑞忒城围城之役中我的老战友，马库斯·奥里利乌斯·马克西姆斯。”

那个座位上的文人站起身来，他没有表现出明显的不情愿，但是马克西姆斯觉得尼克斯特拉图斯不经常跟雇佣兵握手，或者跟东道主的旧友握手。

仆人们又搬进来一个沙发，哈杜达引导着马克西姆斯走向座位。三个人都舒服地坐下。芭思希芭坐在后面的一张直背椅子上，就在她丈夫沙发脚边。马克西姆斯感觉想要大笑。他还记得那个在阿瑞忒城野蛮勇武的女孩儿：女扮男装，跟她父亲的士兵们一起作战，很可能——让自己父亲非常愤怒——救了巴利斯塔的命。

仆人们先给了他一个碗和大口水罐让他洗手，然后一个仆人在马克西姆斯右手边放置了一张小桌子。另一个仆人放了一系列精美的点心、橄榄和奶酪，还有一个空酒杯。第三个仆人把混酒倒入杯子。马克西姆斯做了个祝酒词，以主人健康的名义喝了一杯。

哈杜达和尼克斯特拉图斯恢复了显然在马克西姆斯到来之前就一直在谈论的话题，是关于一个叫海罗迪安的历史学家。尼克斯特拉图斯尽量让马克西姆斯加入对话。希伯尼安人说他通常都是收钱杀人，而不是读书。尼克斯特拉图斯没有再尝试。

马克西姆斯喝掉了自己的酒，他很钦佩哈杜达。这个前雇佣兵对这种奢华生活似乎习以为常。他的精美刺绣衣服、裤子和靴子——现在上面都是尘土——在他身上舒适自然。他自在地休息着，在这种学究式的讨论中悠然自得：“所以你是不是同意，我亲爱的尼克斯特拉图斯，海罗迪安牺牲了某些繁文缛节的目的是为了更清晰地突出那些他认为更加深奥的历史事实层面？”他先前用来称呼马克西姆斯的中间名字是很聪明的。由于五十年前的皇帝卡拉卡拉曾经给所有在帝国境内居住的自由人和还没有罗马公民身份的人以公民权，几乎每个人的名字里都带有卡拉卡拉皇帝的家族名字和中间名字——马库斯·奥里利乌斯。

一个仆人走上前来，将马克西姆斯的酒杯倒满。哈杜达还有一个比较令人钦佩的特点——他不仅让酒桌上酒水不断，而且遵循着芭思希芭父亲在酒桌上的待人之道。这些能征善战的人可比那些小白脸或者裸体女孩儿在出事的时候用处大多了。

芭思希芭身体往前斜倾着，跟自己的丈夫说着话。哈杜达的头弯曲着、微笑着。她站起身，在她的示意下，一个仆人在马克西姆斯的椅子旁边放了另一把直背椅。

"历史学不是你的强项？"芭思希芭的声音压得很低，目的是不传到其他人的耳朵里。她没有等待他的回答。"尼克斯特拉图斯是个刚愎自用的无聊之人——在他这个职业圈里也是臭名在外。芝诺比阿把他传唤到塔德莫。她雇佣他撰写从阿拉伯人菲利普统治时期到奥登纳图斯时期的光荣胜利这段历史。这会是非常恐怖的——这种历史写作不会经得起时间的考验。"

马克西姆斯观察着身体后仰的希腊历史学家，他志得意满的脸上长着薄薄的撅起的嘴唇。他看上去不是那种很有好奇心的人。在他希腊式的长袍下，一条带有东方刺绣的裤子下一双制作细致的皮靴子从裤腿下露出来。这个古希腊文化的旗手已经变成半个本地人了。当然马克西姆斯并不在意这些。

"奥登纳图斯的第二任妻子可不是我们期待的那种美丽而又顺从的年轻女子，芝诺比阿野心勃勃，甚至比奥登纳图斯都有野心，而且她也很好战。"

马克西姆斯非常敏锐地斜看了一眼芭思希芭，后者对此不置可否。

"一切让她感到自己很受挫，奥登纳图斯跟第一任妻子有个已经成人的儿子哈拉纳斯。这个年轻人是天生的勇士。奥登纳图斯有两个他信任的将军扎达和扎拜。现在又有了我丈夫的协助。在烈日雄狮的战争事务里不需要一个二十岁的女孩儿来插手。”

当一个仆人把已经吃完的食物盘子撤下去的时候，芭思希芭停了下来，仆人接着换上盛满水果、坚果和甜点的盘子。

“所以，”她接着说道，“芝诺比阿已经把自己确立为文化的捍卫者。从帝国东部各处，哲学家、智者们和历史学家及诗人都涌进宫廷。这些学识丰富的人让宫廷里人满为患。当中每一个人都无比贪婪，充满野心，但是每个人都是因为芝诺比阿才混到现在的地位。这也是为什么尼克斯特拉图斯来此做客，为什么哈杜达待客如此殷勤的原因。”

当尼克斯特拉图斯四处张望的时候，芭思希芭妩媚地微笑着。

“并不是说芝诺比阿不能随军出征。”芭思希芭眼睛里闪烁着过去的那种恶作剧般的神情，“他们说她不会让奥登纳图斯跟她行房，除非他满足她的意愿。”

她谈话的最后部分让马克西姆斯的思绪飘忽起来，在她身上披着的东方面料下，她是否仍然还是过去那个身体丰润的女子？她是那种你能够想象到的尤物。哈杜达太幸运了。

“喂。”她用水果刀戳着他，马克西姆斯非常迅速地朝着其他人微笑了几下。

“好多了。我的脸在这儿呢。”芭思希芭笑的时候，牙齿非常洁白。“我是说，你此行的目的是什么？”

“巴利斯塔想让哈杜达安排一次我与奥登纳图斯的私下会面。”没必要拐弯抹角。

“为什么？”

“呈交一封信。”

“内容是？”

“我一无所知。”

“真的？”

马克西姆斯看着芭思希芭，当然她不会故意把自己的肩膀后撤来让自己胸部更显突出。她会把他当成多么肤浅的男人呢？“我所知道的就是我必须确保让奥登纳图斯知道埃美萨的凄凉塔在哪里。”

“在城墙东南远端的一个高挑塔楼。”芭思希芭说道，但是她的思绪不在这里，“当然哈杜达会这么做，但是……”她暂停了一会儿，“我不是很确定你会受到什么样的接待，你的朋友是奥登纳图斯敌人的首要将领。显然，更多取决于信件内容，但是读懂海罗迪安的《历史》远比读懂塔德莫的主人容易得多。他性情难料，这也是为什么他如此强大的原因。就像一种反复无常的自然力量，烈日雄狮可能会赠你金银，奉你为座上宾，或者他会像屠狗一样杀死你。”

马克西姆斯耸了耸肩。“当然，如果我们已经知晓一切，生活就会淡然无味。我可不可以洗个澡？”

“当然。你是否需要有人陪伴？”马克西姆斯笑了，她马上说道，“不，不是我，你这个傻瓜，是其中的一个女佣。”

“那么这样比你丈夫和历史学家的陪伴更好，我想你会不会有两个闲着的女佣？”

在她还没去安排洗浴的事情前，芭思希芭又严肃地说了一次。“你很幸运现在赶来，几乎就要为时已晚，烈日雄狮三天后就要行军至埃美萨。”

也许这是埃美萨宫殿下面监狱里最好的牢房，但是房间仍然是黑暗的，通风糟糕，而且是令人窒息的炎热。即使熟悉了周围的环境也不能阻止这种监狱的恶臭味进入巴利斯塔的喉咙。

巴利斯塔知道自己失败了，他这三年在东部所做的一切就是为了保护自己的家人，但是他失败了。他不知道为什么，但是他们都跟自己一起在坐牢。

朱康杜斯，或者他的一个手下，遵守了诺言，每天都来牢房查看近况。这些从某种程度上也能解释为什么狱卒和他的助手们都从过去那种对待罪犯的惯常而且根深蒂固的残酷态度转变为现在勉强的礼貌对待。对于囚犯对金钱的自由使用还有他们对未来命运的不确定性而产生无法表达而又不时的恐惧感，也是导致他们态度转变的原因。

在卡尔加库斯的监督下，仆人们带来了新鲜食物和饮料。每天早晨，女仆们为女主人盘好头发、化好妆。其他女孩子们摆放好新采摘来的花束。她们做着清洁工作，用心插好花束，点燃带有香味的灯，任意喷洒带有香气的油料。然而，无论布置多少带有香气的东西，监狱里的恶臭味还是从底层的牢狱里散发出来，在那些牢狱里，一些没有运气而且没有关系的囚犯躺在肮脏的角落里，在绝望的日子中煎熬。

孩子们的境况出奇地好。当然，他们呼吸不到新鲜空气，没有可以四处跑动的空间，而且有时候他们自己的噪音还会透过墙壁传回来，把自己吓一跳，但是他们很罕见地得到了双亲无微不至的关怀，他们拥有自己喜欢的玩具，大致上吃的是自己喜欢吃的食物。除了这些好处之外，伊桑格瑞姆还逃脱了学校老师的管制。

如果说男孩儿们过得还好的话，朱莉娅过得可不轻松。他对秩序的那种苛求在牢狱里几乎提升到疯狂的境地。她几乎停不下来，嘴里一边不停地嘟囔抱怨着，一边把丈夫和孩子们已经移动过的东西放回原处。跟妻子这样相处就像跟一个长相好点儿的卡尔加库斯一起关在牢房一样，但是她却缺乏卡尔加库斯特有的讽刺口吻。

而巴利斯塔本人，在狭小封闭的牢狱噪音里潜心阅读着。第二天，他就让卡尔加库斯给他带来了阿利安著的《爱比克泰德对话录》。很难想象还能在什么情境下阅读这种强硬坚韧的哲学著作更不合适或者说更不能持久的了。第三天，喀里多尼亚人按照他的吩咐带来了一本小说《埃塞俄比亚故事集》，作者是埃美萨的赫利奥多卢斯。巴利斯塔想自己能否通过阅读这些来了解他坐牢之地人们思维模式的有趣之处。他没有发现这样的情节，书里是些主题为流浪汉题材的一连串的分散性的故事。过了一天，他让卡尔加库斯带来普鲁塔克的著作《传记集》。这些读物还像那么回事——书里有些用令人激动的故事作为背景，主人公在命运多桀的时代应对变化的故事，对那些像巴利斯塔这样不能忍受支离破碎故事情节的人来说，这是行动哲学的代表。他从德米特里厄斯和安东尼的生平开始读起：

> 安东尼回到了罗马。他把自己乔装打扮成奴隶，假装自己是给富尔维娅递交安东尼的信件，他把脸部蒙起来去接受到她的接见。富尔维娅有点儿注意力分散，在接受信前，她问他安东尼是否还活着。他默默地把信递给她，她还没来得及打开信阅读，安东尼就张开双臂拥抱着她，亲吻着她。

“大人。”朱康杜斯站在门口，“我奉皇帝之命来带您觐见神圣的皇帝，你的妻儿要留在这里。”

时间只够匆匆告别，朱莉娅看上去显然非常惊恐，而这种惊恐也感染了孩子们——伊桑格瑞姆哭了，而德海姆号啕大哭。这种离别是不祥之兆。

奎伊图斯就在埃拉加巴卢斯大神庙。当他们在大街上行进的时候，朱康杜斯就像一个正在行军演练的军团士兵一样，用嘴角说话，他说他不知道此次传唤是为了什么事情。

当他们到了神庙附近，围绕着祭坛往前走的时候，巴利斯塔和护送他的人不得不放慢脚步。一队埃美萨议员们正好朝他们走来。议员们都身穿罗马长袍，大多数人衣服上镶着标志着骑士地位的窄布条，有一两个身上镶着紫色宽布条的，这些人是元老院议员。每个人头顶上都顶着一个金碗里面盛着恶臭的肠子。尽管他们尽量谨慎，还是不能阻止里面的血块溅到他们雪白色布料的长袍上。

巴利斯塔打量着周围的状况，圣坛上三堆火苗燃烧着，火焰出奇的明亮：蓝绿、黄色和红色的火焰交织。奴隶们忙着在地上铺散沙子。燃香的味道夹杂着没有清洗的牛羊内脏的恶臭味和非常强烈的尿味。苍蝇在空中嗡嗡飞着。头顶上顶金碗这肯定是埃美萨当地的特色，但其他的一切都符合常规：屠杀动物用作祭祀，帝国范围之内这是表达正常宗教虔诚的常见行为。

一个礼仪官在阶梯边负责接待他们。在经过了艳阳照射后，神庙内部漆黑空洞。神庙往外延伸着，通向飘渺的无限空间。

在漆暗中，一排针刺般的光线投射过来。随着巴利斯塔调整自己的目光去适应，光线原来是一排装饰性的蜡烛发出来的，这些烛光把大厅分隔开来，也把神圣和世俗分隔开来。在座位中间的位置上，有个很小的袖珍圣坛，上面摆放着燃烧的帝国圣火。再往里看，有个鹰的金色塑像。这只鹰腿张开着自信地矗立着，许多微小的灯光光线滑过它巨大而外扩的羽翼，也滑过它残酷的鹰嘴里含着的挣扎扭曲的蛇身。

越过鹰的塑像，会看到帝国王座就像悬挂在空中那样。奎伊图斯坐在里面，如同塑像一般静止不动。他身着的紫金色皇家服饰，宽松舒适的长袍和高高的王冠，上面都坠有无数的珠宝首饰。他化过妆的脸看上去毫无表情。

在奎伊图斯的后面，凌驾于一切之上的就是神灵的所在。埃拉加巴卢斯，那块从天空中掉下来的巨大黑石，高耸着顶向阴暗的神庙屋顶。由于这块巨石的面积很大，所有的光线都吸向了它。只有偶尔几束光线闪过神灵的塑像，灯光透过他光滑黑暗的表面照亮深处的神秘印记。

无论是皇帝本人还是神灵都没注意到进来的人，当巴利斯塔和护送他的人行完跪拜礼起身后，礼仪官引导他们走向一边。他们站在那里等待着。

突然传来一阵锣鼓的敲鸣声，伴有长笛和管琴的音乐，声音曲折而又复杂。萨普西格拉姆斯，埃美萨的祭司首领，跳着舞进入人们的视线。他的身上除了项链和手腕脚踝上的许多手镯脚镯之外，全身赤裸。他身体瘦削，几乎是瘦骨嶙峋，身上的静脉显得出奇地突出。他手掌朝上，在皇帝和诸神面前不断舞动着。对巴利斯塔来说，没有比这更加让他恶心的东方式柔弱和奴颜婢膝的画面了。

随着一声尖利的高叫，祭祀神灵的仪式完成了。萨普西格拉姆斯走过去，坐在奎伊图斯旁边的一个低矮座椅上。皇帝的一个名不见经传的表弟科尼利厄斯·马塞尔，现在是三个重要政府职务的掌管者，坐在皇帝的另一边。

“把无神论者带进来。”奎伊图斯说道。

御用禁卫军长官鲁提鲁斯本人亲自把囚犯带上来。正是身材高大，脸部严肃的元老院议员阿斯提里乌斯。他们先行了跪拜礼，奎伊图斯看着囚犯，沉默的时光延长了。

阿斯提里乌斯身穿希腊式的外衣和大长袍，而不是日常的罗马元老院议员的装束。他双手紧握在胸前，眼睛谦卑地往下看着，只有腿部的微小颤抖动作暴露出他现在内心所感受到的疑惑和恐惧。

“告诉我，”奎伊图斯的声音很轻，带着谈话的口吻，“你是不是一直在想你那个清秀的少年奴仆爱帕弗洛迪图斯去哪里了？”

阿斯提里乌斯没有回答。

“没有？真的没有想过吗？”奎伊图斯抬起他化了妆的眉毛，“你真的对他的生死不关心？甚至对你们俩共享的秘密也没考虑过？”

阿斯提里乌斯张开口，但是却说不出话来。

“好吧，还是让我来告诉你吧。”奎伊图斯显然非常乐意这么做。“此刻我得说，他可不是那么舒服。他现在就被囚禁在宫殿地下最深的牢狱里，虽然这可能并不是你最关心的事情。因为你的年轻的朋友，或者我是不是应该说，你的兄弟正在骑小马。你有没有看过行刑时候使用的木马？设计得非常精巧。当横梁把你清秀的少年奴仆四肢撕裂开来的时候肯定会很痛苦。”

阿斯提里乌斯发出一声压抑的嘶吼声，然后控制住了自己的情绪。

“并不是说他不再那么秀气了。”奎伊图斯大笑着说道，“实际上，他非常令人讨厌。你会几乎认不出他来的。”

皇帝停止了说话，眼睛仔细地凝视着阿斯提里乌斯。

“我不是很确信是不是由于你的样貌还是什么，但是我从来就没喜欢过你，从来就没信任过你。所以我让密探把你的小男朋友爱帕弗洛迪图斯从浴池里拖出来。我们把他吊起来——实际上是系住一只手吊着，这样子更加痛苦——而且还一边抽打着——就是那些行刑常用的板子，鞭子和皮带——问了他一些关于你的问题。你知道吗，他拒绝透露任何事情。你肯定会为他感到骄傲的。”

阿斯提里乌斯已经控制住了自己腿部的颤抖。

“然后奇怪的事情发生了，”奎伊图斯继续说，“我们用了铁钳审问他。行刑人员用钳子把他身体两侧的皮往外扒，这种景象太惨了，但是他仍然拒绝出卖你，我建议行刑人员去折磨他身体的其他部位：肚子和大腿以及脚后跟，还有他清秀的面颊和前额。就是此时他大声喊着，即使是杀人犯也不会受到如此重刑，只有基督徒才会受到如此虐待。”

奎伊图斯对阿斯提里乌斯微笑着。“现在，你可以想象得出我们因此而得到鼓舞，我们继续坚定地审问，施加压力。当我在以弗所的时候，我发现审问基督徒是件快乐的事情。这个厚颜无耻的小婊子居然回答道：‘我因基督而获得自由。’所以你们这些基督徒不满足于否认神灵的存在，还有企图削弱世上的一切事物的所有权。”

“我是基督徒，”阿斯提里乌斯说。

“你跟自己的姐妹们有性行为，这是真的吗？”

“我崇拜基督，我憎恨恶灵。你想怎样就怎样吧，我是基督徒。”

“你们还吃肥胖的婴儿？”

阿斯提里乌斯伸直了身板和肩膀。“我是基督徒，我宁愿死也不会崇拜石像。”

“你将会知道这些是否是真的。”奎伊图斯示意禁卫军长官向前。

鲁提鲁斯把阿斯提里乌斯推倒跪在地上，这个基督徒没有挣扎，但是当他喊出来的时候，声音非常有力。“你们可以给我定罪，但是神灵会给你们定罪。天上的星星会随着神龙的尾巴席卷我们的土地，你们也会崩溃的。”

鲁提鲁斯拔出剑。

阿斯提里乌斯往前伸着脖子，准备好被斩首。“恶魔就像咆哮的狮子，寻找着自己的猎物。”

鲁提鲁斯举起剑。

“基督，我是为了你而受此刑！”

剑落下来。一切干净利落。

阿斯提里乌斯的头重重地落到地面上，湿漉漉的。他的头弯曲滚动着到了燃烧着蜡烛的那些座位旁。有那么一会儿他的躯干就那么保持着原来的姿势，四股清晰的血柱喷出来，溅到大理石地板上。之后，血流慢慢减少，身体向地面倒下去。

在漆黑的静寂中，奎伊图斯说话了。“我的身边都是背叛我的人，只有灾难伴我而行——灾难降临到我不幸的家庭和我的埃美萨朋友萨普西格拉姆斯身上。”他用手捋了捋祭司首领的头发，然后又陷入寂静的沉思中。

“陛下？”最终还是鲁提鲁斯敢于打断皇帝的沉思。

奎伊图斯继续盯着已经斩首过的尸体。“事后，人们总是后悔当初为什么那么仁慈。”他这些话更像是自言自语。

“大人？”

奎伊图斯从自己沮丧懊悔的世界中回到现实，他发出命令：“把这个尸体处理掉，我们得到消息奥登纳图斯正在向我们这边进军，从长远来看这无关紧要。波姆波尼厄斯·巴索斯很快就会出现在他队伍的后翼。但是到那时候我们必须考虑自己的安全。有人建议我启用一些围城攻打经验丰富的将领。野蛮人巴利斯塔重新被任命为禁卫军长官。他的同僚鲁提鲁斯将统领西部和背面城墙，而骑兵长官卡斯特里西乌斯将统领东面和南面。巴利斯塔将负责埃美萨防御的整个战略计划。野蛮人最好比上次阿瑞忒城之战表现得更好。他的孩子和妻子将继续待在监狱里。如果在城墙内发现一个帕米拉人，他们将会被处死。”

第二十一章

埃美萨的凄凉塔与其说是一个防御工事还不如说是一个观望塔。塔楼的圆形城垛只有几步那么宽，内部全是些曲折蜿蜒的石头阶梯。高高的塔楼朝向东南，那里是五英里的开垦地，然后是望不到尽头的高高的沙漠，布满石头，在阳光下暴晒着，看上去非常残酷。这也能解释为什么塔楼如此命名。

巴利斯塔身体斜靠在一个开垛口，享受着短暂珍贵的独处时光。在塔楼之上，风吹起他的外罩，他的长发也在风中飞舞。在远处的沙漠之外他都能看得到塔楼高高矗立着，让暴虐的沙尘绕道而走。风是往南吹的，这场风将激起一场很大的风暴。奥登纳图斯的军队正在从东部穿越沙漠前来。当风暴到达他们行军之地，他们就会身体卧倒，背部朝向风来的方向，在人脸和动物的脸上绑上布料——等待风暴过去，这样子至少能耽误他们一天左右的行军时间。

曾经有一次，波斯人派遣军队穿过利比亚沙漠去夺取锡瓦绿洲的宙斯·阿芒的神谕，有天晚上遭遇大风暴。当士兵们晚上睡着的时候，沙子把他们活埋了。军队永远被埋在地下。不过巴利斯塔想道——这里没有这种可能性。这里的沙漠不同于其他地方：没有足够的沙子，岩石太多，而且神灵们喜欢锡瓦，他们对奎伊图斯不可能有什么慈爱之心。奥登纳图斯的军队也就只能被耽搁一天左右的行军时间。

帕米拉的外围骑兵已经到了，巴利斯塔已经看到轻骑兵的到来。首先看到的是他们的人马掀起的浓雾，阳光中衣服非常鲜艳。他们分五个部分，每一支人马都有各自的驻扎目标。四条大路——往北通往阿帕梅亚的路，南面通向老底嘉去往黎巴嫩的路，东面通往帕米拉的路和东北通往遥远的幼发拉底河方向的路都被堵死。第五支人马平铺开来堵住通往西部的路。在奥龙特斯河两岸注视着任何想通过埃珀弗奈厄的老军团基地出发穿越黎巴那斯山脉进行军事干预的企图。

第二波到达的轻骑兵包围着城镇，但是数量不多。巴利斯塔看着他们疾驰过农舍和郊区的别墅。他们在抢掠财物——但是什么军队里士兵不是这么做的呢？——但是没有烧毁什么。他们军纪不错，奥登纳图斯不想隔离自己的军队与埃美萨人之间的关系。他想赢得人心。

并不是所有的骑兵都是帕米拉人，透过漫天飞扬的尘雾，可以看到常规罗马军队的旗子和盾牌形状。这些盟军，起先是在遥远的色雷斯、达尔马提亚和高卢地区招募的，肯定是由那些反对奎伊图斯的地方长官们提供的：美索不达米亚的奥里利乌斯·达利斯，阿拉伯的维里乌斯·卢普斯，还有如果谣言确凿的话，卡帕多西亚的波姆波尼厄斯·巴索斯。这些罗马正规军轻骑兵来到城墙附近，向罗马军队防御者展示自己。奥登纳图斯显然也想赢得军队之心。

巴利斯塔被这种阵势震撼到，就像大规模的打猎远征。地上出现固定的桩子，然后桩子之间挂上了网子，不留任何出口。奥登纳图斯知道自己的本事，这无须惊奇。如果他不知道自己的本领，奥登纳图斯就不能把沙普尔从北美索不达米亚赶出去，从萨珊人那里重新夺取并占领像卡莱和尼西比斯这样的城市。

判断轻骑兵的数量并非易事，但是看上去参与围城的大约有一万人马。帕米拉重骑兵和步兵仍在路上，巴利斯塔不知道会有多少兵力。奎伊图斯任命的新任密探头子——科尼利厄斯·马塞尔的情报本来也不可靠。虽然马塞尔如此无能，他还是不希望塞索里努斯回来重任密探头目。即使猜测，奥登纳图斯大军的主体至少会比已经围城的人马数量更多，所以烈日雄狮至少有两万人马，可能更多，也许比这个数字多得多。

而与之对抗的巴利斯塔有什么呢？奎伊图斯有一支一千人的禁卫军，还有第三高卢军团的核心，也就是驻扎在叙利亚－腓尼基的主要军队，大约两千人，还有来自五个其他军团的旗兵队伍，每支五百人：有来自柯里叙利亚的第四西徐亚军团和第十六弗莱维亚坚定军团，来自叙利亚－巴勒斯坦的第十弗来特恩西斯军团和第六弗拉塔军团，以及在色西昔姆外围驻扎的第三费利克斯军团。除了这五千五百个禁卫军和军团士兵之外，还有大约同样数量的常规外国雇佣军，然后萨普西格拉姆斯宣称有一万埃美萨弓弩手，包括骑马的和步行的。

这些军队数量可观：两万一千名士兵，几乎一半是罗马职业军人。不幸的是，这些数字仅仅存在于奎伊图斯和那些他最亲近的顾问脑子里，也只有他的表弟马塞尔和萨普西格拉姆斯都对此深信不疑。在议员们中间，所有的军事将领里，包括鲁提鲁斯、卡斯特里西乌斯和巴利斯塔本人，都是对此嘴上敷衍着，但是在他们不被察觉的内心深处，知道这些都是不真实的。

十年的战争，包括国外和国内的征战，这些自从战乱时代来到之后的消耗已经让罗马军队疲于应付。在十年的混战里，有些派出去的军队出征后就没有回归，而新的士兵来源还没有源头。死亡和伤病、疾病和逃兵让罗马军队跟以前相比简直是惨淡无比。让老兵们继续服役已经在士兵中引起怨恨，而且对保持军队数量没有什么益处。任何军队建制，除了禁卫军之外，有没有原来一样的人数还是个问号，而且没有人会对萨普西格拉姆斯所宣称的一万埃美萨勇士的存在有任何相信的迹象。

士兵的数量继续在下降，逃兵现象也在继续。一天又一天，逃亡的人们溜出城门或者爬出城墙，离开了军队。由于敌人骑兵队伍的到来，不仅没有制止住这种逃兵现象，反而有增加的趋势。帕米拉人张开双臂热情地欢迎这些逃兵。

不仅仅是普通军官士兵阶层在抛弃奎伊图斯，曾经一度是禁卫军长官的美欧纽斯 · 阿斯提阿那克斯，这个曾经是奎伊图斯父亲的伟大朋友，现在据说也成了烈日雄狮的得力助手，骑行在他的右侧。

然后还有卡帕多西亚的地方长官，波姆波尼厄斯 · 巴索斯，他本来要招募一支由伊比利亚人、阿尔巴尼亚人和阿兰人组成的野蛮人军队，然后率军横扫幼发拉底河，力挽狂澜。可是，他那里已经有一段时间没有任何消息了，现在几乎可以确定他已经加入了加里恩努斯的军队。

提奥多鲁斯，这个没有武装军队的塞浦路斯年老地方长官都派信使往西部去指责奎伊图斯，这足以说明奎伊图斯大势已去。

一个更加明显的证明是费边 · 拉贝奥。两天前，柯里叙利亚的地方长官已经悄无声息地被捕，恰恰就在离开阿帕梅亚城门的时候。因为极少数议员擅长行事悄无声息。两架银顶的马车和三个搬运他必要物品的大篷车，而且能够保持他作为地方长官的身份待遇象征。这让他此行的隐身性质大大降低。他脸上满是泪水，坚持说自己之所以离开是为了在行省首都安条克去征兵，甚至连奎伊图斯都不相信这种说法，现在费边 · 拉贝奥住在一个金属笼子里，就悬挂在阿帕梅亚城门上空。没有人会给他食物或者水，因为害怕会遭受同样的痛苦。大家都公认这种惩罚方式，有点儿新颖而且非罗马式，的确展示了某种理想境界的赏罚分明。

“陛下，准备好了吗？”禁卫军长官的头从活板门那里伸过来说道。

在门板下面，鲁提鲁斯、卡斯特里西乌斯在等待着，这个时间正是他们每天定时向奎伊图斯汇报的时刻。三个受行政长官领导下的年长的百夫长，包括朱康杜斯，也启程穿过城镇往宫殿走去，显然落在了后面。除了偶尔去几趟埃拉加巴卢斯神庙之外，现在奎伊图斯几乎从来不离开宫殿一步。

军官们在往前走的路上没有说话，就像士兵们一样，卡斯特里西乌斯也把剑带末端卷起，金属利刃激荡的声音在空中传开。他来到这里是个不错的机会。巴利斯塔或许会想跟他聊聊，但是不可能在这些百夫长面前这么做，他们当中的任何一个都可能是告密者，而且还有鲁提鲁斯——一个不错的将领，但是还从来没有任何迹象显示出自己是不是完全忠于马克利亚努斯家族。

在宫殿的门口，罗马军官们发现没有什么人来迎接，没有一个禁卫军卫兵执勤。他们发现一个萨普西格拉姆斯的皇家卫兵在看守城门。他们的穿着与罗马卫兵形成极为鲜明的对照：颜色朴素的上衣和暗色的裤子。埃美萨人有一种热爱多彩的特征非常显眼：有橘黄色，有耀眼的白色，还有淡玫瑰色。绣着花朵，有条纹和边褶。有些人放下了他们尖顶的头盔和内弯的盾牌。多数人都倚靠在城墙上，有些因为阳光耀眼而闭着眼睛。往右边看，有几个人去了城墙远端。他们端坐着，头垂着，手扶着自己弓起的膝盖。

并不是所有一切都毫无生气，他们的统领可能会把自己脚拿出鞋子外休息，但是他的眼睛是很警觉的。他用干燥而又高傲的嘴唇接待了罗马军官们。

他们沿着一条条长长的凉爽的走廊走下去，不时地会看到有些窗户开着，看到外面浇灌的很好的阴凉花园里，笼子里的鸟儿在歌唱。很难相信围城部队的先遣人马离这深邃的宁静只有不到一英里远。

走过最后一个走廊，他们来到宫女们的房间附近。这里的卫兵更加无精打采。四处散乱着鞋子，五双赤裸的脚，武士们就躺在一块图案丰富的地毯上。三层阶梯的底部成了他们的枕头。在顶部，他们的领班侍卫斜靠在折叠起来的垫子上。他说阿拉姆语，其中一个卫兵站起来，走出门去。

卫兵虽然醒着但还是很慵懒，他们用蛮横的眼神注视着罗马人。在东方人后面，门开了。埃美萨人都站起身来。他们身上的丝绸和迟缓的动作显示出那些宫女住处的主人们身上的某些特征。他们跟随罗马人走过台阶，穿过门。

埃美萨王宫里的摆设是古代罗马人对东方人偏见的完美见证，辛辛纳图斯可能会逃回自己耕作之地，审查人加图可能会中风。

屋子里一片耀眼的灯光，有一种非常刺鼻的香水和酒的味道。皇帝奎伊图斯躺在沙发上，祭司首领斜靠在座椅上，两人都是身体半裸。奎伊图斯不经心地玩弄着萨普西格拉姆斯的头发。在另一张沙发上，皇帝的表弟马塞尔脸朝上昏睡着，另一个同样昏睡的女孩子躺在他对面。

在屋子后面的阴影里有一张巨大的床，女孩子们在阴影后面移动着。上面睡着另外四个人。她们身上除了一小缕布条外几乎是赤裸的，腿部放荡地张开着。另一个女孩子在那里跌倒了，就睡在身下的花朵和四处洒溅的酒里。

巴利斯塔开始了他的每日汇报。他非常小心地用词，尽量打着官腔，根据官方数字汇报军队情况。即使如此，奎伊图斯显然不感兴趣。他迅速地打断了巴利斯塔。

“星象表明对我们来说是一个转折点，神灵会降怒于帕米拉那些骆驼牧人们。风暴在奥登纳图斯亵渎神灵的耳边咆哮着。”

巴利斯塔打断了接下来的沉默，说道：“陛下，风暴不可能会耽误帕米拉人很长时间，最多不超过一天。”

“他们说奥登纳图斯的妻子很漂亮。”奎伊图斯的声音很深沉，“当我击败他的时候我会好好享用他的妻子。”

萨普西格拉姆斯故意咯咯地笑着。

鲁提鲁斯说道：“陛下，奥登纳图斯明天黄昏时刻就会到达此地。”

奎伊图斯忽略了他的提醒。

“我们将组成一个新军团。”突然皇帝坐起身，变得很有活力，“新军团名字就叫第三十一马克利亚纳胜利军团。军旗将是我家族的象征，也就是亚历山大大帝的画像。我的父亲经常说那些佩戴马其顿人形象的人做任何事情都会得到他信仰的神灵的帮助，带有他旗帜的军团也是如此。在第一场胜利之后，我们将加上‘战无不胜’的称号。鲁提鲁斯，从埃美萨开始征兵，然后把现在军团的服役士兵和征募来的兵源加在一起建立起新军团。”

“时刻准备，听命行事。”鲁提鲁斯说道。

奎伊图斯看上去有那么一会儿的忧郁。“我四周充满背叛的行为，美欧纽斯·阿斯提阿那克斯——我父亲信任过他，而现在波姆波尼厄斯·巴索斯——他也不会带领军队沿着幼发拉底河进军。”

皇帝似乎没有征兆地心情好了起来。“但是这些都无关紧要，我的密探头领已经安排好了一切。”他的眼神扫过马塞尔躺着的地方，这位表弟已经被酒精麻醉得不省人事。皇帝开心地笑了，“在他还没有赢得该休息的机会前，一切休闲都得让位于日常事务，这是自古以来的罗马行事方式——我亲爱的表弟派遣了特使带上王室礼物去结好沙漠深处的阿拉伯联盟的首领。塔努克地区的加迪玛将带领部落人马，他们这些阿拉伯人将扑向奥登纳图斯，就像打谷场上的谷屑一样把他的军队打得七零八落。”

消息在被接见的人里没有引起多大反响，将领们尽量不流露出自己的真实情感。这种人和阿拉伯联盟的军队会走出沙漠，然后在公开战场上击败一支正规军队的想法简直是荒唐，荒唐得没法用语言表达。

鲁提鲁斯又尝试了一次。“陛下，我们的侦察人员说风暴很快就会平息。奥登纳图斯的军队明天黄昏时就会到达此地。”

“明天，后天，没有什么区别。”奎伊图斯向巴利斯塔挥了挥手，“他到达的当天晚上，你将带领一支突袭队伍插入他大营的心脏。如果你不能带着他活着来见我，你就把他的首级带来。一切将会结束。”

“时刻准备，听命行事。”

而奥登纳图斯也将准备好，巴利斯塔想道。现在一部分埃美萨卫兵和宫女们知道了这个计划。奥登纳图斯知道自己的本事，他会在宫廷里安插密探。

“当我们看到另一个黎明的时候，就是烈日雄狮的死期，”奎伊图斯温和地说道，“否则其他人会受苦的。”

埃美萨已经入夜，但是却没有足够的黑暗。在大风中可以看得见摇曳的火把的火焰。橙色的火光照亮了帕米拉城门的内部。只有在城门最高的弧形地方黑夜才算掌控住了大风。再往下，鹰的塑像、圣坛和埃拉加巴卢斯神庙的石柱都需要重新修缮。再往下，有些涂鸦文字的重写的样子——那些感谢神灵佑护自己平安到达或者祈求神灵保护自己安全穿越沙漠的文字——还几乎能识别清楚。

虽然已经入夜，但还是有太多的噪音。五百名左右的禁卫军已经准备好去突袭对方大营，他们跺着脚，可能是为了抵御凉飕飕的风，或者仅仅是出于无聊。他们靴子上没系好的平头鞋钉在路上的石头上撞击出声音。士兵身上的装备不时发出金属的撞击声，还有那些身上佩戴的军事勋章以及挂在缰绳上的平安符都发出声音。人群中仍然有说话的声音，还有一两个小组在互相传递着羊皮酒壶。

奎伊图斯的禁卫军士兵们纪律松懈，但是士兵们这样子是有其更深层次原因的。这些禁卫军是从东部军团里抽调的，他们在军官中素有纪律不良的名声。他们的纪律不这样又能如何？他们驻扎的营地可不是在凄凉的边疆要塞，如喀里多尼亚或者日耳曼尼亚地区，而是在接近舒适城镇生活的区域。有时他们的兵营甚至就在城镇里，而且这些城镇里居住的以东方人居多，大部分士兵也是从当地招募的。从心底来说，他们是东方人，这就意味着他们是非常蛮横无理而且生活放荡的群体。

没有人告诉这些禁卫军士兵用破布绑住自己鞋钉或者拿掉他们的平安符，也没有人命令他们停止交谈或者喝酒，更没有一定要服从命令的绝对信念。问问那些驻扎在边疆的军团士兵或者雇佣军——禁卫军都待遇太好，骄傲自大，被宠坏了。满身华丽衣服，适合做军事表演的士兵，在真正战场上是一无是处的。

巴利斯塔忽略了这些混乱的景象，斜靠在城墙上。他披上一件老旧的黑色外罩，闭上眼睛，可以闻到罗马士兵们身上的味道：没有洗浴的士兵们，口里有些许大蒜味，身上散发着廉价的香水和酸酸的酒味。有一次——一个百夫长和他的士兵们曾经到他父亲的营帐里——这样的经历让他感到异样和恐惧。现在过了二十三个春秋后，这些味道闻上去非常有家的感觉和让人放心，就像我们以为已经固化的东西一样，那些唤起我们情感的味道也是由一些不受我们控制的情形所塑造的。

巴利斯塔发现自己想起了图皮奥，他这个老朋友曾经大肆吹嘘自己的嗅觉有多么敏锐。巴利斯塔在想，五年前当图皮奥带领一支军队攻打一个目的不同但作战目标跟自己一样的队伍时，当他在阿瑞忒城的另一个城门下等待的时候，那时他闻到了什么味道。图皮奥几乎悄无声息地把波斯人的诸王之王堵在了营帐内，但是只是几乎。他所拿到手的只是一副金镯子。而数年之后，这副手镯见证了他的死亡。

> **对凡人来说，拥有的是俗物，一切都将远离我们。**
>
> **如果它们没有离开我们，我们就会离开他们。**

这些诗句在巴利斯塔脑海里浮现，图皮奥也很喜欢诗歌，但是巴利斯塔没有计划让这次夜袭成为自己死亡的见证。

“休息一会儿，你这可怜的小东西。”卡尔加库斯吐了口气，放下手里的两个灯笼。“过了今晚，或许我们就可以他妈的永久休息了。”

城里某个地方，狗在叫。在战术家阿涅阿斯的书里，那些描述防御敌人攻城的情节里，有人建议将领为了防止噪音和混乱形势的干扰，所有的狗，无论是家养的还是野狗都应该抓起来杀掉。这本书巴利斯塔至少读过两遍。在这个城镇里，他没有采取这样的做法。

“朱康杜斯来了。”卡尔加库斯说。

朱康杜斯走上前来，行了军礼。禁卫军士兵发出的噪音因为他的到来已经降低了不少。朱康杜斯给人非常可靠的感觉。他报告说自己的人马已经准备好，五百人分成五人一列，共一百列通过城门，一旦出了城门，他们会重新布阵，十人一列。

巴利斯塔感谢了他，他们等待卡斯特里西乌斯的到来。

曾经一度是囚犯，现在成了骑兵长官的卡斯特里西乌斯从火炮台那里两步并作一步走下来。投石机和投弩机已经准备好。巴利斯塔感谢了他。

北方人把朱康杜斯拉近，平静地向他解释战术，因为如果巴利斯塔倒下，那么朱康杜斯必须顶上。火炮部件被往回撤，但是没有卸掉弹药。夜间你可能不一定看得到炮弹的飞行路线。如果偷袭遇到问题，那两只蓝色灯笼要高高挂起。卡斯特里西乌斯要拉响火炮——无论有没有装弹药火炮声音都是一样的。如果幸运的话，奥登纳图斯的人马可能会以为他们被火炮瞄准——要面对你不知道要从哪里飞来的炮弹还是比较令人恐惧的——这样子他的人马或许就会撤离阵地。在阿瑞忒城围城之役中这一招曾经奏效，但愿神灵保佑，这次能重新奏效。

“时刻准备，听命行事。”两个军官退下。巴利斯塔示意卡斯特里西乌斯留下。北方人声音故意压低只让卡斯特里西乌斯听见。后者认真地倾听着，闪耀的火光照进他脸上纵横的褶皱里，凸显着他面部的棱角。这次交谈显然是非常严肃的话题，但是在闪烁的火光中卡斯特里西乌斯从来没有如现在这么像一回边远地区神话里的有趣精灵。

是时候去检查偷袭是否能如期进行了，卡斯特里西乌斯快步走回石阶。巴利斯塔让其中一个城门上的士兵打开边门，他们这些士兵来自第三费利克斯军团。巴利斯塔跟卡尔加库斯一起穿门出来，发现边门足以让一个人牵马通过。

边门在他们身后关上，矩形的橙色火焰灭掉了。巴利斯塔处于漆黑的夜色之中。他静静地站着，等待自己在夜色中恢复视力。在他旁边，卡尔加库斯清了清嗓子吐了口痰。

月光照在巴利斯塔的右肩上，他就站在城墙的漆黑阴影里。外面就是被月光照亮的阔地。他走出去。卡尔加库斯也跟上去。

路往外延伸着，脚下轻快而又平滑，路很笔直。路两边是几乎唾手可及的罗马军牌，对罗马军官和士兵来说非常荣耀而且让人放心。这些军牌是维持帝国稳定的神圣力量的象征。军牌上的十字空洞无物，但是在旗子底部往左的地方有个黑色的污点。巴利斯塔不想去思考什么液体造成了这种污点，也许是当地的土狗在上面撒了尿。

右手边的阴影对着路面，埃美萨东部的墓地就像帕米拉城外墓地的缩小版本：同样的塔楼、神庙和阴宅，但是大多数这些建筑都是比较小规模的，阴宅都相距很近，它们之间的地方都岩石密布。想要在路上从外围包围偷袭队伍是比较困难的，至少有些对他们有利的地方。

其他的一切对他们来说都不是什么优势，墓地大约蔓延有两百步的距离。同样的距离之外就是帕米拉军队的营火。营火火焰是玫瑰红色，烧的火势正旺，间隔均匀。在他们前面，大约几百步开外，是在营地周围燃起的另一堆营火，火堆更大。这些火焰也燃烧得很旺。在围城的军队里也有罗马正规军，至少可以看到三个军团的旗帜：来自阿拉伯的第三昔兰尼加军团，来自卡帕多西亚的第十五阿波利纳瑞斯军团，还有能够折射出奎伊图斯禁卫军士兵状况，来自色西昔姆的第三费利克斯军团，然而巴利斯塔考虑到在战争中帕米拉人根本不需要任何向导——他们都知道自己在做什么。

至于奥登纳图斯，他不仅知道自己在做什么，而且大自然也站在他这一边。月亮就像古雅典的某个极端民主主义者，希望一切都光明正大地进行，绝无偏袒任何一方之意。月光把夜晚照得犹如白昼，但是没有什么色彩。世界呈现蓝白色，或者黑色。任何不处于黑影里的东西几英里之外都可以被看到。

似乎神灵们想重申这一点，一只狐狸从最远端的墓地那边出来了。巴利斯塔看着狐狸过了路，它高高的耳朵和低矮的身体非常奇怪，看上去好像是它的影子，有一种虚幻的感觉。但是除了月光的作用之外，狐狸还是很容易看得到的。

几百步之外的一只狐狸——那么两倍于此距离的五百人会付出什么样的代价？这简直是毫无希望的任务，越发感觉像是在自杀。

巴利斯塔走回边门，踢了几下示意行动应该开始了。

帕米拉城门没有用油润滑，门闩发出的尖利声音划过平原，并不是所有的火把都被灭掉了。禁卫军士兵们的黑影随着橙色灯光移动着，大门在他们身后吱吱呀呀地被关上了。士兵们身上的配饰发出叮当声，断断续续地组成了新的队形。

仿佛奥登纳图斯不知道我们来了一样，巴利斯塔想。卡尔加库斯就在他身边，他和朱康杜斯一起站在队列前面。巴利斯塔命令执旗手格拉迪乌斯示意前进，这一切最好早点儿结束。

在外面夜如白昼的光线里，他们的身影往前移动着。阴影继续移动着就像灵魂已经脱离了躯壳，疾驰而去寻找一个地缝滑入地狱。

巴利斯塔在士兵靴子发出的声音和缰绳与武器发出的噪音里几乎什么都听不见，就像成千上万根骨头骰子在一起发出的声音一样。从最近的火堆来看似乎看不见什么移动的迹象。如果没有预先得到警示，帕米拉人肯定听到或者看到他们的到来。他知道他们正走向一个埋伏圈。

他们已经离开了最后一部分城市墓地，土地开始变得非常开阔、平坦、一片死寂，还有两百步的距离，营火边没有动静。开始吧、快来吧。一百五十步的距离，他们已经进入弓箭的射程。在营火外围的黑夜里，帕米拉弓弩手们可能在调试着弓箭，等待他们进入有效的射程——这种射程能让箭头穿透最好的铁甲，穿透进入盔甲覆盖下的肉体。

当啷——滑动——咣当，从他们后面的城墙里传来火炮发出的声响。卡尔加库斯手里的灯笼仍然挡着遮板。当啷——滑动——咣当，另一台火炮的声音。现在没有什么突袭的意义了。

“停下！”巴利斯塔的声音还没消失，从营火那边就传来了号角的声音。几秒钟后，当队列里的士兵们听到嗖嗖的弓箭声时，他们只能躲避起来。

只有一声惨叫，看来第一批弓箭都没达到射程。

“转身，急行军。”士兵们挤在一起往前走。

然后又是一阵看不见但听得到的弓箭声，接下来是一声孤寂的惨叫。第二轮弓箭还是没有计算好射程。

巴利斯塔越过士兵的肩膀看过去，他看到自己的身影在远处被拉长，是月光的原因。在奇怪的光线中很难判断出距离的远近。

从他们后面传来一声痛苦惨烈的喊叫声，卡斯特里西乌斯决定是时候来使用火炮发射炮弹了。沿着城墙，从一个塔楼到另一个塔楼，响彻着火炮的响声。火炮实际上在无差别无目标地射击着，基本是瞄准火堆方向进行射击的，然而这样子做足以震慑到那些想贴近追击的人。

"跑起来！"巴利斯塔大喊道。

大门在他们后面关上了，橙色的火把光亮让他们感觉到更加温暖。他们并不是毫发无损地赶回来，效率奇高的朱康杜斯清点了人数，失踪了十个士兵。事情本来可能更糟糕。

第二十二章

埃美萨的宫殿就像弥诺斯的宫殿一样是个迷宫，当然埃美萨的祭司首领有三个多世纪的时间来增添建筑风格的复杂性。当庞培大将带领罗马武装队伍进入叙利亚之前，萨普西格拉姆斯就已经等待了很多年来做这些事情。

即使预先给了指示，巴利斯塔、卡斯特里西乌斯和朱康杜斯是否能独自找到这个与世隔绝的庭院也是个疑问。在偷袭失败的第二天早晨，他们没有去尝试寻找，接着他们被皇帝匆忙召见，然后来到大门口，被十六个埃美萨皇家卫兵接管。朱康杜斯嘟囔着，这是种很惨的遭遇。

自从罗马帝国第一任皇帝起，禁卫军卫兵是极少数被允许带武器觐见皇帝的人，最近提升的骑兵总管是这些人里的其中一个。这一切在奎伊图斯宫廷里被迅速完成，埃美萨卫兵们非常迅速粗鲁地解除了他们的武装，并彻底搜查了这三个人。他们的武器和装甲被随意靠墙摆放成一堆。这些东方人，对于这些身体受伤的外国客人并不体贴，把他们像已被定罪的囚犯一样赶来赶去，穿过像迷宫一样的宫殿走廊。

就像弥诺斯的宫殿一样，在迷宫的正中有些让人不舒服的东西。奎伊图斯首先完全忽略了这些新来的人。皇帝的穿着是东方式的：长长浮动的袍子，在腰带间挎着带珠宝配饰的短剑。他与萨普西格拉姆斯手拉手，在庭院里不停地踱步。奎伊图斯视察着一切，发出命令和指责，甚至有时还给与些鼓励的话。

空旷的地方是活动的中心。在一端，奴仆们在摆放大堆珍贵的东西：油画、塑像、镀金、镀银和琥珀金的晚餐器具，到处是复杂图案的窗帘和地毯、丝绸织物。奎伊图斯仔细观察着一切，头偏向一侧，用一个手指整理着自己的头发。有时他会命令把一件物品去掉，把另一件带出来放在那个地方。在这些的另一端，其他奴仆们正在打造一个复杂的火葬柴堆，由于靠墙太近，又泼了很多油料，火势很旺很凶。

巴利斯塔以前从来没见过这种场面，但是奇怪的是他却感觉到这一切都很熟悉。

在庭院上空有个天蓬，中间部分被扯开一边能进来一束光线的口子。奴仆们在周围尝试性地走来走去，好像这个天蓬很坚固的样子，而皇帝和他的朋友们却避免出现在周围，好像这个会伤到他们似的。

尽管有些阴凉，天气还是很热，很快奎伊图斯和他生活精致的东方祭司首领需要休息了。一声令下，所有杂活都停了下来。一张沙发摆放出来，他们就斜躺在上面，沙发床的位置就在堆得很高的奢侈物品和建了一半的火葬堆之间。他们呷着用来自黎巴那斯山脉取来的雪冰镇的酒水。

巴利斯塔僵硬地站着，卡斯特里西乌斯和朱康杜斯也是如此。他们手无寸铁，被卫兵包围着，被恐惧感占据着。奎伊图斯上次接见他们的时候所说的话不断地在他脑海里回响着：到第二天黎明时刻，烈日雄狮将死去，否则其他人会死。北方人脑海中浮现出议员阿斯提里乌斯在神庙中凄凉的境况，他的无头躯干躺在血泊中。他宁愿在这个庭院里一切发生在自己身上，也不要任何伤害到自己孩子的事情发生。让这一切结束吧，就是这种临刑前的等待让你失去了男子汉的特征。冷静、冷静，从某种角度来说，生命不就是一直在等待最后可怕的死亡吗?

等了好久，终于奎伊图斯挥着长袖召唤他们过去。他们跪拜完毕站起身来，庭院里的尘土已经用水洒过，站起身来的时候身上的尘土小块儿小块儿地往下掉。

奎伊图斯做了个手势，手掌朝上，指着一幅油画。巴利斯塔认出是安条克宫殿的议院里的那幅画：埃狄恩所创作的《亚历山大的婚礼》。

“你觉得这幅画是什么意思？”奎伊图斯问道。

三个将领可能会有自己的看法，但是他们都保持安静。

“我亲爱的萨普西格拉姆斯认为这幅画展示的是爱情和性爱会让那些最好战的人，譬如像这位伟大的征服者，忘记战场，以此来软化他们好战的本性。”

奎伊图斯手指划过萨普西格拉姆斯的头发。“我亲爱的男孩儿太容易信任别人了，看看这些丘比特在看什么吧，有些在扯掉洛克夏恩的衣服来吸引亚历山大的注意力，另外一些在把他的武器放到手够不到的地方，而同时，两个人站在他的后面，另一个人眼睛凝视着门。背叛行为——这幅画只是一个背叛行为的典故而已。”

天蓬在寂静中发出撕裂的声音。

“一切都让我碰上了，”奎伊图斯抱怨道，“失望、背叛、名誉玷污、背信弃义。美欧纽斯 · 阿斯提阿那克斯、波姆波尼厄斯 · 巴索斯，甚至那个老弱不堪的傻瓜提奥多鲁斯——都是叛徒，至少费边 · 拉贝奥发现了背信弃义的代价是什么。”

奎伊图斯突然张开双手，手掌朝上。“今天早晨烈日雄狮去哪里了?他是否跪在我脚下的尘土里？如今你们三个却站在这里。告诉我，昨晚的偷袭为什么会仓皇失败？如果不是背信弃义的话这是什么？”

“不，陛下。”巴利斯塔惊讶于自己的声音如此坚定。“帕米拉人非常警惕，我们的人马纪律松散。这是我们运气不好，不是背信弃义。”

“这不可能。”奎伊图斯回答得非常坚决，“有人必须为此负责，否则世界会以为这次失败反映了王室的无能，我们的皇室尊严必须得以保持。”他的眼神非常火辣辣地扫视着三个将领，“而你们其中一个人已经暴露了自己叛徒的身份。”

三个将领一动不动地站着，更多的埃美萨卫兵从庭院角落里出现了。他们被包围了，这些东方人行动可不迟缓，他们剑已出鞘，罗马人都手无寸铁。

巴利斯塔估算着他到皇室沙发躺椅的距离，有五六步远。一队武装卫兵挡着去路，他没有任何武器。尽力猛冲，用肩膀抵挡刀剑吧。他冲到沙发那里，抓住皇帝腰带上的短剑，用这个杀死奎伊图斯，再用这把剑架在萨普西格拉姆斯的喉咙上。这些卫兵都是他的手下，可以讨价还价，找出一条生路。

这都没什么希望，巴利斯塔知道自己都跑不过两步。

“我什么都遭遇了……背叛。”奎伊图斯低声说道。

三个将领呆站在那里，等待着。

奎伊图斯一个手指指向朱康杜斯，说道：“你”，他的声音很低，“你一直在宽慰我的敌人们，我敌人的朋友就是我的敌人。”

百夫长知道自己性命就悬于自己说话的分寸之间。“陛下，我没做过这些事情，肯定有怀有恶意的人故意捏造事实来诬陷我。”

奎伊图斯像猫头鹰一样安静，看着他。

“陛下。”朱康杜斯的声音听上去充满紧张情绪，“陛下，这种挑拨离间的人肯定是受了奥登纳图斯的指使——目的是去除你身边忠诚的将领。”

“事情可不是这样子。”奎伊图斯说，“你所做的一切大家都知道，你并没有做得很隐蔽。”

朱康杜斯沉默了。

“你不能否认在巴利斯塔入狱的时候给他提供的各种舒适条件。”奎伊图斯的笑容就像刚刚赢得了一局掷骰子的游戏。

巴利斯塔先做出了反应。“但是陛下，”他说道，“我不是你的敌人，我是你的其中一个禁卫军长官，你委托我掌管城镇的防御事务。”

“现在确实是这样子，”奎伊图斯大喊道，“但那时不是，那时我觉得你是我的敌人——这就足够了。朱康杜斯公开庇护一个叛徒，威胁狱卒要好好对待叛徒，这些都背叛了我对他的信任。”奎伊图斯几乎在尖叫，嘴角边出现了些唾沫，“当我的愿望被公开嘲笑的时候，忠诚的代价是什么呢？”

巴利斯塔坚持着。“你信任我，让我统领埃美萨的防御，朱康杜斯是我最信任的将领之一。”

“你还吹嘘自己的忠诚？那么，现在证明给我看吧。拿起剑来，处决叛徒朱康杜斯。”

一个卫兵走上前来，调转剑头，刀鞘朝着罗马人递过来。

巴利斯塔没有动。

“砍倒他，否则你会跟他一起死。”

铁器的碰撞声。朱康杜斯就像蛇一样迅速地把剑拿到手里，剑的主人往回跳去。

埃美萨卫兵们都俯下身子，准备好战斗，只等一声令下。

朱康杜斯改变了剑的方向，剑头指向自己的胸骨。

“我会像个男人一样赴死，不会成为你杀戮嬉闹的工具。”朱康杜斯的眼神没有离开奎伊图斯，“你会死得更惨，我会向神灵祈祷来复仇的。”

朱康杜斯的剑对着自己的身体往前俯冲，剑鞘碰到沙尘，剑刃插入了自己的身体内部。他左右扭曲着身体，痛苦地呻吟着。

巴利斯塔发现自己跪在朱康杜斯的身边。“帮我结束这一切。”垂死的他低声说道。巴利斯塔把他紧握剑鞘的手松开，转动了剑刃，拔出来，又刺进去。朱康杜斯发出一声长叹，死去了。

巴利斯塔站起来，他的裤子膝盖部分浸满鲜血，滴血的剑还在他手里。

卫兵们举着自己的武器。

巴利斯塔扔掉了剑，剑重重地落在被鲜血浸润的沙土里。

“因为我也是尘土……”奎伊图斯沉思着，“生命不允许我们原谅软弱的行为，你们俩回到自己的岗位吧。”

他们重新拿回自己的武器和盔甲，离开了刚才站着的位置。走到外面，他们背负着对于生还者的内疚和自己更深沉的个人内疚感。他们往前走着，就在这么短暂的时间里，没有什么事情打扰他们。巴利斯塔把胳膊环绕在卡斯特里西乌斯的肩膀上，低声而坚决地向他耳朵边说着什么。

卡斯特里西乌斯转身走向帕米拉城门上面的总部，巴利斯塔走上凄凉塔。他爬上蜿蜒的台阶。哨兵塔上共有六个禁卫军士兵，那上面也只能容纳这些人。巴利斯塔告诉其中一个人离开去找卡尔加库斯，此人还要给大人带来纸莎草卷、墨水和钢笔还有他最喜欢的黑色外罩。巴利斯塔身体前倾，把胳膊肘靠在墙上，等待着。

卡尔加库斯到了，巴利斯塔打发走了所有士兵。

“奎伊图斯杀死了朱康杜斯。”没有什么必要兜圈子。

“我听说了。”

“我们三个人里，他是无辜的，当我告诉卡斯特里西乌斯去确保火炮提前发射的时候他已经离开了。”

“我知道，但是现在也无能为力了。”

“奎伊图斯在宫殿里建造了一个火葬堆。”

“很多人宁愿自杀也不愿被俘——罗马人把这个发展到极致。”卡尔加库斯耸耸肩，“这个傻逼越早结束自己的性命越好。”

“他可不是只想杀死他自己。”巴利斯塔说。

卡尔加库斯皱起嘴唇。

“亚述王国曾经有个叫撒达那帕勒斯的国王，”巴利斯塔说道，“他在自己的首都尼尼微曾经被围困两年。当一切都失去希望，他命令人收集一切他拥有和喜欢的东西，他占有过的女人和男孩儿们以及所有他骑过的马——都被割喉处死。所有尸体和宝物都作为他的陪葬。”

卡尔加库斯还是没说话。

“奎伊图斯在火堆旁边堆放他的金银财宝，我想他打算模仿亚述人的古风，他想让自己的死亡看上去像灾难式的狂欢，他会让很多人陪葬的。奎伊图斯疯了。”

“嗯，很有可能是这样，”卡尔加库斯说道，“所以你不得不再次扮演一回英雄角色。”

“我将完成我曾经许诺的事情，”巴利斯塔严肃地说，然后大笑着，“而且你也可以扮演一次英雄角色。”

“太他妈的好了。”卡尔加库斯毫无表情地说道。

“找两匹安静的马和一些土褐色衣服，注意这个塔楼。当你看到我在城垛上挥舞这件最好的黑色外罩的时候，去监狱那里，杀死狱卒和其他助手——通常只有一个人——他们看上去不像打仗的材料。让我儿子和妻子朱莉娅骑行到帕米拉城门口。卡斯特里西乌斯会在那里等着你。他会让你穿过边门出去，带他们去哈杜达和奥登纳图斯那里。”

“你呢？”

“我会利用奎伊图斯狐疑的性格和对背信弃义行为的猜忌来引他到这里来。”

“然后呢？”

“开心点吧，反正迟早他会把我们全部杀掉。”

巴利斯塔从凄凉塔上往外看着远处的沙漠和种植的农田，那些被开垦的田地布满了奥登纳图斯的军队，沙漠里什么都没有，一片空旷。

如果仅仅穿上衣裤，塔楼上这种风一吹，还是蛮凉爽的。卡尔加库斯帮助他解下自己的武器盔甲，虽然以前也这么做过，但是这次跟老迈的喀里多尼亚人说再见还是非常困难的。他们之间几乎是用一生的时间在相处，是那种男人之间的无声友爱。卡尔加库斯问过他是否想去看看自己的儿子们。巴利斯塔不愿意去，他没有勇气这么做。告诉他们我爱他们，也告诉朱莉娅我爱她。

老迈的卡尔加库斯没有抱怨什么就离开了。

巴利斯塔站在塔楼之上，等待着。卡尔加库斯需要时间来整理马匹和衣服。太阳已经爬过天空。最终，巴利斯塔叫过一个卫兵去给奎伊图斯传递一个口信。

在走之前，卡尔加库斯已经给了他一些东西，最好的那件黑色外罩就在巴利斯塔脚下。文具就在他的手里。他必须写点儿什么——给自己妻儿们的信，这取决于最后事情的进展程度，而且信件内容可能会被曲解，被利用来迫害他们。他写下了几个字“第三费利克斯军团”。然后把一张很小的纸莎草卷连带这些字撕下来，在手指之间揉搓着。

巴利斯塔一只手拿着笔，另一只手拿着纸张，斜靠在栏杆上，尽力平息着自己的思绪。命运女神已经操纵了他的命运。他的寿命长度和死期很早以前就已经被注定，没有什么能够解开这种魔咒。

他的脑海不能平静下来，太多的问题在他脑子里翻腾，一个接一个地冲击着自己。奎伊图斯会来吗？很有可能——因为他猜忌别人的背信弃义，而他一嗅到背信弃义的企图就会疯狂。马克西姆斯到达帕米拉了吗？哈杜达带他去见奥登纳图斯了吗？烈日雄狮相信巴利斯塔信件里的内容吗？马克西姆斯是不是现在正在外面驻扎的大营里注视着塔楼上的他呢？没有什么迹象说明这些会出现。卡尔加库斯会拯救自己的妻子朱莉娅和他的儿子们吗？对于这一点，这个最重要的问题，他感觉到自己出奇地镇静。他不怀疑卡尔加库斯会解决掉狱卒和助手的事情。当然卡斯特里西乌斯会看着他们安全穿过边门。哈杜达欠巴利斯塔家族很大的人情，他想起芭思希芭和朱莉娅会面时的情景不禁笑起来，但是他自己呢？他会成功还是失败？

当事情完成或者失败后，又会发生什么呢？是否有来生？基督徒们似乎很确信这一点。在钢铁与烈火面前基督信仰给了他们勇气。巴利斯塔曾经见识过这种信仰带来的力量，但是对他来说是说不清楚的。身体的复活——一派胡言。你难道想重新复活，老迈体弱，感觉到让自己死去的那些疼痛吗？如果你有选择，又是如何进行的呢？你想再回到三十岁。你想跟那时喜欢的一个二十岁的女子在一起，但是那时你儿子们还没出生，你也想跟他们在一起。至于女人，也许那时她正在跟另一个人享受欢乐。如果这个神明能够给每个基督徒想要的天堂，那可真是个善解人意的神明。

巴利斯塔家乡祖辈相传的勇士神庙看上去是更好的选择：每天都是由于战争而带来的汗津津的兴奋感。你承受痛苦，然后伤痕神奇般地痊愈，再之后每晚都是盛宴——食物、酒类、诗歌和男人们之间的友谊，而晚些时候当星星划过空旷的天空时，开始跟女人做爱，但是即使在这里，也会有问题出现，就像邪恶之神。在巴利斯塔的童年时代，在先辈祖祠里就没有人提过读书的事情。但是现在，手边没有阅读的东西，生活就变得特别无聊荒芜，而他的孩子们——也很难说孩子们能否再次跟他团聚。不能与他们在一起比全世界都没有了书籍更加糟糕。在罗马帝国的二十三年时间改变了他，孩子们改变了他的人生。

巴利斯塔感到饥饿，他传唤了一个卫兵给他拿来些面包和奶酪，还有些火腿。食物刚被送来，奎伊图斯一行就骑马出现在下面的街道上了。皇帝身穿东方式服饰，由二十个装扮华丽的埃美萨骑兵相伴而行。

当卫兵带上来几个当地士兵的时候，巴利斯塔正在用餐。后者极度不耐烦地搜查着北方人。他们拿走了他的食物，面带怀疑的神情搜索着纸莎草和外罩，眼神不断注视着这个小小的战斗区域里能够隐藏武器的角落。当一切都搜查好了，其中一个下了台阶。卫兵和新来的士兵眼神都没有离开过巴利斯塔。

皇帝花了些时间才爬上塔楼顶部，当他出现的时候已经气喘吁吁，身体靠在一个东方人的胳膊上，另一个卫兵跟在后面。

塔楼顶部几乎没有地方让巴利斯塔行跪拜礼。

奎伊图斯撇开士兵的搀扶，四个武装士兵在台阶顶部紧紧挤在一起，只给皇帝和他的禁卫军长官留了很小的空间。

“站起来吧。”奎伊图斯的声音听上去很暴躁，“这最好是真的。”

当巴利斯塔站起身，他捡起地上的纸和笔。“陛下，没有比这更真实的了。”他递过卷曲的纸。

奎伊图斯打开纸卷阅读着。“你的信使说这封信是用一支箭射到墙上的，这是一个想投诚过来的连队的身份标识。”

“这是第一个想请求您宽宏大量的投诚连队，还会有其他来投诚的连队。”巴利斯塔说道，“第三费利克斯军团投诚讲得通，这个军团的一部分士兵已经效忠于您。”

“而你安排了信号来与对方弓弩手确认投诚信息？”

“我会在塔楼上挥舞着我的黑色外罩，如果下面围城的军队阵营里也出现一个类似的外罩也在挥舞着，第三军团今晚就可以通过帕米拉城门进入城市。”

“好吧，那你还在等什么呢？继续吧。”

巴利斯塔弯下腰捡起他左手边的外罩，他把外罩高高举过头顶，他确信城里城外的人都会看到这个外罩后，猛烈地挥舞着。

“他们阵营队列里哪些地方会响应？”奎伊图斯身体靠在塔楼栏杆上，往外注视着。

“陛下，我不知道。”巴利斯塔把外罩放下，“我们必须等待，继续观察。”

“有了，就在那里！”奎伊图斯手指着，所有的注意力都集中在外面的敌人那里。

不要思考，行动就行。

巴利斯塔把笔刺入皇帝的脖子，奎伊图斯哀号着想转过身，手去摸索被刺中的地方。巴利斯塔拔出笔，扔掉。他听到身后有人在动。他抓住皇帝，一只手抓住皇帝衣服镶有刺绣的前胸部位，另一只手抓住他的裆部。鲜血从他们两个人的身体上流淌下来。巴利斯塔拖着他走向垛口，把他往后推。奎伊图斯的手乱抓着，一只手抓紧了巴利斯塔的头发，另一只手去抓他的脸。在石阶顶上猛烈地挣扎着，塔楼下面的人是看不到的这些的。巴利斯塔把奎伊图斯的身体推过栏杆，只有皇帝的腿还在塔楼内。

巴利斯塔松开手。

奎伊图斯的眼睛张大了，他意识到危险，而且非常恐惧，小小的嘴张开着，发出绝望的尖叫。

巴利斯塔由于自己的一把头发被拔掉而感到剧烈的疼痛。

奎伊图斯掉了下去，手脚绝望地乱摆着，身体擦着石墙往下落，落到下面坚硬无情的岩石上面。

巴利斯塔身后没有什么动静。有来自于背后的攻击，他慢慢转过身，此时他手无寸铁，甚至连笔都扔了。

两个卫兵面对他，剑已拔出。

一摊鲜血从其中一个东方人原来站立的地方流出来。鲜血开始慢慢滴落，然后顺着石阶往下淌，另一个埃美萨士兵不见了。

巴利斯塔看着卫兵们，其中一个长着棱角分明的脸，大大的鹰钩鼻子。

卫兵们互相看着对方，然后又朝着巴利斯塔看着。

他们几乎动作整齐划一，都反转剑头，剑柄朝外，异口同声地喊道：

“拜见！恺撒！拜见！皇帝马库斯·克洛迪乌斯·巴利斯塔奥古斯都！”

第二十三章

三个人组成的帝国，其中一个是皇帝，总共有十个臣民，整个驻扎塔楼的连队有十人，但是巴利斯塔已经给六个军团的每个都派了一个士兵，还给卡斯特里西乌斯和鲁提鲁斯各自派了一个士兵，但是现在一个也没回来。他自己孤零零地跟阿哈拉和马拉克斯这两个刚刚拥立他为帝的士兵站在塔楼底部。

巴利斯塔戏谑地嘲笑着自己这种地位的晋升，一个手无寸铁的野蛮人，甚至他把笔都扔在了城墙垛口那里。一个只有十个追随者的奥古斯都，现在只有两个人了。当奎伊图斯被杀死的时候，埃美萨骑兵们逃跑了，这都好神奇，但是自己的统治可能会非常短命。

然后传来跑动的脚步声、靴子的鞋钉互相碰撞声和缰绳颤动的声音。士兵们行进的速度很快，而且不是几个人，看来这王朝统治确实短命。

巴利斯塔看到阿拉哈和马拉克斯互相看着对方，现在任何的怀疑都毫无益处了。他们已经成了一根绳子上的蚂蚱，就像系在拖车上的狗与拖车的关系一样。

士兵们绕过角落走上前来，通过他们的盾牌判断，他们是第十六弗莱维亚坚定军团的士兵。大约有四十来个人，由一个百夫长带领。在军队减员的情况下，这就是一个连队建制了。军团士兵们剑已出鞘，他们对自己的前进方向很清楚，他们来此是有目的的。

“提图斯投向他们那边。”马拉克斯说，“他正带领他们往我们这边赶来。”

“我没看到他。”阿哈拉说。

马拉克斯恳求地看着阿哈拉，后者摇着自己瘦削的头，没有什么可以做的了。两个人，刚刚拥立别人为帝，这时也无处可逃了。

阳光照耀在晃动着的刀刃上。

百夫长举起右手。

军团士兵们在五六步之外的距离停下脚步，他们都在喘着粗气，显得都很疲劳，但是他们也做好了杀人的准备——他们身上都散发着那种野蛮的气息。

“陛下。”百夫长行了个军礼。他不算年轻，在胸部起伏的时候身上的一系列军事勋章哗啦作响。“陛下，萨普西格拉姆斯已经自立为帝，他已经下令加固宫殿防御设施，现在正带领军队去占领埃拉加巴卢斯神庙。”

没有什么其他头衔和称呼，没有跪拜礼，但是百夫长称呼巴利斯塔为陛下，这是对禁卫军长官还是对皇帝的称呼？看来在两可之间，但是显然百夫长宁愿听从巴利斯塔的命令，而不是受制于埃美萨祭司首领萨普西格拉姆斯。

“你可知道他带了多少人马，百夫长？”巴利斯塔的声音听上去很沉着、干练。

“不知道，陛下，一直都有打斗发生。萨普西格拉姆斯的士兵们攻打了那些不愿意向他宣誓效忠的人。”

“他的士兵里有罗马人，也有埃美萨人？”

“我们看见一些来自第三高卢军团的人，也有雇佣兵。”

这并不是什么让人惊讶的事情。第三高卢军团很长时间以来一直是当地人组成的军团。他们支持过其他的伪政权——赫里奥加巴卢斯、伊奥塔皮亚努斯、乌拉尼欧斯·安东尼纳斯——这些都是埃美萨皇室家族的成员。

“有没有埃美萨的军队拒绝承认他的地位？”

“就我所知没有，陛下。”

阿克提厄姆的计策，巴利斯塔想道，我们必须尝试这种策略。罗马奥古斯都屋大维，没有向马克·安东尼宣战而是向埃及艳后宣战。把一场内战变成了对外战争。那些支持对方的罗马人已经被堕落的异域生活方式所浸润，他们已经不能再算作罗马人了。

“有人来了，陛下。”阿哈拉说。

这些士兵行军速度还算合理，他们是来自一个正规军里的雇佣军连队，达契亚长矛士兵，大约八十多人。他们整齐划一地停下，漂亮地行了军礼。他们希望得到津贴，所以行军的时候看上去好像在进行军事表演一样。

“行礼，皇帝恺撒马库斯·克洛迪乌斯·巴利斯塔。”

他们的百夫长介绍了自己，宣布展示皇室尊严的东西必须找到：王冠、紫色外罩、圣火、橡树和月桂树叶花环，还有扈从，一定要有一定数量的扈从来带好执束棒。

巴利斯塔感谢了他，但是又说现在更紧急的任务是找些武器和盔甲来。巴利斯塔派了几个军团士兵去希波托俄斯租用的房子里找他的战斗装备，另一个人去帕米拉城门跟卡斯特里西乌斯交谈，当他想起萨普西格拉姆斯已经在加固宫殿防御时，正要派人去查看监狱那边的情况。

现在巴利斯塔身边有一百二十个左右的士兵，他知道那些现在准备力挺萨普西格拉姆斯的士兵们已经改旗易帜为他而战。士兵们正去寻找他的武器和盔甲，是时候做一个演讲了，然后去埃拉加巴卢斯神庙尝试自己战争的运气。

“同胞们，”巴利斯塔的声音是经常可以穿透后排士兵的——“暴君已死！我徒手杀死了他——就是这双手。”当士兵们欢呼的时候他暂停了一下，“我除了解救军队与共和国免受暴君邪恶统治之外别无所求，这些肮脏的行为让我们都颜面尽失。当士兵们拥立我为帝的时候，我简直震惊了。我对如此荣耀的职位没有任何欲望。我现在可以放手走开，但是局势不允许我这么做。共和体制又面临着致命的危险，暴君已死，可教他施行如此暴政的师傅——或者我们该说是她的丈夫？——此人现在还活着。萨普西格拉姆斯，这个性变态，这个满脸奸笑的矮小东方人，不仅活着，而且居然厚颜无耻地抢夺王位！这些蛮横的东方人从来就没吸取什么教训。我们都知道他的亲属赫里奥加巴卢斯的下场——被用一个钩子拖着在街上游行，然后被塞进下水道。”

“钩子、钩子……拖死他、拖死他。”

巴利斯塔挥舞着胳膊示意大家安静，喊声立即停下来，如同一个训练有素的合唱团。

“那么是谁在支持他呢？就像他一样的一群东方人而已。”

士兵们讥笑着——不管他们来自何方，但是他们的首要身份是罗马士兵。

“等一下，”巴利斯塔大喊道，“不要过分自信，我们手头还有一场恶战。这些东方人非常坚韧——他们只穿薄绸，充满耐力——他们可以整晚交欢。”

士兵们喜欢这种言谈，巴利斯塔知道这些都是胡说八道，但是士兵们喜欢听这种话。

“如果你遭遇到第三高卢军团的任何人，不要担心，他们已经在此地驻扎太久，被本地文化同化了。他们甚至比本地人还糟糕——教会了本地人怎样享受欢愉。他们当中每个人的生活都是类似于被丢弃在埃珀弗奈厄后街上的一堆动物粪便里或者某个叙利亚粪坑里一样。”

“弄死他们！弄死他们……”

“是时候我们去把这个娘娘腔拉下王位了，萨普西格拉姆斯藏在埃拉加巴卢斯的神庙里。神灵是不会庇护他的，我们把他拖出来，杀掉他。”

“钩子、钩子……拖死他、拖死他。”

“记住神庙是神圣的庇护之地，任何抢掠神庙的行为将受到最严厉的惩罚，但是宫殿不是。在我们处理完萨普西格拉姆斯之后，我们是不是可以看看我们在那里能发现什么东西呢？”

“查清楚、查清楚。”

“在我查看了府库之后——看到奎伊图斯的父亲贪婪占据的财富——我们会宣布给忠诚的士兵们作为奖励。”

“奖励士兵、奖励士兵！”

希波托俄斯和其他人拿着巴利斯塔的武器和盔甲出现了，还有他原先佩戴的那个镶有羽毛的头盔，他们帮助他戴进去。从卡斯特里西乌斯那里还听不到任何关于他妻儿的消息，但是他现在必须不去想这些事情。

军队聚拢到一起，出发了。

在穿越城镇的路上，他们的军力由于整个连队的达尔马提亚骑兵们的加入而得到增强。他们是直接从军营里过来的。他们把马匹留在军营里，因为城市巷战不适合使用马匹。他们轻装简从，只有两百五十人，但是对巴利斯塔带领的军队来说，这个是不小的数目。

伟大的埃拉加巴卢斯神庙在一个城墙围绕的区域内，然而墙的外围并没有什么防御工事。大门没有人照理，而且敞开着。

也许萨普西格拉姆斯没有那么多人跟随，他可能已经派了很多士兵去守住自己的宫殿。也许更多的埃美萨武士还驻扎在原来的岗位上保卫城墙。巴利斯塔在想鲁提鲁斯和卡斯特里西乌斯在干什么。这对奥登纳图斯可是个极好的进攻机会。

巴利斯塔的士兵在街道上排好阵列，他的眼睛注视着门里面。在高高地基之上的神庙就在大约一百步之外，在大门和神庙之间是个巨大的圣坛，巴利斯塔注意到还有三把火在燃烧。没有任何其他东西了。圣林就在左边，与神庙平行，右边没有什么，只有神庙不远处的裙楼。大约一百人左右的埃美萨弓弩手在神庙前的石阶下集结。在三角墙和屋顶上有更多的弓弩手，很有可能更多的弓弩手就隐藏在圣林针叶树丛里。

巴利斯塔还没有看到任何第三高卢军团士兵或者任何罗马正规军，但是这可不是什么易事。离那个空旷、弓箭手们保卫的院子还有一百步的距离。巴利斯塔下达了攻击的命令。

巴利斯塔准备好跟第一列来自第十六弗莱维亚坚定军团的士兵们一起进攻。皇帝可以镇守后列，以保证军队的体面的日子已经过去了。他的旧敌马克西米努斯·色雷克斯已经做了先例，皇帝总是冲锋在前。当然除了自己的武力和使用武器的技巧之外，马克西米努斯没有任何可以配得上皇帝称号的特质，就像另一个刚刚被拥立为帝的野蛮人，巴利斯塔想起自己不久前被拥立时的情景就啼笑皆非。

当他们闯过大门的时候弓箭嗖嗖飞过来，他们就像迎着冰雹前行的人那样身体往前弓着。噪音混杂：箭头射进木头、金属、皮具和肉体的声音。士兵们嘟囔着、祈祷着、大喊着、号叫着，但是他也继续前进着。

巴利斯塔的盾牌感觉就像被飞来的箭射中了一样，三个箭头穿透盾牌，离自己的脸只有一英寸那么远的距离。他把箭折断，大汗淋漓，继续前行。

还有多远呢？巴利斯塔从盾牌边缘往外看着。全能的主啊，他们刚刚还没有到达圣坛前面。当箭飞来的时候，前进的距离就被不断地挤压。他后退着，大声喊叫着，逼着自己的腿部继续往前移动着。

从后面的士兵那里传来一阵欢呼声，巴利斯塔又抬头往外看着。箭雨还在继续，但是更少了，而且箭雨都来自一个不同的角度。在石阶脚下的弓弩手已经停止了射击。他们互相推搡着想进入神庙的门里。那些在三角墙和屋顶上的士兵仍然在拉弓射箭。他们人数并不多，现在巴利斯塔能看到左边的圣林没有人射箭攻击他们。

士兵们把盾牌举得更高，往前跑动着。敌人往神庙里面撤退，士兵们似乎已经解开了腿上的锁链。他们刹那间就到了石阶脚下，开始往石阶上前进。脚上的鞋钉划擦着大理石发出尖厉的声音。石阶顶部神庙的大门重重地关上了。

一阵呼啸声——比士兵们发出的噪音还要大——无法解释的奇怪声音，很大的撞击声。士兵们停下来，被吓得发不出声音，之后传来了他们痛苦的尖叫声。

巴利斯塔抬起头，有时你的眼睛看到什么意料之外的事情，你的理解能力就会落后于眼前看到的事情。有东西从空中落下来，它们慢慢地旋转，很僵硬，但是不可抵挡，下落速度越来越快。

另一个雕像撞击到几步之外的石阶，大理石撞击着大理石，非常坚硬而又嶙峋的石头碎片乱飞着，白色的石阶现在变成了红色。另一块石头飞下来，之后又是一块，一片混乱。

巴利斯塔蹲下来，盾牌提供了一个宽阔的遮挡地。在他右腿上有鲜血，士兵们在往外跑，他往上看着山墙，另一个神像在墙边上歪扭着下落。巴利斯塔也跑开了。

安全回到外墙后，巴利斯塔集结了军官们到他面前，并对当下形势作出判断。目前伤亡不多，他们在建筑物里面留下了二十来人，有的已经死去或者已经重伤爬不动了。大约同样数量的人逃出来但是被打伤了。巴利斯塔命令就地给他们治疗，只要有可能，必须要把这些人送去就医。

巴利斯塔询问周围的人有没有熟悉神庙布局的士兵，此人正是阿哈拉，现在正在帮助巴利斯塔把右腿上的伤势进行包扎，他对神庙了如指掌。神庙外墙都很高，有两个其他的门。在东边有个门是临近裙楼的，从那里你可以进入一个有矮墙的院子，这个院子就在神庙后面。院子那里有个三柱门，一个通向神庙的后面。当然这些地方肯定有防御力量，而且想强攻那个狭窄的后门也是非常困难的，但值得一试。另一扇门是位于左边南墙位置，这扇门通往圣林。在旁边有个护林员小屋。

“你对神庙布局很了解嘛。”巴利斯塔说道。

阿哈拉看上去很尴尬。“当我们刚来到这里的时候，有些男孩儿告诉我们这里有圣妓——她们必须为了神灵而献身伺候男人，不管付费多低。”他耸了耸肩，“我那时候傻，居然相信这些。”

“不用担心，”巴利斯塔回答道，“几年前我一个朋友也遇到过同样的事情。”

笑声被打断了，一个士兵从北面街道上径直跑来。“有人来了，几百个，罗马正规军。”

巴利斯塔只能用一些兵力进行部署：一些士兵受指从神庙位置守住后方，其他人在街道上阻击，没有中间道路。只有两个结果，要么很好，要么很糟糕。

噪音越来越大——听上去是很多士兵的声音，很快这种猜想就变得多余了。士兵们转过拐角进入他们的视线，非常整齐有素的一列全副武装的士兵，几乎一眼望不到边。他们集体行进的声音通过城墙反弹回来，前排拿的盾牌表示出这些人是从属于第十弗来特恩西斯军团。他们的驻扎地区是北边城墙，也就是鲁提鲁斯所负责的区域，而骑在马上没戴头盔的将领就是鲁提鲁斯本人。没有人会认错奎伊图斯任命的红发禁卫军长官。面对他，巴利斯塔快速思考着：数了数旗帜，根据纵横阵列做了乘法计算——肯定有大约五百人。鲁提鲁斯把整个营队都带来了。在队伍后面，还有其他旗帜——至少有两个雇佣军队列。

鲁提鲁斯的军队看到巴利斯塔的士兵们并没有停下脚步，第十军团的盾牌无情地摆放在一百步之外的距离。他们有人数和势头的优势。五十步的距离，他们将横扫正对他们的那些士兵。巴利斯塔知道被生擒可不是自己的选择，他再也不想第二次去地下牢狱了。

鲁提鲁斯发出命令，号手们吹响了号角。一阵叮当声响，这个巨大的方阵停了下来。

在接下来的静寂中，巴利斯塔听见圣林里针叶树丛中鸽子咕咕的叫声。

第十军团士兵们分开阵列，鲁提鲁斯骑行穿过阵列，来到两军对阵的空地上。他独自一人，仍然没戴头盔。他可能以前一直是马克利亚努斯家族的忠实仆人，但他们从来就不缺乏勇气。

巴利斯塔从稀疏的队列里走了出来。

两人注视着彼此。

鲁提鲁斯下了马，他从马鞍上解下了什么东西，好像是一个包裹。他打开包裹，拿出一个人头。他抓住头发提着头颅，然后把头扔到尘土里。他的马匹紧张地左右走动着，躲着掉在地上发出声音的人头。鲁提鲁斯用脚趾头踢着人头往前走着。

“叛徒该处死。”他说道。

头颅几乎认不出是谁，巴利斯塔等待着，心脏怦怦地直跳。

“这是暴君亲戚和罪行同犯科尼利厄斯·马塞尔的头颅。”

巴利斯塔安静地呼出一口气。

鲁提鲁斯行了军礼。“行礼，皇帝恺撒马库斯·克洛迪乌斯·巴利斯塔奥古斯都。”

鲁提鲁斯后面的士兵也喊起了同样口号，至少偶尔会有“查清国库”的喊声，目的是提醒新任恺撒奖励士兵的义务。

鲁提鲁斯确实带来了所有第十军团的五百个士兵，还有五百个亚美尼亚弓箭手，五百个步行的摩尔骑兵，这些骑兵都手持标枪。

一旦巴利斯塔明白了这些是他可以随意部署的全部人员，他就迅速地向鲁提鲁斯和其他军官大致说明了他的计划。他原来自己率领的那些士兵将把守边缘城墙的北部和西部，无须冒险去跟敌人缠斗，侦察裙楼附近的大门，检查后门入口。巴利斯塔不想对他们要求太高。对那些刚刚逃离战斗区域的人，想让他们在同一天重新加入战斗总是非常困难的。那些下马的摩尔士兵以及一百个亚美尼亚弓箭手将去突破南门，确保占领圣林，准备弓箭射击屋顶上的那些埃美萨士兵。第十军团的士兵们将通过主门进入，以乌龟方阵的队列去攻击神庙大门。剩下的四百亚美尼亚士兵将跟着他们，试图压制那些屋顶上的人对攻打大门的士兵进行干预。为了让他们通过神庙大门，一组工兵将砍倒圣林里的两棵针叶树来当作撞门工具。

“从圣林里砍树是理智的吗？”一阵不约而同的嘟囔声紧接着鲁提鲁斯的问题。士兵们都是很迷信的，尤其是快要开砍的那一刻，这需要谨慎处理。

“神灵不会怪罪我们的，这是我们的故人——是萨晋西格拉姆斯和他的同犯们玷污了埃拉加巴卢斯神庙。他们把神庙变成了防御工事。他们从屋顶上往下乱扔神像。”巴利斯塔抬高了声音，让声音传到后面。“伟大的神灵埃拉加巴卢斯给我们提供了神圣的针叶树。埃拉加巴卢斯，战无不胜的神灵，号召我们清理门户。埃拉加巴卢斯，战无不胜的太阳，号召我们赶走并惩罚那些亵渎神灵的人。”

等待折磨着神经，时间似乎是静止了，不同的士兵到达了自己的战斗位置，去砍倒树木并放到具体位置上。树木的树枝被砍掉，根部被削尖。巴利斯塔的腿开始战栗，并变得僵硬起来。他有点儿感觉到饿得发慌，脾气也开始暴躁起来。

一个信使走入视野，他花了些时间才看到新任的皇帝身体下陷着靠在城墙上。

“陛下，卡斯特里西乌斯派我来报信，您的妻儿已经在奥登纳图斯听到您被拥立为帝之前到达了您的阵营。”

巴利斯塔跳了起来，当他往前冲的时候腿部几乎不听使唤了。他用熊抱的方式拥抱着信使，用手狠狠地拍打着他的背部，亲吻着他的脸颊。当被放开的时候，信使往后退着，因为这种帝王的慈爱让他感到受宠若惊。

他们安全了，哈杜达会确保他们的安全。当然，现在奥登纳图斯控制了他们，但是他们生存下来了——而这是最重要的事。

“都准备好了，陛下。”

又一次冲进箭雨中，但是这次形势不同了。现在能看到的埃美萨人都是屋顶上的那些士兵。由于受到两边共五百弓箭手的箭雨攻击，他们大多数时候都没法抬起头来。

两组军团士兵们将盾牌叠在一起，他们在盾牌底下沉重地往神庙大门处移动着。在每个乌龟方阵里，士兵们都在抱怨着，骂着临时做出来的撞击工具的沉重。

他们通过巨大的圣坛——其中一堆圣火已经熄灭了——他们继续往

前前进着。头顶上，成千上万的箭射向空中，偶尔由埃美萨弓箭手们射出的箭头会击中某个盾牌。

他们已经到了石阶那里，他们聚集在一起，拖着树干和脚步往石阶上走去。巴利斯塔压抑着自己想抬头观察的欲望，蹲下身，尽量想摆脱束缚，跑到安全的地方。

一阵巨大的撞击声。感谢神灵，这次落到了右边。神像打到另一个乌龟方阵那边，可怜的杂种们——但是感谢神灵砸向了他们那边。

在伸出来的山墙底下掩护着自己，军团士兵们从龟形方阵里走出来。没有弓箭或者神像能够得到他们。他们准备好。"一、二、三，现在开始。"那些抬着撞门工具的人把木头撞向大门。一阵空洞的轰鸣声，石膏粉从门框上往下掉。门在颤抖，但是还是没被撞开。

另一个乌龟方阵来到了这个可以掩护自己的地方。军团士兵们陆续整理好阵形。有五个士兵躺在石阶上，身体扭曲着，伤痕满身。

一,二,三……两根木桩以一样的节奏撞击着。神庙的门很大，但是这种门的厚度往往是装饰性的。如果诸神已经预见到这些，但是建筑师显然没预见到会发生什么。一阵挤压和破裂的声音，门被撞开了。大门往里敞开了，神庙洞开了。

弓箭就像被激怒的马蜂一样朝着军团士兵的脸飞来，在巴利斯塔旁边的士兵像喝醉了一样跌跌撞撞的，手里紧抓着脖子上突出的箭身。

在第二轮箭雨还没开始之前，军团士兵们冲进了空洞的神庙之内，他们开始了残酷的清理工作。剑刃砍着、切着，空气中充满了燃香和鲜血的味道。

在地板上有一排闪烁的烛台，再往里是一个鹰的金身塑像，里面最突出的东西就是那个高耸的黑色陨石。巨大、厚密、无情，巨石顶部消失在屋梁内。前面，身穿薄丝绸，背靠肃穆的黑色巨石，就是他们要找的萨普西格拉姆斯。

巴利斯塔把脚下的烛台踢开，他因为右腿失去支撑点而倒向地板，在令人窒息的空气中有人在移动着。巴利斯塔像个蟹子一样无用地挣扎着。埃美萨卫兵们的刀刃在大理石后面闪动着。

东方人重新拿起剑，举起来，向前砍去。巴利斯塔屁股底下坐着自己的靴子和鞋带，他往后挣扎着退去，举起剑，左手空无一物。不知怎么的，他丢掉了盾牌。埃美萨人砍下来，巴利斯塔用剑挡开。埃美萨人手里转动着宽宽的剑刃，由于他们有高度和重量的优势，东方人逼着巴利斯塔失去了对自己剑的控制，他重重的佩剑滑落在地板上。

巴利斯塔抓住了一个很大的双耳细颈瓶，并挥舞着瓶子来保护自己。这个瓶罐出乎意料的沉重。里面装满了东西，液体泼了出来。东方人剑砍下去。一阵金属撞击的声音，剑切穿了瓶罐，嵌入了瓶子里。更多的液体流出来——是鲜血，是一些动物祭祀的内脏残留物。巴利斯塔紧抓着把手，扭曲着瓶子、扭曲着身体，把所有力量都用到这上面。他们都飞了出去——巴利斯塔、双耳瓶罐、剑和埃美萨人。他们纠结在一起落到地上，巴利斯塔手脚慌乱地挣扎着，身体压住了对手。他抓住对方的头发，疯狂地把这个人的脸朝着大理石地板不断地撞击着。一开始埃美萨人还在挣扎，然后就停止了挣扎。

巴利斯塔拿起东方人的剑，他爬到一个柱子的旁边，支撑着自己站起来。鲜血让地面变得很滑，死去的埃美萨人的尸体，还有毁掉的双耳瓶和一个孩子被肢解后的残臂。

巴利斯塔蹒跚着去重新取回自己的剑，他感觉到一阵恶心。很明显，萨普西格拉姆斯为了确保自己获得祖先神灵的支持简直是不惜任何代价的——牺牲一个孩子的生命来获得自己生存的权利对他来说可能是合理的代价。

战斗在这个混乱的神庙里乱哄哄地进行着，战士们的脚步声在大厅里回荡着，就像来自一个世纪以前的声音。

萨普西格拉姆斯仍然站在他的神灵塑像面前，他身边已经没有几个卫兵了。有一个冲向巴利斯塔。北方人用左手的剑挡开，用右手的剑砍断了此人的胳膊。卫兵往回退着，巴利斯塔往前推进着。

萨普西格拉姆斯看到了他。他往后退着，没路可退了。身后就是巨石，他不时地尖叫着。

他胸前拿着剑，巴利斯塔猛力一击，打掉了他手里的剑，剑旋转着掉入了黑暗之中。

萨普西格拉姆斯转过身，用弯曲的手指和脚趾努力着尝试爬向巨石的一边。没有什么奇迹发生，因为石头的表面很光滑，因此他的努力和尝试都白费力气了。

巴利斯塔扔掉了左手握着的剑，他抓住了自己两手间的剑柄，稳住了自己的身体，将剑挥舞出去。剑刃砍进了肉体、骨髓和骨头。萨普西格拉姆斯的头被砍得偏向一边，几乎快断了下来。这个屠杀孩子的杀手，即将成为皇帝的人，在塑像旁边慢慢滑向地面。那些随意喷出来的鲜血顺着黑色巨石的边缘流下来。在神灵塑像黑乎乎的深处，有些谜一般的印记闪烁着、移动着。

第二十四章

从宫殿阴暗的走廊里出来后，阳光非常刺眼。巴利斯塔站在那里眨着眼睛，让自己的眼睛适应着外面的光线。一只灰色的马被牵出来，马匹身上的饰品呈紫金色。

是撤离的时候了。巴利斯塔跨过走廊，一个马夫快速过来为他放好上马的脚蹬。北方人感谢了他，但是挥挥手让他闪开。即使身披盔甲，他仍然能够非常自如地跳上马鞍。他的腿现在感觉好多了。他整理了皇帝才能穿的外罩，把头上的王冠正了正。他身体往前倾着，拍着灰马的脖子，同时低声耳语着。谁会想到我们会紫袍加身呢？——就像掐着狼的耳朵制住野狼一样的感觉。

战斗没有进行多长时间，随着萨普西格拉姆斯的死去，他的支持者们——埃美萨武士们，还有第三高卢军团的先遣军的士兵们和一些拥护他的罗马雇佣军们——都放下了自己的武器。然而还有很多事情要做，城里开始了各种抢掠，这些行为必须被压制住。几个比较公开的斩首，没有什么太严酷的事情——在宫殿和神庙外处决了十二个人，在广场那里处决了类似的数目——这些基本解决了抢掠的问题。很多个人和整个连队都留在了城墙内的驿站内。他们已经被催促回到原处，对士兵们许诺的大笔奖金，用从宫殿里搜出来的财务抵充。萨普西格拉姆斯家族非常富裕，奎伊图斯的父亲老瘸子马克利亚努斯，在敛财方面非常有效率。在酒馆和妓院还没接收这些士兵前，军队任务是最重要的。在高层次的军事管理方面，鲁提鲁斯仍然是禁卫军长官，而卡斯特里西乌斯仍然是骑兵长官。

所有军官士兵，从禁卫军长官鲁提鲁斯到最低级的埃美萨民兵，都匆忙进行宣誓效忠。每个队伍的士兵都念了誓词:“朱庇特·奥普提慕斯·马克西姆斯和所有神灵在上，我宣誓执行皇帝的命令，绝不抛弃军旗或者贪生怕死，皇帝的安全是至高无上的。”然后其他所有人都大喊:“我们也是如此！”巴利斯塔总是觉得这种宣誓有点儿滑稽，但是当轮到自己的时候，这看起来简直就是一出荒谬的哑剧或者闹剧。

然后接下来就是对皇帝的熟悉程度和轻蔑的问题了。这些士兵们已经宣誓效忠过多少皇帝了？对一个几乎拥有差不多二十年兵役末尾的老兵来说，已经在一群皇帝的统治下服过兵役了：高迪安三世、阿拉伯菲利普王，德西额斯，加鲁斯，阿米里亚那斯，瓦勒良努斯，加里恩努斯，马克利亚努斯和奎伊图斯。这还没算上那些暂时性称帝的人：譬如伊乌塔皮阿纳斯或者乌拉尼欧斯·安东尼纳斯。现在他们又在皇帝恺撒马库斯·克洛迪乌斯·巴利斯塔奥古斯都面前宣誓。

士兵们许下了那么多的誓言，也违反了那么多的誓言，新皇帝对这一切都了如指掌，能够信任诺言的时代过去了。如果你宣誓效忠的神灵已经不在具有统治力或者士兵们开始以新的正确标准行事的时候，我就理解不了了。

巴利斯塔做了个手势，阿哈拉在他后面骑行，展开了白色的天龙星旗。后来禁卫军紧跟着阿哈拉。巴利斯塔挥了挥手，他们出发了。

街道上安静肃穆，士兵和平民都向皇家队伍致敬，但是欢呼声确实不是很坚毅，那些他经过的地方，人们行礼并没有完全使用跪拜礼。当然，他们知道巴利斯塔骑行的目的——即使这种结果非常可疑。

在帕米拉城门那里，其他人都在马背上等待着。巴利斯塔解散了禁卫军，新任旗手还待在身边。他简短地跟卡斯特里西乌斯说了些话，他肯定要留在埃美萨维持治安。他们在马鞍上身体倾斜着拥抱了对方，并说了再见。

巴利斯塔看着阵列后面愿意跟随他的人，阿哈拉手执白色旗帜紧跟其后。然后，每两人一列，是鲁提鲁斯和议员们。巴利斯塔要安抚的可不仅仅是军队。费边·拉贝奥，这个柯里叙利亚的高贵而且非常具有毅力的地方长官，肯定对于自己刚刚被从北边城门的铁牢里释放出来而大为感激，但是他就像叙利亚－腓尼基的科尔尼库拉和巴勒斯坦的阿凯俄斯一样，接受了很大的物质奖励才加入了新的统治。巴利斯塔稍微有些烦恼，他对宗教教条主义者阿凯俄斯有些本能的讨厌，但是最终，那些钱也不是自己的钱。马克利亚努斯的贪欲和残酷敛财行为最终证明还是有用的。至少目前，这三个地方长官都跟随巴利斯塔了。

城门吱吱呀呀地开了，当他在高大的拱门下骑行的时候，巴利斯塔看到了鹰的塑像，圣天和埃拉加巴卢斯的巨大黑石，还有城墙上那些无数乱写的祈祷平安旅程的文字。这不是他的神灵，这也不是他做事的方式。全能的主、高帽之神、死神阻挡者，注视着你的后代并保护他们吧。

六个人的小队伍继续往前行进着，经过了黑色被鲜血浸润的十字街道，还有城市墓地的装饰性陵墓，以及两百步左右的无人之境和通过围城的帕米拉军队阵列时，黑色的眼睛和面无表情的脸注视着他们。他们来到巨大营帐前面的开阔空地上，很多旗帜在飘扬。

烈日雄狮坐在一个镶有象牙的高级罗马官位的沙发座椅上，奥登纳图斯后面站着朝臣。一边是他的辅政大臣维罗德斯，还有两个将领扎达和哈杜达，还有他在第一次婚姻内生的孩子哈拉纳斯——现在已经成长为一个有活力的年轻人。另一边站着罗马人：卡帕多西亚长官波姆波尼厄斯·巴索斯、阿拉伯长官维里乌斯·卢普斯和美欧纽斯·阿斯提阿那克斯，曾经一度是伪政权马克利亚努斯和奎伊图斯的禁卫军长官——但愿这些乱臣贼子都受到永久的憎恨。后面有他不愿意被漏掉的现任妻子，芝诺比阿手里牵着他们的幼子，瓦巴拉图斯或瓦巴拉特，也有人这么叫他。跟着她后面的是两个看上去很热切，身上多毛，穿着希腊服饰的人。

塔德莫之主的随从们看上去都很壮观，手里的武器都是优质钢铁锻造的，镀金色的盔甲和鲜艳飘动着的羽毛相辉映，但是整个空地是由另外一个人主导的。皇帝加里恩努斯的塑像似乎矮了半截，站在一边。他眉毛紧缩，眼睛紧闭，往下看着。巴利斯塔想起有个故事说亚历山大的继承者们只有在伟大的马其顿人的王座带出来的时候才会答应接见朝臣。

巴利斯塔下了马，他身后的人也下了马。马夫们把马匹牵走，巴利斯塔往前走了几步，之后停下来。

奥登纳图斯从座椅上起身，他穿着西式的护胸衣，上面有非常巨大、纽扣链接的护肩。在胳膊和腿上穿着刺绣华丽精美的上衣和裤子。左肩上一个金色胸针夹住一件猩红色外罩，腰上系着猩红色的腰带。他左手紧握着长剑的剑柄，剑柄是花朵形状。烈日雄狮装扮十分华美，脸上的表情深不可测。

两大巨头注视着彼此，在后面的人们出奇地安静，军旗嗖嗖作响，风吹动沙子发出的声音——风在沙子表面吹起很多稍纵即逝的图案。

巴利斯塔走向加里恩努斯的塑像，在长长的鼻子下面，加里恩努斯像鸟嘴巴 样的嘴唇似乎表示赞成的样子。巴利斯塔解开自己的紫色外罩，放在塑像脚下。然后他拿下王冠，把白色布料条纹放到外罩上面。

巴利斯塔慢慢地在塑像前行了跪拜礼。他站起身，面对着奥登纳图斯。

巴利斯塔开始用自信洪亮的拉丁语说道:“为了共和体制的安全，士兵们要求我执掌权力。既然我已经杀死了篡位者，我现在所有的权力都置于合法的皇帝普布里乌斯·利奇尼乌斯·埃格纳提乌斯·加里恩努奥古斯都脚下。我在东方执政者帕米拉长官奥登纳图斯面前把自己交付与皇帝的宽容之心。”

终于，烈日雄狮说话了:“对一个敢于如此穿戴王室饰物的人来说我该怎么让他痛苦而缓慢地死去呢? ”

巴利斯塔站在原地。

“不，否则又坏事了。”奥登纳图斯微笑着说，“受帝国皇帝加里恩努斯授予我东部行省的权力所托，我宣布马库斯·克洛迪乌斯·巴利斯塔不会被指控犯有任何叛国罪行。”

两个人都往前迈步，正式拥抱了彼此。

“让他们出来吧。”奥登纳图斯回头说道。

伊桑格瑞姆、德海姆，他的两个可爱儿子和妻子朱莉娅、马克西姆斯、卡尔加库斯，所有人都在此地，安然无恙。

“恺撒王位对奎伊图斯这样的小人物来说太过于高不可攀，即使对像我们这样的人来说也是如此。”烈日雄狮说道。

巴利斯塔安全地回到了家人的怀抱之中，他表示同意这种说法。

所有人都没有注意到在人群后面，芝诺比阿皱着眉头在跟美欧纽斯·阿斯提阿那克斯窃窃私语着。

附　录

历史后记

NB：缩写主要是遵循《牛津古典辞典》的标准（牛津，1996第三版）

公元259－261年

由于史实不够充分，从公元259—261年间发生的事件语焉不详，几乎两个学者之间对同一事件的描述都各不相同，无论是事件发生的时间还是事件发生的顺序都存疑。下面就是其中的一个例子：

大卫·波特所著《被围困的罗马帝国，公元180—395年》（纽约和伦敦，2004）记载说英格努乌斯和瑞加里亚纳斯的反叛发生于公元260年，也就是瓦勒良被俘之后，而且在雷迪亚由伊午萨几和塞姆诺斯发起的偷袭行为被挫败，这些在石刻上都能找到，这次偷袭是阿勒曼尼人快要打到罗马城外围的偷袭行动的一部分，也有文字记载（在这些记载里，他们发动了一次更大规模的西徐亚风格的入侵，也就是说，他们与远在东部的哥特人入侵是同时进行的。比较欧特罗皮乌斯文本，他们也许是日耳曼人，到达的区域远至拉韦纳）。

然后，约翰·德林克沃特（《剑桥古代史》XII卷，也就是与A.K.鲍曼、P.加恩塞和A.卡梅隆合编的版本，2005年第二版）认为动乱发生在一年前，公元 259 年，也就是罗马皇帝瓦勒良被俘之前，而伊午萨几和阿勒曼尼人的偷袭在史实上是非常清晰的。

（另及：约翰·德林克沃特在他最近一本颇具挑衅意味的书中，即 2007 年牛津出版的《公元 213—496 年间的阿勒曼尼人和罗马，从卡拉卡拉到克洛维》一书中认为，所谓阿勒曼尼人的威胁只不过是罗马统治阶级虚构出来的，目的是维护自己的利益。在我的小说里，我认为这种威胁是真实存在而且置罗马于危险之地的。）

公元3世纪的历史学研究

公元 3 世纪这个历史阶段在英语研究里不甚翔实，可能因为这个缘由，大学里以英语为媒介的本科课程很少涉猎这一时期。荷兰学者奥利维尔·海克斯特在其著作《公元 193—284 年间的罗马和罗马帝国》(爱丁堡出版，2008）中有篇幅间断的主题介绍，对许多关键文件做了英语翻译。另一本有用的参考著作由丹麦学者拉格纳·海德朗德所著，“……没有取得什么令人难忘的成就”。书名为《公元 260—295 年间罗马帝国的权威和语言创造》(阿普萨拉，2008)。

欧洲大陆在这方面情况更为乐观，最近有几部书本长度的研究：M. 克里斯托尔，《公元 3 世纪的罗马帝国从 192 年考摩多之死到 325 年的尼斯之战》，J.M. 嘉里和 A. 鲁塞尔的《畸变中的罗马帝国：康斯坦丁的陷落》(巴黎，1999)，M. 索默的《战争之王》(达姆施塔特，2004)，K. P. 约翰的《战争之王的时代——罗马帝国的兴起和转变》(柏林，2008)。

所有 M.H. 奎艾特编辑的学术文章，K.P. 约翰、T. 格哈特，以及 U. 哈特曼编辑的《罗马帝国的衰亡：罗马帝国的巨变》（斯图加特，2006）都与此书有关，还有 O. 赫科斯特、G.de. 克雷金和 D. 斯鲁特所编辑的《危

机和罗马帝国》(雷顿和波士顿，2007)

萨珊王朝

除了《东方战火》里所提到的著作之外，还有两个关于古代波斯帝国的绝佳概论：J. 维瑟豪弗的著作《公元前 550—公元 650 年间的古代波斯》(伦敦和纽约，1996)，还有 M. 布罗修斯的著作《波斯人概论》(伦敦和纽约，2006)。

关于萨珊王朝时代有一本新的概况，由 T. 达亚所著，书名为《萨珊王朝：帝国兴衰史》(伦敦和纽约，2009)，另外还有一个法国关于此主题的展览目录里用精彩的图片和有用的文字记录，这个展览名为《萨珊王朝：被遗忘的辉煌》(巴黎，2006)。

在其他两部著作里对这一历史时期也有过有趣的描述，一为 P. 布沙瑞亚提的《萨珊帝国衰亡史：萨珊－帕提亚联盟以及阿拉伯人对伊朗的征服》(伦敦和纽约,2008)，还有 V.S. 柯提斯和 S. 斯图尔特（数次出版）的《伊朗的形成卷三：萨珊王朝时代》(伦敦和纽约，2008)。

奥古斯都历史

也被称为《奥古斯都史》（现在仍然有时被称为《奥古斯都经史》），这是一部关于罗马皇帝的传记合集，从公元 117—138 年的哈德良时期到公元 283—285 年的加里纳斯时期。据传是公元 300 年左右六人编写而成。这是一场精心的骗局，实际上是公元 400 年左右由一个人著成。到公元 3 世纪中叶，这个作者开始了自由历史虚构小说的创作。在 D. 麦基编写的《罗伯》卷本里有完整的翻译（剑桥，马萨诸塞 1921—1932）。

这一时期的早期阶段，从哈德良到赫里奥加巴卢斯时期是由 A.R. 波雷翻译，而《后期恺撒执政者的生平》(哈蒙德兹沃斯，1976)，这些译著也为这一具有永恒魅力的文本提供了一个清晰简洁的介绍，想寻找翻译作品中的不可靠之处可阅读 H. 西德博特姆的所著的《割裂的历史学：证据、模式和论点》，S. 斯旺、S. 哈里森和 J. 埃尔斯纳（数次出版）所著的《割裂的文化》(剑桥，2007)。

人　物

巴利斯塔

关于历史人物巴利斯塔或者人们有时称之为加利斯图斯，史实来源少，而且出现晚，可靠性差。在《奥古斯都史》一书里关于他的传记描写跟合集里任意一部分一样不值得信任。大多数史实来源翻译由 M.H. 多帧和 N.C. 利乌完成，这些翻译编入了《公元 226—363 年间罗马东部边疆和波斯战争：一部纪实著作》(伦敦和纽约，1991）一书中。

巴利斯塔是一个在瓦勒良时代的军官，他曾经在马克利亚努斯帐下担任过骑兵长官和禁卫军长官。他在索里击败了波斯人，在那里以及塞巴斯特和考瑞克斯屡次征服沙普尔的后宫。当奥登纳图斯出现在城墙前的时候他在埃美萨与奎伊图斯在一起。在《奥古斯都史》中对接下来发生的事情说法有好几个版本。其中一个与本小说中所发生的事件有模糊的类似情节。

马克利亚努斯和他的儿子们

马克利亚努斯二世和奎伊图斯的短期统治可以追溯到埃及的纸莎草记载时期，他们最早作为皇帝身份被提及是在公元 260 年 9 月 17 日，最晚出现在公元 261 年 10 月 30 日。这些史实的记载早晚取决于他们上台和被推翻的消息何时到达埃及。

至于巴利斯塔，大多数关于他的文学描述都是由多帧和利乌译著，而在《奥古斯都史》中关于马克利亚努斯家族的描述与巴利斯塔的传记一样不值得采信。

他们统治时期使用的硬币（在本小说中有具体描述）可以在 R. 格苞的书中找到，书名为《罗马皇帝瓦勒良、加里恩努斯、萨洛尼乌斯、瑞加里亚纳斯和马克利亚努斯二世及奎伊图斯时期的铸币历史》（维恩出版，2000）。

2008 年 6 月，来自伦敦大学的尼克拉斯 · 格尼斯博士就识别埃及纸莎草碎片记录宣读了一篇别开生面的论文，这是以六音步诗行写的对马克利亚努斯的颂文。他认为，上下文显示的时间确实发生在公元 260 年左右，但是我并不确信这篇记录是一篇关于马克利亚努斯的颂文。诗文里两次提到玛利亚德斯，他来自安条克，后来成为匪徒，然后逃亡到沙普尔身边。这很难去推测出人们会利用他的生平和死亡来编织故事颂扬马克利亚努斯，没有来源显示他们曾经跟他打过交道。

加里恩努斯

关于这位皇帝的更多材料将在本系列的下一部小说《里海之门》中展现。

希波托俄斯

卡尔加库斯在十四章里怀疑希波托俄斯的生平故事是来自一本古希腊小说，这种想法是合理的，是由以弗所的色诺芬所著《以弗所记》记载的。(如果德米特里厄斯曾经到过考瑞克斯，他会马上认出来的)。对那些想知道关于希波托俄斯的完整故事和类似情节的材料的读者来说，他们可以参考由格拉汉姆·安德森翻译，B.P. 雷顿出版的《希腊小说合集》(伯克利、洛杉矶和伦敦，1989)。

奥登纳图斯

除了《东方战火》一书所引用的著作之外，另见 P. 萨瑟恩出版的《芝诺比阿女皇：帕米拉的反叛女王》(伦敦和纽约，2008) 这本书面向一般读者，对现代学术研究有很好的总结，尽管有时过于信任《奥古斯都史》里的故事（见上）。此题材的准学术著作仍然是由 U. 哈特曼所著的《帕米拉女皇》(斯图加特，2001)。

地 名

泽乌玛

在英语作品中最易找到的关于双城泽乌玛－阿帕梅亚的著作见于 N. 波拉德的《罗马－叙利亚的士兵、城市和平民们》(安·哈勃，2000)。这方面题材的突破性之作是 J. 瓦格纳所著《幼发拉底的帕米拉 / 泽乌玛》(威斯巴登，1976)。这些地理发现在肯尼迪博士的著作里得到更新，书名为《幼发拉底河上的泽乌玛双城：旧城修葺和历史研究》(鲍特姆斯，1998)。自从 2000 年起，幼发拉底河东岸的阿帕梅亚所有地区和河流西岸的泽乌玛的大部分地区已经屡遭比雷塞克大坝的泄洪之患。互联网上有关于泽乌玛考古项目的持续工作细节，尤其是关于把还未遭受洪灾的其余地区变成一个考古公园的雄伟计划，都有相关内容的展示。

安条克

关于这个城市的来源请见《诸王之王》。

西利西亚

关于罗马时期西利西亚的信息，有几本现代著作有翔实叙述，其中有一个是简略版本，一个是平实版本。A.H.M. 琼斯所著的《罗马东部行省城市简史》（第二版，牛津，1971，第八章），还有 D. 马基所著的《基督之后公元 3 世纪末期罗马帝国在小亚细亚的统治》（两卷本，普林斯顿，1950。这一时期的背景见于第十一和第十二章，关于这一历史时期，见于第二十八和第二十九章）。

重要的古代文献来自斯特拉波，14.3.1—5.19。

小说第九章里德米特里厄斯讲述的西利西亚风土人情主要是来自于狄奥·克里索斯托姆的第一篇和第二篇致辞演说，还有菲洛斯特拉托斯所著的《辩论家们的生平故事》以及《阿波罗尼奥斯传记》。

塞巴斯特所在地址也就是现在的阿亚斯现代村庄，如果你恰巧在土耳其的梅尔辛省份，这里确实值得走一遭（虽然极少非土耳其人来此度假）。你可以站在巴利斯塔因战事而咨询特雷贝利阿努斯的地方，顺着他曾经走过的线路，从西南方向的港口走向东北方向的城市墓地。不幸的是，当我去那里的时候，那本由 E.E. 施耐德编著的绝佳小册子《厄莱乌萨－塞巴斯特：东西方之间的港口城市》（伊斯坦布尔，2008）还未出版。本小说中的地图就是改编自这本书。有两件事要注意：首先，陆地城墙的出现仅仅是推测性质（根据的原则就是排除墓地，而涵盖民用建筑），这个城市的陆地部分实际上可能毫无防御。第二，主要的内港到公元 6 世纪已经被泥沙淤塞，很难推测出公元 3 世纪的时候这里曾经如何发达。由 R.J.A. 塔勒博尔特所著的《巴灵顿古希腊和古罗马地图册》（普林斯顿和牛津，2000）是业内的标准之作，书中未标明考瑞克斯岸边叫作克莱姆布萨的岛屿，但是斯特拉波提及卡里卡德努斯河东岸的一个岛屿，这肯定是建有城堡的那个岛屿，正是此地给了土耳其度假胜地基什卡勒斯一个美丽的绰号——少女城堡。

恺撒利亚－玛里蒂玛

由 K.G. 霍勒姆编著的《希律王的梦想：海上的恺撒》(伦敦和纽约，1988）是一本不错的指南，解释翔实精细。

埃美萨

关于这个城市的来源请见《东方战火》。

事　件

公元260年之瓦勒良东征

“在卡莱和埃德萨境外我们跟瓦勒良的军队打了漂亮的一场战役，我们生擒了瓦勒良……”，沙普尔是在纪念自己行为的石碑上用三种语言如此描述的，这些行为被称为沙普尔所竟之事。来自罗马帝国境内的消息来源对此次瓦勒良被俘有不同版本的说法，通常会带有些皇帝被出卖的情节。读者可以在多帧和利乌的译本中找到这些情节。

正如沙普尔的描述把战争场景放置于“卡莱和埃德萨境外”，而匿名的继承者让马克利亚努斯在萨摩沙塔等候，可能瓦勒良就在此地跨过幼发拉底河，从北面沿河进军南下，而不是像三个世纪以前的克拉苏所做的那样在泽乌玛过河，从西部进军。

泽乌玛之行

爱丁堡大学的加文·凯利博士在 TLS 上《诸王之王》的一篇评论里

温和地谈及我从阿米亚努斯·马塞里努斯那里引用的材料。对此我必须致以敬意。作为最后一位伟大的拉丁文古代历史叙述者，他技巧娴熟，而且是我灵感的不竭源泉。不仅如此，阿米亚努斯骑行至阿米达的地方也深深根植于我的脑海。由 J.C. 罗尔夫所编辑的三卷本《罗伯》(剑桥，马萨诸塞，修订版)，内容易于查询，还有企鹅经典文库里由 W. 汉密尔顿主编的一卷，一本出奇简要的丛书（哈蒙德兹沃斯，1986)。

在小说的一些段落里对战地状况的描写是从安迪·麦克纳伯《战火实录》（伦敦，1993）一书学习来的，这也帮助我在第十六章里拥有了描写寒冷天气的效果。

公元260年沙普尔深入罗马帝国的征战

每个研究过这一段历史情节的人都建构了不同的故事，两个最有影响力的版本分别是 E. 凯腾霍芬所著的《沙普尔的历史》（威斯巴登，1982)，还有 D.S. 波特所著的《罗马帝国危机中的预言和历史：对第十三女巫预言的历史评论》(牛津，1990)。

小说中所建构的故事对我来说是合理的，而且我希望将来写一篇学术论文来论证此事。

匪　徒

匪徒打家劫舍也是对古代历史学术研究的逐渐升温的一个领域，这个主题会成为我这个系列小说里后面一部的重心（题目暂定为《埃特纳之子》)。《烈日雄狮》中西利西亚地区的匪徒产生的经济和社会背景都是取自已故学者基思·霍普伍德所写的论文中最重要的一篇《匪徒、精英和乡村秩序》，这一文章录入 A. 华莱士－哈德利勒编著的《古代社会的保护制度》（伦敦，1989），另外一篇，《游离于贵族和国家之间的匪徒：罗马野蛮地区西利西亚的社会秩序结构》一文，收录于《古代社会中的组织犯罪》一书（伦敦，1999）。

进军巴勒斯坦的巴利斯塔

小说第十六章中巴利斯塔讨伐加利利匪徒和叛乱者的情节的最初灵感来自阿米亚努斯书中关于叙利亚境内村庄里藏匿匪徒（偷袭者们）的情节，还有普鲁塔克书中关于亚历山大大帝在腓尼基的战事。在读完约瑟夫斯书中的一个段落后，我决定了小说中使用的精确地点，岩洞和撤退策略是后来添加的。最后我再次拜读了本杰明·艾萨克的《帝国的局限：东部的罗马军队》（牛津，1990），我发现偷袭者们很可能一直就居住在岩洞里。

在小说的第十七章中，由阿凯俄斯杀死马里努斯的以及在恺撒利亚－玛里蒂玛由阿斯提阿那克斯埋葬他的尸体几乎都是发生在尤西比厄斯这个地区，根据是《教会历史》一书中的内容。但是，很明显我在小说中加入了卡尔加库斯远处观察的情节。

鬼故事

小说中第二章德米特里厄斯阅读的鬼故事取材于塔勒斯的弗莱根所著《奇闻怪谈》一书。这本书译者为 W. 汉森，文本翻译精妙，其中有关于它的精美简介和评论（埃克塞特，1996）。

欧里庇得斯

《欧里庇得斯的戏剧》一书中有 J. 莫尔伍德撰写的简明扼要的简介。

小说中提到的萦绕在巴利斯塔脑海中的戏剧，见 W. 埃伦所著《欧里庇得斯：美狄亚》(伦敦，2002)。

对于这个戏剧的传统看法是，伊阿宋曾经对美狄亚发过誓，所以当他违背了自己诺言的时候，从某些角度来看他儿子们的逝去就是他应得的惩罚。

在最近一篇文章里，阿琳·埃伦认为美狄亚在整个剧中就是个骗子，而伊阿宋也没有对她发过任何誓言。“操纵人心的高手：欧里庇得斯以及美狄亚”中对誓言的使用，见于 A.H. 索默斯坦和 J. 弗莱彻所编写的《豪克斯誓言之神：古希腊社会中誓言研究》(埃克塞特，2007)。

值得注意的是，剧中的伊阿宋尽管不是世上最聪明的人，但他从不否认自己发过誓。剧中美狄亚先跳过合唱而进入誓言部分，然后从国王埃勾斯跳跃到誓言部分，这些都表明美狄亚本人如果像先前那样操纵伊阿宋的头脑也会问题频出。

其他历史小说

就像本系列的每一部小说那样，作者总是很高兴向那些给予我灵感和极大快乐的小说家们致敬。

首先，J.G. 法瑞尔所著《围攻克里什纳普尔》(伦敦，1973)。小说从喜剧和文化误读开始，然后情节转向暴力和恐怖，小说展示了历史虚构写作能达到的文学巅峰。

第二，我觉得没有任何一个小说系列能够像帕特里克·奥·布莱恩所著的杰克·奥布里和斯蒂芬·马图林系列小说那样给予我那么多快乐。他的小说展示了那些经过踏实研究，精心撰写而且面面俱到的历史小说是如何打破狭隘虚伪的题材界限而位列文学著作殿堂的。

各种引用

本小说里很多关于欧里庇得斯的引用和呼应要归功于很多不同的现代英语译者们，其中约翰·大卫和詹姆斯·莫尔伍德居功至伟。

荷马的《伊里亚特》是引自企鹅经典文库里罗伯特·法格勒斯的翻译作品。

小说第四章里进入巴利斯塔脑海的无名希腊警句诗可以在彼得·博尔特翻译的《古希腊文选》中发现原型（由彼得·杰恩编著，哈蒙德兹沃斯，1981）。第二十一章里他想起的诗句是卢奇安所著，由埃德温·莫尔甘所翻译，与上面诗歌同一卷本。

第二十章里巴利斯塔阅读普鲁塔克所著的《安东尼生平故事 10》，这可以追溯到 I. 司各特·基勒沃尔特的译作（哈蒙德兹沃斯，1965）。

第一章里的波斯歌曲来自于爱德华·菲茨杰拉德所著的《莪默·伽亚谟的鲁拜集》(第一版，1959)，风格落伍，但内容精彩。

人物角色名单

为了避免泄露情节，此处人物描述与其在《烈日雄狮》中第一次出现时的身份相符。

阿西乌斯：第三凯尔特人步兵大队指挥官，与瓦勒良一起被波斯人俘获。

阿凯俄斯：巴勒斯坦长官。

阿奇利乌斯·格拉布里奥：全名盖乌斯·阿奇利乌斯·格拉布里奥，年轻贵族，是加里恩努斯公元 260 年在麦狄奥拉那姆的随从。

埃米利安努斯：全名穆斯乌斯·埃米利安努斯，埃及长官（骑士阶层掌管过的最高职位）。

战术家阿涅阿斯：公元前 4 世纪希腊军事战术作家。他的作品《遭遇围城后的防御之战》流传了下来。

埃狄恩：公元前 4 世纪希腊画家。

阿哈拉：第四西徐亚军团成员。

阿尔比努斯：全名德希姆斯·克洛迪乌斯·塞普蒂米乌斯·阿尔比努斯，是公元 193—197 年间帝国王座的竞争者。

亚历山大·塞维鲁：全名马库斯·奥里利乌斯·塞维鲁·亚历山

大，公元 222—235 年间的罗马皇帝。

安提柯：巴利斯塔的一个战友，在阿瑞忒城战役中牺牲。

安提奥卡斯：一个走丢的孩子，巴拉哈之子，巴拉哈是泽乌玛议员。

安提雅：朱莉娅的女佣。

来自提亚纳的阿波罗尼奥斯：公元 1 世纪的哲学家、魔术师。

阿庇安：亚里斯泰斯的儿子，一个在以弗所斯殉道的基督徒。

阿克拉奥斯：公元前 1 世纪末卡帕多西亚之主，在塞巴斯特的山岬建了一座宫殿。

亚雷利乌思·傅思古思：元老院之父，也就是公元 260 年最德高望重的前议员。

阿利安：全名卢修斯·弗拉维乌斯·阿利安努斯，希腊作家（公元 86—160 年）。罗马议员，他的几部作品流传下来，包括《亚历山大出征记》。

阿斯提里乌斯：罗马元老院议员和贵族。

阿塔鲁斯：马科曼尼之王，皮帕之父。

奥勒良（1）：全名路奇乌斯·多米提乌斯·奥勒良，来自多瑙河流域的罗马军官，被称为"攻无不破的战士"。

奥勒良（2）：皇家骑兵队指挥官，被称为"意大利人""另一个奥勒良"，与瓦勒良一起被波斯人俘虏。

奥里利乌斯·达利斯：美索不达米亚行省罗马长官（有时也叫作奥斯若恩）。

奥雷欧斯：曾经是多瑙河附近的戈坦牧羊人，现在是加里恩努斯的骑兵长官，护国者之一。

巴戈阿斯：见霍尔米兹德。

巴利斯塔：全名马库斯·克洛迪乌斯·巴利斯塔，原名为德海姆，是盎格鲁战争领袖之子。是罗马帝国的外交人质，被授予罗马公民身份和骑士地位，在非洲罗马军队、欧洲西部和多瑙河流域以及幼发拉底河区域服过役。本小说开始的时候，他是波斯人的俘虏。

巴拉哈：泽乌玛城议员。

芭思希芭：故去的阿瑞忒城护商使者伊阿海的女儿，现在嫁给了哈杜达。

博尼图斯：罗马围城战专家，护国者之一。

卡尔加库斯：全名马库斯 · 克洛迪乌斯 · 卡尔加库斯，巴利斯塔庇护下的自由人，起初是伊桑格瑞姆拥有的喀里多尼亚奴隶，后来被派往罗马帝国给自己的儿子巴利斯塔做贴身侍从。

卡利古拉：全名盖乌斯 · 尤利乌斯，公元 37—41 年间罗马的皇帝，未成年时绰号为“小靴子卡利古拉”，因为他的父亲用缩小版的战士服装打扮他。

卡利斯特拉图斯：德米特里厄斯在希拉波利斯城的朋友。

卡米卢斯：第六高卢军团的指挥官，与瓦勒良一起被波斯人俘虏。
康西索勒乌斯：加里恩努斯手下的埃及军官，狄奥多图斯的兄弟，护国者之一。

卡拉卡拉：全名马库斯 · 奥里利乌斯 · 安东尼努斯，人称卡拉卡拉，罗马皇帝（公元 211—217 年在位）。

卡斯特里西乌斯：第四西徐亚军团的百夫长。

塞勒 · 沃勒雷亚纳斯：加里恩努斯的意大利军官，护国者之一。

塞尔苏斯：来自非洲的王位觊觎者。

塞索里努斯：全名路奇乌斯 · 卡尔普尔尼乌斯 · 庇索 · 塞索里努斯，是密探组织的头目。

西塞罗：全名马库斯 · 图利乌斯 · 西塞罗（公元前 106—前 43 年），

是共和国晚期的伟大演说家。

辛辛纳图斯：全名卢修斯·昆克提乌斯·辛辛纳图斯，在公元前458年从耕作中被唤走推举为执政者。他的任务完成后，又回到农田中耕作，是罗马传统旧式美德的典范。

克劳狄乌斯：全名马库斯·奥里利乌斯·克劳狄乌斯，加里恩努斯来自多瑙河流域的军官，护国者之一。

克勒图尼乌斯：瓦勒良的引见官，跟皇帝一起被波斯人俘虏。

康茂德：全名路奇乌斯·奥里利乌斯·康茂德，公元180—192年在位的罗马皇帝。

科尼利厄斯·马塞尔：奎伊图斯的表弟。

科尼利厄斯·奥克塔维亚努斯：全名马库斯·科尼利厄斯·奥克塔维亚努斯，毛里塔尼亚长官。

科尔尼库拉：全名安尼乌斯·科尔尼库拉，叙利亚-腓尼基长官。

克劳克斯：阿勒曼尼人的战争领袖，在他自己语言中是“Hroc or Wolfhroc”。

德西亚努斯：非洲努米底亚的长官。

德米特里厄斯：全名马库斯·克洛迪乌斯·德米特里厄斯，希腊男孩儿，巴利斯塔的贴身侍从。

狄摩西尼：在西利西亚，巴利斯塔帐下服役的军官。

德海姆（1）：巴利斯塔以前的名字。

德海姆（2）：全名卢修斯·克洛迪乌斯·德海姆，巴利斯塔的二儿子。丢卡利翁：在希腊神话里，世界洪灾的幸存者，希腊版的诺亚。普鲁萨的狄奥：狄奥·克里索斯托姆，人称“紧嘴巴”，公元1—2世纪的希腊哲学家。

多隆：《伊利亚特》中，一个晚上出来侦察的特洛伊人。

图密善：全名泰特勒·弗拉维乌斯·图密善，公元81—96年在位的罗马皇帝。

爱帕弗洛迪图斯：阿斯提里乌斯的奴隶。

伊壁鸠鲁：公元前341—前270年古希腊哲学家，是伊壁鸠鲁哲学的创始人。

埃克西古：瓦勒良统治时期卡帕多西亚长官。

费边·昆克塔特：全名昆图斯·费边·马克西姆斯·沃卢克苏斯·昆克塔特，在公元前217年，他第二次被任命为执政者来抵御汉尼拔，他拖延事情是为了避免战争和失败，因此被称为“拖拉昆克塔特”。

费边·拉贝奥：前议员，马克利亚努斯的支持者。

费利克斯：年长元老院议员，公元257年抵御哥特人对拜占庭的进攻。

盖乌斯·尤里乌斯·阿奎里乌斯·阿斯巴斯厄斯·帕特努斯：前元老院议员。

盖乌斯·尤利乌斯·沃卡提乌斯·加里加尼乌斯：元老院议员，朱莉娅故去的父亲。

加里恩娜：加里恩努斯的表妹。

加里恩努斯：全名普布里乌斯·利奇尼乌斯·埃格纳提乌斯·加里恩努斯，公元253年被瓦勒良宣布为共同执政皇帝。

加卢斯：盖乌斯·维庇乌斯·特雷波尼亚努斯·加卢斯：多瑙河流域的成功将领，公元250年抵御了哥特人诺瓦的进攻，公元251—253年在位的罗马皇帝。

狮王加斯哈斯普：萨珊王朝的勇士，在色西昔姆城统领过波斯军队。

格尼亚里斯：全名希姆普利悉尼厄斯·格尼亚里斯，雷迪亚代理长官。

格拉迪乌斯：第四西徐亚军团军官成员。

哈杜达：雇佣兵队长，救过芭思希芭的父亲伊阿海，现在在帕米拉的奥登纳图斯帐下服役。

哈拉纳斯：奥登纳图斯和第一任妻子的长子，也就是芝诺比阿的继子。

哈玛扎斯普：格鲁吉亚－伊比利亚的国王。

埃美萨的赫利奥多卢斯：希腊小说家，是现存著作《审美论文》的作者；史学家们对此人是属于公元3世纪还是公元4世纪没有一致的意见。

赫里奥加巴卢斯：是对公元218—222年间罗马皇帝马库斯·奥里利乌斯·安东尼乌斯的蔑称，他也以自己的神，太阳神而得此绰号。

赫拉克利安：曾经是多瑙河农民，现在是加里恩努斯帝国骑兵长官，护国者之一。

赫尔米亚努斯：加里恩努斯的引见官。

希律王：公元前40—前44年朱迪亚之王，是恺撒利亚－玛里蒂玛的创立者。

海罗迪安：公元3世纪希腊历史学家，他的作品《马库斯之后的帝国历史》流传了下来。

希罗多德：历史之父，公元前5世纪希腊人，是波斯战争的历史学专家。

希波托俄斯：粗鲁的西利西亚人，声称是来自佩林苏斯背景。

霍尔米兹德：波斯祭司阶层的成员，曾经是巴利斯塔的奴隶（那时祭司叫“Bagoas”）

伊阿海：护商使者，在阿瑞忒城战争中被杀，是芭思希芭的父亲。

英格努乌斯：上潘诺尼亚区长官，护国者之一。

伊桑格瑞姆（1）：盎格鲁军事长官德海姆，即巴利斯塔之父。

伊桑格瑞姆（2）：全名马库斯·克洛迪乌斯·伊桑格瑞姆，巴利斯塔和朱莉娅的大儿子。

加迪玛：塔努克－阿拉伯人领袖。

约瑟夫斯：全名弗拉维乌斯·约瑟夫斯，是犹太人反叛罗马的将领，去了维斯帕西安；他的《犹太战争史》流传了下来。

朱康杜斯：全名马库斯·奥里利乌斯·朱康杜斯，第四西徐亚军团百夫长。

朱莉娅：元老院议员盖乌斯·尤利乌斯·沃卡提乌斯·加里加尼乌斯的女儿，巴利斯塔的妻子。

祭司基尔德：拜火教高级祭司，沙普尔的祭司。

利奇尼乌斯：加里恩努斯的兄弟。

卢克丽霞：全名卢修斯·塔奎尼乌斯·克拉提努斯的妻子，被罗马最后一个国王塔奎尼乌斯·苏培布斯的儿子塞克斯图斯奸污后自尽，后来成为罗马贵妇保持贞操的典范。

利迪斯：粗鲁的西利西亚人，是特雷贝利阿努斯的追随者。

马克利亚努斯（1）：全名马库斯·富尔维乌斯·马克利亚努斯，是瓦勒良的御用财政大臣。

马克利亚努斯（2）：全名塔西佗·富尔维乌斯·尤尼乌斯·马克利亚努斯是马克利亚努斯的儿子。

美欧纽斯·阿斯提阿那克斯：元老院议员，马克利亚努斯的支持者。

马拉克斯：禁卫军卫兵。

马穆拉：巴利斯塔的朋友，同僚，被埋葬在阿瑞忒城的战壕里。

马可·奥勒留：公元161—180年在位的罗马皇帝，哲学著作《沉思录》的作者。

玛利亚德斯：安条克的精英阶层中的一员，后落草为寇，最后投奔了萨珊王朝。

马里尼亚纳斯：全名马库斯·奥里利乌斯·马里尼亚纳斯，第十弗来特恩西斯军团百夫长副手官。

马克西姆斯利亚那斯：亚细亚行省长官。

马克西米努斯·色雷克斯：全名盖乌斯·尤利乌斯·维鲁斯·马克西米努斯，公元253—238年在位的罗马皇帝，被叫作“色雷克斯”是由于他出身卑微。

马克西姆斯：全名马库斯·克洛迪乌斯·马克西姆斯，是巴利斯塔的贴身护卫，曾经是苏格兰勇士，也被认为是陆战高手，后被卖给贩奴者，训练成拳击手、角斗士，之后被巴利斯塔买走。

迈摩尔：加里恩努斯的非洲官员，护国者之一。

迈萨莉娜：全名瓦勒丽娅·迈萨莉娜，克洛迪乌斯皇帝的妻子，因为不守道德而臭名昭著。

弥诺斯：克里特的神秘之王，让人造了一座迷宫，里面盛放着弥诺陶洛斯。

莫尔加：伊桑格瑞姆的儿子，巴利斯塔同父异母的兄弟。

尼禄：全名尼禄·克洛迪乌斯·恺撒，公元54—68年在位的罗马皇帝。来自特拉佩佐斯的尼克斯特拉图斯：希腊历史学家，他写的关于阿拉伯人菲利普到奥登纳图斯之间的历史没有流传下来。

奥登纳图斯：全名塞普蒂米乌斯·奥登纳图斯，帕米拉之主，罗马帝国的代管理者。

帕勒富埃里厄斯：粗鲁的西利西亚人，特雷贝利阿努斯的拥趸。

帕奥弗瑞厄斯·苏拉：加里恩努斯的通信官。

皮帕：阿塔鲁斯的女儿，加里恩努斯习惯称她为皮帕拉。

庇索：全名盖乌斯·卡普尔尼乌斯·庇索·弗卢基，罗马议员，贵族，是马克利亚努斯的支持者。

普罗提诺：公元 205—269/270 年，新柏拉图学派哲学家。

普鲁塔克：麦斯特利乌斯 · 普鲁塔克，公元 1 世纪与公元 2 世纪之间的希腊哲学家和传记作家。

埃托利亚鬼魂：是古代最离奇的鬼故事主题之一，见 Ghosts。

庞培大帝：全名格涅乌斯 · 庞培 · 马格努斯，公元前 106—前 48 年间的罗马军事家。

波姆波尼厄斯 · 巴索斯：全名马库斯 · 波姆波尼厄斯 · 巴索斯，年长的议员。

波斯杜穆斯：全名马库斯 · 卡斯亚努斯 · 拉提尼乌斯 · 波斯杜穆斯，下日耳曼区长官。

奎伊图斯：全名提图斯 · 富尔维乌斯 · 尤尼乌斯 · 奎伊图斯，是年长马克利亚努斯的儿子。

拉格尼乌斯 · 克拉鲁斯：全名盖乌斯 · 拉格尼乌斯 · 克拉鲁斯，元老院议员，马克利亚努斯的支持者，巴利斯塔在西利西亚的代表。

丽贝卡：巴利斯塔购买的犹太奴隶女仆。

瑞加里亚纳斯：下潘诺尼亚地区的长官，据称是罗马征服之前达契亚国王的后裔。

罗慕路斯：巴利斯塔的旗手，在阿瑞忒城外战死。

鲁费那斯：加里恩努斯的密探头目。

鲁提鲁斯：全名马库斯 · 奥里利乌斯 · 鲁提卢斯，是色雷斯军事将领。

塞库拉里斯：罗马议员、长官。

萨罗尼娜：全名艾格纳提亚 · 萨罗尼娜，加里恩努斯的妻子。

萨洛尼乌斯：全名普布里乌斯 · 科尼利厄斯 · 利奇尼乌斯 · 萨洛尼乌斯 · 瓦勒良努斯，在公元 258 年，杀死自己的哥哥瓦勒良二世。

萨普西格拉姆斯：埃美萨的祭司首领。

撒达那帕勒斯：希腊传说中的一个堕落的东方亚述国王。

萨珊：萨珊王朝的创立者。

塞鲁如斯：一个在公元前活跃在西西里的匪徒，被叫作埃特纳之子。

塞内卡：全名卢修斯·阿纳厄斯·塞内卡，哲学家、政治家。

塞普蒂米乌斯·塞维鲁：全名卢修斯·塞普蒂米乌斯·塞维鲁，公元193—211年在位的罗马皇帝。

塞维乌斯：叙利亚协防军骑兵分队长官。

沙普尔一世：萨珊王朝第二任诸王之王，阿尔达希尔一世的儿子。

西尔瓦诺斯：莱茵河沿岸的战争领袖。

西蒙：西蒙-巴尔-约书亚，一个巴利斯塔救下的犹太男孩儿，并将他带到了自己家里。

苏克西阿努斯：瓦勒良统治时期的禁卫军长官。

苏伦：帕提亚贵族，苏伦家族领袖，沙普尔的诸侯。

塔西佗（1）：全名科尼利厄斯·塔西佗（公元55—120年），伟大的拉丁历史学家。

塔西佗（2）：全名马库斯·克洛迪乌斯·塔西佗，公元3世纪有多瑙河背景的罗马议员后裔。他可能与上面提到的历史学家有渊源，但可能不是史实，护国者之一。

提奥多鲁斯：塞浦路斯元老院议员身份长官。

狄奥多图斯：加里恩努斯的埃及军官，康西索勒乌斯的兄弟，护国者之一。

提奥特克那斯：恺撒利亚－玛里蒂玛的主教。

提罗柔布斯：在小亚细亚地区活跃的匪徒，阿利安写过他的传记，但没流传下来。

提图斯·厄苏维乌斯：曾经是罗马士兵。

特雷贝利阿努斯：全名盖乌斯·特伦提乌斯·特雷贝利阿努斯，环境险恶的西利西亚大人物。

图皮奥：全名提图斯·弗拉维乌斯·图皮奥，军队长官，巴利斯塔的朋友，被波斯人处死。

瓦拉什：波斯王子，“沙普尔欢乐之源”，沙普尔的儿子。

瓦伦斯：议员，亚加亚的长官。

瓦伦提那斯：上默西亚和下默西亚地区的代理长官。

瓦勒良（1）：全名普布里乌斯·利奇尼乌斯·瓦勒良努斯，一个年长的意大利议员，公元253年被拥立为皇帝，公元260年被沙普尔一世俘虏。

瓦勒良（2）：全名普布里乌斯·科尼利厄斯·利奇尼乌斯·瓦勒良努斯，加里恩努斯的长子，瓦勒良的孙子，公元256年成为罗马皇帝，公元258年死去。

瓦尔丹：苏伦手下的一名军官。

维罗德斯：奥登纳图斯的首席大臣。

维比乌斯·帕斯恩努斯：议员，非洲行省长官。

维里乌斯·卢普斯：阿拉伯地区长官。

沃鲁斯亚纳斯：全名路奇乌斯·佩特罗尼乌斯·陶鲁斯·沃鲁斯亚纳斯，加里恩努斯的禁卫军长官，一个从队伍中成长起来的意大利人，护国者之一。

瓦巴拉图斯：奥登纳图斯和芝诺比阿的儿子。

扎拜：在奥登纳图斯帐下服役的帕米拉将领。

扎达：在奥登纳图斯帐下服役的帕米拉将领。

芝诺：全名奥卢斯·沃克尼厄斯·芝诺，西利西亚长官。

芝诺比阿：帕米拉奥登纳图斯的妻子。

兹克·扎伯里干：考瑞克斯的波斯统领。

公元3世纪上半叶的罗马皇帝列表

公元193—211年	塞普蒂米乌斯·塞维鲁
公元211—217年	卡拉卡拉
公元211年	盖塔
公元217—218年	马克里努斯
公元218—222年	埃拉加巴卢斯
公元222—235年	亚历山大·塞维鲁
公元235—238年	马克西米努斯·色雷克斯
公元238年	戈尔迪安一世
公元238年	戈尔迪安二世
公元238年	普皮恩努斯
公元238年	巴尔比努斯
公元238—244年	戈尔迪安三世
公元244—249年	阿拉伯人菲利普
公元249—251年	德西乌斯
公元251–253年	加卢斯
公元253年	埃米利安努斯
公元253—260年	瓦勒良
公元253—268年	加里恩努斯

致谢

就如往常一样，非常荣幸有机会感谢那些曾经以不同方式帮助过我的人。

首先，感谢下列专业人士：亚历克斯·克拉克、安提亚·汤森德、简·道尔、卡特亚·斯普斯特、汤姆·基肯、企鹅出版社的安娜·玛利亚·丽芙拉和萨拉·德恩所做的编辑工作，还有联合机构的詹姆斯·基尔。

其次，感谢牛津大学的同事和朋友们：林肯学院的路易斯·德宁和玛利亚·斯塔玛特普鲁，圣本内特学堂的约翰·爱迪诺、考普斯克里斯蒂学院的艾文·博威，以及在自修课上研讨过多次巴利斯塔的不同学院的学生们：劳拉·哈罗威、哈利·兰卡斯特、奥利·斯蒂芬和尼克·文菲尔德·迪格比。

然后，感谢我的朋友们：彼得·卡斯格罗夫帮我查询塞浦路斯、梅尔辛和其他事情、阿迪·奈尔帮我查询动物、杰罗姆·廷顿跟我探讨各种各样的奇谈怪想、杰罗姆·哈伯雷赋予了小说人物鲁提鲁斯以明确人物形象，还有名叫凯特的女孩儿为小说提供了最有创意的污言秽语。

最后，感谢我的家人对我的关爱和支持。在萨福克，我的母亲弗朗西斯、姨母特里和希拉帮助了我。我的妻子丽萨、儿子汤姆和杰克在牛津郡给了我帮助。

哈里·西德博特姆

伍德斯托克